여전히 지구 끝,
때때로 맑음

북극에서 남극까지,
387일의 요리사

여전히 지구 끝, 때때로 맑음

송영석 지음

느린
서재

낯선 환경에서 올바르게 살기 위해 시도했던 나의 최소한의 노력을 글로 묶어본다. 글을 처음 쓰기 시작한 건, 훈련소에서 받은 공책에 화풀이를 하기 위함이었다. 종이와 펜에게 정을 주기 시작한 것은, 적도에 위치한 어려운 이름을 가진 섬나라에서 술로 달래지지 않는 외로움을 달래기 위해 뭔가를 적으면서부터이다. 내가 쓰는 글은 어떤 형식도 규칙도 없는 개인적인 일기이다. 수많은 날들 중 하루, 누군가를 쉽게 좋아하기도 하고, 또 쉽게 미워하기도 하는, 그런 변덕스러운 마음을 기록한 것뿐이다.

프롤로그를 적기 위해 거창한 이유를 만들어 볼까 했지만, 책과 친하지 않아 구글에서 프롤로그의 뜻을 찾아봐야 하는 내게 이유가 있을 리 없다. 그저 사람들과의 대화에서 내가 원하는 정답이 없는 걸 깨닫기 시작한 시점부터, 글을 적으며 나와의 대화를 시작해보았다.

이 기록은 북-남극을 항해하면서 혹은 항해를 준비하는 기간 동안의 마음과 컨디션을 기록한 마음 일기다. 배를 탄 이유도 역시 단순했다. 1년간 생각할 시간이 필요했다. 내게 전부인 가족과 친구들과 떨어져서, 아무도 나를 기대하지 않는 위치에서, 매일 매일을 긴장감에 휩싸이지 않고, 반복된 일을 묵묵히 수행하면서 내가 이다음에 무엇을 하고 싶고, 왜 하고 싶은지 생각할 충분한 시간이 필요했다. 그 시간을 줄 수 있는 곳이 북-남극을 항해하는 1년 일정의 쇄빙선이었다. 그 후 승선해 있는 동안 일기를 적었고, 그 공책을 이렇게 책으로 엮어 본다.

프롤로그를 채우며 내 일기를 누가 읽어 주면 좋을까 생각해 보았다. 누군가 내 글을 읽고 감동하거나, 그 삶에 지대한 영향을 끼칠 거라고 생각하지 않는다. 단지 나와 같이 지금 본인의 현실에서 무언가가 채워지지 못함을 느끼고, 그런 마음이 정확히 무엇 때문인지도 모르는 사람. 그 빈자리를 사람으로, 술과 약 그리고 담배 연기로 채우는 친구들에게 일기라는 수단을 선물하고 싶다.

매일 자신의 상태를 기록하는 일은 술과 담배에 취하는 것보다 시간이 더 걸리는 일이다. 그러나 그 과정은 꽤나 멋있다. 시간이 쌓이면 한 권의 의미 있는 글이 되기도 하니 말이다.

한 가지 더, 무엇이든 상상하면 좋겠다. 온 마음을 바쳐서 내가 원하는 것을 구체적으로 상상하고 꿈꾸고 믿었으면 좋겠다, 또 그것을 믿어주는 관계를 가졌으면 좋겠다. 그 상상이 쉽지 않은 걸 알지만, 지금 나는 스페인의 작은 미식도시에 있는 바에 앉아 맥주와 감자요리를 시켜놓고 프롤로그를 쓰고 있다. 이것은 오래전부터 꿈꿔온 일이다. 꿈을 꾸고 진심으로 믿으면 이루어진다. 당신이 꾸는 그 꿈을 나 역시 마음을 다해 믿어줄 준비가 되어 있으니, 자신이 되고 싶은 모습을 구체적으로 상상하고 꿈꾸기를 바란다.

끝으로 이 책이 나올 수 있게 동기부여를 해주고 도움을 준 나의 오랜 친구 정호와 창섭이에게, 또 온전한 믿음을 준 내 가족에게 감사함을 전하며 이야기를 시작해야겠다.

모두가 자신의 온도 속에서 평안한 하루를 보내길 기도한다.

2024년, 봄을 기다리며

차례

1부

북극으로 가는 바닷길

☺ 2021년 4월 26일 月曜日 승선 1일 차

　오후 1시, 여수 해양 조선소에 정박되어 있는 아라온호에 승선했다. 나와 이름이 비슷한 조리원님께서 인계를 해주셨다. 배에 대해 궁금했던 것을 알려주셨다.

　조리원님을 포함한 조리수님과 다른 조리원님 모두 편하게 대화하고 서로 '형'이라는 호칭을 쓴다. 예상과 다른 배의 주방 분위기가 낯설지만, 오히려 적응이 쉬울지도 모른다는 생각이 든다.

　음식은 아쉬운 부분이 많다. 한편 들었던 생각은 '겸손해야겠다'는 것. 주제넘게 욕심을 냈다간 오히려 분위기를 망치는 사람이 될지도 모르겠다.

　주어진 일에 최선을 다하며 겸손하게, 말을 아껴야겠다.

☺ 2021년 4월 27일 火曜日 승선 2일 차

　한국에서(여수-광양) 먹을 부식을 싣는 날이어서 정신없이 일했다.

　아라온호 선원의 특성인지 모르지만 모두 한마음으로 일을 해서 정신없는 틈에서도 분명한 규칙을 느꼈다. 정말 훌륭한 배를 타고 있구나 하고 느꼈다.

　이젠 조리수님과 조리원님과는 말을 편하게 하고 '형'이라는 호칭을 쓴다. 많은 배려를 해주고 계신다는 걸 느낀다.

　처음, 배의 체력단련실에서 운동도 했다. 술도 줄이고, 운동을 하고 있으니 만족스럽다. 일을 하는 것이 오늘을 사는 것에 대한 최선이라고 믿고 있다.

하루 종일 설거지를 하고 문득 '이게 맞나?'란 생각도 든다. 그때마다 수세미에 퐁퐁을 다시 묻혀 깨끗이 그릇을 닦고 있다. 그냥 이렇게 살아보려고!

☺ 2021년 4월 28일 水曜日 승선 3일 차

벌써 이 침대에서 사흘을 잤다. 시간이 빠른 것 같고, 앞으로의 시간도 늘 그랬듯 후딱 지나갈 것 같다.

나의 일상, 5시 반까지 식당에 가서 식사를 준비한다. 6시 30분까지 아침을 내면 되니까 시간이 촉박하진 않다. 다시 돌아와 자다가 9시 30분까지 식당에 내려가 11시까지 점심을 준비한다. 저녁은 3시 30분에 출근해서 5시까지…. 시간이 잘 간다. 식당에 10분씩 일찍 가서 준비를 미리 하고 잠을 깨려고 하고 있다.

저녁 준비가 끝나면 한 시간 정도 운동하고 씻고 핸드폰을 보다가 11시쯤 잠든다. 이 일상이 마음에 든다. 스케줄에 적응하고 컨디션이 제대로 올라온다면, 점심-저녁 사이에 공부를 하고 싶다.

급하게 하지 말자. 우선 컨디션을 최고로 올려보고 싶다.

☺ 2021년 4월 29일 木曜日 승선 4일 차

　승선 4일 차인 오늘, 처음으로 점심 메인메뉴를 만들었다.

　1부터 100까지 전부 만든 건 아니지만, 조리수님께서 바쁘니깐 나에게 자리를 주셨다.

　조리원 형은 원래 요리를 하던 분이 아니라서 새로운 것에 대한 욕심이 없는 듯하다. 하지만 주어진 일에 대해선 성실하고 묵묵히 본인 일을 한다. 내게 부족한 부분이라 배우고 싶다. 아무튼, 슬슬 음식도 만들 수 있게 되니까 더 겸손하게 설거지를 해야겠다.

　요즘 설거지하고 행주 세탁하는 게 정말 좋다. 예전에 '바이킹'에서 음식을 처음 배우면서 설거지만 할 때랑 기분이 다르다. 지금은 할 수 있는데 기회가 없어서 못 하는 것뿐이니!

　설거지를 하면서 상상을 한다. 이 배에서의 수련이 끝나고 난 뒤 내가 얼마나 멋진 사람이 되어 있을까 하고!

☺ 2021년 4월 30일 金曜日 승선 5일 차

　혼자 감자조림을 처음부터 끝까지 준비해서 점심 메뉴로 나갔다. 많이 드시지는 않았다.

　기본적인 것부터 하다 보면 신뢰가 쌓이지 않을까. 그리고 조리수님도 도진 형님도 배려를 많이 해주신다. 매번 고맙다.

　하루가 후딱 지나간다. 군대랑 같은 일과라고 생각하면 쉽다. 다른 점은 개인 시간이 굉장히 중요하게 잡혀 있다는 것.

이곳에서 일과 시간 이외에는 다른 이에게 연락이 한 통도 없다….
그 부분이 사람의 긴장감을 해소시켜 주고 또 일을 기분 좋게 할 수 있
게 해준다.

생각했던 뱃문화와 다르다. 매력적이다.

다른 선원들은 배를 어떻게 생각하는지, 내가 배를 타게 된 호기심
에 대해서도 차차 적어봐야겠다.

☺ 2021년 5월 1일 土曜日 승선 6일 차

벌써 토요일이다. 슬슬 적응이 되고 있다.

어떻게 하면 아침에 개운하게 일어나고 기분 좋게 일을 시작할 수
있을까 하는 생각을 많이 한다.

컨디션 관리에 필요한 숙면, 그걸 위한 운동과 식단 관리를 해야 하
는데 운동은 하루도 빠지지 않고 하고 있다. 할 때마다 기분이 좋다!
그런데 식사 조절이 어렵다. 맛있는 게 많다. 식사도 잘 나오고 부식
(과자, 빵, 커피, 음료, 술)이 거의 무제한이다.

토요일 저녁에는 테이블마다 불판을 놓고 고기를 구워 먹었는데 오
늘은 소고기(안창살, 등심, 갈비살)모두 1++ 등급이었다. 귀한 음식
을 이곳에서 원 없이 먹고 있다.

가족 톡방에 소고기 사진을 찍어서 보냈는데 아버지가 "아들아, 아
버지가 못 사준 걸 그곳에서 마음껏 먹는 게 좋다"는 카톡을 보내셨
다. 설거지를 하다가 눈물을 꾹 참았다. 그런 의도보단 잘 지내고 있으

니 걱정하지 않아도 된다는 뜻으로 보낸 거였는데…. 나중엔 내가 사드릴 수 있을 거다.

부모님께, 내가 해드릴 수 있는 일들을 해왔다. 차와 커피를 타드리기도 하고 돈이 생긴 후로는 음식도, 옷도 사드리곤 했는데 그게 정말 행복했다. 진심으로….

5년 안에(2026년 5월 1일) 부모님께 1억을 선물하고 싶다. 그때 내 표정은 자연스럽겠지. 벅찬 마음 때문에 글을 적으면서 눈물이 맺힌다.

지금은 1억을 벌 수 없지만, 어떤 기회로든 내가 그리는 미래로 나를 데려다줘야지. 방법과 시기는 정하지 않는 것이 꿈을 상상하는 원칙 중 하나인데 이번엔 시기를 정했다…. 늘 그랬듯 이루어질 거다. 너무 자연스럽게….

내일도 5분 일찍 나가서 기쁜 마음으로 설거지를 해야겠다! 그게 내일의 최선일 테니까!

☺ **2021년 5월 3일 月曜日 승선 8일 차**

새로 시작하는 월요일이다. 오늘은 유독 아침과 점심에 일어날 때 힘들었다. 휴식 없이 6일간 운동하고 일과를 한 게 피로했던 것 같다. 오늘은 10시 이전에 자고 컨디션을 다시 회복하는데 힘을 써야겠다.

오늘 저녁으로 강된장 덮밥을 했는데 평상시 만들던 것에 70퍼센트밖에 못 보여드렸다. 재료도 충분했고 시간도 충분했는데…. 배에서는 불을 쓸 수 없어서 곤로를 쓴다. 생각만큼 열이 빠르게 오르지 않는다. 농도가 덜 잡힌 상태로 요리가 나가서 아쉬웠다.

슬슬 적응할 수 있을 거다. 요리할 기회도 많이 주신다. 내가 의지가 있으면 전부 할 수 있다. 재밌는 걸 할 때가 올 것 같다.

그때까지 컨디션 조절을 하면서 지금 내 일에 집중하자.

맥주 한 캔만 딱 마시고 자야지!

☺ 2021년 5월 4일 火曜日 승선 9일 차

승선 9일 차에 첫 위기가 왔다.

우리 배 선원 중 코로나 확진자가 나왔다. 오늘 아침밥을 하고 기분 좋게 자려고 하는데 선내 방송이 계속 나왔다. 'A'와 함께 노래방을 간 선원이 있다면 자진 신고해 달라 등등 다급한 방송이 많이 반복돼서 놀랐다.

방으로도 전화가 왔다. 혹시 내가 뭔가 잘못한 걸까? 내가 코로나 확진자인가? 점심을 준비하러 나갔는데 상황을 설명해 주셨다. 선원 두 명이서 노래방에 갔는데 그곳에서 코로나 확진자가 나왔다고…. 그분들도 안내 문자를 받고 검사를 했는데 그 사실을 숨겼다고 한다. 저녁도 배에서 평상시처럼 먹었다고 한다.

아무튼, 선원 두 명 중 한 명만 양성판정을 받았다.

그 소식을 듣고 그분과 함께한 시간을 곱씹어봤다. 노래방에 간 날짜가 4월 28일, 4일 넘게 함께했다. 저녁엔 다 같이 모여서 고기도 구워 먹고 그랬는데, 그 사람을 탓하는 사람도 있고 상황을 이해하면서 결과를 지켜보자는 사람들도 있지만, 이 좁은 공간에서 4일을 같이 생활했는데 전염자가 안 생기는 게 더 어려운 거 아닐까? 그래서 점심 식사를 까다로운 조건 속에서 전부 마치고 모두 여수 보건소로 가서 코로나 검사를 받았다.

내일 오전이면 검사 결과가 나온다. 결과에 따라 양성은 병원으로, 음성은 광양 '해비치' 숙소에서 4월 28일을 기준으로 14일간 격리를 한다고 한다!

후, 남극, 북극에 가야 하는데 이런 일이 생겼다. 그래도 순리에 맡겨야지!

☺ 2021년 5월 5일 승선 水曜日 10일 차

벌써 승선 10일 차.

모든 선원의 코로나 검사 결과 전부 음성 판정이 나왔다. 기적 같은 일이다. 모든 일에 너무 아쉬워할 필요도, 너무 황홀해할 필요도 없나 보다. 돌이켜보면 그 순간의 감정에 휘둘려서 깊게 생각하지 못하고 상처 주는 말만 상대에게 하고, 나중에 후회하게 되니 말이다.

"세상은 2퍼센트의 실제와 98퍼센트의 반응으로 이루어진다." 정말 그런 것 같다. 삶에서 약간의 변수만 일어나도 겁이 난다. 내 안의 무언가는 그걸 먹이로 최악의 상황들만 구체적으로 펼쳐낸다. 그래서 어떤 상황이 생기면, 순간의 감정을 굉장히 경계하려고 노력한다. 안 될 때가 더 많지만… 그래도, 이 감정이 전부가 아니라는 사실을 계속 되뇌인다.

오늘은 밥을 도시락으로 대체했기 때문에 편했다. 내일부턴 광양의 숙소에서 자가격리를 한다. 그래서 한 분씩 오셔서 과자도 챙기고 음료도 챙기고 술도 챙겨 가신다. 난 주방 사람이라서 실컷 챙겼다. 추가로 여벌의 옷, 속옷과 운동 기구를 챙겼다.

자가격리를 여러 번 해보고 나서 느낀 건, 자가격리할 때 컨디션을 챙기지 않으면 불행한 생각만 든다는 거다. 만약에 이 글을 읽는 누군가 자가격리를 해야 한다면 기억하면 좋겠다.

편하게 푹 자고, 자가격리 동안 죄책감 없이 푹 쉬자.

그리고 나서 기쁘게 일하자. 마음을 다해서!

☺ 2021년 5월 6일 木曜日 승선 11일 차

광양에 도착해서 각자의 방을 배정받고 격리 중이다. 아침, 점심, 저녁 모두 도시락으로 나오는데 참 좋다. 조리부 사람들은 다 좋아한다. 남이 해준 밥을 먹고, 모자란 잠을 충분히 채울 수 있으니깐.

고치고 싶은 게 있다. 지금도 좋지 않은 나의 기질이 나오려고 한다. 편하게 쉬기가 어렵다. 지금처럼 격리를 하고 무언가를 할 수도 없고, 움직일 수 없으면 이 시간을 충전의 기회로 잘 쉬고 복귀하면 되는데, 쉬는 시간에 죄의식이 생긴다. 날 갉아먹는다.

쉬는 모습을 남들이 보는 게 싫다. 마음이 불편한 모습, 그런 모습을 보여줘야 할 것만 같다. 스스로 만든 정신병이다. 누가 그러라고 한 적도 없는데, 나를 아니 꼬아 하는 사람들에 대한 방어기제인가 보다.

대사관에서 일하면서 심했던 이 증상이 지금은 10분의 1로 줄어들었다. 그래서 말할 수 있다. 고치려고 수많은 노력과 기도를 해도 안 됐는데 어느 순간 갑자기 방법을 알았다, 그냥 일을 하면 된다. 일을!

배에서 일도 잘하고 조직에 도움이 되는 사람이 되고 싶다. 그게 첫 번째다. 그 후에 관계도 있고 서로의 커뮤니티도 있다. 근데 후자 때문에 일을 완벽하게 하지 못한 경우가 정말 많았다. 지금도 충분히 쉬지 못하고 있으면 복귀해서 내 역할을 제대로 할 수 없을 거다. 그래서 쉬어야 한다.

돌고 돌아서 알게 된 진리이겠지만 이것 또한 온전히 받아들이기 어렵다.

사는 게 이런 게 아닐까. 마음의 멍을 발견하고 이유를 찾고, 나아지려고 노력하는 것까지… 그게 사는 거겠지.

☺ 2021년 5월 7일 金曜日 승선 12일 차

요즘 비교적 시간이 많다. 저녁밥 준비를 마치고 8시 넘어서 쓰던 승선 일기를 점심 도시락을 먹고 쓰고 있다. 도시락이 진짜 맛있다. 남이 해준 음식은 최고다.

아침에 컨디션이 좋지 않았다. 어제 가져온 술을 마시고 자서 그런 듯하다. 아침에 남은 술을 다 버렸다. 안 그럼 또 찾게 될까 봐. 아무튼,

도시락을 먹고 운동하고 노래를 듣고 혹시 몰라 챙겨온 책을 꺼냈는데 그중 하나가 『침묵의 기술』이다. 슬쩍 펼쳐만 보려 했다가 꽤 많이 읽게 됐다.

책에 이런 말이 나온다. 우리가 말 잘하는 기술을 배우고 익히듯 침묵하는 것도 배우고 익혀야 한다고. 그러니깐, 필요한 말만 하라는 것이다.

정곡을 찌르는 말이 많았다. 사실 난 내가 말을 잘한다고 자부하면서 살았는데…. 남들과 같은 이야기를 해도 더 맛있게 말할 수 있다고 생각했다. 근데 정해져 있는 이야기를 재밌게 전달하려면 듣는 사람의 성향에 맞춰서 더할 건 더하고 뺄 건 빼야 한다. 그걸 맞추지 못해서 거짓말을 보태기도 하고 아예 다른 얘기를 전달하기도 한다. 그렇게 되면 말로 죄짓는 게 된다.

난 말을 하는 것이 쉬웠고 참는 게 어려웠다.

사람들의 침묵을 나의 재치로 깨면 된다고 믿으며 살았다. 근데아니었다. 실없는 웃음을 만들려고 고민을 하게 되고 없는 얘기들을 만들고 또 눈치를 보게 된다.

얼마 전부터 침묵을 지키고 혼자서 필터링 하는 습관을 가지려고 애쓰던 찰나에 이 책을 읽게 되었다. 이 책이 선물이라고 믿고 침묵을 공부하려고 한다. 이곳에서 얻는 선물이 참 많다!

자가격리 3일 차, 슬슬 심심하다.

이렇게 쉬어도 되나? 마음의 불안감이 잡아 먹으려고 하면 책을 내려놓고 명상 자세를 한 다음 숨을 크게 들이마시고 천천히 뱉기를 수십 번 반복한다. 그럼 괜찮아진다. 오늘의 고민이나 불안함이 덜어져 나간 느낌이다.

점심을 먹고 노래를 듣다가 그 가수가 나인 것처럼 상상해본다. 공연하는 장면을 머릿속으로 그려본다. 그러다 보면 음악이 아닌 수단으로 내가 박수를 받고 인터뷰를 하고 공연을 하고 음식을 선물하고 사람들이 좋아해주고 놀라는 상황으로 자연스럽게 상상이 된다. 그때 글을 쓰기 시작한다. 구체적으로 이루고 싶은 미래를 상상하면서 그 장면을 종이에 옮겨본다.

내가 인터뷰를 할 때 어떤 옷을 입고 있을지, 자세는 어떤지, 말투는 어떤지에 대해서 전부, 그러다 보면 울컥한다. 주체할 수 없을 만큼 들뜨기도 한다. 그럼 마음속으로 꿈이 이루어진 거다.

그 기분으로 할 일을 마음을 다해서 해나간다. 내가 생각한 미래와 현실 사이에 괴리감이 커도 상관없다. 오히려 그 격차가 어떤 계기를 통해서 좁혀질지 상상하면서 즐거워하면 된다. 괴리감, 불안감은 내가 만드는 경우가 거의 대부분이다.

근데 신기한 건 이룬지도 모르게 이루어진다는 거다. 대부분 그랬다. 그래서 이번에는 해당이 안 될 것 같고, 겁이 날 때도 있다. 하지만 방법이 그게 다다. 수를 쓰지 않고 상상을 하고 오늘 웃으면서 마음을 다해서 일하면 된다. 마음을 다해서!

남들보다 잘해야 하고, 빨리 해야 하는 게 아니다.

진심으로 하다 보면, 도움이 되는 일을 하며 지내다 보면, 어느새 원하던 일이 이루어져 있다.

☺ 2021년 5월 10일 月曜日 승선 15일 차

자가격리 5일이 지났다.

회사에서 월급이 들어왔다. 4월 26일부터 일을 했으니 며칠만 산정해서 들어왔다. 한국에서 내 가게를 차리기 전까지, 돈을 벌 수 있을 거라고 생각을 못 했다. 요리하는 다른 친구들처럼 180~210만 원을 받고 집세 내고 연애하고⋯ 그러면 저축은 못 할 거라고 생각했다. 그게 당연하고 생각했다, 그때까진.

지금 당장 벌게 될 돈에 대해서 말을 아낄 수 있는 결정적인 이유는, 훗날 부족하지 않게 돈을 벌 거라는 꿈을 꿨고 그게 이뤄질 거라 믿었기 때문이다. 궁금했다. 내가 요리를 하게 되면, 어떤 계기로, 어떤 기회로 돈을 벌 수 있을까 하고⋯.

꿈을 꾸고 오늘, 할 수 있는 걸 하자. 그 과정까지 구체적으로 정하진 않았으니. 그렇게 꿈을 꾸고 한국에서 일을 구하고 있었는데 갑자기 파푸아뉴기니에 있는 한국 대사관에 하나뿐인 요리사로 가게 되었다. 대학교를 막 졸업한 놈이 말이다. 기회가 왔고 선택을 했다. 할 수 있는 모든 걸 했다. 대사관에서 열린 외교 행사는 내가 아는 모든 걸 쏟아부어도 부족한 게 많았다. 내 그릇을 넘는 일들이었다…. 겁도 나고 울기도 했지만, 한 번도 신세를 한탄하면서 괜히 선택했다고 말한 적은 없다. 장난으로도 그런 얘기는 안 했다. 이 상황이 최선이라고 믿었으니 말이다.

대사관에선 한국에서 생각했던 돈의 두 배를 받고 일했다. 처음으로 통장에 수천만 원이 찍혔다. 그러다가 코로나가 발생했고 모든 외교 행사가 중단되었다. 대사님과 상의 후 계약을 종료하고 한국으로 왔다. 그것도 내 선택이었다. 1년 정도 쉬었다. 물론 불안하고 조급한 마음도 들었다. 하지만 나를 믿고 성급하게 일을 찾으려고 하지 않았다.

파푸아뉴기니에서 근무할 때 본 배가 생각이 났다. 북극-남극을 왔다 갔다 하면서 해양탐사를 하는 배라고 했다. 대사님이 신문을 펼치고 설명해주시던 게 기억이 나서 그 회사에 전화를 했다. 대사관 주방장에서 해양탐사선 조리부 막내로 오게 된 나. 이 배의 조리부로 면접을 보고 나서도 직위와 연봉에 대해 묻지 않았다. 궁금하지 않았다. 재밌는 건 주방장에서 설거지하는 임시 조리사로 여기에 오게 되었는데 돈은 대사관에서 일할 때보다 더 받고 있다. 신기한 일이다.

내 안의 권위가 날 불행하게 만들려고 할 때도 있지만 내 선택을 믿는다. 그럴 때일수록 설거지를 깨끗하고 빠르게 해버린다.

이 일을 2년 정도 하려고 한다. 그 뒤론 꿈에 가까워지는 다른 일이 생길 것 같다. 다음 관문으로 가는 키를 여기서 챙긴다고 믿고 마음을 다해서 일해야겠다.

☺ 2021년 5월 11일 火曜日 승선 16일 차

쉬면서 〈테라스 하우스〉를 넷플릭스에서 봤다. 좋더라···. 중반부에 등장하는 '한다 유토' 남자 캐릭터에 빠졌다. 마음이 따뜻하고 상대방을 존중할 줄 알고, 무엇보다 본인이 존중받아야 한다는 사실도 알고 있어서 참 좋다. 그 모습이 매력적이고 어른스럽게 느껴졌다. 영화를 볼 때도, 다큐를 볼 때도 누군가의 캐릭터에 유독 집중을 하곤 하는데, 이번엔 유토 씨의 에너지에 빠져 들었다.

영화를 볼 때건, 다큐를 볼 때건 한 자리에서 한 번에 보는 경우가 거의 없다. 보다 보면 내가 그 배역이 된 것처럼 상상하고 그 때문에 재생을 멈추고 그냥 내가 그 사람의 모습이 돼서 상상하거나 글을 적기도 한다.

몰두가 되는 배역이 다 달라서 그때마다 새로운 세상을 잠깐 살아가는 느낌이 든다.

☺ 2021년 5월 12일 水曜日 승선 17일 차

하루하루 푹 쉬면서 시간을 만끽하고 있다. 가끔씩 불안이 또 나를 덮치긴 하지만, 아주 잠시일 뿐, 지금 정도의 그림자는 별것 아닌 듯 금방 빠져나와 자유로워지고 있다.

내 삶을 올바르게 공부하면서 타인에게 의지하고 싶은 마음과 도피할 수단으로써의 역할에서 자유로워지면, 그게 진짜 자유가 아닐까?

여태 느껴본 적 있을까 싶은 자유지만, 점차 가까워지고 있음을 느끼면서 살고 있다.

시기는 정하지 않았지만, 꿈꾼 것들이 현실이 될 거다. 아주 자연스럽게…!

☺ 2021년 5월 13일 木曜日 승선 18일 차

온전히 쉬었다. 편하게 시간 위에 서 있는 느낌이다.

다시 일을 하게 된다면, 마음을 다해서 일할 수 있을 것 같다. 이 마음이 꾸준했으면 좋겠다.

방금 본 유튜브에서 어떤 유튜버의 아들이 유치원에서 코로나에 감염되어서 양성판정을 받았다는 얘기를 들었다. 보호소에 들어가야 하는데 한두 달 동안의 생활을 아들이 혼자 할 수 없으니, 엄마도 같이 들어간다는 내용이었다. 마음이 좋지 않았다. 그 유튜버와 아들에게 위로가 될 수 있는 말이 가득하길.

누군가를 위로하고 싶을 때, 그 사건으로 힘든 그 사람의 얘기를 듣는 게 최선이 아닐까 생각한다. 하지만, 무언가 얘기를 해야 할 때, 필요한 얘기를 그 사람에게 당장 필요한 만큼 해주는 게 중요하다고 생각한다. 물론, 나도 그 정도를 지키지 못하고 많은 실수를 했다. 예전에 비해선 말을 아끼고 침묵을 한다. 정적이 어두운 것이 아니라 오히려 밝을 수 있음에 놀라기도 한다. 나 역시, 누가 나를 위로해줄 때 싫은 말이 몇 가지가 있다.

우선, 필요한 얘기 이상으로 내가 담을 수 없는 얘기까지 해서 숙제를 주는 경우다. 어느 이상은 듣기 싫고, 더 듣다 보면 힘이 드는데 말하는 사람은 신이 나 있다. 상대방을 위한 게 아니다. 늘 조심하고 경계해야 하는 실수다….

두 번째, 남 얘기를 끄집어내 욕할 대상을 만드는 경우다. 같이 죄를 짓는 거다. 그 순간 욕할 대상이 생겼고 내 잘못이 아닌 것처럼 느껴지겠지만, 이건 일을 해결하는 게 아니고 그냥 보이지 않는 곳으로 미뤄두는 것뿐이라고 생각한다. 고민을 미루고 이런 방법으로 살아가는 사람을 신뢰하질 않는다. 하지만 이게 가장 일반적이고 쉬운 방법이란 것도 안다. 나와 내 친구들의 삶의 목표는 '잘 살아 보는 거다', 내 삶에 집중하고 싶다.

당연히 억울한 일이 생기고, 날 거슬리게 하는 사람들이 있다. 하지만 상대가 이상하니까, 운이 안 좋았으니까, 이렇게 넘겨버리면 내 삶이 달라질까? 나한테 묻는다. 나의 어떤 부분 때문에 이런 일들이 반복되는 걸까? 말투일까, 행색일까…?

'아! 내가 말을 흐려서, 사람들이 오해하고 일이 틀어지는 경우가 생기는구나!'

이런 상황이 반복되는 게 싫으면 원인을 나에게서 찾자.

누군가를 욕하고 탓하고 싶은 마음이 늘어나는 요즘이다.

사실 내게 하는 말이다. 정말, 잘살아 보고 싶다. 꿈꾸고, 꿈을 언제 이룬지도 모르게 이뤄가면서, 아주 자연스럽게.

집 떠나온 지 20일 차다.

내일 호텔에 가서 코로나 검사를 다시 받고 월요일 오전에 결과가 나오면 음성인 선원들은 배로 복귀한다. 시간을 아낌없이 휴식하는 데 잘 쓴 것 같고, 다시 일하러 가게 되면 더 좋은 마음으로 일할 수 있을 것 같다.

원 없이 쉬었다. 이제 배로 돌아가면 출항하기 전까지 만들고 싶은 습관들이 있다.

우선, 코어 운동을 매일매일 하는 것.

운동이 나의 장애를 고쳐주지 않을까 생각한다. 매일 저녁밥 준비가 끝나면 헬스장에 가서 운동을 하고 다른 기능성 운동도 하고 하루를 마무리하려고 한다. 미뤄뒀던 노력을 이곳에서 한 번 해보고 싶다.

두 번째로, 점심밥과 저녁밥 사이에 두 시간 정도 여유가 있는데, 언어 공부 하는 습관을 만들어야겠다. 그 시간만큼은 일본에 가는 꿈을 그리거나 구체화하는 시간을 가지려고 한다.

언젠가는 일본에 가서 시간을 보내고 싶다. 그 시기가 생각보다 멀지 않은 것 같다. 그것을 꿈꾸고 구체화하기 위해 이 배에서의 규칙적인 생활 속에서, 설거지하면서, 공부하면서 꿈꾸는 것이 참 좋다.

배 안에서 '침묵'을 연습하고 싶다.

굳이 하지 않아도 되는 말을 아끼고 더 듣는 연습을 해야겠다. 일본어랑 같이…!!

☺ 2021년 5월 16일 日曜日 승선 21일 차

호텔 격리 마지막 날이다.

아쉽기도 하다. 아쉬움도 일터로 돌아가서 일을 시작하게 된다면 금방 사라질 감정들이다.

오늘은 도시락집이 문을 닫아서 투표로 정해진 자장면과 햄버거를 점심, 저녁으로 나눠서 먹게 됐다. 자장면하고 버거킹은 최고였다! 이제 열심히 일할 것만 남았다!

격리 기간 동안 밤마다 하루를 같이 마무리한 클럽하우스 친구들하고 작별인사를 하고 현실을 살아야겠다! 기쁘게 일하면서 드는 생각들을 계속 적어봐야겠다.

☺ 2021년 5월 17일 月曜日 승선 22일 차

돌아왔다!

오전에 코로나 '음성' 결과가 나와서 격리를 마치고 모든 선원이 배로 복귀하게 됐다. 짐을 풀고 쉬다가 저녁 준비를 하기로 했는데, 누워 있자니 잠이 올 것 같아서 30분 일찍 나가서 일할 곳을 청소했다. 정말 재미있는 건 조리수 형님도 조리원 형도 다 20분 넘게 일찍 나오셨다. 다들 잠들까 봐서….

우린 한참 웃다가 커피 한 잔 내려 마시고 일을 시작했다. 잘 쉬고 온 덕분일까? 기분 좋은 상태로 내가 할 수 있는 일들을 찾아서 하게 된다.

그 마음이 전해진 걸까, 내일 백신을 접종하러 서울로 가는 오전 기차를 타야 하는데 아침하러 나오지 말고 푹 자라고 배려를 해주셨다.

동료들에게 이 감사함을 온전히 전할 수 있는 때가 있으리라 믿는다. 내일은 컨디션 조절을 잘해서 서울에 다녀와야겠다.

☺ 2021년 5월 18일 火曜日 승선 23일 차

오늘은 정말 피곤했다.

여수에서 서울까지 세 시간이 걸리는데 왕복 여섯 시간이니깐 피곤한 여정이었다. 잠을 깨는 순간부터 1초 단위로 시간이 갔다.

오전에 서울 도착, 점심 먹고 각자 남은 시간 동안 필요한 물건을 사고 알아서 보냈다. 머리 자를 사람은 자르고 3시에 백신 접종하고 9시 넘어서 배로 돌아왔다. 엄청 지친다. 쉬지 않고 2일은 일한 것만 같다.

네 명이 같이 서울에 갔는데 큰 형님이 스물아홉 살 그리고 내가 스물여섯 살, 그 밑에 스물네 살, 스물두 살…. 같이 이동하면서 얘기를 했는데 모두 지방에 살고 있었다. 얘기의 주제는 서울에서의 집 장만이었다. 나는 과천에서 나고 자라 자연스럽게 서울과 가깝게 지냈고 지금도 부모님은 그곳에 살고 계신다. 하지만, 그들은 서울에 집을 사는 걸 목표로 배를 타는 것 같았다. 오로지 그 이유 하나인 것처럼 얘기를 했다. 이 동네는 전철이 뚫려서 얼마가 올라갔더라, 저 동네는 시장이 바뀌면서 집값이 올랐더라 하면서 말이다.

그 얘기를 듣고 입을 닫았다, 뭐랄까? '내가 운이 좋았구나, 복이 많았구나' 난 집을 사야 한다는 생각이 아예 없었다.

그러다가, 지금 우리 집을 팔아야 하는 상황이 올 것 같아서 '내가 아버지가 지은 집을 사야겠다' 그런 꿈을 꾼 게 몇 주 전이다.

지금은 계획도 가능성도 없는 얘기지만 이런 말조차 오해가 될까 봐 말을 아꼈다. "왜 대사관을 나와 배로 왔냐, 이 돈을 가지고 뭘 할 거냐"고 형들이 내게 물었다. 답은 미뤘다. 때가 됐을 때 말하는 게 좋겠다는 생각이 들었다.

이 시간이 필요했다, 이 시간과 일상과 이런 상황이 내 삶에, 지금 이 시기가 필요했다. 돈도 당연히 좋다. 그리고 중요하다.

당장 얼마를 버는가에 연연하지 않게 상황을 만들어주고, 생각을 길러준 부모님께 감사한 마음이 든다. 지금 내가 버는 돈은 내가 앞으로 벌게 될 돈의 거마비다. 얼마를 받든 괜찮다. 영원한 게 아니니 말이다.

배를 타는 이 시간이 너무 필요했다. 불편하긴 하지만, 정해진 시간에 내가 잘할 수 있는 일을 하고 쉬는 시간엔 내 의지만 더하면 운동이든 공부든 생산적인 일을 할 수 있는 이 시간이 필요했다.

친구들과 함께 지내면서 눈과 귀를 막고 내 것을 해나갈 자신이 없다. 친구들의 영향을 많이 받는다. 그래서 친구들의 좋지 않은 에너지를 경계하기도 한다.

음식뿐만 아니라 사람, 송영석으로서 한 번 더 나아질 수 있는 기회라고 생각한다. 어렵지 않은 일이다.

그래서 승선 일기도 매일 쓸 수 있는 거 같다. 큰 의지를 세우지 않아도 상황이 이렇게 된 것에 감사하다.

☺ 2021년 5월 19일 水曜日 승선 24일 차

   아침에 일어났는데 왼쪽 팔이 불편했다. 운동을 무리해서 한 다음 날 심한 근육통처럼, 백신을 맞고 나타날 수 있는 신체 반응이라고 한다. 오후에 슬슬 컨디션이 정상으로 돌아오는 것 같았다.

   내일은 잘해야 한다. 부주방장님께서 내일 코로나 백신을 맞으러 가셔서 저녁을 나랑 다른 형, 둘이서 해야 한다.

   우선 내일 저녁, 갈비찜을 하기로 해서 꺼내 두고 방으로 돌아왔다. 대사관에서도 하던 메뉴인데 환경과 방식이 달라지니 살짝 긴장도 된다. 그래도 다행인 건 맛없는 음식은 만들지 않을 거라는 자신이다.

   어릴 때부터 재료를 얼마만큼 넣어야 하고 어떻게 만들어야 하는지, 정해진 대로 배우고 익히는 게 아니었다. 무엇이 들어가는지 알고 항상 맛을 보고 그걸 생각하면서, 정해진 재료 안에서 스스로 맛을 찾아가도록 배워왔다. 좋게 말해서 감각을 익히는 훈련인데, 사실은 시장통 방법이다. 엄마가 반찬 가게를 오래 하셔서 보고 배우며 습득한 방법이다. 그 덕분에 음식을 먹어 보면 70~80퍼센트 정도는 비슷하게 만들 수 있다. 어설퍼도 맛은 있다. 그러니 기회가 왔을 때 날 믿고 해봐야겠다. 뻔한 맛이라도 내가 만들어 맛있게 식사를 선원들에게 제공할 수 있는 거니깐.

   내일의 컨디션을 위해서 일찍 자야겠다. 부주방장 형님의 마음이 편할 수 있도록 완벽하게 하고 싶다. 내가 배려 받은 것처럼!

☺ 2021년 5월 20일 木曜日 승선 25일 차

나의 첫 메인메뉴가 성공했을까?

시간에 맞춰 늦지 않게 낼 수 있었다. 70퍼센트밖에 마음에 들지 않는다. 곤로를 사용해서 만드는 방식에 적응하려면 시간이 필요할 것 같다. 곤로가 열이 늦게 오르고, 또 금방 꺼진다. 불로 하는 요리랑 많이 다르다.

그래도 지난번 강된장을 했을 때보단 나아져서 다행이다.

요리는 마음에 들지 않았지만 모두 맛있게 드셨다.

☺ 2021년 5월 22일 土曜日 승선 27일 차

이제야 일과를 마치고 샤워 후에 마음 편히 책상 위에 앉았다.

글이 길어질 것 같다. 여러 생각이 든 하루였다. 오늘은 출항 준비를 위한 선원들의 이부자리와 방 세팅을 하게 됐다. 쉬는 시간도 줄고 요리가 아닌 부수적인 일을 해야 한다. 매트리스를 들었다 놨다, 왔다 갔다를 반복하고 지치는 일이다 보니 같이 일하는 사람들 입에서 욕이 끊이질 않았다.

이걸 왜 해야 하냐 하는 투덜거림, 하다가 뭐가 잘못되면 반사적으로 욕이 나왔다. 사실 요리 외에 부가적인 일이 반갑진 않다. 그냥 한다. 이걸 했을 때 도움이 될 거라고 생각하고 참고 한다.

옆에서 욕을 계속하니까 참기 어려웠다. 그분이 좋은 사람인 걸 알면서도 마음속에선 그 순간 수없이 미워했다. 아무래도 뱃일이 몸을 쓰는 일이다 보니 사람과 별개로 상황이 그렇게 된다. 위험하고 시끄러우니깐, 서로 큰소리도 내고 말도 거칠어진다.

난, 내게 주어진 상황이 맞지 않는다고 입을 내밀고 일할 생각은 없다. 같이 가십거리를 찾아서 시간을 죽일 생각도 일절 없다. 내 일을 미루지 않고 찾아서 하고, 또 내가 속한 조직에 도움이 될 수 있는 일을 찾아서 하고 싶다. 다른 사람을 그 자체로 인정해주고 거슬릴 것 없이 사랑하고 싶다. 그런 날이 오겠지?

오늘 조리장님이 승선하셨다. 내일, 울릉도로 시범 항차를 간다. 선원이 지금보다 29명이 더 승선하기 때문에 조리장님께서 시범 항차 기간 동안 같이 음식을 만들어주신다.

조리장님을 처음 만났을 때 '아! 선한 사람이다'는 느낌을 받았다. 인상도 좋고 말씀도 좋게 하신다. 조리장님은 음식을 성의 있게 하시는 분이셔서 현재 주방에 대해서 아쉬운 부분이 많으신 것 같았다. 그래서 막내인 날 불러서 "내일, 이곳은 닦고 저곳은 쓸고, 이곳은 새로 갈아놓아라"라고 말씀하셨다.

조리장님의 가치를 배우면 많이 발전할 수 있을 것 같다. 근데 이상하게 서운한 마음도 들었다. 뭐랄까, 음식을 만들 기회가 없을 것 같다는 느낌도 든다. 아직 내가 가진 것들을 보여드리지 못했는데 뭔가 그들 사이에서 인정받을 수 없을 것 같다는 느낌도 들었다. 솔직하게 그런 마음이 들었다. 근데 이건 내 욕심이다.

내가 오히려 선배들의 가치를 인정하지 않고 있기에 더 분하다고 느끼는 걸까. 인정할 것을 인정해야 그 다음이 있다. 쓰라려도 인정해야 한다.

이 생각은 오늘내일 지난다고 빠르게 바뀌지 않을 거란 것도 안다. 그렇기 때문에 지금은 주어진 일이 뭐든 정말 최선을 다할 거다. 이 순간 요리와 멀어져도 어차피 음식 만들면서 평생 살아갈 거니까, 내 인생에서 이 순간 배워야 되는 게 있는 거겠지.

몸이 부서질 듯 아프다. 바닥에 손을 짚으면 손목이 아프고 쉬려고 앉으면 허리랑 엉덩이가 아프다.

컨디션 조절을 잘해야겠다. 내일도 끝까지 분주히 움직일 수 있도록!

☺ 2021년 5월 23일 日曜日 승선 28일 차

하루가 지나갔다.

발톱부터 턱 밑으로 안 아픈 곳이 없다. 체력이 좋다고 자부했었다. 남들이 지쳐서 쉴 때도 일을 빨리 끝내고 다른 사람 일을 돕고 그러기 위해서 늘 컨디션 조절을 신경 쓰면서 운동을 하는데 요 며칠은 너무 힘들었다. 평상시에 쓰던 근육과 다른가? 내가 약한 건가?

음식을 만드는 시간에도 청소하고 컨테이너를 다니면서 계속 쌀을 나르고 짐을 날랐다. 반나절 그렇게 하니 허리하고 다리가 후들거렸다. 50대 아저씨들도 욕을 하시면서 잘 옮기셔서 괜히 따라 하려고 몇 개 짊어지고 가다 몇 번이나 넘어졌다.

　당분간 이 일을 해야 하는데, 어떻게 해야 잘해서 도움이 될 수 있을까. 악으로 깡으로 하긴 하는데, 내일은 오늘보다 더 일이 많은데, 몸이 빨리 회복되면 좋겠다. 일단 일찍 불 끄고 자야겠다.

　배워야 할 일이 정말 많다.

　'이게 과연 도움이 될까? 이게 맞나?' 이런 생각이 솔직히 2천 번은 넘게 든다. 그런데 내가 외국에서 이 배를 보고 '뭔지 모르겠지만 저걸 타야겠다'라고 느낀 것처럼 일을 하면서도 어떤 느낌이 든다. 이 배에서 어떤 일이든 꾸준히 좋은 마음으로 한다면 내 삶의 부족한 부분을 채울 수 있을 거다. 그러니 입을 닫고 쌀을 나를 수밖에.

　점심밥과 저녁밥 사이에 두 시간이 있다. 그 시간에 일본어 공부를 시작했는데 오히려 공부에 집중을 하게 되서인지 마음이 편하고 좋다. 그 시간엔 일본어 소리를 틀어놓고 일본어를 주고받으면서 뭔가 하고 있는 상상 자체가 너무 기쁘고 좋다. 배에서 여러모로 얻게 될 게 많을 것 같다.

　몸 회복해서 내일도 열심히 날라야겠다. 고맙다!

☺ 2021년 5월 24일 月曜日 승선 29일 차

　실컷 뛰어 다니고, 짐 나르고 음식을 하다 보니깐, 시간이 훅 갔다.

　지금도 배가 바다 위를 달리고 있다. 파도의 일렁임에 따라서 배가 앞뒤, 좌우로 흔들리는데 다행히 이 정도에는 멀미를 하지 않는다. 다행이다.

오늘부터 10일간 시범항해로 외부 승객 스물아홉 분이 늘어났다. 식당을 두 곳으로 나눠서 식사를 진행하는데 문제는 코로나 때문에 한 테이블 당 한 명만 식사가 가능하다. 원래는 여섯 명이 앉아서 먹던 테이블인데….

식당 두 곳에 각자 세 타임으로 총 여섯 번 음식이 나간다. 설거지양이 거의 네 배 이상 늘어났다. 새벽 5시에 일하기 시작해서 저녁밥을 하면 7시 30분 정도 돼서 방에 들어올 수 있다. 씻고 나서 글을 쓰려고 앉으면 거의 8시다. 중간 중간에 한 시간, 한 시간 30분 정도 쉬는데 그 시간에 어떻게 하면 어중간하게 보내지 않고 쉬거나 공부할 수 있을지 방법을 찾는 중이다.

8시가 넘었다. 지금쯤, 아버지는 엄마랑 교대하고 집에 와 쉬고 계시겠지. (우리 집은 동네에서 조그마한 음식점을 하고 있다.)

혼자서 설거지할 때, 가끔씩 '이 시간엔 엄마가 육수를 우리고 계시겠구나, 아버지가 반찬을 담고, 늘 오시던 오랑쥬 아저씨가 커피를 내려서 오셨겠구나' 하고 생각하면 괜히 흐뭇해진다.

글을 쓰는 데 손가락 마디마디가 저린다. 상황이 바뀌질 않을 테니, 하루빨리 굳은살이 생겨서 무뎌졌으면 좋겠다. 오늘은 별다른 생각이 없어서 하루 일과를 길게 썼다. 잘하고 있는 게 맞겠지? 의미 없는 질문인 걸 알지만, 하루에도 수십 번 묻게 된다. 과연 맞는 건지….

이런 결의 일을 해본 적이 없어서 그럴 수도 있겠지.

내일을 위해서 오늘은 조금만 노래를 듣고 즐기다가 자야겠다.

일과를 끝내고 맥주 한 캔 시원하게 마시는 중이다.

파도가 세서인지, 바람이 세서인지 배가 심하게 왔다 갔다 하는데 그때마다 철썩철썩 파도 소리가 듣기 좋다.

그 소리에 맞춰 맥주 마시는 것도 하나의 낙이 될 듯싶다.

여긴 울릉도 근처인데, 벌써 인터넷이 안 된다.

대부분 사람들은 자기 인생의 체스에 수를 배우고 그걸 배운 대로 놓으려고 하는 것 같다. 난 스스로 '이걸 이루려면, 이만큼의 돈을 벌려면 이렇게 해야만 해'가 아니라 구체적으로 꿈을 꾸고 오늘 내가 할 수 있는 일을 마음을 다해서 한다. 가장 중요한 건, '마음을 다하는 것'.

잘 하는 게 중요한 게 아니다. 1등이 중요한 게 아니다. '내 마음을 다하는 것.' 일하는 사람에게, 음식에게, 내 물건들에게….

그러다 보면 내가 원했던 건지 모르는 과정들이 생긴다. 대사관의 주방장이라던지, 배의 조리부 막내라던지, 내 체스판은, 내가 계획하고 놓는 게 아니라 놓여지는 것 같다. 그 상황에 꾸준히 마음을 다할 뿐이다.

그럼 묻겠지? 어디로 가는지도 모르고, 잘못될 수도 있지 않겠냐고. 나도 가끔 의심하고 흔들리지만, 분명 내 꿈으로 가는 길이 맞다고 느껴진다.

원했던 돈을 벌게 해줬고, 원했던 일을 시켜줬고 내가 바랐던 곳으로 데려가준다. 아주 자연스럽게. 물론 매 상황마다 즐겁지 않은 적도 있다.

대사관에서 일할 땐 외교 행사가 너무 큰 산이고 버거워서 매일 밤 울면서 기도했었다. 배에선 내 손 마디마디가 보라색 멍이 들어서 맥주캔도 볼펜으로 따야 한다. 그러나 받아들이는 중이다. 내가 원했던 것에 대한 세금이다.

불행하다고 생각하지 않고 받아들였을 때, 그때 마음을 다할 수 있다. 그러면 그제야 그 다음이 보이기도 한다!!

☺ 2021년 5월 26일 水曜日 승선 31일 차

무사히 끝이 났다….

아침 일찍 일어나서 밥 하러 가기 전에 잠 깨려고 스트레칭하고 인터넷이 터지나 핸드폰을 확인했는데 연결이 된다. 퇴근하고 씻고 나와서 바람 쐬러 잠깐 갑판에 나오니깐, 인터넷과 전화가 된다. 왜인가 하니, 지금 독도하고 울릉도 근처를 왔다 갔다 하나 보다.

오랜만에 부모님께 전화 드리고, 정호하고 창섭이에게 전화 걸었는데 정호는 전화를 안 받는다…. 뭘 하고 있을까.

창섭이랑 오랜만에 통화했다. 인터넷이 끊기기 전에 후딱! 많은 얘기를 할 수 있는 친구들이다. 꾸준히 얘기를 나눴던 친구들이고.

누가 먼저 시작했는지 알 수 없다. 하지만, 우린 잘 살고 싶다. 돈을 많이 버는 걸 얘기하는 게 아니다. 그 이상의 것을 원하고 있다. 뭔지는 몰라도. 그걸 행복이라고 믿고 있다. 시간이 많이 걸리겠지만, 그걸 쫓는 과정 속에서 느낄 수 있다. 이 과정이 분명 맞다는 것을 우린 안다.

이제 손바닥 안쪽으로 굳은살이 박이기 시작해서 예전처럼 화끈거리거나 아픈 게 덜 하다. 역시 적응을 하니깐 좋다.

저녁까지 마치고 바닥 청소를 하고 방에 들어와서 아껴놓은 맥주 한 캔을 마시고 있는데, 기분이 좋다. 매일 마시면 이렇게 맛있을 수 없을 것 같다.

오늘 정호랑 통화했다. 정호랑은 고등학교 동창이다. 우린 농구를 하다가 친해졌는데, 둘 다 돌파 기술은 없었고 슛 쏘는 걸 위주로 플레이했었다. 정호가 나보다 한 수 위였다.

가끔은 원하는 대로 경기가 풀리지 않기도 하고, 친구들에 비해서 실력이 부족한 느낌이 들어서 분하기도 했었는데, 실내 농구장에서 시내로 오는 굴다리 뒷길을 지나치면서 정호가 나한테 어떤 말을 해줬다. 정확히 기억이 나질 않지만, 내가 부끄럽기도 하고 촌스러워서, 눈물이 날 것 같아 감추기 바빴던 기억이 있다.

누가 먼저랄 것도 없이 우린 서로의 꿈을 얘기했다. 정호를 마음을 다해서 믿었다. 인간적인 우정? 그 존재를 그대로 인정할 수 있다는 느낌이 들었다. 물론, 나 역시 그런 존중과 믿음을 받고 있다는 느낌이 있다.

고등학교 3학년 가을에, 자신이 원하는 직업을 얘기하고 가고 싶은 대학을 얘기했다. 동네 3단지 교촌치킨을 기다리는 상가 계단에서 서로를 응원하고 믿었지만, 현실적인 노력 부족으로 우리가 원하는 희망 대학은 가기 어려운 상황이었다. 그래도 같이 상상하고 이룬 것처럼 그 순간 기뻐했다. 근데 신기하게도 이뤄졌다.

난 새로운 전형이 생겨서 그 전형으로 대학에 입학했고 정호도 수시로 대학에 합격했다. 그때 우리 둘의 머리에 번뜩인 것이 '말하는 대로 이루어진다'였다. 둘 다 동시에 같은 진리를 쫓기 시작했다. 그리고 각자의 삶을 살면서 대화를 했다. 우리의 주제는 늘 "생각과 다르다", "원하는 것을 하고 있는데 왜 불행할까"였다. 그때, 우린 불행한 이유를 외부에서 찾지 않았다. 아파도 내부에서 찾기 시작했다. 그러면서 자연스럽게 다음으로 이어진 주제가 '평화'였다. 'Peace', 그 이야기를 할 때 눈물이 날 만큼 마음이 안정됐었다.

그래서 "이 순간이 평생 지속되었으면 좋겠다"라는 의미에서 "Aaip(Always Awake In Peace)"를 만들었다. 이태원 지노스 피자에서 조각 피자를 먹다가. 그 여정의 중간에 우리와 같은 주제를 가지고 열심히 살아가는 창섭이까지 만나게 됐다. 그렇게 평생을 함께하는 친구들!

☺ 2021년 5월 28일 金曜日 승선 33일 차

벌써 금요일이다.

휴무가 없으니까 평일과 주말 구분이 딱히 없지만 그래도 주말은 반갑다. 시간이 가는 느낌이 든다. 오늘도 똑같다. 아침 준비하고 30분 쉬고 점심하고 한 시간 반 쉬고 저녁하고, 요리 외에 잡일하고 나니깐 7시 30분. 승선 일기는 늘 8시에서 8시 10분 사이에 쓰는데 지금은 습관이 돼서 자연스럽게 일기를 쓰게 된다. 늘 글을 써왔지만, 30일 연속 쓴 적은 없는 것 같다. 지금은 포항인데 내일 다시 울릉도, 독도로 가서 시범 운항을 할 것 같다.

일하고 있을 때, 누군가 지적하거나 혹은 일에 대해 이렇게 저렇게 알려줄 때가 있다. 다른 건 모르겠는데, 음식에 관해선 옳은 지적을 받아도 마음에선 반항심이 들끓는다. 뭐랄까? 인정하기가 싫다. 그리고 그런 마음을 품은 내가 미워져 기분이 안 좋다. 하루에도 몇 번씩 반복된다.

어떻게 하면, 이런 마음에서 자유로워질 수 있을까? 순수하게 받아들이고 더 쉽게 앞으로 나아갈 수 있을까? 정신에 먼지가 끼지 않고 기쁘게 마음을 다해서 일할 수 있을까?

내가 해왔던 요리 과정이 있고, 여러 경험이 담겨 있는 지금의 결과물이라서 누군가가 "그렇게 하지 마" 또는 "그렇게 하는 거 아니야"라고 말하면 기분이 상한다. 나이와 관계없이 "그래서, 나보다 잘할 수 있어?" 이런 교만하고 권위적인 마음이 샘솟는다. 실제로 그렇게 말해주는 사람들은 나보다 훨씬 나은 사람들이다. 이건 온전히 내 문제이다.

☺ 2021년 5월 29일 土曜日 승선 34일 차

하루가 끝났다. 몸이 녹초가 됐다.

대사관에서 일할 땐 몸이 힘들고 체력적으로 지친다는 느낌을 받기보다는 정신적인 부담이 굉장히 컸었다. 혼자서 행사를 진행하고 일곱 가지 코스를 만들어야 하는데, 우선 영어도 제대로 못 했다. 그 나라의 문화와 현지 상황도 알지 못했다. 그 나라의 정체성도 알지 못했다. 여러 가지로 내 뜻대로 흘러간 적 없이 실수만 가득했다. 음식을 만들어도 물어볼 사람조차 없으니… 그때 내 소원은… "뛰어난 요리사들 밑에서 구경하면서 시키는 일과 설거지만 하고 싶다." "베개를 베고 자려고 누웠을 땐, 내일 행사에 대한 부담과 걱정 없이 그냥 잠들고 싶다."

요즘 그렇다. 자려고 9시에 누워서 베개를 베면 종아리부터 목까지 저릿저릿하다. 한 10초 정도 아파서 경직되어 있다가 몸에 힘이 풀리면, 그때부턴 천국이다. 이불은 차가운 느낌으로 가득하고 베개에서 고개를 돌릴 때마다 저릿저릿한 느낌이, 내가 어떤 하루를 보냈는지 말해주는 느낌이다.

지금 행복한가? 아니, 만족하지 못하고 과거가 더 좋았다고 생각한다. 어리석다. 대사관에서 꿈들을 늘 상상하고 적었기 때문에 오늘이 생겨난 건데도 깨닫지 못하고, '이게 맞을까?'란 생각을 하고 있다. 그때마다 이것 역시 내가 꿈꿔오고 적어놓은 대로 흘러간 것이라 믿고 불편한 감정을 치우려고 애쓰고 있다.

그리고 입을 닫고 열심히 일을 한다. 좋은 마음으로 신이 나서 일하는 건 내 마음처럼 되는 게 아니다 보니, 일찍 나가서 미리 잠을 깨 놓고 인사라도 크게 하면서 쉬지 않고 일하려고 한다. 나한테 벌을 주는 건 아니지만, 스스로 그 감정에 휘말리지 않으려는 노력이다.

이다음에 무엇이 있을까? 최종 꿈은 나이스한 요리사인데, 요리사가 되기도 어렵고 나이스한 사람이 되긴 더 어렵다….

또 어느 새로운 곳에서 어떤 시기에 어떤 동료들과 시간을 보내게 될까? 어떤 언어를 사용하게 될까?

확실한 건, 딱 한 가지를 잘하는 사람이 되고 싶다. 그걸 찾게 될 것 같다. 아무런 관련이 없을 것만 같은 이곳에서! 늘 그래왔으니-.

☺ 2021년 5월 30일 日曜日 승선 35일차

후…. 또 하루가 갔다. 내일이면 다시 월요일이다.

쉬는 날이 없으니까 체감을 못 하고 있다가 월요일부터 일요일까지 비타민 알약 통이 있는데 (14일치) 어느 날 딱 떨어지면 '벌써 보름이 지났구나….' 이렇게 시간을 실감한다.

주방장님이 왜 대사관 일을 관두고 배를 탔냐고 물으셨다. 분명 후회할 것 같다고 말씀하셨다. 자세한 얘기를 하진 않았다.

누군가에겐 평생 직장인 이곳을 "일을 하면서 생각하고 공부할 시간이 필요해서…"라고 함부로 말할 수 없었다. 세상 물정 모르는 낭만가인 척했다. 차라리 그게 편하다.

요즘은 체력적으로 지쳐서 시간을 내서 공부하거나 구체적인 전공을 찾지 못하고 있지만, 시범 운행이 끝나고 원래 일상으로 돌아가고, 모든 동료가 다 모인다면 그땐 시간을 내볼 수 있을 것 같다.

조급해하지 말자. 어차피 이루게 될 거니깐….

꼭 지금이어야 한다면서, 애쓰고 있는 나한테 고집을 부리긴 싫다. 숙제처럼 여기고 싶진 않다.

☺ 2021년 5월 31일 月曜日 승선 36일 차

후…! 하루가 끝났다.

저녁 식사 청소가 끝나갈 무렵 늘 나랑 부주방장 형이랑 수저를 닦고 제자리에 가져다 놓으면, 내일 메뉴판을 보고 계시던 주방장님이 크게 박수를 치신다. "이제, 들어가서 쉽시다-" 하면서 씨-익 한번 웃어주신다. 그럼 긴장이 쫙 풀리면서 하루가 끝났구나 하고 실감하게 된다. 행주 빨래를 건조기에 넣어두고, 조리원형이랑 갑판에 나가서 해지는 걸 본다. 형은 담배를 태우고 난 신발 벗고 발바닥 지압을 하면서 하늘을 본다.

나의 하루, 참 좋다.

마음이 편해졌다. 그 누구도 거슬리지 않는다. 가끔 예민해질 때도 있지만, 예전처럼 오래가지 않는 것 같다. 그래서 좋은 마음으로 멈추지 않고 일하는 중이다.

가끔씩 문득 바다를 보다가 생각한다. 오늘처럼 바다가 잔잔하고 주변에 작은 섬조차 없을 땐, 바다가 수평선으로 쭉 펼쳐진다.

"다들 좋은 선택이 아니라고 얘기를 하는데 그런 걸까?", "누가 안 믿어줘도, 내 꿈을 잘 보살펴주고 믿어줘야 하는데, 이번에도 이 선택이 최선이었을까?"라는 생각을 하게 된다.

그 생각이 머리 안에 가득 차다가도, "아, 내가 여기 오게 될지도 몰랐던 거였는데, 여기에 온 데에는 이유가 분명 있겠지" 하고 마음이 편해진다.

올해 2월, 동네 벤치에 앉아서 술을 마시다가 문득 창섭이에게 "나, 남극에 가보려고" 이렇게 말을 했었다. 사실 그땐 어떻게 가야 하는지도 전혀 몰랐다. 이 배가 나랑 어울릴 것 같다는 느낌이 있었다. 그래서 창섭이한테 이야기를 했던 거였다. 창섭이는 "와인 100병 마시기 전에 너가 떠날 것 같다"라고 말했다. 그 친구도 내가 남극을 어떻게 가야 하는지 어떤 계획이나 방법이 전혀 없는 걸 알고 있었는데….

와인을 30병 정도 먹었을까? 남극을 가게 됐다고 창섭이에게 말하기 위해서 와인을 한 병 사 갔던 기억이 난다. 정호도 마찬가지였다. 가게 될 것 같다고 했다. 이런 대화와 믿음들이 내가 이곳에 온 이유가 있다는 걸 느끼게 해준다.

그런 생각을 하게 되면 불안감을 밀어낼 수 있게 된다. 평안함과 설렘이 자리 잡게 된다. 그리고 이런 좋은 기운이 내 마음에 가득 차게 되면 그땐 어떤 "노래로부터" 혹은 "누군가의 대화로부터" 혹은 "나의 과거 속 대화로부터" 등등의 어떤 상황에 집중이 되고 그 속에서 어떤 단어에 꽂히게 된다. 그 단어를 적용하면 갑자기 상상이 되고 꿈이 꿔지기 시작한다. 모든 게 그래왔다. 정말 모든 게.

마음이 순수할 때, 어느 순간, 어느 키워드에서 영감을 툭 얻게 되고 그게 그 다음으로 가는 열쇠 같은 느낌이다. 어떻게 이루어질지에 대해서는 구체적으로 계획하지 않는…

크… 후딱 빨래를 돌려놓고 책상에 앉았다. 서둘렀는데도 8시 20분이다.

불판이 저녁으로 나갔던 날이라 청소 시간이 길었다. 그래도 덕분에 삼겹살을 양껏 먹을 수 있어서 행복했다.

오늘 주방장님이 하선하셨다. 휴가 기간이셨는데 시범 운행 인원이 늘어나는 바람에 할 수 없이 타신 거였다. 정말 쉬지 않고 솔선수범하시면서 일하신 걸 안다.

보름 뒤에 다시 뵙겠지만, 남은 기간 푹 쉬시고 오시면 좋겠다. 매일 느끼는 건데, 정말 멋진 동료들과 일을 하고 있다는 생각이 든다. 열심히 일하고 일과 이후로는 서로의 시간을 분리해서 보내고 있다.

일할 땐 일하고 쉴 땐 쉬는 게 이거구나. 난 여태 그러지 못했다. 늘 잘해야 하고 잘 보여야 한다는, 내가 만든 잘못된 강박 때문에 일만 하고 끝나는 게 아니라 인간적으로도 잘 보이려고 일과 외에도 열심히 무언가를 했다. 그게 '사회생활'을 잘하는 거라고 생각했다. "형님, 형님" 넉살도 부려야 하고.

지금은 달라졌다. '프로'라면 내 것을 잘해야 한다. '꼭 누구보다 더' 이런 게 아니라 다른 사람에게 매번 아쉬운 소리를 하지 않고 내게 맡겨진 일을 내 손에서 시작해서 내 손으로 끝내야 한다. 그렇게 했을 때 남들보다 뛰어나다면 더 좋은 거라고 생각한다. 하지만, 일에 집중하고 잘 해내기도 어려운데 그 외에 부가적인 것에 마음을 붙잡혀 있으면 내 것을 잘할 수가 없다. 이건 진리다.

"이런 게 사회생활이야-인마" 하는 사람들 혹은 상사들이 있다면 멀리 떨어져서 그들을 봐야 한다. 그 일을 잘 해내고 있는지 말이다. 아닐 거다. 시간이 지나면서 잘 해내는 것처럼 보이는 법만 늘었을 거다.

난 음식을 만드는 일을 한다. 하지만 나이, 경력과 관계없이 자기 손으로 음식 하나 못 만들어내는 사람이 많다. 나 역시도 흉내만 내면서 지내왔던 시간이 분명히 있었다. 다만 나는, 어머니가 음식을 거짓 없이 만들어 오셨기 때문에 나를 비춰볼 수 있었던 것 같다. 축복이었다고 생각한다.

일하는 사람들과 잘 지내는 게 중요하다. 하지만, 그게 첫 번째는 절대 아니다. 일하는 사람들과 잘 지내는 방법이 있다. 이건 실제로 내가 쓰는 방법이다.

첫째, 맡겨진 일을 마음 다해서 해내자.

한 번에 해낼 수 있다면 좋겠지만 그러지 못했고 지금도 그러지 못하고 있다. 하지만 어떻게든 실수를 줄여가면서 내 일을 끝마치고 다음 일을 미리 준비하고 있다.

두 번째, 사람들과 한 번 웃고 말 가십거리를 나누지 말자.

그 자리에 어쩔 수 없이 있게 되더라도 말을 보태지 말자. 처음엔 오히려 나에 대해서 이상하게 생각하고 시시한 놈이라고 생각하겠지. 그건 잠깐이다. 가십거린 내가 아니어도 나눌 사람이 많을 테니깐, 그냥 내 할 일을 하고 남은 시간엔 도와주거나 쉬자.

마지막, 소속을 존경하자. 불평을 사람들과 나누지 말자. 그럴 필요가 없다. 아무리 생각해 봐도 소속이 못마땅하다면, 그만두고 다른 일을 찾자.

소속에 대해서 이런저런 불평을 나누면서 그걸 비웃고, 힘을 얻어 일을 하는 것? 내가 생각하기엔, 그곳에서의 희망은 없다.

나에게 어울리는 소속을 찾고, 그 안에서 마음을 다하는 연습을 하자. 이 방법이 최선이라고 생각한다.

☺ 2021년 6월 3일 木曜日 승선 39일 차

오늘도 잘 마무리됐다.

점심 이후로 선원을 제외한 외부인들이 모두 사라져서 식당을 한 곳만 오픈했다. 인원도 반 이상 줄어들었다. 그래서 그런 건지 평상시보다 40분 일찍 마쳤다. 방에 들어와서 코어 단련 운동을 하고 노래를 듣고 쉬니까 8시다.

7월 2일 본격 출항을 앞두고 광양에 정박했다. 다음 주 중으로 교대할 선원들은 교대하고 목적지로 출항할 준비를 할 예정이다. 얼마 안 남았다!

6월 8일에는 국립중앙의료원으로 백신 접종 2차를 맞으러 서울에 간다. 오전 중 접종을 마치면 서너 시간 정도는 시간이 남을 것 같다. 그때, 정호를 만나야겠다. 정호가 새로 만든 공책도 받아야 하고 보고 싶기도 하다. 할 이야기가 많을 것 같다. 기대가 된다….

정호가 만들어준 공책에 승선 일기를 채우고 있다. 일기를 쓰다 보니깐 생각보다 쓸 얘기가 많아진다. 창섭, 정호 덕분에 내게 부족했던 꾸준함이 채워지는 것 같다. 4월~9월까지 사용하기엔 이 공책이 모자랄 것 같다. 그래서 정호를 만나고 싶은데…. 암튼, 볼 수 있게 됐으면 좋겠다. 지금은 원체 변수가 많은 시기라서 일정이 변하는 경우도 많으니 그때까진 얌전히 지켜봐야겠다.

이곳에서 머리도 기르고 싶다. 스무 살을 시작으로 늘 스킨헤드였다. 중간 중간 길러보긴 했지만, 다시 삭발로 돌아갔다. 그러다가 이곳의 면접을 위해서 두 달 정도 머리를 길렀는데 배를 타니깐 자를 수 없다. 바리캉이 없으니…. 내년 5월까지 승선 일정이니깐 그때까지 길러봐야겠다. 많이 길러서 묶으면 편하다. 3년 전엔 길러서 묶고 다니기도 했었으니.

생각해 보면 똑같은 것에 대해 흥미를 못 느끼는 것 같다. 남들이 머리를 기를 땐 삭발을 하고 군대에서, 학교에서, 기르지 말라고 하면 기르게 된다. 특이해지고 싶은 건가- 지금도 여전하다.

피곤하진 않지만 일찍 자야겠다.

내일도 열심히 설거지를 해야 하니까!

☺ 2021년 6월 4일 金曜日 승선 40일 차

후…. 이렇게 하루가 지나간다.

이 시간이 가장 감질나고 소중하다. 8시부터 10시 사이 시간이 가장 빨리 가고, 내가 퇴근하고 만끽할 수 있는 온전한 시간이니!

10시가 넘으면, 다음 날 아침 5시에 일어나야 한다는 생각에 계속

"자야지, 개운하게 시작하려면 일찍 일어나야지…." 이 생각이 지배적으로 든다. 그래서 불을 끄고 잔다. 아쉽긴 하지만 그게 좋다.

인스타를 보다가 우연히 "The westerlies-Burden laid down"이라는 노래를 들었는데 뭐랄까, 안정되었다. 금관 악기들의 연주곡 같은데 거슬리는 것 하나 없이 편했다. 지금도 글을 쓰면서, 한 시간 재생으로 듣고 있다.

집을 떠난 지 벌써 40일째다. 시간이 빠르다. 집에 가서 부모님도 뵙고 싶지만, 오늘은 우리 집 강아지가 많이 보고 싶다. '신비' 하고 같이 산 지 벌써 18년~19년째다. 신비가 나한테 온 게 18년 전이다. 그때 내가 너무 어렸다. 걔는 그때도 지금도 보살핌이 필요했는데, 내가 그 부분에 대해 떳떳하지 못하다.

지금 신비가 많이 늙어서 하루의 4분의 3 이상을 같은 곳에서 자고 있는 모습을 보면 마음이 이상하다. 얌전히 자는 모습이 사랑스럽다가도 그동안 무책임했던 내 과거에 죄책감이 들기도 한다. 지금까지 병원 한 번 가지 않고 묵묵히 살아온 신비를 보면 고맙기도, 미안하기도 하다.

어떤 게 계기가 된 건지 기억은 잘 나질 않지만, 책임을 지지 못할 일은 하지 않게 되는 것 같다.

예전엔, 그 순간의 감정으로 말을 뱉고 실수하고 이걸 반복했었다. 근데 나를 제대로 보려고 노력하면서 알게 된 사실이 있다. 나의 경우, 책임감이 강박적으로 강하다. 책임을 다하지 못했을 땐, 열심히 해온 과정과 관계없이 미안하고 괴롭다. 그게 죄의식으로 자리 잡아서 오랫동안 힘들다. 그래서 누구와 무엇을 같이 할 때도 정말 내 능력 안에서의 일 혹은 내 노력으로 닿을 수 있는 것만 약속을 하고 계획을 한다. 이것도 마찬가지다. 계속 쓰기로 했으니, 써야 한다.

정해진 시간에, 학교 숙제도 한 번 하지 않았던 내가. 어느 순간부터 누군가와 같이하는 일에 대해 약속을 못 지켰거나, 시간을 맞추지 못하면 너무 마음이 힘들다.

예전에는 그 상황을 가벼운 농담으로 흘려보냈던 것 같은데, 이젠 그 약속을 지키지 못한 내가 너무 싫어서 차마 웃질 못하겠다.

☺ 2021년 6월 5일 土曜日 승선 41일 차

컨디션이 좋지 않다.

점심 준비할 때부터 머리가 아프다. 체한 것 같다. 저녁을 안 먹는 게 좋았을 뻔했는데 욕심내서 먹었다가 고생을 한다. 내일 아침은 간편식으로 대체한다고 해서, 9시까지 잘 수 있다. 너무 다행이다.

컨디션이 안 좋아서 머리가 아프다. 일찍 누워서 쉬는 게 좋겠다.

☺ 2021년 6월 5일 日曜日 승선 42일 차

어제 컨디션이 안 좋아서 9시 넘어서 잠들었다. 아침 8시 50분에 일어났다. 아침밥을 안 해도 돼서 충분히 자고 일어났더니 몸이 깃털처럼 가볍고 참 좋았다.

최고 연장자이신 갑판장님께서 '에그드랍'을 배달로 사주셔서 방에서 먹는 중이다. 감사하다고 인사를 전해야겠다. 사실 그동안 갑판장님을 뵈면 자리를 피해왔다.

과천에서 26년을 살았다. 가끔 술집에서 어른들이 목소리를 높이고 술에 취해 거칠게 이야기가 오가면 그 자리를 나왔다. 그 분위기와 거리를 두고 지내서, 익숙하지도 않고 불편하다.

이곳에는 대부분 항구 근처가 고향이신 경상도, 전라도의 나이 드신 베테랑 선원들이 많다. 보통 40대 중반, 50대 중반 나이대의 선원들이 대부분이다. 이 일의 특성상 예전부터 이 일을 해 오셨던 분들이 대부분이다. 뱃일이라는 게, 정해진 시간, 오피스에서 근무하는 것과 많이 다르다. 모두가 땀을 흘리며 몸을 쓰며 일하고, 환경에도 위험 요소가 많다. 언제나 큰 기계음이 지배적이다. 그렇기 때문에 모두들 큰 목소리로 얘기하고 위험하기 때문에 말이 다소 거칠다.

하지만 조리부 사람들은 그렇지 않다. 원래 뱃일을 하셨던 분들이 아니라서 그럴 수도 있다. 처음 왔을 땐, 좀 어려웠다.

"어, 임마", "뭐 하러 여기에 온 거냐", "공무원이었다면서?", "왜 때려쳤냐" 나이 든 어른들이 사투리를 쓰면서 말씀하시니까, 경계를 했었다.

기분도 좋을 리 없다…. 그러나 이분들의 말투와 단어 선택 등은 그 사람의 살아온 배경이고 습관일 뿐이다. 나한테 악의가 있어서 그런 게 아니라는 건 알고 있다. 외할아버지가 그러셨던 게 기억이 났다.

남자답고, 비겁하지도 않고 상대방을 항상 배려하지만, 편의점에서 동전을 툭 내려놓는 사람, 그런 분이 우리 할아버지셨다. 할아버지가 알바생을 무시하거나 상처주려고 그런 게 아니라는 걸 잘 안다. 이곳의 어른들도 모두 마찬가지라고 생각한다.

이 문화는 원래 존재했고 모두가 이곳에서 잘살아 가는 중이다. 그 속에 내가 낀 거다. 원래의 문화에 내가 낀 거다. 내가 살아온 시각으로 이곳을 판단하고 평가하고 불만을 품으면 재미있게 지낼 수 없다. 앞으로 그분들을 알아갈 기회도 없을 테고…. 갑판장님이 그중에서도 말씀이 제일 세서서 조용히 인사하고 슬쩍 피하곤 했었는데, 오늘 내 것까지 사다주셨다. 나였으면 어땠을까.

갑판장님 이야기로 승선 일기를 채울 수 있게 된 것도 감사하다.

내일은 인사를 전해야겠다. 좋은 기회를 주셔서 감사하다고.

☺ 2021년 6월 7일 月曜日 승선 43일 차

후, 정말 정신이 없었다.

저녁에 메인 음식과 국과 반찬까지 만들었다. 실수하지 않으려고 한 시간 일찍 나가서 동선을 짜고 시간이 걸릴 것들을 미리 준비했지만 정신 없이 일을 했다. 그리고 저녁 시간이 다 돼서야 간신히 메인 메뉴를 낼 수 있었다. 후… 위험했다.

시간 여유가 있었는데, 내일모레 고기를 먹을 때 낼 피클을 짬 내서 담가놓다가 일이 꼬였다. 생각보다 오래 걸리면서 뜻대로 안 되기 시작해서 그렇게 된 것 같다. 일을 마치고 주변을 보니 내가 사용한 공간 정리가 되어 있지 않고 어수선했다. 그걸 보면서 "많이 나아진 줄 알았는데 아직 한참 남았구나" 이런 기분이 들었다.

내일은 배에 손님들이 오신다. 가끔 행사 차원에서 손님들을 초청하기도 한다. 난 내일 백신을 맞으러 서울에 가야 해서 남은 두 분이서 고생을 해야 한다.

6시 반 출발이라서, 4시쯤엔 일어나서 형들 오기 전에 아침 세팅을 해놓고, 형들이 오면 인사하고 방에 가서 샤워를 하고 출발할 준비를 해야겠다. 잠은 서울 가는 기차에서 잘 수 있으니깐.

흠… 내일 출항 전 마지막 외출이라서 이것저것 사서 돌아와야 하는데, 뭐가 있으려나? 이제 10월에나 다시 서울에 올 수 있을 텐데…. 우선 교보문고에 가서 공부할 책을 좀 사고, 글을 많이 쓰니까 펜과 화이트를 넉넉히 사고, 간단한 맨몸 운동 기구를 살 수 있으면 좋겠다.

내일 정호를 만나면 당분간 못 볼 테니 정호랑 시가를 한 대 태우러 가고 싶다. 위스키도 한잔 마시고….

☺ 2021년 6월 8일 火曜日 승선 44일 차

오늘 행복하고 좋았다.

4시에 일어나서 아침 준비를 해놓고 형님들 오는 시간에 맞춰서 커피를 한잔 타 놓았다. 5시 반쯤엔 인사를 하고 외출할 준비를 하러 올라왔다. 할 수 있는 일을 해놓고 떠나니깐 몸은 피곤했지만, 마음이 떳떳하니 하루를 기쁘게 시작할 수 있었다.

7시 30분에 순천에서 기차를 타고 용산에 내려서 국립중앙의료원으로 갔다. 점심 시간 이전에 접종을 완료하고 그 후엔 점심을 먹고⋯ 5시 45분 기차이니 그전까지 각자 시간을 보냈다. 서점에 가서 《시크릿》 책을 두 권 샀다.

삶에서 가장 중요하게 생각하는 '힘'이 이 책에 있었다. 예전에 지인이 알려줬던 책이었다. 책을 계산하던 중 정호가 이곳으로 와서 만날 수 있었다. 같이 필요한 물건을 사면서 얘기를 나누다가 재기동역 근처에 있는 시가 판매점에 가서 시가 한 대를 나눠 태우면서 시간을 나눴다.

반가운 얘기도 들을 수 있었고 또 지금 서로가 느끼는 생각들도 주고받았다. 오랜만에 만나니, 더욱 반갑고 시간이 소중하게 느껴졌다.

시가 두 개를 따로 구입해서 한 개는 정호에게 좋은 시간에 함께하라고 선물했다. 다른 하나는 배에 챙겨왔다. 항해하는 바다 광경을 보면서 나중에, 가장 좋은 시기에 태워야겠다.

정호가 새로 만든 공책도 네 권이나 받았다. 공책이 다 닳진 않을까 걱정하면서 승선 일기를 쓰지 않아도 된다. 너무 좋은 선물이다. 정호랑 헤어지고 돌아오는 기차 안에서 《시크릿》을 읽었다. 살면서 누군가에게 정확히 설명하지 못하고 그저 믿고 실행하며 살고 있었던 '힘'! 누군가에게 얘기를 했을 때 근거가 무엇이냐고, 어떤 원리로 그렇게 되냐고 물었을 때 입을 다물 수밖에 없었다. 그 근거가 '나'라고 조용히 혼잣말하던, 내가 믿는 힘에 대한 설명과 방법이 적혀 있는 책이었다. 내 생각과 100퍼센트 일치한다고 할 수 없지만, 중요하고 본

질적인 부분은 일치하는 것 같았다.

책에서는 이 힘을 "끌어당김의 법칙"이라고 표현하는데 간단히 설명하자면 "생각한 대로 이루어진다"는 거다.

상상하는 대로 이루어진다는 것. 경제적인 풍요로움, 사랑, 이렇게 크고 대단한 것이 아니라 사소한 것까지도 생각한 대로 이루어진다. 이것이 백 번 천 번, 맞는 얘기라고 생각한다.

불편하고 겁이 나는 마음을 품은 것만으로도 그게 힘이 되어서 내가 겁을 내는 상황이 펼쳐진다. 말로만 "괜찮아, 잘 될 거야, 긍정적으로 생각하자" 이렇게 말하고 속으로는 자신의 말을 믿지 못하고 불행한 상황을 상상하면 그것이 실제 장면으로 만들어지는 경우가 많다.

"마음을 어떻게 컨트롤 해, 겁이 나는 걸 어떡해, 자동으로 불행한 상황이 떠오르는 걸."

나도 마찬가지다. 그래서 공부를 해야 한다. 영어 공부하고, 대학가기 위해서 공부했던 시간만큼 혹은 그 이상으로, 당연히 자연스럽게 불행한 것부터 떠오른다. 하지만 이것이 내가 만들어낸 망상임을 깨닫고 그 반대의 내가 원하는 장면을 자신만의 방법으로 나에게 주입을 시도한다.

어렵다. 괴롭다. 하지만, 시간이 지남에 따라 그림자의 크기가 줄어드는 건 분명하다. 예전엔 100번 중 한 번도 안 됐다면 지금은 서너 번이 된다. 나중엔 10번, 50번, 결국엔 모든 게 가능할 거라고 믿는다.

부모님과 정호와 창섭이를 포함한 극소수의 친구들과 이것에 관해서 얘기하고 내 스스로 시험해왔다.

다만, 이 힘을 믿지 않는 사람과 이것에 관해서 얘기를 나눌 때면 서로 상처받는 경우가 많았다. 상대방은 원하지 않는 답이 나와서 서운하고, 난 내가 믿는 소중하고 귀한 것에 대해서 함부로 얘기하는 것에 대해서 서운했다. 그 뒤론 "각자의 때가 있고 방법이 있겠지" 이렇게 생각하곤 얘기를 하지 않는다.

　《시크릿》 속에 나온 이론이 100퍼센트 맞을지 모르겠지만 내게 필요한 단어들을 알려준 건 분명하다.

　2019년 9월 29일에 대사관에서 쓴 글이 있다.

　"이루고 싶은 미래를 이미 이루어낸 과거처럼 대하며 현재를 살아, 그러니 이룰 수밖에. 구석에 던져지지 않으면 시동이 걸리지 않는 성격 탓에 계단을 올라본 적이 없어.

　소망부터 의심을 거쳐 믿음까지 오는 여정을 넌 몰라, 넌 몰라."

　이때도 내 말을 누구도 안 믿어줘서 그저 운이 좋았던, 그런 사람으로 치부되어 생각하다가 적었던 글이다.

　아무튼, 이렇게 산다. 가족들과 친구들과… 또 내가 할 수 있는 사랑을 하면서.

☺ 2021년 6월 9일 水曜日 승선 45일 차

엄청난 결심을 했다.

더 이상 이 공포 속에서 살아가지 않겠다.

나에게는 어마어마한 장애가 있다. '과민성대장증후군'.

초등학교 때부터 화장실에 자주 갔다. 속이 불편했던 것도 아닌데 수업 중간에 화장실에 가고 싶을까 봐 불안했다. 애들이 놀리고 창피해지니 미리 갔다. 배가 아프지도 않은데 배가 아플까 봐 걱정했다. 그때부터 중학교, 고등학교 그리고 지금까지 세월이 더해지면서 "배가 아플까 봐"라는 생각이 강박이 되었다. 화장실을 못 가는 상황이 내 삶에선 공포가 되었다.

버스를 탈 수 없었다. 내렸을 때 화장실이 어디 있을지 모르니 말이다. 그러나 지하철은 탈 수 있다. 화장실이 지하철 안에는 꼭 있으니까. 이 차이 하나로 내가 공포를 느끼는지 안 느끼는지 알 수 있었다. 수업시간에도 화장실을 보내주지 않는 선생님 수업에는 늘 배가 아프고 땀을 흘리면서 긴장했었다.

창섭, 정호와 걸을 때도 걷던 길만 걷는다. 왜냐면, 화장실이 어디 있는지 알고 있으니까. 그렇게 하면 배가 안 아프다.

수학여행을 가거나, 중요한 약속이 있거나, 데이트를 해야 할 때는 하루 이상 단식을 했다. 그래야 화장실을 안 갈 수 있다는 마음이었다. 불행하다고 생각했다. 때로는 내 삶의 숙제라고 생각했다. 여러 가지 방법을 써봤다. 심리치료, 약, 운동 그리고 이름 모를 사람에게 받는 기 치료까지…. 점점 더 심해지기만 해서 그냥 포기하고 살아야 하나 싶었다. 나름대로 잘 살아왔으니깐.

오늘 문득 든 생각이 있다. '부모님께 수억 원을 드리고, 원하는 것을 챙겨드리고 내 것을 나누는 미래에 대해서 늘 꿈을 꾸고 한 치의 의심도 없이 당연하다고 믿는다. 그런데, 왜 화장실에서 자유로워지는 상상을 한 번도 안 했을까? 왜 계속 공포로 인지하게 허락하고 내 삶을 대하는 태도의 반대에 있을까?' 의학적으로 나는 장애인이 아니다. 장기에도 이상이 없다. 내가 만든 병이다. 정신병이다.

살면서 처음으로, 화장실에 대한 강박에서 자유로워지는 꿈을 꿔보려고 한다. 내 마음에서 공포가 아님을 알 수 있게 훈련하려고 한다.

모든 것에 대해 긍정적인 생각을 하며 살고 글을 적었었는데 화장실에 대한 공포는 생각조차 해본 적이 없었다. 몇 년이 걸리든지, 내 마음과 생각을 바꿔봐야겠다.

매일, 매 순간, 어디서든, 누굴 만나든 기도 했었다. '제발, 배가 안 아프게 해주세요…', '참을 수 있게 해주세요…' 지금 생각해 보니 방법이 틀렸다.

공포에 질려서 살려달라는 꼴밖에 안 됐었다. '내가 느끼는 강박과 공포가 거짓임을 알게 해주세요'라고 기도해야지. 편안하게 다른 사람들처럼 화장실을 사용해보고 싶다, 노래도 들으면서 사용하는 상상을 해야겠다. 물론 여전히 공포가 있다. 하지만, 이제야 스스로 할 수 있는 방법을 찾은 것 같다. 아주 문득, 이 공간에서, 이 배에서 할 과제가 바로 이거였던 것 같다.

"창섭아, 정호야, 이제 자유로워져 보려고", "너희들이랑 새로운 길에서 기쁘게 걸을 수 있겠다, 곧."

18~19년 동안 겪어온 공포를 이렇게 좋은 시간 속에서 고칠 수 있을 것 같다. 오늘은 기적 같은 날이다.

치킨을 먹어서 배가 사악 부르다.

갑판장님이 치킨을 또 사주셨다. 외할아버지 같으시다. 저번에 에그드랍을 사주신 그 다음 날, 내가 서울에 가게 되었다. 돌아오는 길에 용산역에서 조리부 형님들 드릴 도넛을 샀었다. 갑판장님 생각도 나서, 갑판장님 것도 따로 포장 주문을 해서 갑판원에게 전달을 해달라고 했었다.

배에 도착해서 보니 시간이 많이 늦었기에….

맛있게 드셨는지, 다음 날 주방에 오셔서 엉덩이를 툭 치면서 "야, 잘 먹었다" 하고 말씀해주셨다. 그리고 치킨을 사주셨다. 참 감사하다. 내가 살아온 것만 가지고 판단하는 내 눈과 마음의 문제이지, 한 꺼풀이 벗겨지면 온전히 그 사람을 볼 수 있을 것 같다.

"맛있게 잘 먹었습니다."

과민성 대장증후군이란 마음속 공포를 지울 거라고 다짐을 했고, 아침부터 시작을 해봤다. 주문을 외우듯 "이건 스스로 만든 공포야, 내가 무서워하길 바라고 있는 거야, 그니깐 공포도 장애도 아닌 그냥 그런 거로 생각하자-" 수도 없이 불경 외우듯 외우고 있다.

하루아침에 바뀌지 않을 거다. 18~19년 힘들었으니까. 오늘도 여전히 화장실을 많이 갔다. 하지만, 마음이 바뀌었다. 밥 하러 가기 전에 화장실을 들리면서도, 주방에서 일하다가 화장실을 갈 수도 있다고 내게 허락해주고 있다. 무서워하고 조급해할 필요가 없다고….

일하면서 배가 살살 아플 것 같은 느낌이 들 땐 처음과 같은 주문을 외웠다. 배가 아플 것 같다는 공포에 집중하지 않고 배가 아프면 그때 화장실을 가면 된다고 생각하고 일했다. 그런데 오늘 일하면서 화장실을 한 번도 가질 않았다. 그전에 화장실에 다녀왔으니까 속이 괜찮았을 수 있다. 그럴 확률이 높다.

감사일기에 기록해야겠다. 나의 변화로 생각하고 좋아해야지. 그리고 이 에너지로 내일도 모래도 계속 반복하고 더 이상 공포가 아님을 진심으로 받아들일 때까지 반복할 거다. 그때는 자연스럽게 화장실을 가는 자유로운 상상을 하면서 구름을 걷듯이 기쁠 수 있을 것 같다. 지금은 마음속 공포 때문에 아무리 상상해도 억지 같고, 상상에 태클을 걸게 된다. 천천히 해보자. 1년~10년 언제까지나.

멍 자국이 큰 만큼 지워지는 데 시간이 오래 걸릴 거다. 괜찮아진 것 같다가도 아예 처음으로 돌아간 것 같은 과정이 수도 없이 반복될 거라는 걸 안다. 끝나지 않을 것 같은 과정이 끝나면 언제, 어느 순간, 괜찮아졌는지도 모르게 괜찮아져 있을 거다. 그리고 감사함을 잃고 다른 공포를 느끼면서 살겠지…. 그런 와중에 이 글을 발견해서 읽다가 깨닫고 감사하며 새로운 공포를 똑같은 방법으로 지우려는 용기를 얻고 시도할 거다.

이게 잘 사는 게 아닐까?

나중에 친구들을 만나게 됐을 때, 자유롭게 걷고 맛있는 걸 먹고 버스를 타고 이동할 수 있다면 기쁠 것 같다.

일찍 일어나서 아침밥을 만들어야지. 정성스럽게 마음을 다해서.

운동하고 행주를 건조기에 넣고 방에 들어왔다.

내일 저녁은 출항 전에 몇몇 선원들의 교대를 앞두고 회식을 한다. 시국이 시국인지라 배달 음식을 시킨다고 해서 내일은 저녁을 안 해도 된다.

요번 주는 일요일 아침도 간편식으로 해서 안 나가도 되니깐, 그러면 열두 시간 넘게 잘 수 있을 것 같다. 오랜만에 피로를 풀 수 있겠다! 진짜 행복한 일이다. 휴가를 받은 것 같다. 일하는 것도 참 좋고, 하루도 굉장히 빨리 간다.

알약 통 속 비타민들이 하나둘씩 사라진 걸 보면서 늘 실감한다. 설거지할 때 마음이 참 편하고 집중이 잘 된다. 특히 형님들이 담배 피우러 가시고 혼자서 천천히 설거지를 하고 있으면 기분이 굉장히 좋다. 식기세척기 소리랑 물소리, 그릇 부딪히는 소리에 내가 중얼거리는 말소리나 흥얼거리는 말소리가 들리질 않는다.

《시크릿》 속에서 마음에 드는 문장들을 따라 해보기도 한다. 오프라 윈프리 강연 내용이 참 좋다. 내가 공감하고 좋아하는 말인데, 누군가 그걸 유튜브에 영어와 해석까지 해서 올려두었다. 진짜 고맙다. 그걸 아이폰 녹화 기능으로 지정해놓고 공책에 조금씩 적어서 설거지를 하면서 외우고 있다. 언젠간 다양한 언어로 말하게 될 기회가 올 테니깐 말을 정확하게 표현하고 싶다. 언어 실력의 부족으로 인해 내 생각이 가벼워지지 않도록. '오프라 윈프리'처럼, '짐 캐리'처럼.

그러려면 내 방식대로 꾸준히 공부를 해야 한다. 그게 이 순간이다.

나처럼 게으른 사람에게 공부하고 싶다는 욕구를 불러일으켜 주니깐, 내가 이곳에 온 게 축복임이 분명하다고 생각한다. 지금은 한국말 외엔 자연스럽게 할 수 있는 말이 없지만, 다양한 언어로 내 생각을 정확하게 표현하며, 나누면서 살게 될 거다. 이곳의 여정이 끝나면 다양한 나라의 사람들과 함께 일하게 될 것 같다. 그렇게 느끼고 배우고 새로운 꿈을 꾸게 될 것도 같다.

☺ 2021년 6월 12일 土曜日 승선 48일 차

아침, 점심을 만들고 저녁은 배달 음식으로 다 같이 회식을 했다. 기분이 개운하질 않다. 내가 너무 날이 서 있나 보다. 오늘은.

자주 어떤 것들이 거슬린다. 후…. 이 감정에서 멀어지고 싶은데.

회식을 할 때 힘이 들었다. 배달 음식을 여러 군데에서 시키다 보니까 도착 시각이 달라져서 몇몇은 기존의 배달 음식들을 들고 들어가서 세팅을 했다. 나 역시 그랬고.

음식이 다 오지 않았고, 항구 입구에서 앞으로 올 배달 음식을 기다리는 식구들이 꽤나 있었는데도 한두 분씩 오시더니 식사를 시작하셨다. 그 모습에 엄청 놀랐다. 뒤늦게 올 인원들의 표정이 상상돼서 그 감정에 치우치게 되었다. 그냥 그런가 보다 하면 되는데….

꽤나 시간이 지난 뒤에 도착한 배달 음식을 들고 선원들이 와서, 나도 같이 식사를 했는데 먹다 남은 음식을 먹는 것 같았다. 그런 감정에 꽂히고 나니까 전부 밉게 보였다. 그 감정의 내가 보이니깐, 더 괴로웠다. 그럴 수 있는 건데…. 난 조용히 맥주 두 캔과 남은 음식들을 먹고 식당을 정리하고 방에 들어왔다.

오늘 같은 날은 내 안의 작은 고민들이나 애써서 괜찮다고 이해할 수 있다고 믿었던 부분이 무너지는 것을 느낀다. 다시 원점으로 돌아 가라고 하는 것 같다. 뭐, 이럴 때도 있는 거겠지. 지금까지 수도 없이 반복을 해왔던 걸 알고, 또 기록을 해왔다. 무너져 내리는 것부터 다시 날개를 다는 과정까지 감정을 기록한 뒤에는 정확한 증거가 있으니.

이전 일기장을 펼쳐서 읽고, 생각하다가 자야겠다.

술은 여기까지만 마시는 게 좋을 것 같다.

☺ 2021년 6월 13일 日曜日 승선 49일 차

시간이 엄청 빠르다….

휴일이 따로 없으니 평일, 주말 구분이 없이 지내고 있어서 체감을 못 하고 있었는데, 오늘 비타민 알약 통이 딱 떨어졌다. 벌써 14일이 지났구나. 저번에 적어두었던 오프라 윈프리의 강연 내용은 천천히 외우고 있다. 매일 아침, 점심, 저녁 시끄러운 식기세척기 옆에서 설거 지를 하면서 중얼, 중얼거리면 시간도 잘 간다. 연설하는 사람이 된 것 처럼 상황에 몰두도 한다. 아주 아주 좋은 시간이 생긴 것 같다.

아- 따뜻한 차와 함께, 시가 한 대 태우면서 노래를 듣고 싶다.

다시 월요일, 하루를 벌써 마무리했다.

승선한 지 50일이 다 됐다. 시간이 후욱후욱 지나가는 것 같다. 근데 시간이 후딱 지나가는 건 전혀 아쉽지 않다. 지금 이런 것들이 아주 마음에 든다.

7월 1일 출항을 앞두고 이번 주 수, 목 사이로 몇몇 선원들이 휴가를 나가고 그 인원만큼 교대 인원이 들어온다. 이번 목적지는 85일간의 항해 일정이라 길지 않다. 내 방은 2인실이니까 이제 다른 인원이 들어올 거 같다. 책상도 나눠 써야 하고 노래도 크게 틀지 못하니깐 그전까지 충분히 즐겨야겠다.

이곳에 오면서 '침묵'을 연습하겠다고 했었다.

지금까지 잘 지내고 있고, 침묵이 어렵지만 참 빠른 길이라는 걸 느끼고 있다. 지금까진 인간관계에서도 그렇고 여러 가지 상황에서도 그렇고 그 순간에서 한 번 웃겨보려고, 혹은 어색한 정적을 깨보려고 했던 일들 때문에 꽤나 돌아온 것 같다는 걸 느낀다.

내가 주로 했던 실수는 아예 없는 얘기를 지어내는 게 아니라, 있었던 일에 가공을 한다. 슬픈 건 더 슬프게, 기쁜 건 더 기쁘게….

이게 문제라고 생각을 안 했었는데, 굳이 말하지 않아도 된다는 걸 알게 되었다. 이곳에서의 침묵은 좋다. 재밌는 얘기를 할 때면 굳이 말을 보태서 오버하지 않고 재밌으면 웃는다. 그리고 누군가 회사, 혹은 어떤 상황에 대해 욕을 하고 불만을 토로할 때는 그곳에 마음을 두질 않는다. 다른 생각을 한다. 그 사람은 못마땅할 수도 있겠지만, 굳이 내가 불평을 하지 않아도 어차피 비슷한 생각을 가진 사람들끼리 대화를 나누게 된다. 얼마 전까지만 해도 그런 상황에선 발 벗고 나서서 흉을 보고 욕도 하고 나중에 내가 주도를 해서 막 분위기를 고조시켰었다. 난 그게 그 사람을 위한 거라고 생각을 했었다. 이제 보니 완전 거짓말이다.

그게 아닌 것 같다. 나도 욕하고 싶었던 건데 누군가 판을 크게 깔아주니깐 신이 났던 거였다. 비겁하게 그랬던 거다. 그 당시 원 없이 그렇게 지내왔던 경험들 덕에 지금 바뀐 게 아닐까 싶기도 하다 '침묵…!' 절대 비겁한 게 아니다.

침묵을 하면 사람이 우스워지지 않는다. 스스로 열 번을 묻고 한 번 얘기하면 상대방은 분명히 느낄 거다. 내 표정이 진지하기 때문은 아니고, 말투가 딱딱해서도 아니다. 그냥 느껴질 거다.

모든 사람들과 신사적으로 지낼 수 있는 가장 좋은 방법이 '침묵' 같다.

☺ 2021년 6월 14일 火曜日 승선 51일 차

평안한 상태에서 하루를 보낼 수 있었다.

일도 빠듯했지만, 몸이 땀으로 젖고 손은 빨라져도 마음은 요동치지 않고 평안하게 하루를 보낼 수 있었다.

주방에서 형님들이 "영석아, 이러이러한 거 할 줄 아니? 냉장고에 재료가 마땅치 않긴 한데 해줄 수 있겠니?"라고 물어보실 때가 가끔 있다. 당연히 "네!"라고 말하고 일찍 출근해서 그 음식을 만들어둔다.

부주방장 형님이 "내가 하면 이런데, 너가 하니까 이렇게도 되는구나, 맛있다, 영석아", "앞으로 이것도 나가도 되겠다"라고 말씀을 해주신다. 그럴 때마다 "아… 내가 틀린 게 아니었구나…." 늘 한다고 했지만, 누군가와 함께 요리할 기회가 없이 늘 혼자서 일해야 하는 상황이었다. 군대에서 대사관까지…. 그래서 이렇게 만드는 게 맞는지 묻고 싶어도 물을 사람이 없었다. 항상 고객, 귀빈의 평가로 답을 들어야 했었다.

나와 함께 일하는 사람들이 이렇게 말해줄 때마다, 기분이 좋다. 맛있는 걸 만들어서 그런 것도 있겠지만, 이대로 꾸준히 하면 되겠구나… 라는 안정감이 생긴다. 오늘도 그랬고…!

일하면서 윈프리의 인터뷰를 중얼거리다 보면 아침 5시 반이었던 시계가 오후 6시 40분을 가리키고 있다…. 이곳의 빠른 일상과 시간에 만족한다. 감사하다. 나처럼 꾸준하지 못하고 게으른 사람에게 딱 좋은 상황이다. 그래서 움직이는 거니….

물론 이 상황을 꿈꾸고 선택한 건 나지만, 그래도 남들처럼 계획하고 자주적으로 하루 일과를 만들라고 했으면 아마 못했을 거다. 오늘도 운동을 하고 글 쓰기 위해 딱 앉아서 이런저런 생각들을 정리하면서 써 내려갈 생각을 하는 것만으로도 좋다. 고맙다!

트럼펫 연주에 빠져서 자주 트럼펫 연주곡을 듣고 있다. 지금도 들으면서 승선 일기를 적고 있다….

Share my yoke (trumpet. ver)

　일찍 일어나서 아침밥을 만들고 점심도 마찬가지로 평상시와 같이 준비하고 정리했다. 평소와 다른 게 있었다면, 같이 일하는 형님이 내일 휴가를 나가신다. 주방장님을 포함한 요리사 세 분이 내일 탑승을 하신다. 뭔가 들뜨기도 하고 이곳저곳 청소를 깨끗이 해놔야겠다는 마음에 청소를 짬짬이 열심히 했다.

　저녁 준비를 마치고 밥을 먹기 전에 항상 물을 끓여놓는 솥의 물을 채우려고 밸브를 여는 순간 내 키만 한 물기둥이 하늘로 솟았다…. 끓는 물이 하늘로 계속 솟으니 놀라서, 다른 사람이 다칠까 봐 젖은 행주로 물기둥을 덮고 밸브를 잠그려고 했다. 근데 물기둥의 압력이 세서, 행주가 날아갔다. 그러면서 밸브를 잡고 있던 손 위로 끓는 물이 쏟아졌다….

　사람들이 몰려들고 심장이 너무 뛰고 난 괜찮다고, 다치지 않았다고, 다른 선원들을 진정시키고 내 손을 보니까 엉망이 되어 있었다…. 껍질은 다 벗겨져서 속살이 드러나 있었다. 그걸 본 부주방장 형님이 내 손을 얼음물에 담그고 감자를 갈아서 상처 부위에 올리는 등, 화기를 빼는 것에 신경을 많이 써주셨다. 그 순간, 괜찮다고, 이거 오늘만 고생하면 된다고 말씀드리면서 어색하게 계속 웃었다. 많이 아프고 괴롭기도 했지만, 너무 분했다. 정말 너무 분했다.

　깨끗이 청소를 해놨으니 사람들과 함께 즐겁게 일하고 배우기만 하면 되는데, 나의 기기 사용 미숙과 부주의함으로 모든 게 헛수고로 돌아간 느낌이었다. 상처 부위에 연고와 붕대를 감고서 방에 일찍 들어왔는데 그때부터 고통이 느껴졌다. 예전에 군대에서 큰 사고로 느꼈던 화상의 고통이 다시 한 번 생생하게 느꼈다. 괴로워서 정말….

이대로 목적지에 가지 못하고 출항 전에 배에서 내리게 될까 봐 말 안 하고 참고 있었다. 항해사님이 내 방으로 오시더니 응급실로 가자고 하셨다. 응급실에 가서 진통제를 맞고 치료를 하고 방으로 돌아왔다. 진통제를 맞으니까 화끈거리는 게 덜하고 잠을 잘 수 있을 것 같다. 방금은 선장님을 뵈었다. 사고에 대해 경위를 자세하게 말씀드리고 보험 처리를 하고 내일 외과에 가서 진단을 받기로 했다.

부끄럽다. 조리부에 폐를 끼칠 거라는 생각이 머릿속에서 떠나질 않는다.

'낫는 것에 집중하고 일을 더 잘하면 되지…'라고 생각을 하지만 잘 안 되고 한심스러운 생각들이 머릿속을 가득 채우게 된다….

이런 일이 있었다. 망망대해로 떠나기 전, 정박 중에 이런 일이 있었다는 걸 액땜했다고 생각해야지. 이번 기회로 경각심을 갖게 돼서 다행이구나, 생각을 해야겠다.

☺ 2021년 6월 17일 木曜日 승선 53일차

오전에 병원에 갔다 왔다.

아침밥을 하러 새벽에 내려갔다가 더 자고 병원에 가라고 형들이 말씀해주셨다. "아니에요, 형 도울게요"라고 말하려다가 한쪽 팔을 칭칭 감아놓은 이 상황에서 어떤 도움도 줄 수 없겠다는 생각이 들었다. 조용히 올라왔다.

병원에 가니 보름 정도는 치료를 받아야 한다고 한다. 하지만 7월 1일에 출항이고, 그 이전에 부식을 실어야 하고, 그 이전엔 음식을 만들어야 한다.

상황을 설명드리고 일주일만 치료를 받기로 했다. 새살이 돋기 시작하면 붕대를 풀고 다시 일을 해야지. 빨리 회복할 수 있기를 기도해야지.

오늘 주방장님과 요리사 두 분이 올라오셨다. 그 형님들 중 한 분과 방을 같이 쓰게 됐다. 그래서 병원을 갔다 와서 점심 청소를 하고 방 청소를 했다. 인사를 나누고 저녁 준비를 하러 내려갔다.

베테랑들이셔서 그런지 척-척 다해나가시면서 농담도 주고받으셨다. 굉장히 안정감이 있고 화목해 보였다. 손에 물을 묻힐 수 없기에 설거지도 못 하고 주위만 뱅뱅 돌다가 들어왔다. 마음이 안 좋았다. 나도 그 사이에서 내가 할 수 있는 것을 하면서 어울리고 싶은 생각이 가득했다. 후… 다들 정말 좋으신 분들이다. 나랑 방을 같이 쓰게 된 요리사님도 그렇고….

내일 오전에 병원을 갔다 오게 될 테지만, 내일은 더 일찍 가서 줄을 서지 않고 진료받고 와야겠다. 그럼 점심 준비도 함께할 수 있을 거다.

내일이 되어도 도울 수 있는 게 있을까 싶겠지만 마른걸레로 할 수 있는 건 뭐든 해야지…. 그게 최선이라고 믿으니까…!

붕대 사이로 펜을 넣고 글을 쓰는데 쉽지 않다.

출항을 앞두고 얻게 된 경험으로, 어떤 일기를 쓰게 될지 궁금하다.

열심히 보냈다. 평상시에 비해서 물리적으로 일한 게 5분의 1도 안 되는데 몸은 굉장히 지친다.

아마, 마음이 편하지 않아서 그런 거겠지.

오늘도 내가 할 수 있는 것을 했다. 그러면서 형님들이 분주히 움직이는 모습을 보면 위축이 되는 건 어쩔 수 없다.

주방 식구들의 배려 덕에 매일 병원에 가서 치료를 받고 있다. 빨리 나을 수 있을 것 같다. 한 팔에 붕대를 칭칭 감아놔서 밤에는 답답하고 간질거려서 잠을 자기가 힘들다. 이 시간도 충분하게 경험하고 미련 없이 지나갔으면 좋겠다. 두 번 경험할 필요가 없도록…!

방을 같이 쓰게 된 요리사 형님이 굉장히 멋있다. 체격이 나의 두 배 이상이다. 문신도 곳곳에 본인의 개성에 맞게 잘 새겨 놓으셨다. 상냥하시고, 말수도 적다. 계속 배려해주시고, 좋은 분과 함께할 수 있어서 기쁘고, 감사하다.

2일 전 사고가 났던 날 정호한테 카톡이 왔었다. 내가 이 사고를 자책하고 있을 걸 알고 있었을 거다. 정호가 보내준 카톡.

"영석아, 오늘 꽤 힘든 밤이 아닐까 싶다. 차근차근 쌓아갈 계획도 있었을 테고 관계도 있었을 텐데 그것들이 중단되는 것처럼 느껴질 거 같아 안타깝다. 화상도 엄청 쓰라렸을 텐데… 항상 무언가 하게 되고 반복하고 익숙하고 능숙해질 때면 크든 작든 다치게 되는 것 같아. 그렇지만 별거 아냐, 다쳤지만 잘 아물고 나으면, 그리고 주의하고 배운 게 있다면 그 일, 별거 아냐, 조바심 내지 말자…. 낫는 데만 집중하

자. 누가 널 어떻게 생각할지, 안 아물면 어쩌지 이런 생각하지 말고 잘 낫는 거에 집중하자. 그런 생각들로 너 마음만 안 다치면 별거 아냐. 걱정 말고 푹 자라. 오늘 밤은 바람이 선선하다, 눈치도 없이.

창밖에 아무것도 안 보이겠지만 잠깐 창문을 열고 파도 소리도 듣고 바람 소리도 들으면서 자라. 푹 자라."

이 글을 읽으면서 느낀 건 "별거 아니다. 화상은 흉이 지더라도 늘 그랬듯 계절이 지나면서 내 몸에서 자연스러워질 거고 나만 스스로 갉아먹지 않으면 돼. 나만 멈추면 돼" 이런 생각을 하면서 잠을 잤다.

지금은 괜찮다. 분명히 더 괜찮아질 거고 내가 도움이 될 시기가 분명 있을 거다. 늘 그랬듯. 잠깐 물리적으로 쉼표를 찍었다 생각하고 이 기간 동안에 내가 배울 수 있는 것을 배우면 된다.

내 친구들. 정호, 창섭이를 비롯한 많은 이들이 있기에 이렇게 생각을 이어 나갈 수 있는 것 같다.

☺ 2021년 6월 19일 土曜日 승선 55일 차

어제와 같이 아침밥을 먹고 오전 진료를 받았다.

매일 주방 사람들과 함께 일하면서 느끼고 있는 건데, 훌륭한 사람들과 일하고 있다는 걸 느낀다. 어디에서든 배울 게 있다고 하지만, 늘 혼자서 음식을 만들고 연습을 해오면서 스승 or 사부를 꿈꿔오고 기다렸다. 혼자서 음식을 만들면서 내 한계를 느낄 때마다, 누군가 나를 혼내줬음 좋겠다고 생각을 했었다. 음식을 잘 만들고 사람들도 내 요리에 만족한 날에는 누군가가 나를 칭찬해주고, 고민을 많이 해서 만들었구나 하고 어깨를 툭 쳐주기를 바라왔다. 머릿속으로 늘 생각했다, "나의 스승은 어떤 모습일까? TV, 영화에 나오는 미슐랭 스타 셰프처럼 그릇을 던지고 욕을 하는 음식에 미친 셰프일까? 아니면, 한 가지 음식만 특별하게 잘하는 장인 같은 분일까? 나는 어떤 성향의 기술자를 닮고 싶은 걸까에 대해 스스로 물으며 우선 오늘 내 요리를 하면서 때를 기다린 것 같다. 그리고 요즘 주방장님을 보면서 많은 생각을 한다. 여러 가지를 느낀다. "난 그냥, 음식을 열심히 만드는 좋은 사람이 되고 싶었구나." 무엇을 얼만큼 잘하는지는, 내가 살면서 결정하고 다른 삶과 밸런스를 맞추는 것이고 주방에서 좋은 사람, 상대방을 존중하는 나이스한 태도, 사소한 농담에도 귀 기울여주고 결국엔 방긋 웃는 그 표정과 모습을 닮고 싶었던 것 같다.

그분 덕분에 각기 다른 경험을 가진 베테랑 요리사들이 자연스럽게 어울릴 수 있다. 미묘한 신경전 따위는 없다. 잠에 깨서 주방에 들어가는 순간부터 평화로울 때가 많다. 오늘은 다친 팔에 붕대를 감고 그사이에 볼펜이 들어갈 구멍을 뚫어서 이 글을 쓸 만큼 마음이 좋다.

주방장님을 비롯한 모든 식구들에게 감사한 마음이다. 내 경험과 시간들이 식구들에게 도움이 되길 기도한다.

후… 오늘은 마음이 그렇다.

지금은… 현금이 많다. 백신 접종 외출을 했을 때 모두 내 카드로 결제하고 선박에서 영수증 처리를 해주셨는데 60만 원을 현금으로 주셨다. 그리고 본선불이라고 해서 한 달에 250불씩 달러로 받는다. 이 돈으로 잠깐 다른 나라에 정박하면 사람들이 몇 개월간 항해하면서 모은 달러들로 쇼핑도 하고 관광도 하고 카지노도 간다고 한다.

이 돈은 나중에 아버지한테 드려야지 생각하고 아끼는 재킷 안쪽 주머니에 고무줄로 돌돌 말아서 모으고 있는데 쌓여갈수록 너무 행복하다! 오늘이 본선불을 받는 날이었는데 어떤 형님이 이걸 한화로 바꾸고 싶어 하셔서 바꿔드렸다. 두 분이나!

아버지 용돈을 두둑하게 드릴 생각을 하니까 기분이 들뜬다.

한국에 도착하는 날 가족끼리 곱창을 먹으러 가야지. 그리고 소주도 한 병씩 마셔야지. 아버지한테 내 항해 경험을 얘기하면 부모님은 늘 그랬듯 웃으면서 들어주시겠지- 계산하고 집에 들어오는 현관 신발장 앞에서 아버지한테 이 돈을 드려야지. 그러면 아버지는 허허 웃으면서 방으로 들어가시겠지.

몇 분 지나지 않아 내 방으로 오셔서 너무 많다며 "너가 써라" 하고 돌려주러 오시겠지.

그때 아버지 드리려고 본선불을 모았고 쌓일수록 내가 더 기뻤다고 말해야지. 그럼 "그래, 고맙다" 하고 받으시겠지.

엄마에게는 계좌이체를 해야지. 엄마는 쿨하시다. 뭐랄까 늘 돈 위에 있는 사람 같다. 돈이 많지 않아도, 허세를 부리지 않아도 늘 돈을 이기고 있는 사람 같다. 또 본인에게 충분히 돈을 멋지게 쓰고 있고 나한테도 늘 그걸 가르쳐주셨다. 가치가 있는 곳에 본인의 돈을 쓰고 즐기는 것…! 그게 내 삶의 방식이 됐다. 그래서 돈이 부족하지 않다.

없어서 못 먹고 못 마셨을 때도 궁핍하지 않았다. 전혀. 아무튼, 오늘은 기분이 너무 좋다.

이렇게 저렇게 하다 보니 퇴근하고 7시 반이 다 되어간다….

내일과 모레는 정신이 없을 거다.

7월 1일의 출항을 앞두고 85명의 선원과 승객이 식사할 부식을 싣는 날이다. 어마어마한 양이 들어올 거고 냉장 창고와 냉동 창고에 정리하는 데 며칠이 더 필요할 것 같다. 틈틈이 해야겠지…?

점심 정리를 마무리하고 저녁 준비 전까지 자지 않았다. 졸리지 않았다. 뭐랄까… 힘을 얻고 싶달까? 휴게실에 가서 《시크릿》을 읽고 시크릿 관련 인터뷰를 찾아 들었다. 내가 해왔던 거랑 다른 게 있을까 하고…. 오늘 읽은 부분에서 놀라웠던 건 '감사일기'에 대한 언급이었다.

감사일기를 쓴 지 벌써 2년이 되어가고 있다. 파푸아뉴기니에서 일할 때부터 썼던 것 같다. 그때 일하면서 느끼는 감정이 '불안', '분노', '두려움' 이런 것들이었다. 나를 귀찮게 하는 그 사람에 대해 참을 수 없는 분노를 느꼈고 매번 진행되는 행사를 무사히 끝낼 수 있을까 하는 두려움. 나라의 특성상 수도, 전기를 비롯한 문제와 행사 도중 갑자기 변동되는 상황에 불안을 느끼며 매일 아침과 밤을 시작하고 마무리했었다.

엄마의 권유였을까? 정확히 기억이 나지 않지만 이러한 감정에서 벗어날 수 있는 유일한 방법이 감사일기라는 얘기를 듣고 "해 보자….

안 하는 것보다 낫겠지. 계속 이런 리듬으로 살 수 없잖아"라는 마음으로 시작했다.

처음엔 어떻게 적어야 할지 몰라서 적지 못 했다. 감사한 게 없었다. 짜증나는 사람은 여전히 짜증나게 굴고, 전기와 수도는 여전히 말썽이고 행사 관련 변수도 계속 생겨났으니까.

뭘 적을까 하다가 "비타민을 깜빡하지 않고 먹고 출근할 수 있게 해줘서 고마워요"라고 적었다. 별로 감사하지 않은데도 적었다. 당연한 거라고 생각을 했다. 그러니까 감사한 게 아니라고 생각을 했었다. 그 후에도 비슷한 느낌들로 몇 가지를 찾아서 적었다. 예를 들면 "내가 좋아하는 가수가 앨범을 내줘서 고맙습니다.", "어제는 화장실을 열 번 갔는데 오늘은 여덟 번만 갔어요. 고마워요."

그러다 보니 출근해서 일하다가도 전기가 안 끊기면 "오늘은 이걸 적어야겠다"라는 생각이 들기 시작했다. 《시크릿》에서는 이걸 생각의 주파수 변경이라고 적어됐다. "불행 > 감사"로.

그 뒤로도 정전과 단수는 계속됐다. 기적처럼 상황이 바뀌지 않았다. 하지만 분명 내 마음은 바뀌었다. 거슬리지 않았다. 오히려 정전이 안 된 날을 좋아했다. 그 뒤로도 습관적으로 적었다. 술에 취해 못 적은 날도 많고 귀찮아서 안 적은 날도 있었지만, 이곳에선 매일 적고 있다.

《시크릿》에서 생각의 주파수를 바꾸는 가장 좋은 방법으로 감사일기를 제안해준 것이 반가웠다. "그래서 그동안 내가 원했던 것들이 다 이루어진 건가…?"싶기도 하다.

뭐 때문인지 모르겠지만 이걸 계속해야겠다고 마음먹었다. 내일도 내년도, 죽기 전날까지…! 꾸준히 적다 보면 생각을 하지 않고 지나간 하루의 부분, 부분들을 돌아볼 수 있는 기회라는 생각이 든다.

다 이룰 것이다. 아무 탈 없이 아주 건강하게…!

구체적으로 적어봐야겠다.

머지않아 어머니, 아버지에게 집을 선물하고 정호, 창섭과 함께 선선한 바람이 부는 멋진 공간에서 서로가 아끼는 옷을 입고 만나 쿠바 시가를 태워야지. 그리고 첫 번째 프로젝트를 통해서 벌어들인 돈을 어떻게 멋지게 쓸지 얘기를 나눠야겠다.

그때 신발은 '레페토의 지지 모델', 외투 안에는 아끼는 몽블랑 만년필이 들어 있을 거다.

☺ 2021년 6월 21일 月曜日 승선 57일 차

오늘 참 좋았다. 부식이 들어오는 날이라서 모두 너무 바빴다. 이렇게 많은 양의 야채와 고기는 처음 본다. 양파만 1000kg가….

지금 팔을 다친 상태다. 내가 하면 시간이 더 오래 걸리니까 몸을 쓰는 현장에서 멀리 떨어져서 일했다. 그럴 필요가 없는데 스스로 위축이 되었다.

그러다 보니까 평소에 실수를 하지 않는 일들에서 어이없이 실수를 하게 되고 누군가 가볍게 하는 말에 괜히 의미를 부여하게 된다. 스스로를 궁지에 몰고 그 속에서 오버하고 있었던 것 같다. 팔 한쪽을 다쳐서 잠시 일을 못 하는 건데, 그걸로 남들이 나를 '일 못 하는 사람', '민

폐' 등으로 생각하면 어쩌지, 계속 되뇌인 것 같다.

그러지 말아야지 하다가도 잠시 생각의 끈을 놓게 되면 그렇게 생각이 옮겨간다. 오늘은 이런 하루를 보냈다. 저녁 마무리를 하면서 나아지긴 했지만….

꿈꾸고 설레이다가, 이렇게 작아졌다가 하루에도 몇 번씩 롤러코스터를 타게 되는 요즘.

☺ 2021년 6월 22일 火曜日 승선 58일 차

부식을 정리하고 나르느라 꽤나 바빴다.

어제보단 적은 양이라서 늦지 않게 끝내고 조금이라도 쉴 수 있게 돼서 참 다행이다. 팔은 오늘도 치료를 받았고, 흉이 지는 건 어쩔 수 없을 것 같은데 그 부위가 손등이라서 부모님께서 마음 아파하실까 봐 걱정이다.

이 기회에 타투를 해볼까? 타투는 좋은 표현 중 하나고 훌륭한 액세서리라고 생각한다. 타투에 대한 거부감은 없는데, 타투 숍 액자를 뒤져서 그중 하나를 하고 싶은 생각은 없고. 누군가를 따라 하기는 더더욱 싫다…. 만약 하게 된다면 남기고 싶은 것을 새기고 싶다….

오늘 침묵에 대해 더 많은 생각을 했다.

이젠 내 삶에서도 꽤나 자연스러워진 단어이고 의미이다. 여전히 일을 하면서 아무것도 못 하고 형들이 하는 걸 지켜봐야만 하는 시간이 많다. 팔을 다치니깐 일을 50퍼센트 못 하는 게 아니고 90퍼센트를 할 수 없다. 형들을 지켜보고 있으면 오만가지 생각이 든다. 다친 것에 대한 자책부터, 도움이 되고 싶다는 생각까지 끝없는 생각을 하게 된다.

그럴 땐 괜히 민망하니까 말을 걸고 싶고, 날 어떻게 생각하나 떠보고 싶다. 침묵을 내 삶에 적용시키기 이전까지는 늘 그렇게 해왔다. 아주 은근슬쩍. 그런데 그걸로 바뀌는 게 없다는 걸 알게 된 시점에 '침묵'이란 걸 배우고 삶에 적용하면서 지금, 이 순간을 보내고 있는 게 행운이라고 생각한다. 난 요즘 민망하면 민망한 대로, 부족해서 실수하면 실수한 대로 그 순간에 서 있고, 불필요한 말은 안 하려고 한다. 실수를 했을 땐, 죄송하다고 말하고 그 뒤로는 실수를 반복하지 않을 방법에 대해 생각해본다. 이전에는 "어, 실수를 했네- 이 분위기를 어떻게 풀지?" 그러다 보니 오버도 하게 되고 거짓말도 보태게 되고….

침묵이 좋은 점은 그 상황을 대하는 내 마음에 집중할 수 있다는 거다. 왜 입을 열고 싶은지, 왜 저 사람의 저 행동이 거슬리는지 내 마음을 통해 알 수 있다. 그리고 그중 열의 아홉은 나의 자격지심이거나 살면서 채우지 못한 결핍이란 걸 이제는 안다. 그런 결핍을 가지고 있는 쪽은 그 사람이 미워진다. 그래서 내게 문제가 있는 걸 들키기 싫으니깐 괜히 그 사람을, 그 상황에 대해서 말을 교묘하게 꺼내게 되는 게 아닐까.

사람들한테 내 잘못이 아니라고 동의를 구하고 싶어서…. 근데 웃긴 건 사람들도 비슷한 마음을 가지고 느끼며 살기 때문에 거기에 맞춰서 말을 해준다. 약속한 것처럼 말이다. 그래서 그런 사람들이 늘 주위에 있다. 그걸 주고받을 수 있는 관계가 넘친다. 근데 내가 그만하면,

모든 게 정리가 된다. 자연스럽게. 그 관계를 유지하기 위한 중요한 약속 중 하나를 내가 그만하겠다고 한 거니까.

재밌는 건, 침묵 속에서도 아름다운 얘기를 주고받을 사람들이 생긴다. 아주 자연스럽게! 지금 내 주위엔 그런 사람들이 넘친다. 순간순간 입을 놀리고 싶다가도 친구들과 동료들을 생각하면 어떤 상황이든 "… 됐다" 하는 생각이 든다.

☺ 2021년 6월 23일 水曜日 승선 59일 차

또 다쳤다…. 우습다.

붕대를 감고 한쪽 팔로 조심조심 일하고 있었다. 팔이 자연스럽지 못해 뜨거운 물을 다른 곳에 옮겨 놓은 와중에 미끄러져서 붕대를 감은 손가락과 배, 발등, 이렇게 데었다. 저번처럼 살이 벗겨지거나 심하지 않아서 다행이다. 하지만 화상을 입고 서너 시간은 너무 괴로워서 어금니를 꽉 다물고 일했다. 내가 봐도 바보 같지만 다행인 건, 내가 다친 걸 식구들이 몰랐다는 사실에 사고가 난 직후에도 마음이 놓였다. 다쳤다고 말을 안 하고 일을 계속 했다. 너무 어리석다는 생각이 들지만, 내 마음은 그렇다.

쿨해 보이고 싶은 것도 아닌데, 마음이 그렇다…. 후… 그냥 그렇다…. 머릿속으로 더 조심해야 한다고 주입을 하고 위험한 요소들을 경계하면서 일했다.

진료가 오후 1시여서 오늘 다친 부위까지 치료받을 수 있었다. 다만, 이젠 벙어리장갑처럼 손가락까지 붕대를 감싸서 일하기가 더 불편하다.

　배 안에서의 상황을 우습게 생각하지 말자. 집중하고 겸손해야 한다. 이 정도의 상처로 깨달을 수 있어서 다행이다. 정말. 이제는 뜨거운 물이 무섭다…. 그 정도로 경계를 하고 있다. 누군가가 뜨거운 물을 담고 있으면, 신경이 그쪽으로 쏠려서 조심하게 된다. 더 큰 위험에서 벗어날 수 있었던 거라고 생각해야지.

☺ 2021년 6월 25일 金曜日 승선 61일 차

　바빴다. 6일 뒤면 출항이다.

　벌써 시간이 이렇게 되었다…. 내일, 조리원 형님 두 분이 백신을 맞지 못해서 5일간 자가격리를 하러 가신다. 형님들 덕분에 거의 10일 가까이 손에 물을 묻히지 않고 천천히 치료를 받고 회복할 수 있었다. 오늘 병원 치료를 마무리하고 밤부터는 직접 소독을 하고 연고를 바르고 치료해야 한다.

　내일부턴 붕대를 풀고 일상에, 역할에 복귀해야지. 형님들의 빈자리를 채울 수 있었음 좋겠다. 며칠 안 되는 기간이지만 격리 기간 동안 형님들이 아침 5시 기상 알림을 잊어버리고 10~11시까지 늦잠 잘 수 있기를 기도해본다!

　조금 이른 감이 있지만, 무리하지 않고 경각심을 가지고 일하면 괜찮을 거다. 어제는 쓰고 싶은 것들이 많았지만 팔의 붕대를 뻑뻑하게 감아두어서 그런지 펜을 잡기가 너무 불편했다.

☺ 2021년 6월 26일 土曜日 승선 62일 차

　붕대를 풀고 내 일을 되찾아서 해나갔다. 10일간 붕대를 감싸고 있던 터라, 손가락을 잡았다 펴는 게 처음엔 어색했다.

　느리지만 조금씩 역할을 하니깐 마음이 떳떳했다. 최근 창섭이는 친구들과 여행을 갔다고 소식을 전해줬고 정호는 자신이 필요로 하는 물건들을 하나둘 채워가는 중이라고 얘기해주었다.

　아주 멋진 일이다. 정호에게도 얘기를 했었고 창섭이와도 무수히 많이 나눈 얘기지만 사고 싶은 물건을 내 돈으로 사는 건 환상적인 일이다. 어떤 물건을 갖고 싶다고 느끼고, 그걸 가지고 다니는 상상을 했는데 설렌다면, 사면 된다. 만 원이던 백만 원이던 천만 원이던.

　그 돈이 지금 없다면, 방법은 간단하다. 그걸 가지고 다니는 상상을 하면서 그 상상이 주는 기쁨으로 일을 하고 돈을 정당하게 벌고 상상했던 걸 내 주머니 안으로 넣으면 된다.

　정말 쉬운 일이다. 늘 그래왔다.

　당장 가질 수 없어도 늘 그것을 가지고 다니는 상상을 했다. 그리고 가지게 되었다. 단종된 모델이라도 어떤 순간, 어떤 기회로 내게 와줬다. 돈으로 살 수 있는 물건으로 이런 꿈을 꾸고 채워진 마음으로 하루를 보낼 수 있다면 행운이라고 생각한다. 그런 물건이 이제 별로 없다.

　이제 스물여섯 살, 나는 배에서 음식을 만들고 나누는 요리사다.

돈을 쓰는 방법을 엄마한테 어렸을 때부터 배웠다. 그래서 늘 가지고 싶은 걸 생각했고, 용돈을 모으거나 돈을 벌어서 그때그때 채워갔다. 이유를 찾고 구매하는 연습을 했기 때문에 유행에는 관심이 없었다. 유행을 따르면 늘 업그레이드를 해야 하고 계속 결핍을 느끼게 된다. 스무 살 때는 돈이 부족한 채로 대학 생활을 했다. 밥을 사 먹을 돈도 없을 만큼.

부모님은 반찬가게를 하셨기 때문에 늘 어떻게 일하시는지 알았다. 때문에 용돈 받을 생각은 안 했다. 늘 돈이 충분하진 않았지만, 궁핍하다는 생각은 한 번도 안 했던 것 같다.

"내 마음을 다해서 할 수 있는 일을 하자. 돈을 버는 건 죽도록 멋진 일이고, 그렇게 번 돈을 떳떳하게, 아쉽지 않게 쓰는 건 환상적인 일이라고 생각한다."

한국에 가면 트럼펫을 사야지. 연주 방법도 모르고 연주를 하게 될지도 모르는 일이지만, 오랜만에 가지고 싶은 게 생겼다. 가지고 싶은 것이 생긴 것 자체로 살 만한 가치가 있다고 생각한다. 여기서 벌게 될 바다 냄새가 나는 돈으로 멋진 트럼펫을 사야지.

☺ 2021년 6월 27일 日曜日 승선 63일 차

오늘도 열심히 일했다. 점심을 마무리하고 저녁 준비 한 시간 반 전에 나가서 김치를 썰어놓고 김치 냉장고를 정리하면서 쉬었다. 일은 했지만, 쉬는 느낌이었다. 그런 시간이 참 좋다.

붕대를 풀게 되면 냉장고를 깨끗하게 청소해놓고 그 안에 김치를 가득 썰어두자고 생각을 했었다. 오늘 할 수 있어서 좋다.

7월 중순에 배가 잠깐 다른 나라에 정박한다. 거기에서 급유도 하고 추가로 부식도 싣는다고 주방장님이 말씀해 주셨다. 그때 맞춰서 핸드폰 로밍을 해두려고 한다. 로밍이 되면 내가 모셨던 대사님에게 이곳의 풍경 사진과 소식을 더 해서 보낼 수 있을 거다. 그리고 대사님의 안부를 물을 수 있을 거다. 꼭 연애하는 기분이 든다.

대사님은 사회에서 만난 '어른'이다. 닮고 싶은 어른이었다. 경상도 남자이기에 살갑게 표현을 하는 분은 아니었지만, 정말 따뜻한 분이셨다. 진심으로 나를 대해주셨다. 부모님을 제외하고 어른의 진심을 처음 느껴본 것 같다.

외교 행사를 준비하는데 가끔 막바지 즈음, 갑자기 몇 명의 인원이 추가가 되거나 누군가 따로 음식을 주문한다던가 이런 변경 사항이 생기곤 했다. 그럴 땐 난처했다. 재료도 없고, 시간도 없으니까. 마음과 몸이 예민해지고 짜증도 났다. 내가 기억하는 그날도 아마 그랬을 거다. 몇 가지 변경 소식을 서기관님에게 공문으로 전달받고 난처해하고 있었는데, 대사님이 주방으로 내려오셨다. 대사님께서는 내가 변경된 소식을 못 들은 줄 아셨던 것 같다. 대사님께서, 말을 쉽게 못 꺼내시고 냉장고 주위를 빙빙 돌고, 한숨을 푹푹 쉬셨다. 대사님의 잘못도, 결정도 아니었는데 말이다. 조심스럽게 변경된 소식을 전해주셨다. 마지막엔 이렇게 말을 덧붙이셨다. "송셰프, 음… 그… 하는 데까지만 하세요." 그분의 태도에 예민했던 마음이 눈 녹듯 사라졌다. 변경된 사항을 완벽하게 이행해서 저분 마음을 편하게 해드리고 싶다는 생각이 들었다. 그분을 존경한다. 그 어른은 나를 위해주셨다. 내가 떠나는 날에도 새벽 3시까지 주무시지 않고 말없이 배웅해 주셨다. 다 기억하고 있다. 그의 태도와 배려를. 그래서 쉽게 연락을 할 수 없었다. 한국에 와서도 새로운 직장을 구하기 이전까지 연락을 못 했었다. 걱정하실 것 같아서.

대사님께 연락을 하고 싶었는데 이 배를 타기까지 1년이라는 시간이 걸렸다. 대사님의 안부를 묻고 싶어서 1월 1일, 새해가 오길 기다렸다. 그때가 되면 새해인사를 드릴 수 있으니. 아이가 크리스마스를 기다리는 마음처럼. 그리고 대사님과 차를 마시며 언젠가 이야기를 나눴던 그 배에 정말 타게 됐다. 그 소식을 대사님께 전했다. 대사님께서 장문으로 잘 선택했다는 말과 동시에 여정 중 사진을 보내주면 좋을 것 같다고 말씀해 주셨다. 그래서 로밍을 했다. 그렇게 소식을 전하고 내 마음속 어른의 안부를 묻고 싶어서…!

난 순수하지 않다. 그의 태도가 나를 이렇게 바꿔놨다고 생각한다. 언젠간 그를 도울 기회가 왔으면 좋겠다. 그게 무엇이든… 정말 무엇이든지.

☺ 2021년 6월 28일 月曜日 승선 64일 차

저녁을 정리하고 씻고 여덟 시 즈음 승선 일기를 쓰는데 오늘은 점심 식사 후 자는 게 싫었다. 무엇보다 노래를 듣다가 그 가사 속 인물이 된 것처럼 몰두가 돼서, 상상이 계속 이어지고 있다.

이런 시간이 많지 않기 때문에 잠을 자긴 아쉽다. 이럴 때마다 느끼는 건데 글을 써서 기록하는 습관은 엄청난 무기인 것 같다. 지금 머릿속에서 선명하게 그려지는 미래 모습들을 정확하게 기록할 수 있으니 말이다. 그리고 언젠간 그 모습이 현실이 되었을 땐 이 글을 읽고 잃어버린 감사함을 찾고, 내가 옳았음을 깨닫겠지. 지금까지 그랬듯이.

힙합을 듣고 있다. 가사 속의 인물이 되어 지금 내가 챙기고 싶은 것들과 가족, 친구들에게 나눠주고 싶은 모든 것들을 가방 안에 넣고 차를 타고 이동하는 상상을 하고 있다. 누군가는 이런 것들이 무의미하다고 말할 거다. 그럴 수 있을 것 같다. 그렇게 생각하면 그렇게 살면 된다. 본인들이 원하는 대로. 계획을 좋아하면 계획을 하면서 살면 되고, 수동적으로 정해진 만족만 하고 싶은 사람들은 그렇게 하면서 기쁘게 살면 된다. 내 의지로 그들을 바꾸는 건 서로 피곤하고 다치는 일이다.

예전에는 상상을 하고 그걸 이루고 살고 싶다고 얘기하면 안 믿는 걸 넘어 그게 잘못됐다고 말하는 사람들이 많았다. 그럴 때면, 내 소중한 것이 다치는 느낌이 들어서 말로 되갚아주고 서로 상처를 주며 보냈다. 그러다 보니 공개된 장소에선 나를 지탱해주는 이런 얘기를 하지 않고, 지금의 친구들 몇몇하고만 얘기를 나눴다.

기록을 하면서 이전에 꿈꿔왔던 것들이 하나하나 기록으로 살아있는 걸 발견한다. 그리고 시간이 지나 그걸 읽고 있는 지금, 그 꿈들이 다 이루어져 있었다.

다만, 내가 이곳을, 이것들을, 이 사람들을 꿈꾸고 원했다는 사실을 까먹고 감사함을 잃은 상태였다. 글을 읽고 다시 깨달았다.

생각하고 기록하면 이뤄진다고 믿는다. "가난해서 싫다. 부자 되고 싶다" 이런 거 말고 내가 100억이 생기면 제일 먼저 뭘 가지고 싶은지, 어떤 회사의, 어떤 모델의 차를 타고, 어디를 가고 싶은지 상상하고 적어야 한다. 그때 무슨 옷을 입고 있고 계절은 어떻고 표정은 어떨지까지 말이다.

한 번에 되진 않는다. 수많은 시간 그 이상으로 연습을 해야만 가능하다. 고등학교 수업시간에 책상에 엎드려서 꿈을 꿨다. 그때 기록하는 습관이 없어 못 적어둔 게 아쉽지만, 늘 상상했다.

새로운 곳에서 무언가를 하고 있는….

당신의 순간의 생각과 감정을 기록하기를. 그리고 변화를 느끼고 당신의 삶이, 이 순간 풍요롭기를….

☺ 2021년 6월 29일 火曜日 승선 65일 차

며칠간 룸메이트 형의 부재로 혼자서 방을 썼다. 노래도 크게 틀어놓고, 흥이 오르면 춤도 추고, 잘 쉬고 있다. 이 시간을 원 없이 만끽해야지!

내일모레면 출항을 한다!

떨리지는 않지만 7월 1일부터 9월 24일까지 85일간의 항해이니, 시간이 금방 지나가겠구나, 하고 벌써 느끼고 있다. 군대에 있을 때도

100일이 지나고는 시간이 훅훅 지나갔으니….

　일을 마치고 샤워를 하고 7월 16일~18일, 잠깐 미국 알래스카에 정박하는 기간에 맞춰서 로밍을 예약했다. 방금은 엄마랑 연락을 하다가 한 달 전쯤에 스타벅스 카드를 충전해드렸었는데, 다 사용하셨을 것 같아서 다시 충전을 해드렸다. 이렇게 돈을 쓰는 건 정말 재밌다. 액수의 문제가 아니라 너무 좋은 것 같다.

　내가 사랑하는 가족들과 친구들이 풍요로웠으면 좋겠다! 마음, 생각, 돈, 여러 가지의 의미로. 그리고 그게 넘칠 때마다 나눠주고 채워주고 싶다. 어떤 대가나 리액션에 관계없이, 내가 주는 것 자체를 아예 몰랐으면 좋겠다. 서로가 그 마음이 좋으니!

　솔직한 마음으로…. 내가 사랑하는 사람들이 웃는 일이 많으면 좋겠다. 그게 내가 할 수 있는 거라면 그걸 하면서 살고 싶다. 더 확실하게 말하면 그 사람을 위해서라기보다 날 위해서인 것 같다. 그냥 그 에너지가 좋다. 내가 상상한 것들을 이루고, 만지고, 나누고 또 자연스럽게 꿈이 꿔지고 이뤄지고 다시 나눠진다. 그렇기 때문에 난 궁핍할 수가 없다.

　아버지는 매순간 정성를 다해 사신다. 가족에게 본인이 할 수 있는 걸 늘 하셨던 것 같다. 지금까지도. 내 친구들에게도 지나가다가 만나게 되면 별말씀 안 하시고 늘 악수를 해주셨다. 무슨 마음인지 안다. 군대에 있을 때, 개인 사정으로 집에 못 내려가는 형이 있었다. 그 형이 내가 군대 있는, 6개월 정도 우리 집, 내 방에서(휴가 나왔을 때) 지내게 해주셨다. 불편할 수 있었을 텐데 아무 말도 안하셨다. 내가 부탁을 했고, 부탁을 한 것에 분명 이유가 있을 거라 믿고 존중해 주셨다. 형 말로는 아침에 냉장고를 열어보면 매일 편의점 도시락이 있었다고 한다. 처음엔 형이 자기 것인지도 모르고 먹고 싶어도 안 먹고 있으니까 그 다음번엔 조용히 도시락 위에 포스트잇으로 '○○○ 꺼'라고 아버지가 써놓으셨다는 얘기를 들었다. 그때 아버지의 사랑 방식에 놀랐다. 아버지는 먹는 것에 욕심이 없으시다. 편의점 도시락이 최고다. 그것마저도 가격이 부담되니깐 가끔 드신다. 우리 아버진 그 형한테 본인이 생각하는 가장 맛있는 음식을 선물하신 거다. 그것도 매일 아침마다. 그 마음은 빗나갈 수 없다. 6개월 정도 시간이 지나고 형이 떠나던 날 우리 가족들에게 긴 편지를 써서 선물했다는 얘기를 들었다. 그 편지는 그들만의 얘기라서 내용을 묻지 않았지만, 아마도 진심이 담겨 있겠지.

지금은 형과 연락이 안 된다. 외국을 나간다고 전해 듣고, 나도 대사관을 갔다 와서 한국에 와서 연락을 하니깐, 카톡도 다 지워지고 바뀌어 있었다. 아쉽긴 하지만 서로가 좋은 상황일 때, 필요할 때, 자연스럽게 만나질 걸 알고 있으니깐, 내 인생을 잘 살면서 지내야겠다.

보고 싶다.

다들 각자의 방식으로 아름답게 사랑하고 사랑받기를.

출항 전날인 오늘도 정신없이 바빴다. 여수-광양-포항-광양을 거쳐 벌써 66일이나 지났다. 앞으로 86일 뒤면 다시 한국으로 돌아온다. 시간이 늘 그랬듯 스쳐 지나갈 것 같다. 정신 차려보면 한국이겠지, 일도 열심히 하면서 공부도 운동도 놓지 말아야지!

아무래도 출항을 앞두고 코로나 때문에 사람들을 만나기 어려워서 모든 약속을 입항한 뒤로 미뤄두었다. 돌아오면 한 달도 안 되는 시간 동안 많은 사람들을 봐야 할 것 같다. 싫은 것도, 귀찮은 것도 아닌데 마음이 편하질 않다. 쉬는 시간이 아니니, 누굴 만나든 함께 걷고 싶다. 보온병에 담아온 술을 따라 마시고, 근처 마트에서 와인 한 병씩 사서 나눠 마시고 각자 말하고 듣다가 늦지 않게 헤어지는 게 가장 좋다. 창섭이나 정호를 만날 때도 점심을 먹고 만나서 근처를 산책하다가 카페에서 커피를 마시거나 벤치에 앉아서 와인이나 맥주 마신다. 할 얘기가 없을 땐 각자 하늘 보면서 쉰다. 그게 좋다. 정말 좋다.

가끔 오랜만에 뜸했던 친구를 만나면 할 얘기가 없을 때가 많다. 그래서 친구의 얘기를 듣고 생각하다가 집에 돌아온다. 확실히 내 색깔이 깊어졌다. 내가 깊게 의미를 찾고 따지고 싶은 것들이 생긴 만큼 일반적인 것에서 의미를 느끼지 못하는 것이 많아졌다.

"요즘 이런 일이 있었는데, 이렇게 생각했어. 이런 변화가 있었어." 이런 대화가 자연스러워진 것 같다. 무슨 일이 생긴 순간에 "와…. 나 지금 이런 상황인데 그 사람이 나한테 이렇게 저렇게 했고 뭐 어쨌고…." 이런 얘기에 매력을 못 느끼는 요즘이다.

정호와 창섭이가 가끔 "요즘 이런 일들이 주위에서 생기고 있어서, 이런 걸 느끼고 이런 생각을 하면서 지낸다…." 이렇게 말해주면 같은 말 같아도 뭔가 다른 걸 느끼고 몰두가 된다. 무슨 차이인지 알겠지만 어떻게 설명해야 할지 잘 모르겠다.

☺ 2021년 7월 1일 木曜日 승선 67일 차

드디어 출항! 오후 3시에 출항을 했는데 기분이 이상했다. 길지 않은 시간이라는 걸 알고 있지만, 가족, 친구들에게도 연락이 안 될 거라서…. 두려움이 없다면 거짓말이겠지.

형들이랑 헬스장에서 운동하고 씻고 식당으로 나왔다. 오늘부터 일기를 식당에 내려와서 써야겠다. 배가 출항함과 동시에 내 방의 의자며 빨래통이며 모두 넘어지지 않게 고무줄로 고정을 해놨다. 그걸 풀고 다시 묶는 것보단 내려와서 쓰는 게 나을 듯하다. 승객도 몇 분 안 계신다. 53분의 승객들이 타셨다. 첫날이라서 그런가 내려와서 야식을 드시거나 간식을 드시지는 않는다.

25인분을 만들다가 85인분을 만드는 건 보통 일이 아니다. 설거지 하는 양만 해도 세 배 이상이 늘어난 거니까. 음식을 만드시는 분들은 더 힘이 들겠지? 난 아직 음식을 만들 기회가 없었다. 형님들이 베테 랑이기도 하고 나 역시 정리하고 청소하고, 재료만 올려놔도 시간이 빠듯하다. 요즘은 그마저도 실수를 한다. 다친 이후로 자신감이 없고 의기소침하다. 트라우마라고 해야 하나.

끓는 물 보면 사실 무섭다. 긴장하게 된다. 그래서 뜨거운 물을 부어 놓으라거나, 국을 담아놓으라는 요청이 생기면 그 어떤 것보다 긴장을 하게 된다. 그러다 보니 지적도 많이 받게 되고 그게 반복되니 지치게 되는 요즘이다.

요즘은 '내가 일을 못 하는 편인가?' '대걸레질을 왜 지적당하지?' 이런 생각을 하다 보니까 자연스럽게 누군가 미워할 대상을 찾게 되는 것도 같다.

'난 지적받을 사람이 아니야' 이런 오만함이 있어서 그런 것 같다. 시간을 두고 겸손을 챙겨야겠다. 그전까지는 침묵을 지키고 내 것을 열심히 해야지.

이렇게 오만하게 살다가는 챙겨가야 할 것과 배워야 할 것을 하나도 갖지 못할 거다. 후딱, 정신 차리고 설거지든, 대걸레질이든 다시 배우고 더 효율적으로 안 다치게 일하자. 아무래도 혼자서 요리를 해오던 시간이 길다 보니까 고집이 센 것 같다. 스스로 얻게 되고 알게 된 걸 틀렸다고 믿고 싶지 않은 거겠지.

쉽지 않겠지만 천천히 지우고 채워가야지.

☺ 2021년 7월 2일 金曜日 승선 68일 차

오늘도 잘 지냈다. 운동도 다시 시작했고 음식을 같이 만드는 형님들과 함께하고 있어서 더 좋아지고 쉬워지고 있다.

지금은 일본을 지나고 있다. 배는 흔들림이 있지만, 이 정도는 잔잔한 거라고 형님들이 말씀해주셨다. 나도 별문제 없이 하루를 기쁘게 보내고 있다. 몰랐던 사실이 있었는데 배가 목적지를 향해서 항해를 하면 시차가 계속해서 바뀐다. 배에서는 한 시간 혹은 두 시간 전진이란 단어를 쓴다. 오늘도 저녁을 마무리하고 일곱 시에 퇴근했는데 시차가 생기면서 여덟 시가 됐다. 한 시간의 쉬는 시간이 사라졌다. 모두 자연스럽게 시간을 다시 조정했다. 그런 이유로 이번 주 일요일 다음 날은 다시 일요일이다. 지금은 전진을 하면서 쉬는 시간이 줄어드는 만큼 돌아올 때는 후진을 하면서 한 시간씩 혹은 두 시간씩 쉬는 시간이 늘어난다.

일찍 자야지!

여전히 누군가 지적을 할 때마다 반감이 들끓는다. 이건 바꾸려고 입을 다물고 노력을 하고 있다. 여러 베테랑 분들과 함께 일을 하면서 내 안의 고집들이 하나둘 꺾이고 사라진 후 그 자리엔 더 빛나고 곧은 뭔가가 자라길 바라는 중이다. 내가 죽고 난 뒤, 내 무덤에 내 이름 석 자 뒤에 나의 소속이자 신념이 뒤따라 새겨졌으면 좋겠다.

☺ 2021년 7월 3일 土曜日 승선 69일 차

한 시간 전진한다고 해서 점심을 마무리하고 회의실에 와서 일기를 쓰고 있다. 오늘은 고기를 굽는 날이라 평상시보다 늦게 끝날 텐데, 거기다 한 시간을 전진한다고 하니깐 열 시가 되어야 다 끝날 것 같다. 그래서 낮잠을 안 자고 일기를 쓰는 중이다. 오늘은 내 생일이다. 바다 위에서 보내는 첫 번째 생일.

어려서부터 생일에 의미를 두지 않았다. 어렸을 때 아버지한테 생일선물을 해드리면 아버지가 난처해하면서 "고맙지만 앞으로 선물해주지 않아도 된단다. 그리고 매일 생일처럼 행복하게 보내렴, 이건 잘쓸게. 고맙다" 이렇게 말씀을 하셨다. 그래서 나도 생일선물을 받을 때면 고맙지만 뭔가 낯선 느낌이 들었다. 지금까지도… 그래서 생일이라고 알리지 않았다. 굳이 그럴 필요가 없다. 물론 말하면 진심으로 축하를 해주실 고마운 분들인 걸 알기에 축하에 대한 갈증을 느끼지도 않았다.

늘 멋진 선물을 1년에도 수십 번씩 받으면서 살고 있다. 생일선물을 받고 싶은 것처럼 어느 순간 무언가에 꽂히고 그걸 가지고 있는 내 모습을 수천 번 정도 꿈을 꾼다. 그리고 어느 순간 나도 잊고 있을 때 그것들이 내 주위에 존재하고 있었다. 뒤늦게 깨닫는다. "이걸 원했던 거였지."

멍청한 시간 낭비를 삶에서 줄이고 싶어서 기록으로 남기는 중이다. 망망대해로 나온 지 3일째이지만, 집을 떠나 바다 위에 떠 있는 지 오늘로 69일 차다. 오늘이 생일이라 감상에 젖은 것일까? 가족들과 친구들이 많이 보고 싶다.

생각을 하지 않고 웃음을 못 참아서 터졌으면 좋겠다. 가끔은 아무 의미 없는 실없는 소리를 하루 종일 친구들과 와인을 마시면서 떠들고. 그렇게 하루를 지우고 싶다.

정호가 만들어준 이 공책을 오늘 다 썼다. 단 하루도 빼놓지 않고 썼다. 화상을 입었던 당일에도 붕대에 구멍을 뚫어, 펜을 꽂아서 하루를 기록했다.

오늘은 어제보다 진심을 담아 펜을 꾹꾹 눌러 쓴다. 아버지 말대로 매일이 생일인 것처럼 기쁘고 설레는 하루가 되기를.*

☺ 2021년 7월 4일 日曜日 승선 70일 차

역시나 바쁘게, 안정적으로 기쁘게 보냈다. 정호가 만들어준 공책을 어제 다 써서 오늘부턴 내가 가져온 공책에 일기를 기록중이다. '로이텀 1917'이라는 브랜드인데 종이의 질도 좋고 공책이 짱짱하다. 첫장부터 끝장까지 중간에 뜯어지는 일 없이 다 쓸 수 있어 좋은 공책이다.

로이텀 공책은 하루도 빼놓지 않고 하루의 마무리를 기록하는 도구, 몽블랑의 만년필은 늘 품속에 지니고 있는 물건이다. 그걸로 사인을 한 중요한 서류는 이 배의 요리사로서 계약한 계약서 한 장이 전부이지만,

앞으로 멋진 계약서에 내 사인을 적게 될 펜이다. 그걸 손에 쥐고 있는 것만으로도 멋진 상상이 이어진다. 여러 가지로 고마운 펜이다. 그런 의미의 펜이다.

여기서 같은 하루를 반복하고 있다. 같은 실수를 하기도 하고 어느

---

* 정호가 만들어준 이 공책에 적은 생각들이 아라온호에서 하선을 하고 난 후, 내 인생의 다음 페이지 열쇠가 되기를 의심 없이 믿는다!
   - 2021년 4월 27일 정호가 선물해준 공책 맨 뒷장에 적어둔 글.

순간 누군가에게 날이 서서 그 사람을 계속 미워하기도 한다. 하지만 그러면서도 내 마음을 알아차리고 주파수를 바꾸려고 노력하는 중이다. 쉽지 않지만 천천히 바뀌고 있음을 느낀다.

반복을 하다 보면 내 삶이 누군가로부터 진정 자유로워질 수 있지 않을까. 그런 과정 속에서 이렇게 기록할 수 있다는 것도 놀랍다. 이 시간이 나에겐 그저 감사할 뿐이다.

☺ 2021년 7월 4일 日曜日 승선 71일 차

7월 1일부터 한 시간씩 매일 전진을 하다 보니깐, 피곤하다. 한 시간을 더 자고 못 자고가 굉장히 중요하다. 퇴근하고 운동을 하러 가서 러닝을 하는데 창문을 열어둬서 거울에 바다가 비쳤다. 끝이 없는 지평선이 펼쳐져 있었다. 파도까지 요란하게 일렁이는 게 장관이었다.

언제 이런 경험을 해볼까. 마음속 한 편에 있는 '여기서 이걸 하는 게 맞을까'와 같은 빌어먹을 의심이 창문 밖 파도에 씻겨 내려가는 듯했다.

분명히 나를 믿고 있다. 내가 그린 미래들이 혼자서 그릴 수 있던 게 아님을 인정하고 그것들이 머지않아 내게, 우리에게 올 거라는 것도 알고 있다. 이건 억지가 아닌 진심이다. 하지만 그래도 계속 순간의 의심이 피어오른다. 어느 순간, 어떤 상황에 의해, 누군가의 눈빛으로 인해서, 내 스스로의 자격지심에 의해서, 의심이 피어오를 수 있는 먹이를 주게 되는 것 같다. 그런 의심들이 스멀스멀 피어오를 때마다 스스로 마음을 다스린다. 머릿속으로 체스판을 상상해본다.

체스는 이 말로 저 말을 잡았나 놓쳤나로 게임의 승패가 결정되는 게 아니다. 결국, 이기려면 왕을 잡아야 한다. 그러기 위해선 수많은 수들이 존재한다. 똑같다. 난 꿈이 이뤄지기를 바라는 것일 뿐, 지금 이 선택이 무조건 옳은 선택이었을지, 아니었을지를 고민하지 않는다. 늘 그랬듯 난 왕을 잡고 내 꿈을 이룰 거고 원하는 걸 가지게 될 거다. 지금의 상황은 왕을 한 번에 잡는 '묘수'일 수도 있고, 어쩌면 졸병 한 명이 한 칸 움직이는 걸 수도 있다.

하지만 분명한 건 졸병 한 명을 움직이는 것은 내가 그린 미래를 향한 게임을 스스로 시작한 거라는 거다. 졸병이 한 칸 양보해야, 왕을 잡을 무언가도 움직일 수 있다는 건 다들 아는 사실이다!

이런 생각을 하면 부정적인 의심의 주파수에서 내 꿈을 믿고 다시 상상을 하고 설렐 수 있는 쪽의 주파수로 변경이 된다.

그리는 미래가 있다면 지금 하고 있는 그것이 과연 방향이 맞을지 어떨지 고민이 많을 거다. 누구에게든 당연할 테니까!

당신이 스스로 고민하고 선택한 것이라면 분명 옳을 것이다. 그러니 부정적인 스위치를 끄고 꿈에 가까워지는 최초의 스위치를 켤 수 있기를.

　모든 게 고장 난 하루였다. 위축된 하루였다. 똑같이 출근해서 똑같은 걸 했다고 형님들이 생각했는지 다른 선배 형님이 그건 나중에 해도 되니깐 다른 걸 하라고 말씀하셨다. 그때부터였을까? 뭘 하려고 준비하면 "영석아, 나중에 해도 되잖아.", "영석아, 딴 거 해." 이런 말의 연속….

　형님들 말이 맞다. 나중에 해도 되는 일이었다. 내가 뭘 해야 할지 몰랐다. 정말 모르겠다. 음식이라도 만들면 그것에 맞춰 재료를 다듬고 맛있게 만들려고 할 텐데, 주로 하는 건 재료 세팅, 정리, 김치 담고 설거지하고 형님들이 만드신 거 나르는 것이 이곳에서의 일이니….

　그래서 고장이 났다. 형님들도 짜증이 나셨다. 난 위축되고 민망해졌다. 지금도 마찬가지다. 사람들과 일해본 적이 스무 살 이후로 없어서인지, 내 일이 명확하게 없으니 어떻게 찾아야 할지 모르겠다. 생각해 보니 스무 살 때도 사수가 "나보다 잘하게 되면 다른 거 하게 해줄게"라고 하셨던 게 기억난다.

　밤낮으로 연습해서 거기 있는 대부분의 메뉴들을 익히고 반복하면서 내 일로 만들었다. 군대에서도 소수 인원의 특수부대로 배정됐었다. 부대에 가니까 취사병이 없었다. 군 생활 기간 동안 혼자서 음식을 만들었다. 내가 할 수 있는 것들을 적고 하나씩 늘려나갔다.

　연습하고 혼자서 생각하고 일하는 방식을 구축해갔다. 그 덕분에 대사관에 가서 혼자서 외교 행사를 치르는 것도 가능했다. 물론 더 좋은 식재료로 더 좋은 음식을 만들기 위해서 노력했고 그 상황에 필요한 언어와 내가 모르는 테이블 매너와 와인을 배우고 스스로 구축해 갔다. 그리고 이곳에 왔다. 그동안 일해온 시간에 대해 인정받기를 원했던 걸까? 접시를 닦는 방향부터, 김치를 써는 방식까지 새로 고침을 해야 하니, 가끔은 위축된다.

'오늘은 그런 날이지, 다시 배우고 익숙해지면 편할 수 있겠지? 늘 그랬듯, 이번에도 마찬가지겠지.'

어렵다. 나를 보고 답답한 표정을 지으면 괴롭다. "내가 왜 그런 사람이 되어야 하는 거야…!" 이런 마음이 생기면서 '음식을 만들 수 있었으면 좋겠다'는 생각이 든다.

내가 못하는 게 사실이니깐, 인정하고 좋은 마음으로 마음을 다해서 배우고 싶다. 사람들과 일할 때 효율적으로 일하는 방법을 아직 모르는 것 같다. 그러니 배워야 한다. 다시 처음부터 배워야 한다. 내 마음속에 먼지가 낀 딱딱한 고집과 권위 의식을 부수고 싶다. 말랑한 순수함이 자리 잡기를 원한다.

내일도 일찍 일어나서 출근하고 접시 깨끗이 닦고 오늘 지적받은 걸 하나씩 머릿속에 넣어두고 일해야지. 그래야지. 난 좋은 요리사가 될 수 있을 거다.

☺ 2021년 7월 6일 火曜日 승선 73일 차

일본을 지나서 러시아 영해에 걸쳐 있다. 지도를 보니 대략 그쯤이다. 한국하고 시차가 여섯 시간 차이가 나고 날씨도 쌀쌀하고 바람도 많이 차갑다. 반팔 입고 갑판에 나가면 춥다. 오늘도 하루를 열심히 보내고, 형님들이랑 운동도 하고 이제야 글을 쓴다. 별거 안 했는데 오늘도 한 시간 전진해서 벌써 10시가 넘었다.

오늘 메뉴를 만들었는데, '고구마 맛탕'이었다. 어렵지 않은 요리인데 여기는 가스 불이 아닌 곤로로 음식을 만들다 보니 설탕 시럽이 만들어지지 않아서 모두 실패했던 음식이라고 한다.

주방장님도 부주방장 형도 다른 요리사 형들도…. 근데 내가 성공시켰다. 옛날 방식으로 설탕과 물엿과 물을 끓이고 졸여서 마지막에 튀긴 고구마를 넣고 버무리니까 실패하지 않았다. 형님들도 이런 방법을 알고 계셨지만, 더 맛있게 하려고 물을 빼고 하다 보니 어려우셨던 것 같다. 여기에선 이게 최선이라 믿고 그냥 만들어 나갔다. 여기 계신분들도 맛있게 드셔주셨으면 좋겠는데 어떠셨을지 모르겠다. 배에 타기 전, 친구들에게 음식을 만들어주던 날들이 갑자기 그립다. 부모님 가게 영업을 쉬는 날이나, 영업을 마친 후에 셔터를 내려놓고 음식이랑 소주도 마시고 와인도 마시고 그랬는데…. 한국에 가면 다시 시간을 보내야지!!

어제 실수하고 고장이 난 이후로, 일찍 일터로 나가서 뭐부터 하면 좋을지 계속 생각하고 있다. 사실, 여전히 모르겠다…. 생각을 바꿔 나가는 게 더 옳은 방법이라고 믿는다.

내일은 아침 비번이라서 9시까지 잘 수 있다. 좋다!

☺ 2021년 7월 7일 水曜日 승선 74일 차

우리 배는 오늘로 시차 전진을 멈춘다!

매일 한 시간씩 전진을 해서 한국이랑 여섯 시간의 차이가 난다…. 지금은 인터넷이 잡히질 않아서 카톡도 확인하지 못하고 창섭, 정호에게 안부도 전하지 못하고 있다. 열흘 정도 뒤면 미국에 정박을 하니까 그때 맞춰서 로밍으로 밀린 안부들을 전해야지.

난 설거지를 하면서 원하는 미래를 꿈꾸고 이루어진 것처럼 기쁜 마음을 느끼고 있다. 기분 좋은 상상을 하고 꿈을 꾸면 설거지 그릇 위 뜨거운 증기 사이로 미소가 나와 즐겁다. 친구들과 나는 이미 멋진 걸 계속하고, 꾸준함을 더하는 중이다. 안 될 이유가 없다. 정호는 정말 끝내주는 만년필과 본인이 가지고 싶었던 수많은 것들을 빼곡히 채우게 될 거다. 난, 모든 걸 현금으로 만들어 두고 누군가에게 선물하고 싶다. 여러 사람에게 나누지 않고, 선물하고 싶은 누군가에게 주고 싶다. 그 기분으로 그 돈의 네 배를 벌어야겠다.

☺ 2021년 7월 8일 木曜日 승선 75일 차

평상시와 다르게 새벽 세 시 넘어 잠들어서 두 시간도 채 못 자고 하루를 시작했다. 새벽 세 시라고 해도 밖이 낮처럼 밝으니까 잠을 자야겠다는 생각이 들지 않고 뜬눈으로 밤을 지셨다. 그래도 컨디션은 좋아서 일하는 데 지장이 없었다. 다만, 지금 일이 끝나고 운동하고 씻고 나니깐 정신이 해롱해롱한 게 많이 졸립다. 승선 일기를 쓰고 얼른 불

끄고 자야지!

요즘 주방 동료들과 더 가까워지고 형님들 덕분에 편하게 생활하고 있다. 감사하다. 하지만 이럴 때일수록 더 '침묵'을 지키고 꼭 필요한 말이 아니고선 하지 않는 게 좋을 거라는 생각이다. 꼭 필요한 말이란 뭘까? 잘 모르겠다.

하지 않아도 되는 얘기는 정확하게 안다. 부정적인 얘기다. 남 얘기를 비롯해서 회사에 대한 불만, 현 상황에 대한 불만, 음식에 대한 불만 등등. 저번에도 말했지만 그런 건 말할 필요가 없는 것 같다.

근데 사람들과 인간적으로 가까워지기 시작하니깐 나도 모르게 그런 대화에 동조하고 있거나, 귀를 그쪽으로 기울이고 있는 걸 뒤늦게 알아차리는 경우가 종종 있다. 그럼 그 순간 '어이쿠야…!' 하고 하던 일에 집중을 하거나 아님 영어 인터뷰를 처음부터 끝까지 외우기를 반복한다. 안 좋은 주파수에는 쉽게 몰두가 되는 것 같다. 내가 그런 쪽에 더 가까운 사람이라 그런 걸까? 아무리 수십 번 꿈을 꾸고 멋지게 상상을 해도 그런 불만이나 현 상황에 대한 피해의식에 잠기게 되면, 말짱 도루묵이다. 정신 차려야 한다.

이런 불만을 품고 나누려고 바다 위에 떠 있는 게 아니다. 다음 미래를 위해서 꿈꾸고 그 다음을 위한 열쇠를 챙기러 온 거다. 문 너머로 수많은 보석과 내가 가지고 싶었던 지식들과 그 이외의 멋진 것들이 쌓여 있는데, 굳이 뒤돌아서 눈을 가리고 쪼그려 앉아 있을 수 없다.

이다음의 멋진 일에 대한 청사진을 그려뒀다. 완벽하게 영감이 와서 '아, 이거다!'라는 건 없었지만, 여러 가지 버전의 꿈을 꾸었을 때,

공통적인 그림은 다른 언어를 쓰면서 요리를 하는 것이다.

영어일지, 일본어일지 아니면 그 외에 내가 생각도 못 했던 언어일지…. 어쩌면 이 모든 걸 다 섞어서 쓸 수도 있겠다. 내가 느끼는 이 마음은 "그러고 싶어"가 아니라 "그럴 것 같아, 길이 만들어질 거야"라는 것, 확실하다.

이 바다 위에서 얼마나 있게 될지도 궁금하고 이다음은 또 어디일지도 궁금하다.

☺ 2021년 7월 9일 金曜日 승선 76일 차

마음을 다해서 일했다. 요즘도 계속 사소한 것이라도 하나씩 빠뜨려서 난처해지는 경우가 생긴다. 더 주의를 해야지! 그래도 조금씩 내가 무얼 해야 도움이 될지 찾은 것들이, 딱 그 순간 필요한 것들인 게 맞을 때가 많다. 점점 나아지고 있는 거겠지…. 도움이 되고 싶다. 내가 음식을 만들지 않아도 괜찮으니 정말로 도움이 되고 싶다.

어차피 음식은 평생 만들면서 살아갈 거니깐 마음을 조급하게 먹지 않아도 괜찮다. 지금처럼 새로운 환경에서 안 해봤던 경험을 하는 게 베스트라는 생각이 든다.

문득 학교 다닐 때 생각이 났다. 난 대학 수업에 적응을 못 하고 겉도는 학생이었다. 실력에 비해 의욕만 넘쳐서 오버하다가 쓴맛을 보기도 하고 창피도 당해서 제풀에 꺾이는 그런…. 그중 한 명이었다.

음식을 잘 만들고 싶었다. 학교에 가서 배우기 시작했는데 부모님

반찬 가게를 도우면서 보고 들은 건 많으니 잘난 척하고 싶은 마음이 있었다. 근데 처음 하는 거니깐, 늘 꽝이었다. 창피했다. 수십 명의 음식 가운데 딱 내 것을 짚어서 "이건 잘못됐다"고 교수님들이 말했을 땐….

한식을 하던, 중식을 하던, 양식을 하던 잘못된 음식의 샘플이 내 요리였다. 풀이 꺾였다. 다니기 싫고 부끄럽고. 그래서 늘 학교 주위 조용한 곳을 찾아서 걸어 다녔다. 어쩌면 그게 살길이라고 믿었을까. 스무 살, 요리를 처음 할 때, 못하는 내가 한심스럽고 어떻게 하면 잘할 수 있을지 생각하기 위해서 걸었고, 군대를 다녀온 후 복학했을 땐 상황이 바뀌어 있었다. 그 사이 이곳저곳 다니며 음식 만드는 것을 필사적으로 배웠고 수도 없이 연습을 했다. 성적이 부족한 학생은 아니었지만, 수업은 재미가 없었다. 다른 의미로 '음식을 어떻게 하면 더 잘 만들 수 있을까'에 대해 수도 없이 생각했다.

그런 생각을 하기 위해선 걷는 게 최고였다. 매일 걸었다. 그런 내 모습을 보고 같이 걷자던 친구들도 있었고 가끔은 친구들과 같이 걸으면서 이런저런 생각을 하던 게 재밌었다. 그 덕분에 좋은 친구들이 넘쳐나는 것 같다.

스물세 살에 복학, 편의점에서 야간 알바를 했었다. 돈이 많이 부족했다. 걷고 생각하다가 땀이 많이 나거나 춥거나 지치는 날에만 카페에 앉아서 커피를 마셨다. 그런데 어느 날 엄마가 '오로지 커피를 사 마시고, 앉아서 쉬고, 충분히 걸을 수 있는 100만 원'을 주셨다.

엄마 말대로 옹졸하지 않게 즐겼다. 원 없이 즐겼다. 지금도 그 가치를 기억한다. 내가 스물여섯이 된 지금, 우리 엄마는 커피 값을 결제할 일이 없다. 내가 늘 선불카드에 충전해둔다…. 앞으로는 커피 값을 엄마가 스스로 결제하는 방법을 까먹게 될 거다. 스물일곱 살에는 100만 원의 100배를 돌려드려야지. 그런 꿈을 꾸고 있다.

또 머지않아 부모님이 노년에 살고 싶어 하시는 그 집을 사드리고 싶다. 너무 자연스럽게 생각이 이어져서 기억을 더듬어 보니 엄마에게 받은 100만 원을 들고 카페에 커피를 마시러 가는 동안, 이런 시나리오를 수천 번 생각했던 기억이 난다. 그리고 그 과정 중 하나로 지금 내가 바다에 떠 있는 걸 수도 있겠다. 이유가 없는 결과는 존재할 수 없으니깐…!

지금까지 부모님의 자식이라는 이유로 궁핍하지 않게 살아왔다. 이제부턴 우리 가족이 나로 인해 부유해지면 좋겠다. 돈에 관한 거라면 쉬울 거다. 마음에 관한 거라면 내 삶의 방향이 그들을 향해 있으니 괜찮을 거다.

☺ 2021년 7월 10일 土曜日 승선 77일 차

배의 해양 탐사 작업이 시작되면서 식사 이외에 야식을 준비하기 시작했다. 오늘은 내가 당번이어서 야식으로 햄버거를 만들고 배식을 하고 왔다. 햄버거는 저녁 식사 준비를 하면서 만들어 주셔서 배식만 하고 올라왔다. 야식까지 하니깐 벌써 열 시가 넘어서 글을 쓰기 시작했다. 야식 당번인 날에는 점심에 드는 생각들을 적어놓거나, 저녁밥 하고 나서 바로 적어야겠다.

누구나 그렇지만 이 배를 타게 된 이유, 개인적인 사정이 없는 사람이 없다. 가끔 식사하면서 얘기를 듣게 되면, 누구는 실수로 생긴 빚 때문에, 누구는 결혼을 해서, 가족을 책임지기 위해서 또 누구는 주식에 돈이 묶여 있어서 현금을 벌기 위해서…. 그런 얘기를 듣다가 돌이켜봤다. '난 왜 탔지?' 돈 때문은 아니었다. 이 배를 타고 첫 월급을 받고 나서 '이만큼 받는 구나' 하고 알았으니. 뭐 때문일까? 그냥 타야 할 것 같았다. 이 배에서의 시간이 내 삶에서 필요하다고 느꼈던 것 같다. 난 사실 모험을 좋아하지 않는다. 겁도 무지 많다. 익숙하고 편한 게 가장 좋다. 안정적인 것이 좋다. 근데 '더 나은 사람', '여러 가지로 충만한 사람'이 되고 싶은 욕구가 있다.

부자에서 그치는 건 뻔하다. 영적으로만 뛰어난 건 또 부족하다. 더 나은 사람이 되고 싶은 게 맞는 것 같다. 음식도 잘하고 싶지만, 그것만 잘하면서 사는 건 매력이 없다. 그런 의미로 배를 탔다.

이 배에서 누구에게도 말한 적 없다. 하지만 아마도 누군가는 나를 돈을 벌러 온 청년으로 생각할 수도 있고 아니면 청춘을 무기로 새로운 경험을 하러 온 젊은이로 기억할 수도 있을 거다. 누구에게도 이런 생각을 말한 적이 없었으니깐. 난 더 나은 사람이 되고 싶기 때문에 늘 이 질문을 지금까지 던져 왔나 보다. '이게 맞는 걸까?', '날 어디로 데려다줄까?', '여기서 어떤 걸 더 할 수 있을까?' 만약 이곳에서 딱 1억을 벌고 떠난다, 그게 목표였으면 정말 가난했을 것 같다. 남들처럼 살면 어떻게든 하루는 지나가고 돈은 들어온다. 일도 최대한 적게 하고 싶을 거다. 어차피 받는 돈은 다르지 않을 테니깐. 그렇지만 내가 가져온 숙제는 그게 아니기 때문에 계속 질문을 던지면서 사나 보다.

'어렵다.' 사는 게 재밌긴 한데 너무 어렵다….

☺ 2021년 7월 11일 日曜日 승선 78일 차

피곤하지만 오늘도 기쁘게 보냈다. 야식까지 마무리하고 올라와서 글 쓰고 있다. 일이 끝나면 주방 식구들이랑 내 방에 모여서 셋이서 방바닥에서 운동을 하고 체육관에 가서 러닝머신에서 각자 달린다. 다 같이 운동할 때, 마음이 편하고 즐겁다. 주방장님이 52세, 형님 두 분이 37살, 근데 운동을 잘하질 못하니깐 서로서로 물어가면서 큰소리로 개수를 세주고 화이팅 해주면서 하는 중이다. 날 포함해서 모두가 파도에 흔들리는 땅바닥에서 부들부들거리면서 끝까지 하는 게 웃기고 재밌다. 모두 친구 같고 순수해지는 시간이다. 이런 동료들을 만난 것이 내겐 천운이다.

승조원 30명과 승객 53명이 함께 출항한 지 10일이 넘었다. 그래서 승객들 사이에서 미묘하게 썸을 타는 사람들이 보인다. 승객들 중, 벌써 잘될 것 같은 관계도 있어 보인다. 벌써 소문이 갑판을 지나서 주방까지 돌기 시작한다. 아쉽게도 난 아무 이슈도 없다. 그런 마음이 들지 않는다.

일이나 환경이 익숙하지도 않고 사고가 난 지 얼마 지나지 않아서인지 그쪽엔 마음이 실리지 않는다.

알래스카 근처 바다에 떠 있다. '베링해'라는 곳인데 얼마 전까진 중심을 잡기 어려울 만큼 바다가 거칠었었는데 어제와 오늘은 잔잔하다. 어제가 다르고 오늘도 달랐던 것처럼 매일이 새로운 것 같다. 인터넷이 안 되니깐 예전에 시를 적었던 계정도 열어보지 못해서 사진첩을 처음부터 내려 보고 있다. 가끔은 이러다 내가 잊고 있었던 뭔가를 발견하고 생각에 잠긴다. 방금까지 그렇게 사진첩을 보다가 마음을 다해서 사랑하는 '외할머니' 사진을 보게 됐다.

영정 사진으로 쓰인 사진, 잡지에 실렸던 사진이었다. 어떤 잡지였는지 정확히 기억나지 않지만 적어도 10년 전에 실렸던 사진이다. 사진 속 할머니는 깨끗하고, 따뜻하고, 우아하게 웃고 계셨다.

할머니는 내가 아는 분 중 가장 '어른'이셨다. 마음을 다해 사는 것에서 끝나지 않고 돌아가실 때조차 죽음에 대해 다시 생각해 볼 수 있는 멋진 표본을 보여주고 떠나셨다. 할머니는 나를 엄청 사랑해주셨다. 충청도에 사셔서 찾아뵐 기회가 그리 많이 없었는데 전화를 할 때마다, 내 목소리를 들으면 숨이 넘어가듯 웃어주셨다. 얘기를 들어주시고 항상 "아, 그랬냐-, 그런 일이 있었냐?"라고 따뜻하게 말해주셨다. 조언이나 설교 따위를 하지 않으시고 "네가 알아서 잘했겠지…"라고 말씀해 주셨다. 할머니를 정말 사랑했던 것 같다. 시간이 지나 흔적을 쫓아서 돌이켜 보니 내가 할머니에게 한 지난 행동이 사랑이었던 것 같다. 확실하다.

파푸아뉴기니 대사관 관저 요리사로 합격하고 나서 식혜를 배우러 할머니께 혼자 내려갔었다. 외할머니가 음식을 깔끔하게 잘하셨지만 그중 식혜가 일품이었다. 대사관 외교 행사에 음료로 내보내기 위해 배우러 내려갔다. 그게 할머니와 마지막이었다. 서운하진 않은데 그게 마지막이었다. 식혜를 배우고 할머니랑 저녁에 치킨에 맥주를 나눠 마셨던 게 기억난다. 그리고 새벽, 수영장과 성당에 가시는 길에 할머니가 기차역에 데려다주셨다. 성당 미사 시간과 기차 시간까지 시간이 남아서 우린 콩나물국밥을 먹고 홍성의료원 중앙 로비에 앉아서 자판기 커피를 마셨다. 진료가 시작되지 않은 시간이라 몇 분 안 계셨고 불도 몇 군데 켜있질 않았다. 그때 100만 원을 봉투에 담아주셨다. 만 원짜리 100장이었다. 은행에서 바꿔온 새 돈이었다. 비행기 티켓에 보태라고 하셨다. "표는 대사관에서 해줘서 괜찮아요"라고 해도 다른 곳에 쓰라고 하셨다. 그 돈을 쓰지 않았다. 돈이 필요하지도 않았다. 왠지 그 돈을 쓸 곳이 있을 거라는 느낌이 들었다.

할머니가 "잘 죽는 게 꿈"이라고 하셨다. 더 이상 목표도 없고 자식들도 잘 됐고 손주도 자기를 보러 시골까지 와주니, 누군가의 손을 빌리지 않고 자연스럽게 꿈꾸다가 죽길 바란다고 말씀하셨다. 성당에 가는 이유도, 수영을 해서 체력을 기르는 이유도 오직 '잘 죽기 위함'이라고…. 그때는 무슨 말인지 몰랐다. 더 사시라고, 손주인 내가 뭘 만들어내고 뭘 더 해내는지 보셨으면 좋겠다고 말했다. 그리고 대사관에서 정신없이 일한 지 6개월이 지났을까, 할머니가 계속 기침을 하신다고, 몸이 불편하시다고 엄마가 말하셨다. 한 달이 채 되지 않아 할머니는 온몸에 암이 퍼져서 돌아가셨다. 처음엔 할머니 혼자서 시골 병원에 진료를 받으러 가셨다. 큰 병원에 가서 정밀 검사를 받아야 한다고 했고 할머니가 큰아들에게 얘기를 했다고 한다. 그 얘기를 듣고 얼마나 많은 생각이 들고 무서우셨을까.

그 얘기를 듣고 눈물이 났다. 정밀 검사를 받고 암으로 판정을 받은 뒤 할머니께서 연명 치료는 받지 않겠다고 확언을 하셨다. 연명할 이유가 없다고, 지금이 가장 좋다고. 본인의 죽음을 위해 모아둔 돈을 주며 병원 비용과 약값을 비롯한 장례 비용까지 본인의 마지막에 관한 지출은 이 돈에서 하라고 자식들에게 약속을 받으셨다. 그렇게 한 달이 지나 앓으신 상태로 할머니는 고개만 숙이고 돌아가셨다.

할머니의 죽음을 전해 들으신 대사님이, 한국에 가서 장례를 치르라고 배려해 주셨다. 파푸아뉴기니에서 제3국을 거쳐 한국까지 가는 비행편이 일주일에 몇 번 없다. 없을 때도 많고…. 근데 할머니가 돌아가신 후, 다음 날 아침 비행편이 있었다. 비행기 표 가격이 100만 원…. 딱 100만 원이었다. 할머니가 주신 돈을 할머니를 보러 가는 데 썼다. 애당초 그 순간을 위한 돈이었다.

장례를 치르고 할머니 집 마당에 유골을 뿌리고 가족끼리 모여서 식사를 하고 사진을 찍고 돌아왔다. 할머니가 천사라고 믿는다. 누가 들으면 웃기다고 생각할 수도 있지만 진심이다. 왜 이 일을 하면서 살아야 할지 생각하게 될 때 할머니를 생각한다. 여기 온 이유도 마찬가지다. 아름다운 나의 외할머니.

나도 우리 가족도, 할머니의 마지막을 오래 기억하고 싶다. 그 모습을 따라가고 싶다.

오늘도 다르지 않았다. 내일 모레 알래스카 더치하버에 정박을 하기 때문에 이것저것 준비하고 검역에 대비해서 청소하고 옮기고 정리하느라 하루가 짧았다. 다른 나라 항구에 외부 배가 정박을 하려면 그 나라의 검역관에게 이 배가 우리 항구에 들어와도 괜찮은지, 배가 안전한지, 위생적으로 깨끗한지 까다롭게 검역을 한다고 한다. 16일 정박이었는데 하루 앞당겨져서 모두 바쁘게 움직이고 있다. 우리 주방을 포함해서, 도착하게 되면 3일간 원 없이 인터넷을 사용할 수 있다.

정호에게 메일이 왔는데 해야 하는 일을 해야 하는 건 아는데 그걸 하고 싶지 않은 기분이라고 적혀 있었다. 해야 하는 걸 못 견뎌 하는 사람일지도 모르겠다고…. 그 마음은 100퍼센트 공감할 수 있다. 나 역시 그렇다. 성실하지 않을 때도 있다. 하지만 스스로 이유를 찾고 선택한 것은 성실하게 하려고 한다. 어릴 때부터 숙제를 해본 적이 거의 없다. 해야 할 이유를 몰랐고 부모님 또한 강요하지 않으셨다.

아직까지도 "일단 해, 묻지 말고 그냥 해!" 이런 말이 가장 싫다. 로봇이 되는 것 같다. 그렇게 말하는 사람들 대부분도 그걸 왜 그렇게 하는지 모를 거다. 궁금해 하지도 않는다. 정호도 그런 거 같다. 충분히 납득하지 못한 상태에서 일을 진행하니까. 이럴 땐 어떻게 하면 좋을까? 그런 나를 인정하고 그 부분을 놓고 살면 되는 것 같다.

공부를 해야 한다. 하기 싫으면 대학을 못 간다. 그걸 인정하고 내가 하고 싶은 다른 걸 하면 된다. 공부는 안 했는데 대학 못 간 것에 대해 결핍을 느끼거나 피해의식이 있다면 건강하지 못한 게 아닐까. 그건 하고 싶은 것과 해야 하는 것, 이 둘 중 아무것에도 해당되지 않는 것 같다. 내가 뭘 하고 싶은지 모르겠으면 생각을 하자. 1년이든 3년이든 10년이든 원하는 대학을 가기 위해서 공부를 하는 것과 같이….

꿈을 찾는 시간까지, 노력에 포함된다고 확신한다. 쉽지 않았고 그 과정이 괴로워서, 난 늘 걸었다. 교복을 입었던 시기에도 벗었던 시기에도 군복을 입던 시기에도 조리복을 입던 시기에도. 그리고 지금까지! 이 시간이, 내가 해야 하는 일을 하기 싫어서, 하고 싶은 일을 찾기 위해 노력하고 움직였던 시간들이었다. 정호는 이 문제를 스스로 어떻게 풀어가려나? 아마 해답을 찾고 알려주겠지? 그럼 또 놀라고 배우고 맛있는 음식을 먹고 좋은 와인을 마시고 그 기쁨의 시간을 종이에 남겨야지! 벌써 즐겁다.

☺ 2021년 7월 14일 水曜日 승선 81일 차

바쁘게 움직이고 잠을 쪼개서 자고 있는데, 오늘은 배에서 화재 상황 대비 훈련을 한다고 해서 잘 수 없었다. 많이 피곤하다. 하루 종일 몽롱하다. 그래서 조심하면서 일했다. 이럴 때 사고가 날 수 있으니깐….

대사관에서의 계약이 끝나고 한국에서 쉴 때, 처음에는 쉬는 시간이 좋았는데 이 시간이 세 달, 여섯 달, 아홉 달 이렇게 길어지니까 부담스러워졌다. 조급한 마음이 온전히 쉬지 못하도록 꼬집는 느낌이랄까? 밤에도 생각이 많아서 잠은 오지 않고 '내일은 뭘 해야 하지?'라는 생각이 머리에 가득 찼었다. '배 타는 걸 포기하고 취업해서 돈을 벌어야 하는 걸까?' 생각을 하면서 잡코리아를 핸드폰에 괜히 깔았다가 지웠다, 반복한 적도 있었다. 그때 소원이 '사랑하는 조직에서 마음을 다해서 일하고 집에 와 베개를 베고 누웠을 때 지쳐 잠드는 것'이었다. 지금, 생각한 대로 이루어졌다. 그런데도 자꾸만 감사하다는 마음을 까먹고 몸이 지치고 힘든 것에 초점을 맞추고 불만을 말하는 요즘이다.

그때 그 마음을 기억하고 오늘을 살아야지! 찾아보면 그때 적어뒀던 글들이 남아 있을 거다. 그걸 읽어봐야겠다. 그럼 지금의 나는 자려고 누웠을 때 무엇을 바라고 있을까? 우선 간절하게 바라는 건 딱 하루만 늦잠을 자보는 거다. 일을 안 하는 날이 없으니깐 알람을 꺼놓고 잠을 자본 적이 승선한 뒤로 없었다.

자가격리 때를 제외하고는…. 딱 하루만 늦잠을 자고 일어났지만, 일을 하지 않아도 돼서 다시 눈을 감고 자보고 싶다. 그 뒤로 막연하게 바라는 내 미래의 모습이 있다. '더 세분화되고 정밀한 것을 내 전공으로 선택하고 배우고 실력을 키우고 싶다.' 두루 뭉실하게 한식 요리사보다는 고기의 뼈를 발라내는 '부처'나 면을 만드는 '제면사' 등등 전문적인 공부를 하고 싶다. 그게 무엇일지 계속 생각하고 꿈을 꾸려고 노력하고 있다. 무언가 하나를 딱 하나만이라도 굉장히 잘하고 싶다. "이거 하면 송영석이지"라는 느낌, 전문적인 기술이 있기를 소망하고 꿈꾼다.

전문성에 대해 스스로 결핍이 있는 걸까? 그런 것 같다. 이것 또한 내가 그 기술을 가지게 되고 시간이 지나면 금세 감사함을 잃고 허무해질 수 있겠지. 그건 내 몫이고, 분명하게 잘하고 싶고 나를 대표하는 기술을 갖고 싶다.

"나를 대표하는 전문적인 기술을 가지게 될 거다. 시장에서 나의 가치를 끌어올리고 많은 돈을 떳떳하고 정정당당하게 벌어들일 거야. 그리고 그 기술을 이용해서, 번 돈을 이용해서 더 멋진 시간을 가지고 나눌 거야. 나와 같은 혹은 비슷한 기술을 가지고 싶은 사람들에게 난 귀감이 될 거고, 올바른 도움을 줄 거야. 그렇게 살게 될 거야!"

혼자서 꿈을 꾸고 그걸 공책 위에 새겼기 때문에 그간의 수많은 공책들이 이루어진 꿈에 대한 증거가 되어줄 거다.

☺ 2021년 7월 15일 木曜日 승선 82일 차

알래스카 더치하버 항구에 도착했다. 오늘을 포함, 3일간 정박한다. 더치하버 항구에 정박하기 이전에 소방, 화재 대피 훈련도 하고 또 입국 심사도 하고 밥도 하고 많이 바빴다. 하루하루의 노동 강도가 최고로 힘이 든 건 아니지만, 쉬는 날이 없으니 너무나 피곤하다.

명료하지 못하고 몽롱하다. 피로를 풀어야 하는데, 어떤 방법으로 풀어야 할지 모르겠다. 오늘 점심, 더치하버 정박 일정에 맞춰서 3일간 로밍을 신청해 놨었는데 여기에 기지국이 없는 건지 신호가 잡히질 않는다. 돈을 날리게 되는 걸까?

여기의 하루는 눈 깜짝할 사이에 지나가지만 글을 적을 수 있는 건 축복인 것 같다.

오늘 지치고 피곤해서, 내일은 알래스카에서 부식을 싣는 날이라 오늘만큼 혹은 그 이상 많이 움직이고 힘써야 할 것 같다. 일찍 쉬어야겠다.

☺ 2021년 7월 16일 金曜日 승선 83일 차

열심히 일하고 부식을 내려서 전부 분류하고 채워뒀다. 힘들긴 했지만 이제 미국에서의 마지막 숙제가 끝난 느낌이라서 홀가분하기도 하다. 어제 미국 알래스카 더치하버 항구에 정박함과 동시에 배의 모든 승조원과 승객을 대상으로 코로나 방역지침 3단계에 돌입했다. 내일 미국을 떠나고도 5일간 계속된다. 코로나 방역이 격상된 이유는 미국에 정박하면서 급유를 하느라, 입국 심사를 하느라, 입국 허가를 위한 훈련을 하느라, 어쩔 수 없이 외부인과 접촉을 했기 때문이다.

평상시와 달라진 건, 꼭 필요한 경우를 제외하고 각자 방에서 외출이 제한된다. 승조원과 승객들 모두가 세 팀으로 나눠서 거리를 두고 식사를 해야 한다. 그래서 음식을 세 번 나눠서 매끼 준비를 해야 하고 한 팀이 나가고 다른 팀이 새로 들어올 때마다, 다시 청소를 하고 세팅을 해야 한다. 평상시보다 딱 한 시간씩 늦게 끝난다. 23일까지 진행되는 거니깐, 기한이 있는 일이니깐 좋은 마음으로 해야지!

요즘도 침묵을 지키고 있다. 일이 많아지고 몸도 정신도 지쳐가니깐 불만이 많아지고 있다. 그 불만을 나누면서 시간을 보내기 마련이고…. 그걸 하지 않으려고 열심히 애쓰는 중이다. 그런 곳에 에너지를 쓰고 싶지 않다. 불만을 쏟아내기 위해 이 바다에 떠 있는 게 아니니까…. 사람인지라, 계속해서 그쪽으로 마음이 쏠릴 때도 있다. 그땐 입을 다물어도 마음속으로는 똑같이 욕하고 맞장구를 치고 미워할 때가 많다. 이것에서 완전히 자유로워지고 싶은데 뜻대로 되질 않는다.

'지금 무얼 하고 있는 걸까?'

전에는 하루를 일로 빼곡히 채우면 떳떳할 줄 알았다. 그런데 쉬는 날 하루 없이 83일째 일하고 있는 지금의 나에게 '오늘 떳떳했는지' 물으면 '잘 모르겠어요. 열심히 쉬지 않고 일했어요'라고 밖에…. 스스로가 밉거나 싫거나 짜증나는 건 아닌데 100점짜리 하루가 아니라는 건 알고 있다.

삶이 쉽게 자유로워지고 풍요로워질 게 아니란 건 알고 있지만 역시 힘들다는 걸 깨닫는 요즘이다. 이곳에서 마음을 다해서 일하고 최선을 다하다 보면 이다음에는 또 무엇이 생길까? 어떤 사람을 만나고 또 누구 덕분에 인연이 되어서 다른 누군가를 소개받고 그렇게 인사만 나눈 그 사람 덕분에 내가 멀다고 생각했던 미래의 계획이 앞당겨지고…. 난 겁이 나고 당황스럽고 준비가 안 됐다고 느끼지만, 늘 그랬듯 또 익숙함을 떠나 새로운 상황에 몸을 던지고 그곳에서 깨닫고 느끼고 배우는 모든 걸 기록할 거다. 지금까지의 반복 덕분에 이 패턴은 익숙하다.

☺ 2021년 7월 17일 土曜日 승선 84일 차

기쁘게 보내고 또 기쁘게 마무리하는 중이다. 형님들이랑 같이 운동하고 각자 침대에서 쉬고 있다. 룸메이트 형님은 영화를 보고 난 일기를 쓰고 있다.

오늘 미국 알래스카에서 다시 목적지를 향해 출항했다. 더 이상의 중간 정박은 없기에 다들 편해 보인다. 그래서 좋다! 내일 아침은 간편식으로 대체해서 더 잠을 잘 수 있다. 마음이 편하다.

☺ 2021년 7월 18일 日曜日 승선 85일 차

오늘도 완벽하게 끝이 났다. 이제 새로운 한 주가 다시 시작되네! 내가 느끼는 시간의 무게는 꽤 무거운데, 그렇다고 그 무게만큼 느리게 가지 않는다. 엄청 빠르다. 많은 분들이 내게 "배를 오래 타실 거죠?" 하고 물어보신다. 그러면서 "이 배만큼 대우 좋고 사람 좋은 곳 못 봤어요, 오래 타세요" 하고 말씀을 덧붙이신다. 정말 그렇다. 월급도 많고, 같이 일하는 동료 분들도 정말 좋은 분들이다. 근데, 질문을 받을 때마다 대답을 못 하겠다. 이 배를 평생 탈 수 있을까. 그럴 수 없을 것 같다.

돈을 더 준다고 해도, 젠틀하고 실력 있는 동료들이 생긴다고 해도 이곳에서 멈출 수 없을 것 같다. 이유가 뭘까? 돈을 더 벌고 싶어서? 새로운 걸 하고 싶어서? 그것도 맞지만 정확한 대답은 '더 잘 살아 보고 싶어서.'

돈의 액수로만 단정 짓기에, 내가 가진 의미의 무게가 다르다. 돈은 늘 벌 수 있었다. 무언가를 했을 때, 돈이 필요해서 편의점 야간 알바를 6개월 넘게 했었다. 그땐 시급 그대로 계산한 돈만 벌었다. 그런데 돈을 많이 벌고 점점 더 나의 노동 가치가 오르는 상상을 하고, 그다음 어디서, 누구와, 무엇을 하고 싶은지 꿈을 꿨다. 시간이 지나니 난 바다 위에 떠 있고 돈은 계속 벌리는 중이다.

돈을 많이 버는 분들은 이 세상에 엄청 많다. 하지만 계속 계속 성장하고 싶다. 그래서 재밌고 설렌다. 내가 이다음에 무슨 일을 어디에서 하고 있을지 아직 모르지만, 돈이 아쉬워서 여기에 남아 있을 이유가 없다. 더 잘살아 보고 싶다. 사람들을 미워하고 싶지 않다.

누군가를 진심으로 사랑해보고 싶다. 또 다른 누군가를 존경하고 싶고 또 누군가를 만나 웃겨주고 싶다. 그런 것들이 모여서 하나의 문장으로 완성된다.

절대, 지금이 싫어서 다른 곳으로 옮기는 건 하고 싶진 않다. 지금이 좋아서 이걸 가지고 다른 곳에서 건강한 마음으로 다음 관문을 밟고 싶다. 평생 그렇게 살고 싶은지 잘 모르겠다. 매 순간 생각도 많고 지치는 일이라고 생각이 될 때도 있다. 그렇다고 멈출 수 없지만, 지금은 이렇게 살고 싶다. 더 깊은 걸 보고 그 가치들을 알아가고 싶다. 그 과정이 어떤 것이든, 그리고 이 여정의 끝은 '자유' 그리고 '사랑'이었으면 좋겠다.

그곳으로 가는 과정 중에 이곳에 있다. 여기서 여러 가지 숙제를 하고 자연스럽게 때가 됐을 땐 다음 정거장으로 떠날 수 있을 것 같다.

떳떳하고 기쁜 마음으로…!

정신없이 일하고 점심과 저녁 사이에 기절해서 잤다. 안 자려고 핸드폰으로 사진첩을 본 것까지 기억이 나는데 같이 방을 쓰시는 형님이 일하러 가자고 깨우셨다. 이마가 살짝 붉은 걸 보니 핸드폰이 떨어져 이마에 맞았나 보다. 꿀처럼 달콤한 숙면이었다.

방금 주방에 뭘 찾기 위해 잠깐 내려갔는데 주방장님이 계셨다. 이 밤에 뭘 하고 계시나 하고 몰래 가보니, 칼을 갈고 계셨다. 그걸 본 뒤 생각이 많아졌다. 내 칼을 갈지 않은 지 꽤 된 것 같다. 오늘 저녁을 준비하면서 딱딱한 고추를 써는데 칼이 무디니간 고추가 썰리지 않고 으깨졌다. 아, 민망하고 부끄러웠다. 날이 서 있는 칼이었다면 10분 만에 후딱 썰고 다른 일을 찾아서 할 수 있었을 텐데…. 시간도 오래 걸리고 결과물 역시 나이스하지 못했다. 누가 뭐라고 하지 않았지만, 스스로 민망했다. 그리고 방에 들어와서 쉬고, 운동하고, 글 쓰려고 준비를 했다.

칼을 갈아야 한다는 생각은 했지만, 내일 하면 된다고 생각했다. 그러다가 밤에 칼을 갈고 있는 주방장님을 만났다.

내일 오전 중에 시간이 나지 않아서 칼을 갈 수 없다. 점심 준비는 또 그 칼을 이용해야 하는데 말이다. 이걸 알고 있는데도 괜찮다고 생각하고 있었다. 점심만 잘 넘기고 저녁에 갈면 된다고 생각했다. 하루에 한 시간 남짓한 나의 쉬는 시간을 반납하고 칼을 가는 거니까 잘하는 거라고 생각했는데…. 망치로 머리를 한 대 맞은 느낌이다. 밤에 칼을 갈면 베스트라는 걸 몰랐던 게 아니었는데….

잘해야지…. 정말 잘해야지…. 쉬운 건 아니지만 보면 볼 수 있고 알려면 충분히 알 수 있는 것들이다. 전부.

오늘이라도 이런 마음을 주방장님을 통해 알게 되어서 너무 좋다. 진심으로! 이기거나 배우거나, 늘 둘 중 하나인 것 같다.

☺ 2021년 7월 20일 火曜日 승선 87일 차

점심과 저녁 사이 시간을 이용해서 칼을 갈아 놓았다. 오랜만에 칼을 가는 거라 시간이 걸리고 내 뜻대로 되지 않았다. 그때 주방장님이 오셨다. 칼을 가는 방식을 보여주셨다. 그리고 내 칼도 직접 갈아주시면서 길을 터주셨다. 감사했다. 배울 수 있는 이 상황이 좋았다. 그분이 아니었다면 내 방식대로 칼을 갈았을 거고 그마저도 귀찮아서 미루다가 또 어제처럼 난처하고 부끄러운 상황이 생겼을지 모른다. 이젠 배운 대로 연습하면 된다.

많이 더디고 고집이 강해서 그걸 내려놓고 배우고 익히는 데까진 오래 걸리지만, 마음이 순수해졌을 때 배우기만 한다면 난 매일같이 연습을 해서 내 몸에 익힌다. '연습! 반복!' 그리고 그 과정을 온전히 내 것으로 받아들이고 불평불만을 보태지 않는다.

내가 배운 것에 대해서, 원할 때 누구 앞에서 '탁' 하고 내려놓고 배우고 싶다. 하지만 생각처럼 되질 않는다. 늘 그래야지. 그래야지 하는데, 자꾸만 나랑 다른 방식을 가진 그 누군가와 겨루고 싶은 마음이 들때가 많다. 특히나 내가 아끼고 있는 무언가에 대해선. 예를 들면 '음식'에 대해서….

배워야 하는 입장인데도 불구하고 내가 배우고 싶은 뭔가를 가진 그 사람의 태도를 자꾸 보게 된다. 그 사람이 잘난 척하거나 내 실력을 낮춰서 대하면 배우고 싶은 의욕이 딱 사라져 버린다. 그냥 무시하고 쿨하게 내가 원하는 것을 취하고 그 뒤로는 상대하지 않는 것이 현명한 거라 생각하면서도 짜증이 난다. '그 기술 따위, 혼자 익혀서 널 눌러줄게'라는 마음이 생긴다. 배우려는 마음이 삐뚤어졌다. 알고 있다. 정말 고치고 싶다. 누구에게든 무엇이든 배우고 채우고 싶다. 나를 가르쳐줄 수 있는 사람이라는, 스스로가 정한 판단 따위를 불에 태우고 싶다….

이런 상황과 반대로 내가 배우고 싶고 잘하고 싶었던 것이 아니었음에도 어떤 사람이 그걸 소중하게 알려주고 본인의 자질을 귀하게 대하고 있다면 왜인지 모르게 배우고 싶어진다. 그걸 잘해서 나도 귀하게 대하고 그 사람과 친구가 되고 싶은 것 같다.

문득 생각이 난다. 고등학생 때, 몇 학년이었을까? 공부를 열심히 하지도 않았고 그다지 흥미도 없었는데 국어 선생님과 법과 정치 선생님이 좋으신 분들이었다. 특히 법과 정치 선생님은 날 인간적으로 존중해주셨던 기억이 난다. 그 느낌이 낯설었지만, 정확히 몰라도 보답하고 싶었다. 그래서 국어 과목을 전교 2등, 법과 정치 과목을 1등할 정도로 공부를 했다. 평생 받아본 적 없는 성적을 받았었다. 다른 과목들 공부해야 할 시간마저 전부 그 시간에 쏟았지만, 지금 생각해 보니 그렇게 순수한 마음이 원동력이 되어 건강하게 노력하고 결과까지 선물 받은 경험이 있었다. 이게 그냥 '나'인 것이겠지?

하나 더 있다. 순수하게 마음을 먹고 건강한 노력을 매일 쏟고 있는 거…! 바로 승선 일기.

☺ 2021년 7월 21일 水曜日 승선 88일 차

북극에 도착했다.

점심을 준비하면서 바다를 잠깐 봤는데 집채만 한 유빙이 떠다니고 있었다. 정말 신기하다. 눈으로 보고 있었지만, 텔레비전으로 보는 것 같았다.

우리 배의 목적지는 북극이다. 다음은 남극이다. 북극이라는 흔치 않은 대자연을 앞에 두고 느끼는 게 많다. 적을 게 너무 많다.

매번 같은 고민이고 지겹도록 썼지만 '어떻게 하면 잘 살 수 있는 걸까?' 당연히 정답은 없겠지만 그리고 생각만으로 절대 바뀌지 않는다는 것도 알지만. 오늘 내가 할 수 있는 최선을 다했음에도 불구하고, 씻고 올라와서 글을 쓰며 하루를 곱씹어 보고 있으면 자꾸 그런 생각이 든다.

내가 되고 싶은 모습을 구체적으로 그리고 꿈꾸고 있지만, 그 모습은 '잘' 살아가고 있는 모습일까? 지금보다 나은 미래를, 더 큰 마음의 그릇을 가진 모습을 꿈꾸고 상상하지만 '그다음은 뭘까?'란 생각이 이어질 때가 많다. 그냥 내일도 오늘처럼 내가 할 수 있는 걸 하고 누가 지적하면 그 사람을 미워하지 말고 좋은 마음으로 그걸 고치는 데 집중하자'라는 말로 생각에 셔터를 내린다. 오늘은 반복된 생각을 종이 위에 심게 된다. 언젠가 꺼내 볼 수 있는 기록이 된 거니까 좋은 거겠지…!

내가 아는 확실한 사실은 '난 날 망치지 않는다는 것'. 지금도 불행하지 않다. 더 나은 게 뭘까 생각하고 그 길을 걷기를 바라는 마음이다. 지금이 지겹고 괴롭고 도피하고 싶은 마음에 생각이 이어지는 것 같다.

글을 쓰다 보니 시간이 늦어졌다. 내일도 아침밥을 하러 새벽에 일어나려면 얼른 침대에 몸을 던져야겠다.

☺ 2021년 7월 22일 木曜日 승선 89일 차

어제와 똑같이 바빴다. 내가 할 수 있는 일들을 찾아서 했다. 매일매일 반복되는 일상이지만 그래도 이 속에서 재밌는 일도 생기고 뿌듯한 일도 생기고 지치는 일도 서글픈 일도 생긴다. 바다 위든 육지든 지구 끝이든 다 똑같나 보다.

일을 하는데 자꾸만 예민해졌다. 누군가 내게 이야기를 하면 곧이 곧대로 듣지 못하고 안 좋게 의미 부여하게 될 때가 많다. 그리고 머릿속으로 안 좋은 상황, 예를 들면 그 사람과 말다툼을 벌이는 상황에 몰두하게 된다. 안타깝게도 이런 상황에 급속도로 몰두하게 되는 것 같다. 오히려 밝은 상상보다 더 집중적으로, 순식간에…. 늘 그렇게 몇 가지 시나리오를 상상하고 그것에 몰두하고 그 사람을 함부로 판단하다가 시간이 지나서 정신을 차리게 되는 것 같다. '또 이런 에너지로 일을 하고 있었네, 그만해야지…!' 오늘도 역시 똑같았지만, 놀라운 경험이 있었다.

《시크릿》에 나온 대로 안 좋은 상상을 했을 때 나쁜 느낌의 주파수를 감지하고, 빨리 기분이 좋아질 주파수로 변경을 해야 한다. 안 될 거라고 생각했었다. 저 사람 때문에 기분이 상했고 미운데 어떻게 저 사람을 사랑하고 존중하고 같이 잘 지내는 상상을 할 수 있을까. 역시 어렵다. 하지만 그런 식으로 상상할 필요가 없었다. 그냥 그 사람 혹은 그 상황과 멀어져서 단지 내가 기분이 좋은 상상을 했다. 단순하게 정말 먹고 싶었던 음식을 먹는 상상이라든지, 원했던 것을 가방 안에 넣고 친구를 만나러 가는 상상이라든지, 아름답고 멋진 여자가 나를 좋아하는 끝내주는 상상을 하는 거다. 몰입도 잘 된다.

오늘 해보니 별다른 노력 없이 기분이 나쁜 주파수에서 기분이 좋은 주파수로 금방 바뀌었다. 가능한 일이었다. 20분 전까지만 해도 미워했던 사람이 밉지 않았다. 분명 난 그 사람과 겨루는 상상을 했었는데 이젠 그러고 싶지 않다.

그 사람이 20분 만에 변한 걸까? 변한 건 내 마음이었다. 그 사람이 날 다치게 한 게 아니고 내 마음이 날 스스로 다치게 한 거였다. 나를 다치게 할 도구로 그 사람을 이용했다. 영문도 모르고 미움 받은 피해자는 내가 아닌 그 사람이었다. 하루에도 이런 감정을 반복한다.

　일의 강도가 높아지고 몸이 지치니까 마음도 불안정하다. 하지만 이 상황 속에서도 방법을 찾아서 다행이다. 계속 연습하고 수없이 반복해야 할 걸 알지만, 기분 나쁜 주파수에 잠겨 있는 것보단 100배 낫다고 믿는다.

☺ **2021년 7월 23일 金曜日 승선 90일 차**

　드디어 북극에 도착했다. 여전히 항해를 하고 있지만, 창문 밖으로 하얀 눈밭처럼 빙하가 쫙 펼쳐져 있고 배가 얼음을 부수고 가르면서 앞으로 전진할 때마다 빙하가 부서지는 엄청난 굉음과 함께 배가 위아래로 심하게 흔들린다. 가만히 있을 땐 발이 살짝 들릴 정도다. 일할 때, 무거운 것을 들 땐 조심해야겠다.

　배가 얼음을 가르고 전진하면서 부서진 얼음 조각들이 배의 양옆으로 갈라지는 모습은 정말 장관이다. 살면서 이런 모습을 다시 볼 수 있을까. 내 삶도 지금 타고 있는 배처럼 겁 없이 장애물들을 깨부수면서 앞으로 나가고 있는 중이었으면 좋겠다.

　배가 앞뒤 좌우로 심하게 흔들려서 공책을 고정해놓고 글을 쓰는 게 보통 어려운 일이 아니다. 오늘과 같이 새로운 광경을 보고 저절로 입이 다물어지고 겸손하려고 애쓰지 않아도 자연스레 겸손해지는 상황…. 적도에 있는 대사관에서 근무를 할 때도 느낀 적이 있었다.

　하늘이 온통 보라색으로 비춰지고 그 빛에 잔잔한 바다가 같은 색으로 물들어서 다른 우주에 온 느낌을 받았었다. 그때 코로나가 막 시작되었던 시점이라, 외교 행사도 중단됐고 갑작스레 모든 상황이 바뀌었었다. 아무런 연고 없이 외국에서 일을 하고 있었던 터라 다른 지침이 있기를 기다리며 내 조그마한 공간에서 한 달이 넘는 시간을 대기했었다. 그때도 생각이 많았는데 밖에 나와서 그 광경을 봤을 땐 '아… 입을 다물어야겠다…'라는 생각이 왜 그리 강하게 들었는지. 오늘도 그런 날이다. 내 삶은 옳은 방향으로 가는 중이라는 게 느껴진다.

작년 적도의 한 섬나라에서 근무하면서 와인이 엎질러진 듯한 하늘을 올려다보며 오늘과 같은 감정에, 적어놓은 글이 있다.

아버지,
외로움을 잘못 쏟아 만들었던 작년은
쓰고, 깊었어요.
올해는 아무리 찾고 뒤져도
뭐 하나 넣을 게 없네요.
이제 사랑이 되려나 봐요.

-2020년 1월 1일

☺ 2021년 7월 24일 土曜日 승선 91일 차

배는 북극의 해빙을 가르면서 전진 중이다. 엄청난 굉음과 진동 때문에 글을 쓰기 어렵다. 책상에서 공책이 좌, 우로 미끄러져서 알아볼 수 있는 글씨를 적기 어렵다. 오늘은 해빙이 두터운지 진동이 엄청나다.

☺ 2021년 7월 25일 日曜日 승선 92일 차

야식을 만들고 씻고 와서 글을 쓰고 있다. 혼자서 야식을 만드는 건 처음이라서 일찍 내려와서 차근차근 준비를 하고 있는데 주방장님부터 룸메이트 요리사 형님까지 한 분, 한 분씩 따로 내려오셔서 도와주셨다. 일찍 준비를 해둬서 따로 부탁드릴 건 없었지만, 그 마음이 뭔지 알아서 감사했다. 좋은 동료들 덕분에 하루를 감사히 마무리할 수 있었다. 이번 북극 항차가 끝나고 9월 25일에 한국에 가면 3주 정도 휴가를 보내고 다시 남극 항차에 투입될 거다. 남극 항차는 6개월을 꽉 채우는 항해 스케줄이 나와 있기 때문에 3주 잘 쉬고 컨디션을 회복해야 다시 기쁘게 일할 수 있을 것 같다.

3주간 쉬는 시간이 생기면 뭘 할까? 코로나 때문에 사람들을 밖에서 만나는 건 자제하려고 한다. 코로나 때문에 말썽이 생기면 남극 항해에 못 갈지도 모른다. 일단 오후 1시까지 늦잠을 자야지. 그리고 화장실 한 번 들리고 오후 4시까지 다시 자야지. 그 다음에 이른 저녁을 먹고 슬슬 준비하고 한참 산책해야지. 내가 좋아하는 옷들을 입고 원 없이…. 그러다가 지치면 마트에 들려서 마감 세일 중인 이마트 음식과 와인을 사서 마셔야겠다.

동네 친구 창섭이에게 전화를 걸어봐야지.

정호랑도 낮에 만나서 커피를 마시고 시가를 태우면서 한참을 의자에 기대 얘기를 나누고 싶다.

남극 항차 동안 머리도 길러볼 생각이라 파마도 하고 가야지. 기를 때 자연스러울 수 있도록. 부모님께 뭐든지 해드려야지. 그게 뭔든. 친할머니도 뵈러 가야겠다. 음식을 사 가서 큰아버지랑 우리 가족들이랑 모여서 오랜만에 소주 한잔 하고 싶다. 취해서 아버지랑 노래 부르면서 서로 몸을 탁탁 부딪히면서 집까지 걸어오는 것도 꽤 재미있으니! 아…! 그럴 수 있겠다.

☺ 2021년 7월 26일 月曜日 승선 93일 차

정신없이 월요일을 시작했다. 늘 그랬듯 하루에도 같은 공간, 같은 자리에서도 내 마음이 오락가락, 왔다 갔다를 반복한다.

마음이, 기분이 어떻게 변하는지 조금 멀리 떨어져서 지켜보게 된 건 꽤 오랜 기간 연습 후 할 수 있게 되었다. 그렇게 하면 그 순간의 감정에 취해서 분노하거나, 들떠서 실수를 하거나 우울해서 모든 걸 던져놓고 도망가는 것과 멀어질 줄 알았다.

물론, 열 번 할 실수를 서너 번으로 줄인 건 맞다. 하지만, 매 순간 내 감정이 어떤지 살펴보게 되니 지치는 것 같다. 우울할 땐, 우울한 와중에도 내 마음을 살피고 깊숙한 곳에서 원인을 발견하려는 과정을 가진다. 너무 괴로운 일이다. 하지만 본질적인 방법을 알고도 하지 않고 미루고 있는 순간이 더 괴롭다. 차라리 운동화 끈을 꽉 묶고 걸으면서 나를 살펴본다. 잘 살아보고 싶은 것뿐인데 만만치 않은 것 같다.

이 방법을 창섭이에게 알려줬었다. 내가 군대 전역을 했을 때, 창섭이는 막 병장이 되었을 때니깐, 그때가 겨울이 끝나갈 즈음이었다. 동네 조그마한 맥주 가게에서 간단한 튀김을 시켜 놓고 맥주를 마시면서 한 번 해보라고 권유했던 것 같다.

정호와 이런저런 얘기들을 나눴었지만, 창섭이를 포함한 고등학교 친구들에겐 이런 얘기를 해본 적이 없었다. 그런데 왜 그랬을까?

창섭이에게만 말한 이유가 뭐였을까? 이런 방향으로 함께 살아보자? 나도 모르게 느낀 걸지도 모른다.

오늘은 묻고 싶다. 3년 전 맥주 가게에서 시작해 지금까지 어떤 것들이 변했는지….

☺ 2021년 7월 27일 火曜日 승선 94일 차

오랜만에 야식 당번에서 빠져 나와 운동하고 씻고 글을 쓰고 있다. 9시가 넘었다.

오늘, 군대에서 만난 형 이야기를 써두려고 한다. 형이 언젠가 이 글을 읽고, 우리가 다시 만나 반갑게 얘기를 나누는 날이 오기를 기도한다.

육군으로 자대에 간 첫날, 형은 나랑 같은 부대에서 같이 생활하며 일을 하는 공군 일병이었다. 내가 일병이 됐을 땐 형은 상병이었으니 약 7개월 정도의 입대 차이가 있었다. 나 혼자 취사병이었기 때문에 업무상 겹치는 것은 없었지만 형은 늘 모두에게 친절했다. 어쩌면 상냥하다는 표현이 더 어울릴 것 같다.

형이 취사 업무도 많이 도와주셨다. 친구처럼 편한 사람이었다.

형은 인생에서 해결해야 하는 아픔이 있었다. 형이 어느 날 조심스럽게 자기 얘기를 들어주지 않겠냐며 얘기를 시작했다. 너무 안타깝고 내가 도울 수 없는 현실이라서 듣는 동안 많이 아쉬웠다. 형이 말하길 내가 보고 느끼는 세상이 본인이 느끼고 바라보는 것과 많이 다르다고 얘기를 했다. 비꼬거나 비아냥거리는 게 아니라 형은 나에 대해 궁금해하고 부러워했다. 결정을 내렸다. 형이 우리 집에서 지내면서 내가 아무렇지도 않게 누리던 것들을 같이 나누기로. 부모님께 나의 생각을 얘기했고 부모님은 당연히 '알겠다'고 하셨다. 그렇게 결정을 한 데에는 이유가 있을 테니 때가 되면 이유를 알려달라고 하셨다. 형은 나랑 늘 휴가를 다르게 나와서 번갈아 가면서 공간을 나눠 썼다. 형은 늘 '오늘은 이런저런 일이 있었는데 사람들이 이런 얘기를 해줬다' 이렇게 말해줬다. 형은 독일에 갈 거라고 했다. 독일에서 살고 싶다고 했다. 아무도 자신을 알지 못하는 곳, 독일에서 일을 찾고 일을 하면서 살아가고 싶다고.

형은 전역을 했고 그 후로 부산에서 독일 갈 돈을 모으고 비자에 필요한 서류를 준비한다는 얘기를 들었다. 형이 독일에 가기 전, 만나서 맥주를 마지막으로 마셨다. 형은 정말 독일에 갔다.

전역을 하고 편의점에서 야간 알바를 할 때 가끔씩 형이랑 영상통화를 했다. 그 시간이 독일의 저녁 시간이었으니…. 그렇게 몇 번의 통화를 한 뒤 나 역시 대사관 일 때문에 출국하게 됐다. 형에게 안부를 전했더니, 형은 축하와 동시에 지금 한국이라고, 비자 때문에 잠깐 돌아왔다고 소식을 전해줬다. 내가 떠나기 전에 만나자고 하니, 상황이 좋지 않아서 만나기가 어렵다고 했다. 다시 가장 좋을 때 만나지겠지, 하고 열심히 살았는데 형이 번호도 바꾼 것 같다. 카톡도 지워져 있었다. 그래서 지금까지도 연락할 방법이 없다.

엊그제 밤에 '카톡' 하고 알림음이 울렸다. 여긴 인터넷이 안돼서 카톡이 보내지지도 받아지지도 않는데. 핸드폰 잠금 화면 미리 보기 란에 '…'이란 이름으로 "영석아, 그동안 소식을 전하지 못해서 미안." 메시지가 와 있었다.

형이라는 생각이 들어 카톡에 들어가니 인터넷이 안 된다. 카톡은 다시 오지 않은 것으로 되어 있고 확인이 되질 않는다. 분명 형인데….
60일 뒤에 한국에 가서 형의 소식을 듣고 나의 소식도 전하고 싶다. 어쩌면 나의 내면 공부를 시작하게 해준 사람이니 내겐 고마운 사람이다.

무조건 잘해주고, 존중하고 싶은 사람이 있다. 그냥 잘 됐으면, 행복했으면 좋겠는 사람. 형이 그런 사람이다. 언제 볼 수 있을지 모르지만. 가장 건강할 때 만나서 서로의 얘기를 온전히 나누고, 맛난 음식을 나누고 싶다.

5시 10분에 기상해서 똑같은 위치에 이불을 개고 그 위에 베개를 올리고 화장실에 들렀다가 아침을 준비하러 주방으로 출근. 항상 그랬듯 2등이다.

주방장님이 먼저 와서 국 끓일 재료를 준비해두고 다른 음식을 준비하고 계신다. 반갑게 인사를 받아주신다. 매번 느끼는 마음이지만 '와… 참 부지런하시다' 하는 생각이 든다.

저녁을 준비하러 40분 일찍 내려갔는데도 나와 계셨다. 한결같으시다. 오늘은 주방장님이랑 이런저런 얘기를 나눌 수 있었다. 주방장님이 "쉬질 않고 왜 일찍 나왔어?"라고 물으셔서 "오늘 과일이 멜론인데 손질이 필요한 과일은 준비하는 시간이 오래 걸려서요…. 제가 느린 편인데 시간에 쫓기면 뭐부터 해야 할지 모르겠더라고요. 일찍 나와서 마음 편히 하려고요"라고 말했다. 주방장님께서는 "내가 생각하기엔 너 안 느려. 다만, 혼자 일해 온 시간이 길어서 같은 일도 방식을 바꿔 해야 해서 헷갈리고 낯선 걸 거야…"라고 말씀해 주셨다. 한마디에도 감사함을 느낀다.

고집이 의미가 없음을 그 순간 딱 느끼고 '무조건 배우자' 이런 마음이 들었다. 이건 주방장님 덕분이다.

뭘 만들게 될지 모르겠지만 난 기술을 가지고 일을 하게 될 것 같다. 많은 사람들을 이끌고 주방장이 되어서 명령하고 의견을 조율하고 이런 일은 없을 거 같다. 상상이 되질 않는다. 기술자가 되고 싶다. 그 기술을 매일매일 찾지만, 아직 때가 아닌지, 더 익히고 경험해봐야 할 것들이 남은 건지 떠오르지 않는다. 북극, 남극, 적도 말고도 내가 가봐야 할 곳이 남은 걸까. 설마 우주는 아니겠지? 어디든, 어느 일이든 진심으로 괜찮다. 사실 좋다. 마지막 그림은 이미 그려졌다. 그걸 이루기 위한 과정은 입을 다물고 받아들이기로 결정을 했다. 아주 오래전부터.

때가 왔을 때 크지 않은 가게를 내고 싶다. 주택 단지 혹은 독립된 공간을 개조해서 새 업장을 만들어야지. 꼭 필요한 주방 설비만 해야지. 단순하지만 깨끗할 거다. 모든 기구가 낡은 중고일지라도 일을 하는 데 지장이 없고 오히려 따뜻한 느낌일 거다. 화장실은 크진 않을 수 있지만 남, 녀 따로. 화장실을 사용하는 사람 모두가 긴장이 '탁' 풀리게, 편하게 디자인을 하고 설비해야지.

가게 옆 작은 골목 혹은 공간엔 자전거가 세워져 있을 거다. 일을 하는 공간이 내가 사는 곳과 멀지 않은 곳에 있을 거다. 여섯 명 이상 들어갈 수 있는 룸을 만들어야지. 그곳에 내 식구들과 사람들을 초대하고 싶다.

기술자가 될 거다. 가장 잘할 수 있는 걸 만들어 라이브로 팔겠지만, 그것만 하지는 않을 거다. 기술자로서 이곳저곳을 다녀야지. 내 가치를 인정해주는 곳이 많아져 돈도 많이 벌 수 있겠지.

특화된 기술을 가진 기술자가 될 거고 그걸 통해서 많은 것을 채우고 많은 것을 나누게 될 거다. 많은 영감이 되어줘야지. 끝도 없이 영감을 받고 다시 나누고 싶다. 자연스럽게 이루어질 거다.

지금, 이 순간, 습관처럼 꾸준히 쓰고 있는 승선 일기도 나를 목적지에 데려다주는 길의 점선처럼 이어지고 있음이 느껴진다.

☺ 2021년 7월 29일 木曜日 승선 96일 차

정호에게 이메일이 왔다.

"하얀 빙하를 가르는 배를 타며 전진하고 있는 너를 생각하면 아직도 믿기지 않는다. 북극은 어떤가, 추운가? 얼음이 가득하고 쇄빙선이 빙하를 가르는 소리가 들리겠지? 흔들리는 배 안에서 음식을 한다는 게 쉽지 않을 텐데, 넌 아무나 할 수 없는 멋지고 낭만적인 일을 하고 있다. 흔들리는 배 안에서 몸과 마음의 중심을 잡는 건 여간 어려울 일이 아닐 텐데…. 너의 이야기를 듣고 있노라면 분명 잘해내고 있다는 생각이 들어.
너에게 지구 꼭대기와 1층을 건너는 기회가 닿은 이유는 무엇일까? 분명 이유가 있을 테고 그걸 알아가고 있겠지?
네가 거기서 무엇을 배우고 있는지, 얼마나 노력하고 있을지 가끔 이 생각을 하면 조금 찡하기도 하다.
빨리 10월이 됐으면 좋겠다. 맛있는 것도 먹고, 마시고, 시가도 피고, 쌓인 이야기를 하고 싶다. 너무 힘들지 않기를. 그 속에서 얼마나 흔들리니, 파도에 맞서는 친구야."

퇴근하고 씻기 전에 핸드폰을 확인했는데 정호에게 이메일이 와서 놀랐다.
북극을 항해하는 요즘, 인터넷이 되질 않아서 일주일 가까이 친구들에게 안부를 전할 수 없었다. 아마 일할 때 잠깐 인터넷이 연결되어

메일을 받을 수 있었나 보다. 정호가 보낸 메일 속 내용이 진심이라서 읽으면서 짠했다. 주변에 나의 가치를 알아주는 사람들이 정말 많다. 늘 그들에게 힘을 받는다.

> 정호야, 흔들리는 배 안에서 몸의 중심도, 마음의 중심을 잡는 건 보통 어려운 게 아니네…. 너의 말대로 이곳에 오게 된 데에는 이유가 분명 있겠지. 매사에 게으르지 않으려고 하는데 이것 또한 마음처럼 되지 않아. 그래도 나의 가치를 온전히 존중해주고 내 색깔이 바래지 않도록 지켜주는 사람들 덕에 오늘 하루의 마무리도, 하루의 시작도 감사하게 할 수 있을 것 같다. 그저 고맙다. 시간은 우리보다 정직해서 분명 하선하는 날이 온다.
> 코로나를 피해 창섭이와 함께 먹고 마시고 태우면서 서로의 믿음과 희망을 나누자. 사랑한다!

☺ 2021년 7월 30일 金曜日 승선 97일 차

저녁에 나를 들여다볼 기회가 생겼다. 주된 업무는 정리, 청소 그리고 세팅. 주방 보조의 역할, 그걸 열심히 하는 게 내가 우리 팀에 도움이 되는 역할이다.

지금까지 내 역할을 마음 다해서 해왔다. 이전에 근무하던 곳과 환경과 동료 그리고 역할까지 많이 달라져서 '이걸 지금 하고 있는 게 맞는 걸까?' 하고 의심 섞인 회의감이 스멀스멀 올라올 때가 있었다. 하지만 '침묵'을 지키며 내가 겸손함과 멀어졌구나 하고 깨닫고 더 깨끗이 그릇을 닦았다. 그 덕분이었을까? 동료들이 나를 위해주고 부족한 부분을 채워주시고 가르쳐 주시고 여러 가지 음식을 맡겨주신다. 정말 감사한 일이다.

하지만, 오늘은 생각보다 마음의 중심을 잡기 어려웠다. 왜인가 하고 물으니 주방 동료가 아닌 다른 사람들의 시선을 의식했던 것 같다. 요즘은 야식을 만들어야 해서 나를 제외하고 모두 야식 만드는 작업에 몰두 중이다. 난 그사이에 설거지를 하고 음식을 채우고 정리를 반복한다.

어제오늘은 승객 몇 분이 간단한 걸 도와주고 싶다며 포장이나, 간단한 공정을 도와주셨다. 주방 분위기가 워낙 좋고 동료들도 웃기고 나이스해서 그럴 수 있었던 것 같다.

그래서 그런 거였을까? 설거지를 하고 음식을 채우러 다닐 때마다 기분이 묘하다. 뭐랄까…. '음식을 만들 줄도 알고 배울 수도 있는데 왜 멀어지는 것 같지?' 이렇게 느끼기도 하고 솔직히 창피했다. 부끄러웠다. 사실 전에는 사람들이 보기에 근사해 보이는 것도 주로 하고 내가 늘 주인공이 되어 요리를 했는데, 이젠 그러지 못 하는 것 같다. 솔직한 마음이다.

내 안에 '권위 의식'이 가득한가. 그런 것과 거리가 멀다고 생각하고 살았는데 마주할 기회가 없었을 뿐. 역시 다르지 않네. 다행인 건 금방 정신을 차렸다. 아니 정신을 차리려고 수도 없이 노력했다. 이게 맞는 표현이겠다.

입을 다물고 오버하지 않았다. 계속 치우고 정리하고 내가 이 공간에서 도움이 될 수 있는 일을 찾아서 했다. 그러다 보니 시간이 가고 모든 게 마무리되었다. 쌓여 있던 설거지도, 쾨쾨한 냄새가 나던 내 마음도….

보통 때보다 많은 시간이 걸리고 여러 과정이 더 필요했지만 행복의, 안정된 주파수로 돌아왔다. 지금은 그 상태로 글을 쓰고 있다. 이곳에서 배울 게 정말 많음을 느낀다. 마음적으로도 기술적으로도. 꼭 필요한 과정이기에 누구에게든 감사함을 표하고 싶은 마음이다.

☺ 2021년 7월 31일 土曜日 승선 98일 차

기쁘게 보냈다. 저녁은 불판을 내는 날이어서 늦게 끝났다. 씻고 글을 쓰려고 앉았는데 눈이 감긴다. 여기서 지내면서 연구원 몇 분과 이야기를 나누게 됐는데, 대학을 졸업하고 석사를 하고 또 박사를 준비하고 있다고 했다. 그래야 연구소 정규직 취업 확률이 올라간다고 한다.

'아…. 보통 일이 아니구나', '나라면 못 했을 것 같다'라는 생각이 스쳐 지나갔다. 내가 가는 길과 방식이 많이 다르다. 그래서 더 대단하다고 느껴졌다.

어떤 계기로 꿈이 꿔지고 반복적으로 상상하고 더 나아가 구체적으로 적고 그러면서 그날 할 수 있는 걸 하고 있다. 그러다 보니, 꿈꿔왔던 걸 하고 있는 경우가 대부분이었다. 뭔가를 위해서 이것을 준비하고 또 저것도 준비하고 그렇게 스스로 준비를 하고 대비를 했던 경우가 없었던 것 같다. 공부도 연습도 게을리 해왔던 것 같다. 덕분에 지금의 내가 있는 것이겠지만, 가끔은 나와 다르게 계획을 하고 준비를 철저히 하는 사람들을 보며, 준비를 많이 한 만큼 불안하지 않을까 생각을 했었다. 연구원분들 얘기를 들어보니 역시 준비를 한 만큼 더 불안하고 공들인 기간만큼 침이 마르는 것 같다.

모두에게 쉽지 않은 길이다. 불안에서 자유로워지려면 무얼 해야 할까? 원하는 걸 이룬다고 해결이 되는 건 절대 아닌 것 같은데….

☺ 2021년 8월 1일 日曜日 승선 99일 차

배를 탄 지 99일째다. 내일이면 100일이다. 시간이 정말 빠르다. 50일 하고 조금 더 지나면 한국에 도착해서 달콤한 늦잠을 잘 수 있다.

배의 기름이 예상했던 것보다 빨리 고갈되고 있다. 확정된 건 아니지만 한국으로 돌아가는 길에 알래스카 더치하버에 들려서 급유를 하고 갈 수도 있다고 한다. 그러면 문제가 하나 생긴다. 배가 한국에 입항하기 14일 이전에 제3국을 들리게 되면 14일간 자가격리를 해야 한다고 한다. 3주간의 휴가 중 14일을 자가격리를 해야 한다. 그렇게 되지 않기를, 하는 마음이 든다.

전보다 안정됨을 느꼈다. 마음이 요동치지 않았다. 그럴 수 있다는 말에 다른 사람들은 욕도 하고 불만을 품고 그 불만을 서로 나눴지만 내 마음은 불편하지 않았다. 아직 결정된 건 아니기도 하고 만약 그렇게 된다고 한들, 50일 뒤의 일 때문에 지금의 내 기분을 망치고, 지옥을 살고 싶지 않다는 생각이 들었다. 마음의 중심을 잡는데 전보다 많이 편해졌다.

가족들이 많이 보고 싶다. 가족들, 친구들처럼 나를 잘 알고 사랑해 주는 사람들을 만나고 싶다. 동료들과 지내는 게 불편하지 않다. 그래도 가족은 또 다르다. 내 가족, 내 친구랑은….

언제까지 여기에 있겠다는 목표가 없어서일까? 매번 봐도 새로운 느낌의 북극 풍경이지만 익숙함이 없어서일까? 친구들한테, 가족들한테 '이런 일이 있었는데 내 마음이 이랬다저랬다'라고 말하고 투정도 부리고 싶은 날이다.

스스로 침묵을 약속하고, 자신에게 초점을 맞춰서 스스로를 살피면서 느낀 점이 있다면, 난 참 거슬리는 게 많은 사람 같다. 내가 하지 못한 것, 갖지 못한 것, 누리지 못한 것에 대한? 공부를 하면서 천천히 마음을 위로하고 마음의 멍을 지워나가야겠다.

그렇게 되면 모두를 사랑하고 진심으로 존중하고 위로할 수 있을 거다.

☺ 2021년 8월 2일 月曜日 승선 100일 차

와우…! 승선한 지, 집을 떠나서 생활한 지 100일이 됐다. 군대로 치면 이제 이등병이 꺾이는 시간이 얼마 남지 않은 거다. 바쁘게 이곳에서 적응하며 일을 배우고, 바다 위에서 몸과 마음의 중심을 잡으면서 안정됐다가 나를 의심했다가 반복하면서 하루하루 비타민을 챙겨 먹었는데, 벌써 100일이 지났다. 같은 얘기지만 시간이 너무너무 빠르다. 100일 동안 배를 타면서 난 뭘 했을까- 오프라 윈프리의 5분짜리 인터뷰를 외웠고 매일 코어 운동을 했다. 하루 세 번 늘 출근을 했고 단 하루도 빠지지 않고 승선 일기와 감사 일기를 썼다. 사실 감사 일기는 몇 번 빼먹기도 했지만…. 이렇게 돌아보니 열심히 살았다.

오기를 부리지 않고 건강하게 지냈다. 이곳에서 목표한 무언가를 할 때 마음에 회의감을 느끼거나 슬럼프가 오질 않았던 것 같다. 많은 양은 아니었지만, 꾸준히 했다.

'꾸준함….' 이걸 배우러 여기에 온 걸까. 삶에서 꼭 챙겨야 할 것을 완벽한 시기에 완벽한 공간에서 완벽한 동료들과 배울 수 있게 해주려고 하나 보다- 이렇게 생각하니까 기분이 좋아진다.

창섭이와 정호도 마찬가지일 거다. 각자의 삶이 어떻게 빛나고 있는지 나눌 수 있는 기회가 진심으로 찾아오길 빌어본다. 그런 시간은 분명히 올 거다.

☺ 2021년 8월 3일 火曜日 승선 101일 차

이번 주는 야식까지 만들어서 하루에 네 번 출근한다. 그사이에 책도 읽고 영어 인터뷰도 다시 외우고 운동까지 하니깐 시간이 너무 빨리 간다. 지금은 밤 10시 반이지만 북극의 백야 현상 때문에 낮처럼 밝다.

지나가다가 창문으로 밖을 보면 눈이 부셔서 잠이 깨는 단점이 있다. 지금 한국은 오후 3시 반. 한국은 코로나가 심해져서 힘든 상황이라고 들었다. 부모님도 자영업을 하고 계시니까, 부모님을 포함한 모든 자영업자들이 굉장히 어려운 시기를 보내고 있을 거라 생각한다. 이 시간이 그리 길지 않게, 빠른 시간 안에 완전히 해결되길 기도해본다.

같이 일하는 형이랑 야식을 만들었는데 그 형님은 처음 보는 사람에게도 유쾌하고 편안하게 다가가시는 것 같다. 그 모습이 부럽다. 난 처음 만나는 사람부터, 처음 하는 일까지 너무 힘을 주고 있는 것 같다. 잘 보이고 싶어서일까, 잘하고 싶어서일까? 형님처럼 그 순간에 유쾌하게 다가가서 편하게 하면 참 좋을 것 같은데 잘 안 된다. 누굴 만나든 긴장을 하는 것 같다.

한국에 있을 때 친구들끼리 모여서 술을 마시고 놀다가 같은 자리에 있던 이름을 모르는 여자애한테 반했다. 그때 기억으로 그 여자 아이가 마르지엘라 매장 쇼케이스에 진열되어 있을 법한 마네킹처럼 예뻤다. 은근슬쩍 말을 걸었는데 그 친구가 친절하게 대답해주었다. 너무 신이 났다. 시간이 지나서 약속을 잡고 밥을 먹기로 했다. 그 전날부터 너무, 너무 긴장을 해서 그 친구를 만나 음식을 주문하는데 손을 떨기 시작했다. 젠장!

그런 내 모습을 본 뒤로는 기억이 하나도 안 난다. 그냥 바보짓만 하다가 왔던 것 같다. 그 친구는 얼마나 불편했을까- 맛있는 밥 먹으러 나온 건데, 그날 만난 친구가 손을 떨고 대화에 집중도 못 하고 바보짓이나 하고 있으니 말이다. 뭘 먹었는지 기억도 안 나고 마지막엔 도망가고 싶은 마음이 들었다.

그런 내가 싫고 부끄러웠다. 집에 돌아오니 9시 반쯤 되었을까. 부모님 가게에 나가서 셔터를 내리고 온 주방의 물건을 꺼내 청소를 했던 것 같다. 속이 답답하고 꽉 막힌 게 괴로워서 말이다.

밤에 다 벗고 이불을 걷어차고 자도 감기와는 거리가 멀었던 내가 그날은 오한이 들어서 밤새 토하고 뜨거운 물로 지졌다. 그걸 몇 번 반복했다. 진짜 촌스럽다. 마음에 드는 친구랑 밥 한번 먹을 때 이러면 정말 사랑하는 사람이 생기면 거품 물고 드러누우려나?

잘 모르겠다. 내가 할 수 있는 일이 아닌 것 같다. 지난 기억을 찾아서 적으니까 쓰면서도 부끄럽고 웃기다. 그러니까 내 말은…. 힘을 좀 빼고 싶다는 것. 사람과의 관계도, 일도, 취미도 모두….

☺ 2021년 8월 4일 水曜日 승선 102일 차

어젯밤 글을 쓰려고 텅 빈 식당에 내려왔는데 갑자기 인터넷이 터졌다. 그동안 못 보냈던 이메일 중 몇 개가 갔다는 알림도 떴다.

인스타 DM을 확인해보니깐 누나, 창섭, 정호 그 외에 친구들에게 연락이 와 있었다. 누나가 우리 가족의 소식을 전달해주고 우리 집 강아지 신비 사진도 많이 보내줬는데 정말 기뻤다. 가족들이 많이 보고 싶던 요즘, 소식을 들으니 좋았다. 정호, 창섭이의 각자의 일상, 소식을 들을 수 있었고 또 최근 본인들이 하고 있는 생각들도 알 수 있었다.

정호, 창섭 둘 다 앞으로 어떤 생각을 가지고 살아야 할지와, 지금 하고 있는 생각들, 각자 생각하는 의미들이 과연 옳은 것일까에 대한 것들- 친구들이 고민하고 적어놓은 글들이 내가 하고 있는 생각들과 틀림없이 닮아서였을까? 글을 읽는 내내 걱정이 되는 게 아니라 흐뭇하고 따뜻해졌다. 확신이 생겼다. '아, 우리가 선택한 길이 맞구나.'

가족들 소식을 들으니 더 보고 싶다. 시간은 너무도 빠르게 나를 앞지르고, 난 항상 뒤쫓는 느낌인데 그럼에도 불구하고 아버지랑 소주 한잔 마실 날을 기다리니 오늘은 시간이 한참 뒤에 있는 듯하다.

아버지에게 뭘 사드릴까? 모둠 곱창을 잔뜩 포장해서 친할머니집에서 큰아버지랑 어머니랑 같이 배불리 먹을까? 마지막엔 밥도 볶고, 파김치랑…. 생각하면 할수록 너무 좋다.

술에 취해서 어깨를 부딪히면서 집까지 걸어오고, 그 뒤에 여기서 모은 돈을 아버지께 드릴까? 생각만 해도 들뜨고 숨이 찬다.

친구들과 낮에 만나고 싶다. 코로나 때문에 밖에 돌아다닐 여건이 안 되니깐 에어비앤비로 공간을 빌리고 거기서 와인을 마시고 밥 먹고 노래 듣고 얘기하고, 자다가 일어나서 남은 음식을 데워서 와인 마시고 노래를 들어야지. 이걸 반복하고 싶다. 짜릿하고 완벽하다.

내가 무엇을 할 때, 빈틈없이 온전히 행복할지 아는 건 큰 축복이라고 생각한다. 이렇게 될 때까지 나를 돌아보고 수많은 멍 자국을 지우고 보살펴주는 과정이 있었기에 가능했던 것 같다. 매일매일이 온전히 평안하고 행복하면 좋겠지만, 그걸 목표로 하고 그 과정 속에서 이렇게 느낄 수 있는 것도 만족스럽다.

오늘은 낮에 잠을 못 잤다. 김치가 떨어져서 썰어야 했는데 점심 준비가 끝나고 저녁 만들기 이전에 한 시간 일찍 나가서 썰어두었다. 내가 썰지 않아도 형들이 썰거나 일하는 시간에 다 같이 후딱 준비할 수도 있지만, 서두르는 게 싫었다. 내가 느린 것도 그렇지만, 주변에서 다른 걸 하고 있는데 정신없이 한 자리를 빌려서 하는 게 싫었다.

해야 할 일이 있으면 일찍 나가서 미리 해놓고 그 시간에는 완전 루틴대로 하던 일들을 차근차근 해나가는 게 좋다!

군대와 대사관의 일까지 혼자서 해왔다. 그래서 혼자서 일을 하고 준비를 하다가 어떤 변수가 생기거나 하면 알아서 해결해야 했다. 그런 일이 있고 나면, 더 일찍 나가서 변수에 대한 예방을 하게 됐다. 일하는 방식이 그렇게 굳어진 것 같다. 하지만 지금은 팀에 소속되어 있고 구성원 중 막내이기도 하고, 여기는 공동체다. 그래서 같은 일을 하더라도 방식이 다른 것 같다. 내 일을 하다가도 누가 시키면 그걸 해야 하고 원래 내가 하던 걸 놓치고 까먹기도 한다. 그런 게 어렵다. 내가 그릇을 닦거나, 대걸레를 밀고 있을 때 형들이 와서 이것보다, 이렇게 하는 게 더 효율적이라고 알려준다. 아직은 원래 해오던 게 있어서 그런지 바꾸려고 의식을 하지만 잘 안 된다. 오히려 느려지는 것 같다. 그래도 시간이 지나 형님들이 가르쳐준 대로 몸이 적응하고 따라가는 것도 늘어나고 있다. 이 안에서 내 역할이 하나씩 생기고 있는 것 같다. 그것이 좋다.

무엇보다 훌륭한 사람들이랑 함께 일하니 내 변화가 자연스러운 거겠지!

오늘은 어떤 잡생각도 없이 써 내려갔다.

☺ 2021년 8월 6일 金曜日 승선 104일 차

이곳의 일이 식사를 준비하는 것이다 보니 하루 세 번, 야식까지 하게 되면 네 번을 출근해야 한다. 잠을 길게 자기보다 짧게 짧게 나눠서 자고 있다. 요즘은 피로가 누적이 됐는지 며칠 전부터는 중간 중간 30분, 한 시간씩 자고 일어나면 몸이 아프다. 내가 자고 있는 사이에 누가 무차별적으로 두드려 팬 것 같다. 그래서 새로 생긴 버릇이 있는데 잠에서 깼을 때 누워 있는 상태에서 눈을 뜨고 고개를 좌우로 움직여 본다. 유별나게 아픈 날이 있기에, 그럴 때는 벽을 잡고 일어나야 된다.

몸이 아픈 건 출근해서 일을 하다 보면 언제 그랬냐는 듯 괜찮아진다. 하지만 손가락 마디가 아픈 건 오래 간다. 이건 불편하다. 어른들이 말하는 시렵다고 하는 게 무슨 느낌인지 알 것 같다. 그래도 좋다. 그래서 행운이고 축복인 것 같다. 몸이란 건 소모품이기 때문에 쓰면 닳는다. 평생을 지금과 같은 환경에서, 노동을 하는 상상을 하지 않는다. 그리고 지금의 내 모습은 쉬던 기간에 꿈꿔온 결과이다. 늘 잠들기 전에 마음 다해서 일하고 집에 들어와 지쳐 잠드는 순간을, 상황을 만들어낸 거다. 그러니 오늘의 내가 이걸 부정하고 '왜 힘이 든 거야…. 몸이 아픈 거야…. 왜 나만 불행한 거야…'라고 생각하면 하늘에서 내려다보던 누군가가 헛웃음을 칠지도 모른다.

지금의 나는 체력을 많이 쓰고 때론 지치며 일해야 하는 시기인 것 같다. 그렇게 해봐야지 그다음 상상을 구체적으로, 좀 더 균형 있게 그릴 수 있고 내게 어울리는 꿈을 꿀 수 있을 것 같다.

생각해 보니, 집에서 하염없이 1년 가까이 쉴 때는, 기운이 남아서 밤마다 계속해서 같은 길을 걷고 또 걷고, 그렇게 하고도 자려고 누우면 정신이 멀쩡해서 잠이 오길 기다리면서 상상하기도 했었다. '불안에 취해 급하게 결정하지 않고, 내게 가장 잘 어울리는 조직에서, 사랑하는 일을 마음 다해서 하고 집에 돌아와 누웠을 땐, 몸이 지쳐 잠들고 싶다' 하고 말이다.

앞으로 어떤 꿈을 꾸게 될까? 기다려보자. 어느 순간 누구를 통해서, 흘러가는 노랫말을 통해서, 내가 모르는 다른 사람들의 대화를 통해서, 별 기대 없이 열어본 지루한 책을 통해서…. 상상할 수 없는 방법들로 꿈을 꾸고 머지않아 그걸 실행하고 있을 거다.

☺ 2021년 8월 8일 日曜日 승선 106일 차

크…. 한 주가 끝이 났다! 이제 다시 한 주가 시작되면 정신없겠지만 잠깐 정신을 차리면 목요일 즈음이 되어 있을 거다. 다음 주에는 아침 비번인 날이 금요일, 월-목이 힘들 것 같기도 한데, 그 나름대로 적응하고 지내겠지!

점심에 확인을 하니 정호에게 답장이 와 있었다. 정호는 새로운 환경에 뛰어들었다고 한다. 의류 브랜드 마케팅팀에서 일을 하게 됐는데 나처럼 이것저것을 도우며 팀원들을 서포트하는 일이라고 한다. 전날 전임자에게 인수인계를 한 시간 반 만에 받았는데 짧은 시간에 배우려고 하니 어려웠다고….

그래서 그런지 주말인 지금, 계속 마음이 무거운가 보다. 본인이 선택한 것이지만 새로운 환경도, 새로운 팀원들도 낯설고 두렵다고 한다. 그 마음을 알 것 같아서 공감이 된다.

정호가 말하길 본인은 겁이 많고 새로운 환경을 두려워하는 성격이지만 막상 그 순간이 닥치고 시간이 지나면 분명 멋지게 해내고 있을 것 같다는 느낌이 든다고 한다. 그리고 자기만의 방식으로 수없이 도전하고 결국 해낼 거라 믿는다고…. 참 멋지다.

나 역시 정호처럼 겁이 많다. 도전을 좋아하고 호기심을 느끼는 사람도 아니다. 다른 나라에 여행을 가도 호텔 주위를 돌고 산책하고 걷다가 한곳에 들려 커피를 마시고 술을 마시고, 이걸 여행 기간 내내 반복한다. 혼자 가는 게 편하다. 계획이 많은 사람과 다니면 지쳐버린다. 그런데 어쩌다 보니, 정말 잘 살려고 마음을 먹고 그 순간에만 집중을 하다 보니 이렇게 극과 극을 왔다 갔다 하며 지내게 됐다.

변화는 낯설다. 사람도 환경도 그리고 내가 알지 못하는 것은 두렵기까지 하다. 이런 내가 왜 계속해서 새로운 곳에 가게 되고 자연스레 마음이 옮겨졌을까 생각해 보니 도전에 대한 두려움보단 현상 유지에 대한 지루함이 더 크게 작용하는 것 같다. 어떤 긴장감과 설렘도 없는 현상 유지는 매력적이지 않다. 꿈을 꾸고 설렐 수 있는 버튼을 막은 느낌이랄까-? 꼭 일이 아닌 그 어떤 것이라도 말이다. 나란 사람은 그런 것 같다.

정호의 따뜻한 편지는 이런 말로 마무리되어 있었다.

'건전한 정신은 건강한 신체에 깃든다.' 우선 몸이 건강해야 마음
이 건강해질 수 있잖아. 늘 몸조심하고 아프지 않기를 바란다….
아프지 말자. 영석아. 건강하게 살자. 마음이든, 몸이든.
가끔 우리들이 걱정되기도 해. 다치진 않을까 하고….
이런 마음도 필요하다고 생각해, 우리를 염려하는 마음도 필요
하다고 생각해.
나는 '앞으로'를 걱정으로 채우지 말고 영석이는 자신을 '의심'
하지 말고 멋지게 걸어가자! 만날 날을 고대한다. 곧 보자.
                                    -겁이 많은 정호가-

곱씹어봐야지, 각자의 삶에 대입해서 같이 생각해 보자, 우리.
오늘도 고맙고- 너무 사랑한다.

☺ 2021년 8월 9일 月曜日 승선 107일 차

다른 사람들은 한 주를 시작하는 마음이 어떨까, 학교에 가기 싫었
던 마음과 비슷할까-? 자신이 하는 일이 너무 재밌고 설레서 빨리 월
요일이 됐으면 하는 사람들도 있을까-? 사실 난 별생각이 없다. 주말
과 평일 구분이 없어서 그럴 수도 있겠지만 일을 한다는 것이 너무 싫

지도 혹은 너무 좋지도 않다.

좋은 거겠지-? 일을 하고 운동을 하고 글을 쓰는 건 하루 중 가장 안정이 되는 시간 같다. 모르겠다. 반대로 이것이 일이 된다면 어떨까.

지금도 배는 해빙을 열심히 가르며 전진하기 때문에 상당히 흔들리고 있다. 글을 쓰기 어렵다. 그래도 적고 싶은 생각이 있어서 배가 흔들릴 때는 잠시 펜을 내려놨다가 들었다가를 반복하면서 쓰고 있다.

오늘 쓰고 싶은 건 '방향성'이다.

형들을 통해서, 아님 다른 부서 어른들의 인생 얘기를 종종 듣는다. 어떤 사람은 본인의 사업이 뜻대로 되질 않아서 배에 탔고 또 누군가는 빚이 생겨서, 그것을 갚기 위해서 배를 탔고 또 다른 누군가는 배에서 일해서 모은 돈을 짧은 휴가 기간 중 도박과 술, 여자로 탕진하기도 했다는 얘기를 들었다.

다들 사연이 있다. 이 일기에 적은 사람들 모두 열심히 일하시는 멋진 분들이다. 지난날에 만났던 인연과 시간에 대해 후회를 하고 계셨다. 그분들의 삶의 방향성은 어디에 맞춰져 있는 걸까…. 난? 난 어떤 삶을 살고 싶은 걸까.

막연하게 큰돈을 벌고 싶은 것도 아니고 후대를 위해서 뭔가를 발명하고 싶은 것도 아니다. 손꼽힐 만큼 굉장한 스타 셰프가 되고 싶은 것도 아니다. 그저 떳떳하게 살고 싶다.

그것이 자유라 믿고 그것에 필요한 모든 것들을 챙겨가며 살고 있다. 경제적인 것만 채우면 바보가 된다. 영적인 것, 내 안에만 초점을 맞추면 거지가 된다. 두 부분을 챙기고 싶어 떠나왔는데, 이것이 가능한 건지 생각하게 된다.

이곳에서 내게 일을 가르쳐주는 대단한 사람들도 본인의 삶에서 후회하는 부분이 있다. 어떤 사람은 방향성 따윈 필요 없고 다시 돈을 모아서 이곳을 벗어날 생각을 한다. 난 뭘 해야 될까-

이곳에 오는 것 말고는 하고 싶은 것이 없었다. 그런데 왜 무작정 돈을 모으고, 왜 막연하게 공부를 하고 있을까 생각하게 된다. 회의감을 느끼기보단 그런 질문을 던져보게 된다.

그저 또 좋아지겠지, 이곳에 왔으니깐 다른 뭔가가 생기겠지 하며 열심히 하는 중이다. 이 다음에 필요할 거라고 느꼈던 것들을 하나하나씩 내 속도에 맞춰서 하고 있었는데 어제, 오늘, 어른들의 얘기를 들으니 휘청거린다. 내가 경험을 안 해봐서 뭔가 놓친 게 있을까.

이럴 생각은 없었는데 미뤄뒀던 마음을 글로 옮겨 적으니 힘이 든다. 다섯 시간 후에 출근을 해야 하는데, 마음이 불편하다.

멈춰야겠다. 자꾸 불필요한 말만 늘어놓게 될 것 같다….

2021년 8월 10일 火曜日 승선 108일 차

여전히 '내 방향성은 어디일까-'에 대한 답을 온전히 찾지 못했다. 하지만 같은 질문에 마음이 상하지 않는다.

일단 그 질문을 계속 생각하면서 오늘 당장 할 수 있는 것들을 하면서 지내야겠다. 그게 최선일 것 같다. 이러다가 번뜩 뒤통수를 망치로 세게 맞은 것 마냥, 딱 하고 떠올랐으면 좋겠다. '아- 이렇게 살려고 지

금 이런 식으로 하면서 지내왔던 것이었지-? 잠시 놓치고 있었네….'

요즘은 일도 많이 적응했다. 여전히 실수를 하지만… 나의 부주의다. 차근차근 다시 하면 놓치지 않을 수 있다. 예전처럼 무엇이 잘못된 것인지 영문을 모르는 일이 많이 줄었다. 감사한 일이다. 약간의 여유가 생겨서 그럴까.

같이 일하던 형들과 부주방장님, 주방장님과도 더 많이 가까워진 것 같다. 물론, 그분들의 배려 덕에 가능한 것이지만. 말도 많아지고 웃기고 싶다는 생각에 농담도 꺼내고 재밌는 얘기도 나눈다. 가끔 과장을 하기도 한다. 그 순간의 웃음 때문에. 그리고는 '아, 이건 굳이 할 필요가 없었는데…' 하고 깨닫는다.

내 이야기가 아니라면 하지 말거나 조심해야 한다. 많이 들떠 있을 땐 더더욱 침묵을 지키려는 노력을 하고 있다.

예전에 비해 실수도 줄고 내 말을 통해서 누군가 상처를 받거나 사람들 사이에 오해가 생기거나, 신뢰를 깨뜨리는 일들이 눈에 띄게 줄어들었다. 살면서 많은 장애물들을 피해갈 수 있는 것 같아서 감사하다. 이전에 열심히 실수하고 떠들어왔던 시간 덕에 가능한 일이겠지. 이렇게 하나씩 중요한 것들을 챙겨가면서 윤택해졌으면 좋겠다.

오늘은 어제와 정반대로 글을 쓰니 기분이 좋아지고 힘이 난다! 어떤 노랫말이었던 것 같은데 '삶은 롤러코스터, 오르락내리락의 반복이라고….'

어제가 월급날이었다. 월급에 큰 감흥이 없었는데 아버지 드릴 '본선불', 달러를 어제 월급과 함께 받았는데 좋았다.

계속해서 돈을 돌돌 말아 고무줄로 묶어 놨는데 그게 쌓이고 쌓여서 벌써 150만 원이 넘었다. 한국에 도착해서 아버지에게 드릴 돈이 꽤 될 것 같다. 그걸 손에 쥐고 있으면 기분이 좋아진다.

아…. 아버지가 보고 싶다. 오늘은 사진첩에서 아버지 사진을 봤는데 할아버지가 되어 계셨다. 부드럽고 지혜롭고 인자하신 할아버지가 딱 웃고 계셨다. 그렇게 늙을 수 있으면 좋겠다.

새로운 영어 인터뷰를 외우고 있는데 '반복'의 중요성을 다룬 인터뷰다. 우선 반복을 하기 전에 본인에게 어울리는 뭔가를 찾아야 한다고 한다.

그 사람이 얘기하길 지난해 평생 할 수 있을 만큼 좋아하는 것을 찾아도, 그것이 빛을 발하는 데까지는 시간이 걸린다는 거였다. 여기에서 포인트는 내가 잘할 수 있는데 시간이 걸린다는 것이 아니다. 잘하고 있는 무언가라도 세상에 빛을 발할 때는 각자의 시기와 타이밍이 있다는 것이다. 나를 포함한 대부분의 사람들이 이렇게 애를 쓰고 있는데 왜 안 될까- 여기서 이걸 더 하는 게 과연 어떤 의미가 있는 걸까, 그런 고민을 할 거 같다. 하지만 인터뷰에서는 '그냥 반복하라'고 한다. 옳다고 생각한 것을 반복하는 힘. 신은 그 부분을 중점에 두고 지켜본다고 한다. 사람마다 각자의 능력과 재능이 다르기에 누가 누구보다 뭔가를 빨리 배우고 또 빨리 이해할 수도 있을 거다.

신은 그 부분에 초점을 맞추지 않는다. 실력은 시간을 투자하면 당연히 얻게 되는 거고 그 실력을 갖게 된 후의 '반복'은 모든 사람에게 공평하게 공부해야 하는 내용이라고…..

내가 가지고 있는 능력을 계속해서 소비하는 것, 그것이 반복이다. 나는 '소비'라고 표현을 했지만, 그 인터뷰 속에선 '나눔'이라고 표현했다. 아름다운 단어다.

첫째, 나를 알고 내게 어울리는 것을 한다.

둘째, 마음을 다해서 일을 하며 밝은 미래를 꿈꾼다.

셋째, 내가 가진 능력을, 내가 그린 미래가 펼쳐질 때까지 세상에 나눈다.

넷째, 반복한다. 또다시 반복한다.

다섯째, 이루어진 것들을 누리고 감사하고 다시 나눈다.

알아야 할 것, 신은 모든 걸 빠짐없이 지켜보고 있다.

반복…. 내가 늘 말하던 꾸준함과 일맥상통하는 말일까?

인터뷰를 들은 후 뭔가 기뻤다. 내가 믿고 싶은 말을 이미 이뤄낸 어른이 얘기해주니깐 말이다.

☺ 2021년 8월 12일 木曜日 승선 110일 차

내일은 아침 비번이라서 평상시보다 네 시간을 더 잘 수 있다. 야식 당번이 오늘 끝났기 때문에 4일 동안 야식 시간에 출근하지 않는다.

그 후에 4일 동안 다시 하면 된다. 잠을 더 잘 수 있다는 사실만으로도 대단한 뭔가가 내 뒤를 버티고 있는 것처럼 든든한 기분이 든다. 사소한 것에도 감사할 수 있다는 게 가끔 신기하다.

요즘 느끼는 신비한 힘이 있다. 그 힘은 마음으로 누군가를 진심으로 좋아하고 존중하는 거다.

연구원 중 아름다운 분이 한 분 있다. 첫날부터 그분만 보였다. 자연스럽게 스르륵 다가가지도 못하고 일상에서 그분을 너무 의식해서 내 행동이 부자연스럽다.

난 이 배 소속이고 그분은 연구원 소속이라서 식사를 하실 때 말고는 만날 기회가 없다. 한 달이 넘은 지금도 이름 말고는 나이도, 정확한 분야도 아무것도 모른다. 말을 해본 적도 없다. 그분과 얘기를 하고 친해지는 걸 떠나서 그분 앞에서 지나치게 의식을 하면서 행동을 하니 스스로 지친다.

중학생 때도 고등학생 때도 대학생 때도, 누군가를 좋아하는 마음이 들면 늘 그랬다. 나의 감정에 중점을 두고 희로애락을 혼자 반복했다. 이제는 이런 감정을 그만 느끼고 싶다. 이번 기회에 변화를 만들지 않으면 계속 이렇게 살아갈 것 같다.

그래서 선택한 방법은 잘 보이고 싶은 걸 내려놓고, 온전히 그 사람에게 도움이 되는 것들만 해보려고 한다. 내게는 종교가 있으니, 내가 잘 땐 그분도 좋은 꿈을 꾸고 편안하게 쉬게 해달라고 기도하고 내가 밥 먹을 땐, 그분도 맛있게 식사를 할 수 있게 해달라고 기도한다.

티가 안 나서 의미가 없다고 생각할 수도 있겠지만 오히려 그 사람을 마음 깊은 곳에서 존중하게 된다. 굳이 그 사람한테 잘 보이려고 주위를 서성일 필요도, 오버할 필요도 없게 됐다.

이건 그 사람을 위한 마음도 있지만, 그 사람을 통해 내 마음이 자유로워지기 위한 연습이다. 희한한 건 그 뒤로 한 번도 그분과 대화를 한 적이 없는데도 편하게 느껴졌다. 내가 그런 마음에서 자유로워질 수 있다는 것 자체가 기쁘다.

언젠가 그분과 자연스럽게 대화하고 인사를 나누는 친구가 됐으면 좋겠다. 더 중요한 건 그러지 않아도 괜찮을 것 같다. '그 사람과 이렇게 되어야 한다'는 욕심을 내려놓은 것 같다.

이 마음을 가족에게도 친구에게도 직장 동료에게도 전부 적용하고 싶다. 마음을 다하지만, 그 사람의 반응에서 의연해지고 자유로움을 느끼며 살고 싶다. 그럼 내 인생에서 많은 시간이 평안할 것 같다.

여기서 만난 그분 덕분에 꼭 필요한 공부를 하게 됐다.

☺ 2021년 8월 13일 金曜日 승선 111일 차

열심히 일하고 운동하고 깨끗이 씻었다.

승선 111일이라는 기간 동안 하루도 빼놓지 않고 승선 일기를 기록했다. 지난날을 돌아보니, 이렇게 꾸준하게 정해진 시간에 뭔가 했던 적이 있을까.

늘 일기를 쓰긴 했지만, 무조건 매일매일 적었던 건 아니고 어떤 고민이나 생각할 거리가 있을 때 일기를 썼던 것 같다.

승선 일기는 열정을 가지고 하거나, 열심히 하는 건 아니다. 그냥 한다. 내가 느낀 생각을 기록하고 사람들과 나누고 싶은 생각을 적는 것뿐이다. 일기를 쓰는 게 습관이 되었고 한 가지 느낌을 계속 받는다.

'옳은 일'이다. 분명 '옳은 일'을 하고 있다는 걸 느낀다.

정확하게는 내 삶 안의 '옳은 일'이겠지. 스스로 조급해할 필요 없이 111일 동안 해왔던 것처럼 할 수 있을 때까지 꾸준히 하면 될 것 같다. 앞으로가 궁금하다. 오늘의 기분은 그렇다.

한 달 뒤면 한국에 가고 다시 3주 뒤, 남극에 간다. 그리고 6개월 뒤엔 한국으로 돌아오고 다시 한 달 뒤, 북극에 가게 된다.

지금으로서는 그렇다. 이런 계획 속에서 새로운 변화가 있고 아예 다른 시작이 생기기도 한다. 그래서 궁금하다. 지금의 계획과 다른 어떤 변화가 생겨서 또 뭘 시작하게 되고 또 누구를 만나게 되고 또 무엇을 경험하게 될지···. 아쉽지 않게, 떳떳하게 살 수 있을 것 같다.

그럴 수 있을 것 같다. 오늘의 승선 일기와 같은 내 삶의 '옳은 일'을 늘려가면서···.

☺ 2021년 8월 14일 土曜日 승선 112일 차

하루가 유독 짧게 느껴졌다. 정신없진 않았는데 어떻게 흘러갔는지 모르겠다. 어떤 것들을 만들면서 내 공간을 만들게 될까? 배에서 번 돈으로 미련 없이 요리를 배우러 가고 싶은데···. 그건 어려운 게 아닌데, 뭘 하고 싶은지 구체적으로 모르겠다.

평생 음식을 만들고 나누면서 살 거다. 그게 나의 표현이고 그걸 할 때 행복하다. 이게 지금까지 내가 나에 대해서 알아낸 사실들이다. 하지만 내 안에는 한 가지를 굉장히 잘하고 소중하게 다루고 싶은 마음이 있다. 그 부분이 나에겐 빼놓을 수 없는 결정적 요소인 것 같다. 그걸 알아내려고, 시간을 가지고 한국을 떠나 일을 하면서 건강하게 생각하고 공부하려고 떠나온 것도 있는데 아직 잘 모르겠다.

한 가지를 굉장히 잘하면 좋겠다. 그것에 내 이름이 빠지지 않고 거론되기를 바라고 있다. 음… 뭐가 있을까? 다음에 남극을 갈 때 책을 가지고 가야 할까? 고기를 해체하는 부처가 될지, 고추장·된장을 담그는 기술자가 될지, 숯을 태우는 사람이 될지, 제면사가 될지, 두부를 만드는 사람이 될지, 모르겠다.

무엇이라도 상관이 없지만 딱 '이거다'라는 게 아직 없다. 지금까지는 '아…. 저곳이 내가 가야 하는 곳이다, 저건 잘 어울리는 일이다'라는 게 분명히 있었는데 이다음에 대해 어떤 신호도 못 느꼈다.

찾는다고 단번에 찾아지길 바라는 건 우스운 것이지.

평생을 공들여서 하게 될 한 가지 일일 테니까. 막연한 느낌이 아쉬운 건 어쩔 수 없는 것 같다.

☺ 2021년 8월 15일 日曜日 승선 113일 차

다른 날과 별다른 것 없이 기쁘게 잘 지냈다. 어제는 밤 10시가 넘어서 식당에 나와 책을 읽고 공부를 하고 있었는데, 평상시에 인사만 주고받던 연구원분께서 지금 방에서 맥주 한 잔씩 마시고 있으니 같이 가자고 하셨다.

처음에는 어색해서 쭈뼛거렸는데, 몇 번 더 말씀을 하셔서 따라가게 되었다. 사람들이 내가 온 게 신기한지 반겨주시고 궁금했던 걸 질문해 주셨다. 모두들 내가 형식상 친절하게 대하는 것 같아서 벽이 있는 것 같다고 느꼈다고 한다. 말을 걸고 싶어도 못 걸고 다가오지 못했다고 한다.

오늘은 술도 먹었고 나도 혼자 공부하고 있으니 꼭 부르기로 말을 맞췄다고 한다. 사실 낯을 많이 가려서 처음 보는 사람들 앞에서는 말을 안 하거나 아니면 오버하는 편이다. 그런데 나를 돌이켜보고 거짓말을 줄이고 남 얘기를 하지 않기로 다짐하다 보니까 어느 순간부터는 할 말도 없었던 것 같다.

학생 때는 나를 어려워하거나 차갑다고 말하는 사람이 없었고 오히려 말 붙이기 쉬운 사람에 속했던 것 같은데…. 모두가 어제 그렇게 느꼈다고 하니, 미안한 마음도 들었다. '아… 내 마음이 안정적이구나' 하고 다행스러운 마음도 들었다.

누구를 웃기고 어떤 순간에도 주목을 받고 싶어서 애를 쓸 땐, 늘 생각이 많았다. 웃기려고 거짓말을 보태면서도 '들키면 어쩌지?' ' 안 웃기면 어쩌지….' '누군가의 비밀을 얘기했는데 소문이 나면 어쩌지…?' 등등 늘 생각과 걱정이 많았다.

스쳐 지나갈 주목 따위엔 관심이 없다. 존중이 섞인 주목을 받으며 살고 싶다. 내가 우습지 않도록, 그리고 주목을 받는 과정에 다른 누군가가 다치거나 피해를 받는 경우가 없기를 기도한다. 그렇게 살려고 지금의 이런 생활과 방식과 신념이 있는 것이겠지.

짐 캐리가 졸업 연설에서 학생들에게 "꼭 원하는 것을 이뤄보세요. '억만장자'이던 '카사노바'이던 그럼 알게 될 겁니다. 여전히 행복하지 않다는 것을요. 삶에서 의미가 있고 본인을 행복하게 만들어주는 단 한 가지는 다른 누군가에게 '긍정적인 영향'을 주는 것입니다. 감당할 수 없을 만큼의 돈도, 나를 사랑해주는 수많은 여자들도 시간이 지나면 사라지지만, 당신이 보여준 긍정적인 영향력은 당신이 죽어도 남아 있습니다"라는 말을 했다.

의미 있는 연설이었다. 이 두 가지를 모두 얻고 싶다. 그래서 돈을 벌었을 때 허무함은 덜하고 마음이 풍요로워도 배가 고프질 않길 바란다.

☺ 2021년 8월 16일 月曜日 승선 114일 차

요즘, 밖에 나가 북극의 풍경도 잘 보질 않는다.

얼마 전까지는 해빙이 가득하니깐, 겨울 왕국에 온 것 같고 새로운 세상에 온 것 같았는데, 이제는 그냥 사는 세상인 것 같다. 그리 낯설지도 새롭지도 않게 느끼는 요즘이다.

풍경을 사랑하고 새로운 대지에 관심을 갖는 사람은 아닌가 보다. 오늘의 내겐 그저 냉동고 벽면에 붙은 얼음 덩어리들뿐.

이곳에서 나를 따라서 일기를 쓰기 시작한 분이 계시다.

매번 같은 시간 같은 자리에서 공책을 두 권 들고 글을 쓰고 있다 보니까 어느 날 내게 물으신다.

"뭘 공부하고 계시는 거예요?"

일기를 쓴다고 하니깐 이십 대가 일기를 쓰는 게 낯선지 엄청 놀라셨다. 그래서 권유했다. 하루를 두 번 살 수 있는 방법이라고. 일기는 본질적으로 날 위한 옳은 방법이라고 말했다. 그래서 그분도 쓰기 시작하셨나 보다. 당연히 몰랐다.

얼마 전에 다시 오시더니 '글을 쓰기 시작했는데 기분이 좋은 게 아니고 오히려 아프고 힘이 든다, 원래 이런 것이냐' 하고 물으셨다. 그 얘기를 듣고 '지금, 이 순간 일기가 필요하셨구나. 본인을 들여다보고 글을 적으시는구나' 대단하다는 마음이 들었다. 그 아픔을 알아서 안쓰럽고 마음이 안 좋았다.

이유를 설명해 드렸다. 잘하고 계셔서 아프고 괴로우신 것 같다고. 그동안은 이유를 다른 곳에서 찾고 남들처럼 흘려보냈던 시간들일 거라고. 이젠 그 이유를 나한테서 찾으려고 하고, 내가 왜 그렇게 느꼈는지 확인하다 보면 그동안 보지 않았던 결핍의 자국과 상처를 확인하게 되어서 그런 거라고 설명했다. 잘 모르겠지만 결국 자유에 다가가는 방법이라 믿는다고 말씀드렸다.

글을 쓰기 시작하고 나를 마주했을 때, 결핍 덩어리였던 나를 처음 마주했을 땐 어찌나 괴롭던지. 도대체 어떻게 어디서부터 극복해야 할지 가늠도 못 했던 게 생각이 났다.

결핍과 상처들에서 벗어나 웃음 짓고 자유로워질 거라고 생각조차 하지 못했으니. 지금의 나를 돌아보면 참 감사한 일이다.

☺ 2021년 8월 17일 火曜日 승선 115일 차

하루 종일 나사가 풀린 사람처럼 있었던 것 같다. 잠이 부족한 탓일 수도 있겠지만, 늘 그랬던 건데 오늘은 왜 그리 입 밖으로 웃음이 새어 나왔을까?

아름다운 분이 우리 배에 계시는데, 그분 생각이 끊이질 않았다. 좋아한다고 말하지 않기로 했다. 그분에게 관심을 못 받더라도 진심으로 그분에게 필요한 걸 하기로 마음 먹었는데….

그분이 다른 분들과 어울리며 신이 난 모습을 보면 부럽고 질투도 난다. 이 마음을 극복하고 자유로워지고 싶다. 진심으로 누군가를 위한 일을 해보려고, 욕심을 내려놓으려고 마음먹은 지 일주일 됐을까-? 내 안에 변화가 있는 걸까? 그걸 알고 싶다. 그 변화가 비로소 나를 자유롭게 하는 과정이길 빈다.

누굴 좋아하고 호감이 생겼을 때, 기대를 하지 않고 그저 내가 할 수 있는 일들을 한다. 그것이 보이는 일이든 보이지 않는 일이든 그것에 만족하고 기뻐할 수 있다면 더 자유롭고 기쁠 텐데.

만약 그렇게 해도 친구가 되고 동료가 되고 연인이 된다면 그것이 인연이지 않을까-?

운명을 기다리거나 믿지 않지만, 최선을 다해서 그 사람을 위했는데 그 마음을 알고 관계가 형성된다면 진짜 인연일 것이다.

☺ 2021년 8월 18일 水曜日 승선 116일 차

　무지 바빴다. 두 번째 연구팀의 연구가 끝난 것을 기념해서 파티를 준비해야 했다. 뷔페식으로 음식 12~13가지를 준비했는데 쉬운 음식 없이 손이 많이 가는 음식들이었다. 다들 베테랑 요리사들이라서 각자의 일을 막힘없이 탁탁, 해내시는 걸 보고 멋지다고 생각했다. 난 설거지하고 세팅을 도왔다.

　1년 전까지만 해도 대사관에서 내 이름이 적힌 맞춤 조리복을 입고 직접 음식을 만들고 깔아놓았었다. 식사가 끝난 뒤엔 외교 게스트인 장관, 차관, 대사님들과 악수하고 사진을 찍었었는데…. 형님들이 하는 걸 지켜만 보는 것도 새로웠다. 그래도 감사한 건 오늘 기쁜 마음이 들었다는 것이다.

　음식을 만들지 못하더라도 내가 할 수 있는 일들을 찾아서 팀에 도움을 주는 게 좋았다. 한 시간 반 일찍 나가서 내 것을 미리 끝내고 형들의 음식을 담을 수 있도록 세팅하고 청소하고 박카스에 얼음을 넣어서 따라 놓으니 마음이 홀가분하고 좋았다. 그냥 기뻤다.

　내 마음 안의 권위가 나오지 않았다. 자유로웠다. 참 감사하고 즐거운 날이었다. 사람들이 우리 주방 사람들의 수고를 높게 봐주어서 내일은 평일임에도 아침을 간편식으로 진행하게 되었다.

　책을 읽으면서 숨겨 놓았던 코냑을 꺼내 한 잔 마셔야지.

같이 일하는 형님들이 내게 착하게 살지 말라고 한다. 싫은 사람은 싫다고 말하고 누가 거칠게 다가온다면 그에 맞게 상대를 했으면 좋겠다고 말씀하셨다. 농담이 섞인 말이었지만, 그 얘기를 듣고 '내가 착한 척을 했나-?' 싶은 생각도 들었다. 생각을 해보니 그건 아니었다.

다른 사람한테 할 말 못 하고 착해 보이고 싶은 마음이 전혀 없다. 그저 형님들이 거슬려 했던 그 모습들이 내겐 거슬리지 않았거나, 내 평화를 깰 만큼의 큰일이 아니었다. 가끔 거슬리는 부분도 있다. 그걸 가십거리로 나누고 그 순간의 재미를 위해서 떠들 생각이 없어진 것 같다. 그렇게 하면 내 마음이 안정되기까지 시간이 더 걸린다. 오랫동안 마음이 불쾌하고 짜증이 난다. 그래서 그때마다, 조용히 나를 살피면서 입을 다문다. 그렇게 내가 할 일을 하다 보니 형님들은 나를, 표현을 못 하고 참기만 하는 착한 사람으로 보셨나 보다.

누굴 미워하고 그걸 다른 사람들과 나눌 시간을 아끼고 싶다. 그 시간에 더 자고, 미래를 상상하고, 적고 싶고, 그걸 다시 이루고 싶고, 또 그걸 전부 내 주머니에 담고, 마지막엔 다시 돌려주고 싶다. 이걸 반복하고 싶다. 시간을 아껴서 말이다.

일기는 나를 살피고, 오늘 무심코 흘린 감정을 주워서 종이 위에 박아놓는 멋진 통로다.

내가 누구를 싫어하고 거슬리는지 분명 안다. 그 사람을 왜 싫어하고 내 안의 어떤 상처와 결핍 때문에 저 사람을 싫어하는지도 안다. 난 그런 사람이지 잘 참는 착한 사람은 아니다. 당연히 그렇게 될 생각도 없고.

예전에는 누군가가 내게 보여주는 태도와 말투, 제스처 표정 등등 내 눈으로 확인할 수 있는 것들로 그 사람을 판단하기도 하고 싫어하기도 하고 좋아하기도 했었는데 이젠 그것들이 신경 쓰이지 않는다. 이제 상대방의 의도를 보려고 한다.

☺ 2021년 8월 21일 土曜日 승선 119일 차

하루가 돌이켜 보면 짧은 것 같고 현재의 시간 속에서 활동하고 있으면 길다고 느껴지기도 한다.

5시 10분쯤 일어나서 준비하고 정신 차리고 5시 반까지는 주방으로 나가서 아침 준비를 해야 한다. 보통은 7시 30분~40분 사이, 일이 끝나고 방으로 돌아와서 9시 10분까지 다시 잔다. 그리곤 점심 식사 준비를 하러 9시 30분까지 주방에 나간다. 그땐 몸이 두들겨 맞은 것 같다. 잠이 깨서 정신이 돌아오는 데 시간이 오래 걸린다. 다시 1시 30분이 넘어 마무리가 되어 방으로 돌아온다. 그리고 또 3시 30분까지 주방으로 출근을 해야 하는데 이 사이에 잘 때도 있고 자지 않을 때도 있다. 이땐 자고 일어나면 힘들기도 하고 손가락은 왜 이리 아픈지 스트레칭도 오래 해야 한다. 몸이 지치니까 머리를 대는 순간 잠이 든다.

그래서 세수하고 이빨만 닦고 책을 읽으러 나가는 경우가 대부분이다. 책 읽으면서 10분, 15분 졸다가 일어나면 그땐 또 개운하다. 차라리 한 시간 일찍 출근하더라도 점심에 안 자는 게 컨디션이 좋은 것 같기도 하다.

최근에 내가 피곤해 보였나 보다. 중간 중간 쉴 때 내가 자질 않아서 그런 거라고, 형님들이 잠을 자라고 한소리 하셔서 요즘은 책을 읽으러 나가는 것도 눈치가 보인다.

정신을 못 차리고 실수하면 그것 때문에 그런 거라고 하실 수도 있다. 그래서 어제오늘 낮잠을 잤다. 그래도 피곤하다. 뭐가 다른 건지 아직 모르겠다.

설거지를 하면서 느낀 건데, 음식과 조금 떨어져서 설거지를 하고 승선 일기를 기록하고 운동하고 조금씩 영어 인터뷰를 외우는 것이 어떤 의미가 있는지 조금 알 것 같다. 아직 정리를 못 해서 어찌 설명을 해야 할지 모르겠지만, 이 과정을 다시 반복할 일은 없을 것 같다.

이 일이 싫어서가 아니다. 음식을 만들기 싫어진 것도 전혀 아니다. 여전히 음식을 만들고 나누면서 살고 싶고 같이 일하고 있는 동료들, 이곳에서의 내 역할-그것이 내 인생의 축복이라고 생각한다.

하지만, 앞으로 이와 동일한 역할과 일을 반복하지 않을 것 같다. 나에게 어울리는 구체적인 방식과 과정들이 심화 과정으로 주어질 것 같다.

먼 곳으로 나를 데려왔다는 느낌이 든다. 이곳에서의 생활이 내가 그리는 미래와 무슨 관련이 있을까, 라는 생각을 줄곧 이어왔다.

요즘 느끼는 건 이 시간의 의미인 것 같다.

반복되지 않을 시간. 그런 느낌이 강력하게 든다. 이 시간 자체가 결핍을 지워주고 있다. 이 자체가 의미다. 이렇게 정의해야지. 앞으로 얼마나 더 있을지 모를 이 배에서의 생활을 감사히 보내야지.

배에서 내리기까지 5주가 채 남지 않았다.

정상적으로 도착한다면 9월 25일에 입항을 하니까 한 달 정도의 시간밖에 남지 않았다…. 시간이 빠르다.

배를 탄 지 120일이 된 것도 신기하고 그날그날 승선 일기를 빼놓지 않고 적은 것도 놀랍다. 오늘도 평상시와 다를 것 없이 설거지를 하면서 미래에 뭘 하고 있을까 상상을 하다가 갑자기 생각난 장면이 있었다.

태극기가 있는 정장을 입고 전세기를 타는 모습이 그려졌는데 그 상상에 몰두가 돼서 하루 종일 그 생각만 이어나갔다. 이 배에서 하고 있는, 앞으로 하게 될 많은 경험들과 지혜를 토대로 이다음, 혹은 먼 미래에는 식기세척기 앞에서 그려낸 나의 상상과 결이 같은 일을 하게 될 것 같다.

아직은 어떤 통로로, 어떻게 해야 하는지 알 수도 없고 아예 모르지만, 그런 건 상관없다. 내가 의도한다고 되는 것도 아닐 테고 오늘 내가 할 수 있는 일들에 마음을 다하고 꿈꾸다 보면 어떤 기회로든 갑자기 전화가 올 거다.

"합격했다고" 몇 시 몇 분까지 어디로 오셔서 전세기에 탑승하면 된다고…. 유니폼을 보내야 한다며 정장 사이즈를 물어볼 거다. 분명.

야식을 하지 않으니까 여유가 생겼다.

2일 후면 야식을 해야 하니깐, 이 시간을 온전히 만끽해야겠다.

요즘 주방에서 요리사 형님께 춤도 배운다. 형님 중 한 분이 힙합 클럽에서 날아다니던 분이 있다. 몇 발자국 안 움직이고 어깨와 골반만 살짝살짝 움직이는데 굉장히 쿨하고 간지가 나게 춤을 추신다.

나는 슈퍼 몸치인가 보다. 형이 수없이 보여주고 자세를 잡아주지만 난 율동을 하는 것 같다. 느낌이 살지 않는다. 연습을 몰래 해서 다음엔 연습 안 한 척 보여줘야겠다. 내가 춤만 추면 주방 사람들이 다 웃으신다. 그렇게 못 추나-?

그러던 중에 오늘도 저녁 준비 한 시간 전에 출근, 할 일을 여유 있게 하고 있었는데 주방장님이 오셨다. 나에게 주방장님은 모두와 잘 지내는 것 같아서 다행이라고 말씀하셨다. "여기서 음식을 배울 게 별게 없어도, 춤을 배우고 공부해라" 이렇게 말하셨는데 기분이 이상했다.

이곳에서 음식 만드는 일부터 사람들과 일하는 방법까지 1부터 10까지 전부 필요한 것들을 배우고 있다고 생각했다. 주방장님의 음식을 대하는 태도와 사람을 대하는 태도를 눈으로 본 것만 해도 더 없는 충격이고 축복이었다. 이런 마음을 자세히 표현하지 못했지만, 주방장님께 내 마음은 그렇지 않다고, 음식부터 일하는 방법까지 배우고 느끼고 있다고, 내가 할 수 있는 것들이 팀에 도움이 됐으면 좋겠다고 말했다. 이렇게라도 말할 수 있어서 다행이었다.

평상시처럼 당황해서 말을 안 하고 있었으면 오해하셨을 거다.

이렇게 배를 타고, 설거지를 하는 시간이 인생에서 얼마나 될까-? 길지 않을 것 같다. 그래서 마음을 다해야 하는 것 같다. 나중엔 이걸 하고 싶어도 하지 못할 때가 분명 오겠지. 축복이다. 진심으로.

☺ 2021년 8월 24일 火曜日 승선 122일 차

출항하고 한 번도 된 적이 없던 카톡이 됐다. 갑자기 연락이 보내졌다…!! 그 전 두 달 동안 온 카톡이 사라졌다…. 확인할 수 없는 게 아쉽지만 모르겠다. 천천히 업로드되는 중이라 갑자기 '짠' 하고 채팅창에 나타날지 모른다.

개인적으로 기다리는 연락이 몇 개 있는데 그중 하나는 상협이 형의 연락이다. 형이 보낸 연락을 확인할 수 없다는 사실이 아쉽다….

☺ 2021년 8월 25일 水曜日 승선 123일 차

별다를 것 없이 아침을 하러 5시에 기상, 아침 식사 준비를 마치고 동료들이랑 식사를 하고 있는데 카톡이 왔다. 상협이 형 카톡이었다.

형의 카톡 아이디를 저장하고 미뤄뒀던 얘기들을 나눌 수 있었다. 형이 7월 중순에 그간 자기가 연락을 하지 못한 이유와 함께 소식을 전했었는데 카톡을 읽을 수 없었다. 형도 그 뒤로 따로 연락하지 않다가 오늘 다시 한 번 본인의 상황과 소식을 보낸다고 되어 있었다.

정말 보고 싶었던 형을 되찾은 느낌이었다. 카톡으로 대화를 나누니 모든 것을 다 들을 수 없었다. 하지만, 형이 연락을 할 수 없었던 이유가 있었고 그것들이 진정되고 나아진 상태라고 전해 들었다. 언제든 소식을 보내 달라고 했다.

《시크릿》 책을 읽고 아무런 근거 없이 8월 25일로 날짜를 정해 놓고 어떤 일이 일어날까 하고, 한 달 동안 자기 전에 항상 상상을 했었다. 어떤 일이 일어날까 생각하면서 잤는데 잃어버린 평생 친구를 되찾을 거라고 생각도 못 했다.

아름다운 그분이 말을 걸어주지 않을까, 상상했던 건 비밀이다.

☺ 2021년 8월 26일 木曜日 승선 124일 차

탁구에 재미가 들려서 사람들과 게임을 하게 된다. 승률이 좋다. 그래서 더 재밌는 건가? 여긴 나처럼 이제 시작해서 어설프게 치는 사람들도 있는 반면 잘 치는 분들도 많다. 10년 이상 꾸준히 치던 분들도 계신데 확실히 오래했다는 것 그 자체로 굉장히 멋진 것 같다.

이젠 빨리 잘하게 되는 것, 남들보다 빠르게 하는 것엔 흥미가 없다. 이런저런 과정을 겪으면서 꾸준히 하는 것에 동경이 크다. 내 스스로 부족하다고 느끼게 되는 부분이라 그런가 보다. 어떤 것에 꽂히면 남들보다 빨리, 잘하고 싶은 욕심이 컸다. 음식을 만드는 것도 당연히 그중 하나였다.

아쉬운 건 난 처음부터 빠르게 익히고 한 번에 알아들어서 딱딱 해내는 스타일이 못 된다. 이해하는 데 오래 걸리고 익히는 데에는 시간이 많이 걸린다.

욕심이 앞서다 보니까 조급함을 느끼고 남들 시선도 신경을 쓰면서 지냈다. 그래서 뭘 배울 때, 연습을 많이 했다. 다행인 건 연습 시간을 정말 좋아했다. 잘하지 못해도 계속 만들어 친구들과 나누었고, 주목받는 상상을 하면서 연습하면 그 시간 자체가 내겐 노는 시간이었다.

단점이 있으면 그걸 넘어서는 장점이 있는 거겠지! 연습을 많이 하니까 시간이 지나면 잘하게 된다. 지금까진 그런 과정의 반복이었다. 이젠 내 속도로 감정의 파도에 지치지 않으면서 꾸준하게 하고 싶다. 음식도, 다른 취미도 말이다. 요리는 내 직업이어서 쉽게 욕심이 놓아지지 않는데, 다른 것에는 유연해진 것 같다.

아직 시작해본 적 없는 '트럼펫'과 '수영'이지만, 꾸준히 하면서 쉬고 즐길 걸 생각하니까 조급하지 않다.

'빨리 시작해야 하는데…. 이 기회에 악기를 사야 하고, 수업을 등록해야 한다…'라는 혼잣말에서 많이 자유로워진 것 같다.

요리도 결국 그렇게 될 거다.

☺ 2021년 8월 28일 土曜日 승선 126일 차

파도가 높아서 배가 파도에 놀아나고 있는 중이다.

보통 북극, 남극 속 해빙이 많은 지역은 파도의 일렁임이 거의 없는 편인데 오늘은 근처에 해빙도 보이지 않는다. 파도의 높이가 굉장히 높아서 배가 크게 흔들리고 있다. 이런 날 복도를 걷고 있으면 분명 똑

바로 걷고 있는데도 몸이 좌측 벽에 붙었다가 우측 벽에 붙었다가, 반복하면서 걷게 된다.

의식하지 않고 걸으니까 잘 모르지만 앞에서 그렇게 걷는 걸 보면 웃기다. 좌우로 통통 부딪히면서 걷는다. 물론 내 뒷사람은 날 보면서 그렇게 웃겠지만….

배가 흔들리지 않다가 심하게 흔들리니깐 사람들이 멀미를 많이 한다. 저녁 식사를 못 하신 분들도 많고, 많이 고생하고 계신 것 같다.

다행히도 난 괜찮다. 배를 타면서 멀미를 하지 않는 건 천운이고 축복 같다. 너무 다행이다.

☺ 2021년 8월 29일 日曜日 승선 127일 차

어제 과음을 해서 오늘 하루 종일 속이 안 좋고 힘이 들었다. 속은 부글부글 끓고 두통도 있는데 배까지 파도에 놀아나니 하루가 어떻게 지나갔는지 모르겠다. 일을 할 때 틀리지 않으려고 긴장을 하니까 괜찮다 싶다가도 쉬려고 방에 들어오면 머리가 핑핑 돌았다.

어제 과음을 하게 된 이유는….

전에도 썼지만 이 배에 아름다운 연구원분이 있는데… 그분을 포함한 다른 연구원분들과 조리부 형님들이랑 술자리를 갖게 됐다. 야식을 만들고 있었는데, 연구원분들께서 초대를 해주셨다. 형들은 피곤해하면서 가고 싶지 않아 하셨다.

그분을 보러 가고 싶었는데 형들이 가지 않으면 갈 수 없으니 입은

닫고 있었다. 속으론 엄청 조마조마했었다. 결국, 야식이 끝날 시간에 맞춰서 연구원 중 한 분이 적극적으로 우리를 데려가려고 하셨다. 마음속에서 무릎을 '탁' 치고 휘파람을 불었다!!

형들 세 분은 모두 여자 연구원분이 있는 테이블로 가고 나만 다른 테이블에 앉게 됐다. 이런… 좋다 말았다. 안경도 안 쓰고 있어서 멀리서… 그분 얼굴도 잘 보이질 않았다…. 아쉬웠다.

같은 테이블에 계신 분들이랑 이런저런 이야기를 나누면서 술을 많이 마셨다. 아무래도 모르는 사람과 있으면 긴장도 많이 하고 낯도 많이 가리는데, 분위기를 좋게 하려고 애쓰고 오버하지 않아도 되니깐 술을 먹게 됐다. 그분이 계신 테이블에서 웃음소리가 들리면 저절로 눈이 가고….

생각해 보니 신기하다. 호감이 있는 그분에게 그저 필요한 것을 해주고 싶었다. 도드라지지 않고 할 수 있는 일만 했을 뿐인데도 운이 좋아서인지 수많은 연구 팀 중에 그분이 속해 있는 팀과 인연이 자꾸 생긴다.

그 테이블에서 시간을 보냈던 형들에게 전해 들었는데 그분은 나보다 나이가 많다. 나보다 어리지 않을까 생각했었는데….

배에서 내리기까지 한 달도 채 남지 않았는데 새로운 사실을 알게 돼서 기쁘다. 누군가를 새로운 방식으로 좋아하는 것에 집중하고 연습한 시간다. 물론 이렇게 해도 인연이 생긴다면 꿈만 같고 기쁘겠지만 이번 일을 계기로 그런 건 생각하지 않으려고 한다.

나도 그분도 각자의 방향이 있어서 배를 탄 것이다. 나 역시 분명한 방향을 찾고 다음 과정을 밟고 싶다.

☺ 2021년 8월 30일 月曜日 승선 128일 차

요즘 침묵이 자연스러워진 것 같다. 말의 필요성을 못 느끼는 정도다. 사람들과 무언가에 대해서 이야기를 나눌 때 '꼭 필요한 말인가?' 하고 생각하게 된다. 생각을 하다 보면 안 해도 되는 말이 대부분이다. 그런 말을 내 하루에서 지워도 나눌 이야기는 수없이 많다.

'침묵'이란 단어… 말하기 싫은 누군가랑 있을 때, 내 기분이 상했을 때…. 이럴 때가 아니라 하루를 살면서 내가 무심코 한 대화들 중에서 불만, 투정, 부정적인 얘기, 반복되는 걱정들에 대한 비중을 확인해보고 입을 다물자.

쉽지 않지만, 불가능한 것은 아니다.

그렇게 되면 날 귀찮게 하는 사람들이 줄어든다. 그만큼 나 역시 누굴 귀찮게 하지 않는 거겠지-?

☺ 2021년 8월 31일 火曜日 승선 129일 차

같이 일하는 형님이 급체를 하셔서 힘들어하셨다.

일할 때 음식 냄새 맡는 것도 힘들어 하셨다. 드시는 것도 많이 힘드셨을 거다. 저녁이 되자 컨디션이 어느 정도 좋아지신 것 같았다. 오늘 푹 자고 내일은 좋은 컨디션으로 오실 수 있으면 좋겠다.

누군가가 아무런 대가도 없이 원하는 곳에 쓰라면서 1억을 선물한다면 무얼 할 수 있을까?

주방에서 누군가는 1억 가지고 아무것도 할 게 없다고 말하시기도 했는데, 주방장님께서는 1억을 아내에게 줄 거라고 하셨다. 월급을 받으면서 지내다 보니까 돈이 많아봤던 적도 없고, 엄청 부족했던 적도 없이 살았다고. 그래서 목돈이 생기면 아내한테 주고 싶다고 하신다.

지금껏 알뜰히 살아줘서 고맙다며…. 그 얘기를 듣고 순간 마음이 따뜻해졌다. 젊은 사람이 그런 말을 했다면 감동이 있었을까?

난 1억이 생긴다면 아무 고민 없이 부모님께 드릴 거다. 수없이 그 장면을 상상해 왔고 곧 그렇게 될 거라고 생각한다. 분명.

하지만 주방장님의 마음과 내가 부모님께 드리는 건 결이 살짝 다른 것이다. 무엇인지 잘 모르겠지만 더 따뜻하고 부드러웠다. 부모님을 향한 내 마음이 멀리서도 한눈에 알아볼 수 있을 만큼 쨍한 색깔이라면 주방장님 말씀에서 내가 느낀 사랑은 기분이 좋은, 살짝 물이 빠진 자연스러운 따뜻한 색깔이랄까.

주방장님이 말씀하시길 인연이 있다고 한다. 누구에게나 어떤 때에, 인연이 있다고. 나 역시 모든 일과 관계에 알맞은 시기와 인연이 있다고 분명히 믿고 살고 있지만, 사랑도 그럴까 싶다.

아직 느껴보지 못한 것이라서 더 그렇게 느끼는 것 같다.

어떤 느낌이려나? 눈에서 빛이 나고 멀리서부터 후광이 비칠 거라고 생각하지 않는다. 그래서 궁금하다. 어떤 식으로 '아, 이 사람이구나…' 하고 알 수 있을까.

별다를 것 없는 하루였다. 똑같이 일하고 같은 시간에 운동하고, 씻고, 책 읽다가 잠들었다. 이곳에서 많은 책을 읽었다.

밖에서는 책을 1년에 몇 권도 채 읽지 않는데 조금씩 습관이 된 것 같다. 책을 읽는 시간이 쉬는 시간이 되고 있다. 처음에는 책 읽는 게 힘들어 참고 읽었지만, 지금은 그렇지 않다. 책을 읽으면서 생각을 하기도 하고 푹 빠져들어서 읽기도 한다. 시간을 보내는 건강한 방법이 하나 더 생겨서 참 좋다.

어제는 책을 읽은 뒤, 같은 방을 쓰는 형님이랑 불을 끄고 이런저런 이야기를 했다. 형님께서 담담하게 본인이 해왔던 것들을 알려주시고 그때그때 느꼈던 마음을 전해주셨다. 그걸 듣고 있으니 좋았다. 형님께선 이런 저런 기회가 생길 때마다 일을 하긴 했지만 분명한 방향성이나 목표 의식이 없었기 때문에 갈피를 잡지 못했고, 돌이켜보니 일만 했던 것 같다고 말씀해 주셨다. 그러니 배에서 일만 하지 말고 하고 싶은 것을 찾아서 그 환경으로 뛰어들라고 말씀하셨다.

형님이 그동안 날 어떻게 봐오고, 어떻게 생각하고 계셨는지 모르지만 형님이 권유해 주신 건 내 특기다. 멈춰 있는 것처럼 보이는 이 시간에도 난 어설프게 살지 않는다. 계속 생각하고 순수하게 꿈꾸고 그걸 위해서 오늘 할 수 있는 것을 하고 있다.

무엇보다 지금 이 과정과 시간을 아주 사랑하고, 감사하다. 이런 시간이 내 삶에서 반복되지 않을 걸 알기 때문이다. 언제까지 이 일을 하게 될지 모르지만 나에게는 이 순간이 굉장히 귀하다. 여기서 버는 돈은 다음 챕터로 가는 거마비가 될 것이다. 이곳에서 내가 할 수 있는 일을 하며 하루를 열심히 보내다 보면 어느 순간 어떤 기회로든 내가 다음에 해야 할 것이, 하고 싶은 것이 무엇인지 깨닫고 떠나게 될 거라는 것도 안다.

지금껏 그랬듯 말이다. 그래서 진심으로 지금, 이 시간이 좋다. 여기서 운동이 습관이 된 것, 아버지처럼 책을 읽는 것이 쉬는 시간이 된 것, 술을 마시지 않고 오랜 시간을 보내는 것, 불필요한 소리에서 스스로를 제한하고 침묵을 지키는 것, 가족들을 그리워하는 것, 누군가를 새로운 방법으로 좋아하는 것, 좋은 요리사들과 함께 일하는 것까지 모든 게 다 좋다.

삶에서 챙겨야 할 것을 이곳에서 6개월 만에 초석을 다지고 있다. 삶을 풍요롭게 할 준비를 하고 있다. 어느 순간 내게 어울리는 기술을 찾고 가지게 될 것이다. 꼭 그렇게 될 것이다! 조급해하지 말자. 조급한 마음 정도는 이제 지워나갈 수 있다.

운동을 쉰 날도 있고 술을 마신 날도 있다. 책을 읽기 싫어서 구석에 던져둔 날도 많았다. 하지만 지나간 내 하루의 감정을 살피며 일기를 적지 않은 날은 단 하루도 없었다. 오늘도 말이다. 이것 하나만으로도 이 시간의 의미를 느끼고 있다.

　새로운 한 주를 기쁘게 시작했으면 좋겠다고 적었던 게 어제 같은데 벌써 목요일이 끝이 났다. 지겹도록 얘기하고 있지만 '시간이 너무 빠르다'.

　오늘 반갑고 감사한 소식이 있다. 부모님이 하고 계신 가게가 12월에 계약이 만료된다. 하지만 가게에 들어오겠다는 사람이 없어서 난처한 상황이었다. 부모님은 오피스텔 상가 3층에서 장사를 하고 있는데 지금 공간은 음식점이 아니었다. 우리가 장사를 시작하면서 구조를 변경하고 환풍구를 만들고 주방을 만든 거였다. 계약이 끝날 때까지 다음 사람이 들어오지 않으면 원상 복귀를 하고 나가야 한다. 그렇게 하려면 돈이 많이 들어서 걱정이었다.

　코로나까지 터지면서 그 누구도 영업을 시작하려고 하지 않았다. 우리도 욕심을 내지 않고 자연스럽게 흘러가게 두었다. 그런데 오늘 아침에 부모님에게 연락이 왔고 계약을 했다고 들었다. 정말 행운이다. 그 이후로 카톡이 되질 않아서 누가 들어오고 언제 계약을 했는지, 음식점이 들어오는 건지 여쭤보질 못했다. 인터넷이 다시 되면 자세히 물어봐야겠다.

　감사한 일이다. 이 시국에 새 도전을 하는 그분께 좋은 결과가 있기를 기도한다. 역시 부모님 말씀대로 다 잘되는 것 같다. 부모님은 늘 그러셨다.

　"가게가 나가는 게 좋은 건지 안 좋은 건지 몰라. 지금, 이 순간은 어느 하나가 좋아 보일지라도 삶을 길게 본다면 어떤 게 좋을지 모른다.

그러니 그저 맡기고 기도하고, 열심히 오늘 할 수 있는 걸 하면서 기쁘게 살아라."

아버지, 어머니는 모든 것에 대해 이렇게 말씀하신다. 그래서 안정적으로 사시는 것 같다. 그렇게 되기까지 노력이 필요했고 지금도 많은 공부를 각자, 때로 같이 하고 계시겠지만 말이다.

참 감사한 날이다.

☺ 2021년 9월 4일 土曜日 승선 133일 차

점심에 급체를 했는지 컨디션이 좋지 않다.

저녁에 먹은 것들이 불안해서 게워내고 해열제를 한 알 먹었더니 아까보다 괜찮다.

오늘은 일찍 쉬고, 자는 게 좋겠다.

그래야 내일 좋은 마음으로 일할 수 있을 테니까….

☺ 2021년 9월 5일 日曜日 승선 134일 차

좋은 컨디션으로 눈을 뜨고 하루를 시작할 수 있었다.

어제 급체를 하고 잠들기까지 힘들었는데, 몸을 살피고 일찍 자고 충분히 휴식을 취하니까 회복했다. 오늘 하루는 지치지도 않고 평상시보다 활기차게 보냈다.

야식을 만들고 있는데 같이 야식을 만들던 형님이 얘기하셨다.

"영석아, 자꾸만 저 분한테 눈이 간다, 자꾸만 눈이 가⋯."

그 말을 듣고 앞을 보니 내가 아름답다고 했던 그분이 계셨다.

'이런!'

형님들끼리 나누는 대화를 가끔 엿들으면서 예상은 하고 있었다. 그래도, 그래도 그 이름은 나오지 않길 바랐는데⋯. 아찔했다.

오늘 느낀 감정을 일기에 적는 게 맞을까 싶어 망설이다가 시간이 지나면 재밌고 값질 것 같아서 용기를 냈다.

그저 멀리서 내가 할 수 있는 것을 마음 다해서 하고 욕심을 내지 않는 걸 목표로 하고 있었다. 하지만 형들의 입에서 자꾸만 그분의 이름이 나오고 그분과 가까워질 방법을 찾으시니 마음이 뒤엉키고 뒤숭숭하다. 한편으로는 재밌기도 하다. 지금도 글을 쓰면서도 계속 웃고 있다.

그분을 통해서, 이런 환경과 내 상황을 통해서 새로운 공부를 하겠구나, 그분과 말 한마디 섞지 못하고 내리더라도 후련하고 자유롭겠구나 싶었는데 난이도가 너무 높다. 모르겠다. 이번엔 이 방법을 꾸준히 할 것이다.

위하고 존중하고 내가 할 수 있는 일을 할 것이다.

냉장고에 물을 가득 채우러 가야겠다.

☺ 2021년 9월 6일 月曜日 승선 135일 차

역시 별다를 것 없이 새로운 한 주를 시작했고 오늘로 야식을 마무리했다. 남은 2일은 형님들이 애서 주시기로 했다. 정정당당하게 가위

바위보로 결정한 거니까 편하게 푹 쉬어야지.

마지막 메뉴는 '떡볶이'였다. 처음 야식으로 떡볶이를 만들었을 때 많은 양을 만들었는데도 완판이 되었다. 이곳에서 처음 있는 일이어서 형님들이 칭찬해주셨던 기억이 난다. 그 뒤로 야식으로 떡볶이를 몇 번 더 만들었는데 그때마다 완판이거나 거의 남지 않았다. 모두 맛있게 즐겨 주셨다. 너무 고마웠다.

형님들 앞에서 티를 낼 수 없었지만 괜히 우쭐해지기도 하고 기분이 참 좋았다! 그래서 굿바이 북극 야식 메뉴로 '떡볶이'를 만들었다. 오늘도 사람들이 즐겨 주시니 좋았다! 이 재미 때문에 음식을 만드는 거지. 역시 요리사가 되길 잘 했다.

후…. 북극 야식 끝…! 이번 주만 지나면 다시 한국으로 출발할 것이다. 보통 9일 정도 걸린다고 하니까 이제 보름 정도밖에 남지 않았다. 한국에 간다. 나를 진심으로 사랑하고 존중해주는 사람들, 가족을 만나고 배불리 먹고 마시고 싶다. 그러고 싶다. 정말.

친구들과 나눌 얘기가 많을 것 같다.

몇 주 후 다시 남극을 반년 이상 다녀와야 하지만 그 보름 정도의 휴가 기간 동안 원 없이 나를 살피고 산책하고 재충전할 수 있을 것 같다. 그렇게 쉬고 다시 설레고 기쁜 마음으로 미지의 땅에 가고 싶다. 음식이라는 나만의 표현을 가지고.

모든 게 다 감사하다.

☺ 2021년 9월 7일 火曜日 승선 136일 차

오늘은 유독 짧았던 것 같다. 내릴 때가 다 되서 일이 익숙해지기 시작한 것인지… 아무 불편함 없이 하루를 보내고 있다.

중간중간 긴장을 하기도 하고 다른 동료의 눈치도 보고 마음을 살피기도 한다. 그럴 때면 더 신중하기 위해 침묵이라는 단어를 내 머릿속에서 끄집어 올린다.

오늘, 내일 저녁에 쓸 양갈비를 손질했다. 주방장님들과 형님들이 손질하는 방법을 차분하게 알려주시고 내가 연습할 수 있게 손질을 맡기셨다. 내가 평상시에 하는 뒷정리와 청소, 설거지 등을 형님들께서 묵묵히 해주셨다.

처음 손질하는 거라 오래 걸렸음에도 한마디 보태지 않으시고 기다려 주셨다. 주방장님과 부주방장 형님, 두 명의 요리사 형님들 모두 날 많이 위해 주고 있음을 분명하게 느낄 수 있는 하루였다.

지금의 동료들을 만나기 이전에 혼자 주방에서 일을 할 때마다 오늘 같은 날을 정말 꿈꿔왔었다. 누군가 차분하게 가르쳐주고 충분한 연습을 할 수 있는 환경에서 일하는 것을 말이다. 정말 감사함을 느낄 수 있었다. 글을 쓰면서도 마음이 따뜻해진다.

오늘 야식 당번이 아니지만, 마무리 청소를 도우러 출근했다. 많이 돕지 못했지만, 형님들이 웃으면서 왜 왔냐고 말씀하시는데 싫지 않으신 모양이었다.

따뜻한 하루다. 이곳에서 얼마나 일할까. 그 기간이 얼마일지 잘 모르겠다. 그저 막연하게 길지 않을 거라고 생각한다. 그래서 마음을 다해서 열심히 하고 싶다. 아쉬움이 남지 않도록. 남극은 더 재밌을 것이다. 일도 익숙해졌고 운동도 내게 필요한 것들을 갖춰 하게 될 거 같다. 공부도 무엇이 될지 모르지만, 더 구체적으로 공부하게 되겠지.

그렇게 다시 반년을 보낼 거다. 그렇게 될 것이다.

형님들께서 내 마음을 따뜻하게 데워준 덕에 오늘은 편안하고 자연스럽게 상상을 하고 꿈을 그릴 수 있는 하루였다.

☺ 2021년 9월 8일 水曜日 승선 137일 차

오늘로 북극 야식이 끝이 났다. 내 당번은 2일 전 월요일에 끝났지만, 형들 차례가 남아서 다 같이 마무리 청소랑 배식을 도왔다. 아! 홀가분하다. 보름 뒤면 집에 간다. 부모님도 뵐 수 있고 친구들이랑 와인을 마실 수 있는 시간이 눈앞으로 다가왔다.

감사한 일이다. 다시 3주 뒤, 반년 넘게 남극으로 출항하게 되지만 그래도 설레는 마음을 품고 갈 수 있다. 가기 싫지도, 겁이 나지도, 아쉽지도, 불행하지도 않다.

3주간의 휴식 기간 동안 원 없이 쉴 수 있다. 많이 나아지고 있는 것 같다. 쉬는 법도 명료해지고 차분해졌다. 마음을 꾸준히 살펴온 대가일 것이다.

초반에 자가격리를 했을 때, 배로 돌아가야 할 날이 다가온다는 두려움에 제대로 쉬지 못했던 게 기억이 난다.

불과 4개월 전이다. 건강해지고 있는 게 분명하다!

오늘, 기쁘게 보냈다. 할 수 있는 일을 하고 주방 사람들의 배려 덕분에 부족한 점을 채우며 일할 수 있었다. 가끔 나의 부족함 때문에 민망하기도 하고 화가 나기도 하고 속상할 때가 있지만, 금방 인정하고 다시 내 일을 찾아서 하게 된다. 다행이다.

매일 글을 쓰다 보면 어제 일기까지는 기억을 하더라도 일주일 전 일기와 감정은 기억할 수 없다. 시간이 많이 흐른 뒤 보면 이때 이런 걸 느끼고 이런 글을 썼구나 알게 된다. 기록은 가장 큰 무기이다.

얼마나 소중한지 모른다. 이 일기 덕분에 무슨 일이 일어날지 상상하고 있으면 가끔은 잠들다가도 정신이 멀쩡해질 때가 있다. 미래에 몰두가 되고 벌써 다 이루고 누리고 있는 것만 같아서 몸이 떨린다. 내가 이곳에 얼마나 있게 될지 모르겠다.

그리 길지 않을 거라는 건 알고 있었지만, 그래도 다음 여정을 분명하게 마음으로 혹은 눈으로 확인하고 떠날 수 있기를 꿈꾸고 있다. 지금의 이런 마음이 이다음을 쉽게 선택하고 싶은 나의 욕심이란 것과 그 과정이 쉽지 않을 거라는 것도 알고 있다.

이 배에 오래 있지 않을 거라고 느끼는 결정적인 이유가 있다. 다음에 차분하게 써봐야지. 내가 사랑하는 이 사람들과 이 조직에 어떤 오해도 생기지 않도록 가장 알맞은 단어를 선택해서 표현을 하고 싶다.

이 조직과 완전히 융합될 수 없는 분명한 이유가 있다.

소속에 대해 불만이 있거나 바꾸고 싶거나 그런 건 전혀 없다. 여전히 진심으로 존중하고 사랑하고 있다.

이곳에서 여러 가지 공부가 끝이 나고 알맞은 때가 오면 떠날 것이다. 아름다울 것 같다. 굉장히 자유로울 것이다.

☺ 2021년 9월 10일 金曜日 승선 139일 차

어젯밤, 오로라를 보겠다고 같은 방 쓰는 형님이랑 밖에 나가서 밤 12시부터 1시 반까지 추위에 떨면서 기다렸다. 어제, 오로라를 볼 수 있는 마지막 일정이었는데, 구름이 많아서 보이지 않을 것 같았다. 방으로 돌아와 2시 넘어 잠이 들었다. 그래서 그런지 오늘은 하루 종일 눈꺼풀이 굉장히 무겁다.

한국에 24일, 도착하게 될 것 같다. 그리고 승조원들은 26일에 휴가 복귀자랑 교대하면서 하선하게 된다. 아쉽게도 예상 휴가 기간보다 하루 줄었지만, 마음 쓰지 않으려고 한다. 휴가 기간을 어떻게 기쁘게 쓸지 생각하고 있다.

우선 동네 탁구장에 가서 나의 상황을 얘기하고 2주간 맹훈련을 해볼까 한다. 전기장님께서 탁구를 오랜 기간 하셔서 굉장히 잘 치시는데, 나를 포함한 많은 사람들이 전기장님께 탁구를 배우고 있다. 배우는 사람이 엄청 많고 연습 시간이 짧다 보니 어느 구간 이상으로 실력이 늘지 않는다. 자꾸 안 좋은 버릇만 생기는 것 같다. 전문가에게 탁구를 배워보고 싶다. 단 보름이라도 자세를 교정 받고 시간 관계없이 연습을 하면 달라진 모습으로 나타날 수 있을 것 같다. 그러면 남극 항해 기간 동안 전기장님께 탁구를 배울 때 막힘없이 배울 수 있을 거다.

또 하고 싶은 게 있다!

'트럼펫'을 배우고 싶다. 어디서 배워야 할지, 어떤 트럼펫을 사야 할지 아무것도 모르지만, 트럼펫을 배우고 싶은 이유가 있다. 배 안에서 눈치 보지 않고 마음껏 '트럼펫'을 연습할 수 있는 공간을 찾았다. 바로 지하 건어물 창고다. 그곳은 우리 주방에서 쓰는 건어물이나 통조림 등 냉장 보관하지 않아도 되는 음식을 넣어 놓는 창고인데 그 옆에는 배의 엔진과 다양한 장비를 작동시키는 기관실이 있다. 그곳에서는 말을 크게 하지 않으면 목소리도 듣기 어려울 정도이다.

소리가 객실에 들릴까 봐 트럼펫 연습을 생각을 못 했는데, 최근 어떤 분이 앰프와 마이크를 들고 목이 터져라 노래를 부르시는 걸 봤다. 또 다른 분은 다른 창고에서 기타 연습을 하셨다. 상상도 못한 일이다. 형님들이 거기서 연습하면 걱정하지 않아도 된다고 말씀해 주셔서 이번 기회에 트럼펫을 연습하고 싶다.

기본 주법과 음계를 배워야 하니 휴가 기간 2주 동안 매일이어도 좋다. 얼마가 들어도 상관없으니 기본기를 이해하고 가고 싶다. 그래야 혼자서 막연하게 연습하지 않을 것 같다.

다음 남극 항해 기간 동안은 엄청 바쁘겠지?

지금처럼 승선 일기를 꾸준히 쓰면서 일을 하고 남는 시간에 운동과 탁구, 트럼펫까지 연습하려면 하루가 모자랄 것 같다. 부담감을 느끼지 않고 해보려고 한다. 잘할 필요가 없는 취미니까. 어쩌면 이 시간, 이 공간에서 내가 하고 있는 일과 더불어 내 삶의 소중한 것들을 챙기게 될지도 모른다.

아침 9시에서 10시까지 늦잠을 자고 오전에 탁구를 연습하고 점심을 먹은 뒤 트럼펫을 배우고 그 후엔 가족, 친구들과 시간을 보내고 와인을 마시고…. 완벽하고 행복하다.

☺ 2021년 9월 11일 土曜日 승선 140일 차

"훌륭한 기술자가 된다!"

수없이 많은 변화 속에서 일과 사람들에게 내 마음을 다했다. 그리고 내게 잘 어울리는, 잘 만들 수 있고, 나눌 수 있는, 세상에 긍정적인 영향을 줄 수 있는 뭔가를 선택하고 배우게 된다.

고민하지 않고 단번에 알아차린다. "아! 이것이 내가 할 것이구나" 하고 말이다. 그것을 배우고 익힌다. 시간이 얼마나 걸리든 배우고 익힌다. 그 기술을 이용해 나와 내 가족, 부모님이 사용할 수 있는 넉넉한 돈을 벌고 그 돈을 사용해서 긍정적인 영향을 미치는 사람이 된다.

마침내 많은 이에게 존중이 전제가 된 주목을 받게 된다.

☺ 2021년 9월 12일 日曜日 승선 141일 차

남극에 있는 한국 기지에 요리사로 가면 어떨까? 잘 어울릴까?

문득 '아예 남극에서 밥을 만들면 어떨까?' 하는 생각이 들었다.

이전까지는 연구원분들 혹은 다른 누군가가 남극기지에 한번 지원

해보지 않겠냐고 물었을 땐 전혀 생각이 없다고 말했다. 하고 싶은 마음이 아예 없었다.

그곳에서, 주체가 돼서 음식을 만들게 된다면, 지금 수준으로 할 수 있는 요리가 뻔하다고 생각했다. 할 수 있는 것만 하다 보면 요리 실력을 키우지 못할 거라고 생각했다.

대사관을 그만둬야겠다고 생각했던 결정적인 이유도 그것이었다. 그런데 어젯밤부터 자꾸만 생각이 든다. '어차피 하루 세 끼 사람들의 일상식을 만드는 일이라면, 더 밀도 있게 요리할 수 있는 공간에 가보면 어떨까?' 하고 말이다.

그런 질문을 내게 던진 뒤, 계속 상상의 나래를 펼치고 있다. 남극에서 사람들의 음식을 만들어주는 일을 상상한다. 아쉽게도 마냥 기쁘지만은 않다. 그 이유는 '구체적인 내 기술은 언제쯤 찾게 될까?' 하는 생각이 마음 한 편에서 스멀스멀 올라오기 때문이다.

되고 싶은 모습은 분명하다. 크지 않은 가게에 나만의 색깔이 있는 간판을 달고 그 안에서 내가 할 수 있는 명확한 것을 만들고 나눌 것이다. 지금도 그것을 찾는 과정이고 그런 것이 찾아 나선다고 눈앞에 '딱' 하고 나타나지는 않겠지만, 그래도 멀어지고 있는 게 아닐까 싶은 마음에 겁이 난다. 나의 주변 친구들은 내가 하고 싶은 걸 찾아서 구체적으로 하고 있는 줄 안다. 그래서 '부럽다'는 말을 많이 한다. 나 역시 그들과 똑같이 '더 구체적으로 무엇을 만들며 살까?' 하고 고민하고 있지만 내가 친구들의 고민 앞에서 입을 다물게 되는 이유는 그들의 표정 때문이다.

그들은 내가 글을 쓰며 고민하는 것보다 더 불안하고 막연해 보인다. 그럴 것 같다. 난 무언가를 만들고 나누면서 살 거라는 방향성은 있다. 이조차도 부러워하는 친구들 앞에서 겸손해진다. 그들의 이야기를 더 듣게 된다.

실제로 지금까지, 잘되었고 잘해왔다. 생각해 보니 어쩌면 우연히 스친 생각을 잡고 글을 써, 아주 작은 영감이라도 받을 수 있는 것에 '내가 축복받은 사람이구나'를 다시 한 번 느낀다.

☺ 2021년 9월 13일 月曜日 승선 142일 차

우리 배는 오늘로 연구선의 일정을 끝냈다. 바다에 떠 있던 장비들도 전부 회수했다. 한 번도 쉬지 않고 한국으로 달리고 있다. 지금 미국 북부 해역을 지나는 중이라 바다가 거칠지만, 내일이 지나면 많이 안정될 거다.

한국에는 24일에 입항, 입항 당일 코로나 검사를 한다. 연구원들은 25일에 하선하고 우리 승조원들은 하루 뒤인 26일에 내항선으로 변경함과 동시에 휴가 복귀자들과 교대를 한다. 그 후 오후 1~2시쯤 하선을 한다. 광양에서 버스를 타고 서울로 가고, 집에 도착하면 밤 8시쯤 될 것이다.

가족들과 함께 저녁을 먹고 쉴 수 있겠지.

마음 편하게 자야지. 단 한 조각의 긴장도 없이 다 내려놓고 자야지.

배 시간이 한국이랑 세 시간밖에 차이 나지 않는다. 어제까지만 해도 월요일이었는데 지금은 수요일이다. 화요일 하루를 삭제했다. 북극으로 오면서 시차를 일곱 시간 전진하고 하루를 더 가져갔다. 그땐 금요일이 두 번이었다. 이제 한국으로 내려가는 중이니 다시 하루를 지우고 한 시간씩 7회 후진을 할 거다.

오늘이 그 네 번째 날이다. 저녁 아홉 시가 되면 저절로 시계가 여덟 시로 한 시간 후진한다. 한 시간의 자유 시간이 생겨서 우리로선 좋다. 물론 전진했을 땐 지치기도 했지만.

곧 한국에 도착하니까 누나에게 부탁해서 트럼펫 연주자를 찾고 있다. 레슨을 받고 싶은데 어디서, 어떻게 해야 할지 모르겠다. 누나 주변에 연주자가 있는지 물어보고 답장을 기다리고 있다.

휴가 나가서 탁구도 치고, 트럼펫도 배우고, 치과도 가야 하고, 가족, 친구들과 시간도 보내야 하니 하루가 굉장히 바쁠 거다. 정말 하고 싶었던 것들로만 하루를 채우는 것이니 어떨지 기대가 된다. 보다 더 알차고 재밌는 남극 항해가 될 것 같다.

저녁을 많이 먹어서 속이 불편하고 체기가 있는 것 같다.

일찍 들어가서 하루를 점잖게 마무리해야겠다.

　어제는 11시 전에 잠이 든 것 같은데 아침에 컨디션이 확실히 좋았다. 점심에도 한 시간 정도 낮잠을 잤는데 일어났을 때 개운했다. 밤잠을 여섯 시간 이상 자는 게 중요한 것 같다. 그래야 하루의 피로가 많이 풀리는 것 같다.

　밤에 네 시간을 자고, 쉬는 시간 중간중간 두 시간 이상 자는 것보다 밤잠 여섯 시간 자는 게 좋다. 그래서, 늦은 시간까지 도서관에 가서 책을 읽지 않고 쉬는 시간 중간 중간에 짬짬이 책을 읽는다. 집중도 잘되고 읽다가 졸리면 바로 덮고 잘 수 있으니까 편리한 것 같다. 야식도 끝나서 시간 여유가 확실히 있다.

　한국에 도착하기까지 열흘이 채 남지 않았는데 일정이 빡빡해서 사람들과 많은 약속을 잡지 않았음에도 불구하고 혼자서 하루 종일 걷고 놀 수 있는 시간이 있을까 싶다. 내가 바라는 휴가 중 하루 패턴은 아침 9~10시 사이에 일어나서 세수하고 이빨만 닦고 탁구를 치러 가는 것이다. 탁구를 한 시간 반에서 두 시간 정도 치고 땀에 흠뻑 젖어서 집에 돌아온다.

　씻고 나면 한 시 정도 될까? 점심 약속이 있다면 스케줄을 소화하러 간다. 그렇지 않다면 동네에서 친구들이랑 점심을 먹고 차를 한잔해야겠다.

　저녁 시간 전까지 트럼펫을 배우거나, 내가 좋아하는 옷을 입고 걷고 싶다. 그사이에 치과도 가야 하고 다른 병원에도 진료를 받으러 가야 한다. 약속을 많이 잡지 않았지만 빡빡할 것 같다.

글을 쓰는데 두서가 없고, 오락가락한다. 옆에서 회의를 시작하셔서 집중이 안 되고 내가 뭘 쓰고 있는지 잘 모르겠다.

여기서 마무리 해야겠다.

☺ 2021년 9월 17일 金曜日 승선 145일 차

공식 행사가 끝이 났다. 저녁은 비비큐 파티를 했다. 일종의 송별식 같은 거였다. 헬리콥터 덱(deck)에 모여서 잔잔한 바다를 가로지르며 비비큐 파티를 하는데 조금 추웠지만 모두가 즐거워하니 기분이 좋았다. 노래방 기계까지 가져와서 번갈아 가며 노래를 부르는데 그 나름대로 아주 재미있었다.

한국에 가는 날이 일주일 남았다.

한국에 도착하면 뭐부터 해야 할지 하나씩 생각해 본다. 도착을 해야 알 수 있을 것 같다.

오늘, 글을 쓰고 싶지 않다.

따로 하고 있는 생각도 많다. 억지로 글을 이어가는 느낌이다.

☺ 2021년 9월 18일 土曜日 승선 146일 차

저녁에 운동을 안 하고 뛰는 것도 게을리 하는 요즘이다. 땀을 내고 싶은 마음은 굴뚝 같은데 마음처럼 몸이 따르질 않는다. 그냥 책 읽고 쉬는 게 가장 좋다.

운동이 왜 하기 싫은가 생각해 보니 저녁을 과식해서 그런 것 같다. 이곳에서 몸이 지치거나, 일과 사람에게 받는 스트레스를 자꾸 먹는 것으로 풀게 된다. 여기서 먹는 간식과 음식의 질이 뛰어나니까 더 그렇다. 과식을 넘어 폭식하게 된다. 그 순간은 좋아도 10분만 지나면 몸이 힘들고 한두 시간이 지나도 컨디션이 좋아지지 않는다. 문제는 그걸 반복하게 된다는 것이다. 미련하다는 걸 알면서도 숟가락을 내려놓을 수 없다. 그러다 보니 일이 끝나고 뛰러 가도, 힘이 들고 계속 다른 운동만 찾게 된다.

오늘 저녁은 평상시보다 적게 먹었다. 속이 편하긴 한데, 배가 고프다. 배가 고픈 건지, 아니면 늘 먹던 만큼 먹질 않아서 헛헛한 건지. 간식도 먹고 싶고 라면도 먹고 싶다.

오늘은 탁구를 배웠다. 전기장님은 탁구를 꾸준히 배우셨던 분이라서 굉장히 전문적이다. 그래서 연구원분들과 함께 탁구를 배우는데 다 같이 초보자고 우리끼리 배운 것으로 연습을 하다 보니 실력이 잘 늘지 않는다.

전기장님을 비롯해 잘 치시는 분들끼리 치실 땐 아예 다른 스포츠를 보고 있는 느낌이다. 그래서 휴가를 나가면 탁구를 배우려고 한다. 여기서는 돌아가면서 20분 정도 치고 3,40분을 기다려야 한다. 하지만 탁구장에서는 20분을 똑같이 배우더라도 한 시간이든 두 시간이든 공 나오는 기계 앞에서 연습을 할 수 있다. 보름만이라도 연습을 하면 남극 항차에는 전기장님께 효과적으로 배울 수 있을 거고 탁구가 더 재미있을 거다. 여기서 즐거운 취미 활동을 할 수 있을 것이다.

뭔가를 하게 되면 단순 취미일지라도 잘하고 싶은가 보다. 그냥저냥, 실수를 하고 실력이 늘지 않고 매번 져도 '허허' 웃고 넘길 수 있는 사람은 못 되나 보다. 이왕 했으면 이겼으면 좋겠고 주목받았으면 좋겠고 어느 정도 이상으로 잘하고 싶다. 호기심이 가득해서 이것저것에 발을 담그기보다 신중하게 선택하고 잘하고 싶어 하는 것 같다.

그 과정에서 나아진 것이 있다면, 조급함이 사라졌다. 그게 결정적이다. 예전엔 잘하고 싶은데 조급한 마음이 있어서 즐기기보다 항상 괴롭다는 느낌이 있었다.

지금은 자유롭다. 그래도 '요리'에는 여전히 강박이 있다. 전문적인 기술을 빨리 찾고 훌륭한 기술자가 되고 싶다. 지금도 그런 과정에 서 있는 거지만 늘 '이게 맞는 것일까?', '왜 이런 거지?'라는 생각은 내려놓기가 쉽지 않다.

☺ 2021년 9월 19일 日曜日 승선 147일 차

남극에 가기 전에 살 것

· 트레이닝 호흡 조절 마스크

· 러닝화, 헤어밴드, 운동용 고무밴드 및 중량 벨트, 히프 업 밴드, 마사지 볼 3개

· Pso-rite mini, 각종 영양제 및 비타민 6개월분

· 효소, 디카페인 차

· 로이텀 공책 4권, 볼펜(제트스트림 0.5mm), 수정 테이프, 독서대 및 책갈피

- 반팔(작업용), 나이키 조던 추리닝 세트, 유니클로 속옷, 나이키 짐 가방
- 프레임 몬타나 안경(스펙스 몬타나 무관), 프라이탁 핸드폰 케이스
- 태블릿 피시 중고(외장 메모리)
- 파운드케이크 틀, 피낭시에 틀
- 영어 인터뷰 한영 자막 영상, 영화 영어 한영 자막 영상
- 스탠리 머그잔
- 트럼펫 탁구채

☺ 2021년 9월 20일 月曜日 승선 148일 차

북해도를 지나는 중이다. 달이 어찌나 동그랗고 별들이 어찌나 많은지 모른다. 26년 동안 본 달 중에 가장 선명하고 밝고 아름답다. 달빛에 바다가 일렁이는 모습이 장관이다.

바닷바람이 많이 부는데도 불구하고 노래 들으면서 30분 넘게 본 것 같다. 얼마 전 형님들의 추천으로 알게 된 노래가 있는데, 가사도 좋고 중간에 나오는 색소폰 소리도 좋다. 모든 게 세련되면서 자연스럽고 좋았다. 노래를 들으면서 가사를 적어봐야겠다. 듀스의 〈너에게만〉이다.

퇴근길 버스 창가 자리에 앉아 머리를 기대고 들으면 엄청 좋을 것 같다.

너에게만 - 듀스

너는 내게서 멀어져 가고 나는 혼자 남게 됐지만

너의 기억은 아직도 나를 자꾸 눈물짓게 하지

내 마음에 내리는 이 비를 너만이 멈출 수가 있어

내 눈에 흐르는 눈물은 오직 너만이 멈출 수가 있어

너는 지금 내게서 너무나 멀리에

다시 내게 올 수 없지만

눈을 감으면 아직도 나의 가슴엔 항상 네가 웃으며 서 있는데

그렇게 쉽게 날 떠났지만 난 아직도 지울 수 없어

내가 너를 사랑했던 것만큼 그만큼 내가 슬퍼질 뿐

내 마음에 내리는 이 비를 너만이 멈출 수 있어

내 눈에 흐르는 눈물은 오직 너만이 멈출 수가 있어

너는 지금 내게서 너무나 멀리에

다시 내게 올 수 없지만

눈을 감으면 아직도 나의 가슴엔 널 사랑하는 마음뿐이야

☺ 2021년 9월 21일 火曜日 승선 149일 차

추석 연휴가 끝이 났다. 오늘은 만월이다. 아주 동그랗고 밝다. 어제
도 밝고 동그래서 어제가 최고였거니 생각을 했는데 오늘도 어제 못
지않았다.

예전에는 자연에서 감동을 받거나 영감을 받지 않았다. 전 여자친

구는 별을 보면 그 자리에 멈춰 서서 사진도 많이 찍었는데, 나는 옆에서 별다른 감흥을 못 느끼고 서 있곤 했었다.

그런데 재작년부터였을까?

파푸아뉴기니의 깨끗한 바다와 하늘, 그리고 북극의 빙하와 무수한 별들, 오늘의 황금빛 달 앞에서 멍하니 한 시간을 바라본 것 같다. 생각들이 머릿속에서 미친 듯이 왔다 갔다 하다가 구체적인 생각 한두 가지가 자리 잡고 깊어져 갔다.

특별한 생각은 아니다. '어떻게 살아야 할까'로 시작해서 생각을 풀다 보면 자연스럽게 내가 어떤 모습으로 어떤 분위기로, 무엇을 나누며 살고 싶은지 구체적으로 정리하고 장면을 상상하게 된다. 문득 드는 다른 한 가지 생각은 '어떤 기술로 어떤 음식으로 나누고 뽐내며 살게 될까?'이다.

가끔은 그런 생각에서 더 나아가 지금 내가 하고 있는 것들을 거울처럼 비춰서 과연 이게 맞는지, 이 시간을 옳게 보내고 있는 건지 생각하게 된다. 그럴 때면 불안하기도 하고 내가 되고 싶은 모습과 너무 멀게만 느껴져서 겁도 나고 조급해진다.

누구에게나 사는 건 쉽지 않겠지만 가끔은 '너무 어렵게 생각하고 길을 걷고 있는 게 아닌지, 모든 것에 너무 힘을 주고 사는 게 아닐지' 생각을 한다.

집을 떠나 계속해서 바뀌는 환경과 상황과 사람들 속에서 적응하는 것에 지치기도 한다. 약해져서 흔들리는 건지 외롭다는 생각도 많이 한다. 나를 사랑해주는 익숙한 사람들의 익숙한 말과 웃음, 표정이 사

무치게 그리울 때가 많았던 바다 위 생활이었다.

이 시간을 최선을 다해서 보냈나 돌이켜보면 '내가 할 수 있는 것을 꾸준히' 했던 것 같다. 물론 일하면서 반복되는 실수를 하기도 하고 일을 노련하게, 빠릿빠릿하게 하진 못했던 것 같다. 하지만 내가 할 수 있는 일을, 내게 떨어진 일을 불평하지 않고 마음 다해서 했다.

퇴근 후, 매일 운동을 하고 승선 일기와 감사 일기를 썼다. 틈틈이 공부도 하고 책을 읽는 것이 즐거워서 독서 습관도 만들 수 있었다.

삶에 많은 변화를 가져다준 5개월간의 배 생활이었지만 그럼에도 이게 내게 맞는 건지 계속 생각하게 된다.

☺ 2021년 9월 22일 水曜日 승선 150일 차

150번째 일기다.

하선 및 입항 스케줄이 나왔다. 우리는 하루 일찍 23일인 내일 광양에 입항한다. 4시쯤에 입항을 한다고 하니까 오후부터 전화를 쓸 수 있을 것 같다! 아주 좋다. 나의 하선 스케줄은 25일에서 26일로 하루 밀렸는데, 하루가 더 밀려서 27일에 하게 됐다. 오늘 결정이 나서 소중한 휴가가 하루 줄었다.

나 자신에게 놀란 건 그 순간 얘기를 들었을 때 움찔하긴 했지만 별로 큰 의미 부여를 하지 않았다는 것이다. 불편한 감정에 집중해서 지금을 망가뜨리지 않으려는 게 자연스러워졌다. 수많은 연습이 있었지만, 이렇게 바뀌어 가는 나를 보면 때로는 놀랍고 기특하기도 하다.

내일 인터넷이 되면 친구들에게 연락을 돌리고, 필요한 물품을 집으로 배송시켜 놔야겠다. 옷은 직접 가서 사는 게 좋겠지만 운동기구나 영양제, 공책은 주문해 놓아야겠다. 큰 캐리어도 사야 하는데 돈이 좀 들어갈 것 같다.

내일 혹은 모레 본선불 달러를 받게 되는데 8월분과 9월분을 같이 받아서 큰돈이 들어온다. 5개월 넘게 모아두었던 본선불에 더해서 아버지께 용돈으로 드려야겠다. 지금까지 1,500달러가 넘는 돈이 돌돌 말려서 고무줄에 묶여 있는데 이 모양 그대로 드리고 싶다. 매번 이걸 손에 쥐고 아버지 생각을 했으니까 그 꾸깃꾸깃한 돈뭉치에 내 성의와 온기가 남아 있길 희망한다.

내일이다.

5개월이 넘는 기간 동안 내게 필요한 시점에 필요한 사람들을 만나서 필요한 공부를 했다고 믿는다. 앞으로 남극에서의 6개월도 마찬가지일 것이다.

☺ 2021년 9월 23일 木曜日 승선 151일 차

드디어 한국에 입항했다.

오후 4시가 넘어서 핸드폰도 개통하고 요금제도 데이터 무제한 요금제로 변경했더니 속도가 빠르다. 유튜브, 인스타그램 등 안 되거나 막히는 게 없다. 한국은 살기 좋은 나라인 것이 분명하다. 아니다, 생활하기 편리한 나라라고 해야 정확할까? 인터넷이 자유로워서 계속

해서 사람들과 안부를 주고받고 소식을 전하고 세상 소식도 접하는 중이다.

오늘은 파푸아뉴기니에서 굽던 스콘을 구웠다. 저녁 9시에 3층 회의실에서 일기를 쓰며 하루를 마무리할 때마다 얼굴을 보고 잠깐씩 얘기를 나누던 분들이랑 맥주를 마시기로 했다. 그분들께 작은 선물을 하고 싶어서 스콘과 비스킷의 중간쯤 되는 구움 과자를 만들었다. 다행히 맛있게 드셔주시고 기뻐해 주셨다.

그저 감사했다. 이럴 때마다 디저트를 잘 만들고 싶다는 생각을 하게 된다. 차를 한 잔 마실 때 내가 직접 디저트를 준비하는 건 큰 행복이고, 디저트가 있으면 더 성의가 있어 보인다. 나중에 가게를 열게 되어도 사람들에게 선물할 디저트 한두 가지는 준비할 것 같다. 이러다 어느 순간 파티셰가 되는 건 아닐까 하고 생각한다. 그것도 멋지고 행복할 것 같다.

그분들과 이런저런 얘기를 나누면서 11시 반까지 시간을 보냈다. 좋은 사람들을 만날 수 있게 된 지금이, 정말 큰 행운이다.

☺ 2021년 9월 24일 金曜日 승선 152일 차

극지연구소 소장님께서 방문하시는 바람에 갑작스러운 행사가 있었다.

소장님과 선장님을 비롯한 소수 인원의 식사를 따로 담아 준비해야 했는데 번거롭기는 했지만, 대사관에서 일할 때 대사님의 일상식을 챙겨드렸던 기억이 나 오히려 반가운 마음이 들었다.

나는 월요일에 내리지만 모든 연구원은 내일 오후 1시 이전에 하선을 하신다. 그래서 오늘이 마지막 날이다. 당연히 내가 마음을 두고 있었던 그 연구원님도 내일 이후로는 이 배에서 만날 기회가 없다. 지금까지 말했던 대로 침묵을 지키고 그분을 위한 행동을 잘 해왔다고 생각하지만 아직까지도 이게 도대체 무슨 의미가 있는 걸까, 생각의 꼬리표가 떨어지지 않는다. 이제는 못 볼 거라는 생각에 주변을 기웃거리면서 말을 걸고 싶기도 했다. 따로 시간을 내서 개인적인 얘기를 해본 적은 없지만 탁구도 같이 쳐봤고, 잠깐 얘기도 나눠봤다.

이번엔 이렇게 만족한다. 소극적이라고 할 수 있지만, 이건 내게 한번쯤 필요했던 경험 같다. 이번 기회로 그분을 만나서 이런 경험도 해볼 수 있었음에 만족하고 감사해야겠다.

며칠 동안 그분을 두고 이런저런 일들이 생겨 내 마음도 뒤숭숭했었다. 나와 가까운 선원 몇 분께서 그분을 좋아하는 걸 알게 됐다. 가볍게 말씀하신 분도 있었고 진지하게 고민을 털어놓은 분도 있었다.

그런 상황을 지켜보니 마음이 묘했다. 그래서 침묵을 지켰다. 꺼낼 수 있는 말이 따로 없어서 그저 듣고만 있었다. 그리고 장난으로도 그 사실을 누구에게도 말하거나 어디선가 그런 얘기가 나왔을 때 동요하지 않았다. 내가 그분을 좋아하는 만큼 내게 말을 해준 그 사람들의 마음도 소중하니까.

그런 모습이 좋아서였을까? 그분에 대한 이런저런 얘기들을 자주 말해주시는데 가끔 듣기 힘들 때도 있었다. 난 그분과 말 한번 해본 적도 없는데 내게 말을 해주는 동료들은 나보다 몇 배는 더 친하게 지내시는구나 하는 생각이 들었다.

그렇게 하다가 마지막 날이 됐다. 후회를 하는 건 아니지만 속이 시원하다거나 '이 방법이 맞았어! 이걸 통해 배운 게 많았어!' 같은 감정이 들진 않는다.

나에게도 인연이 있겠지?

☺ 2021년 9월 25일 土曜日 승선 153일 차

오늘, 연구원들이 모두 하선하셨다.

80명이 탔던 배에서 우리 선원 29명만 남으니깐 뭔가 썰렁하기도 하고 어딜 가든 사람이 지나다녔었는데 이젠 마주치기도 어려울 정도다. 좀 허전하다.

연구원들이 내리셔서 그 시간에 맞춰서 인사하러 나갔다. 결정적인 이유는 그분과 인사를 나누고 싶어서겠지? 어떤 핑계를 대도 부정할 수 없는 사실이다.

그러나 결국 인사도 나누질 못했다. 그마저도 욕심이었을까 싶을 정도로 허무하고 아쉬웠다. 이렇게 끝난 거겠지? 덕분에 감사한 경험을 했다. 그렇게 생각한다. 이런 반복된 감정에서 비로소 자유로워지길 바란다.

오늘은 저녁을 안 했다. 우리들끼리 무사히 항차를 마친 기념으로 초밥과 치킨을 배달시켜 맥주를 한잔했다. 너무 편하고 릴렉스한 하루였다.

내일 아침은 간편식으로 대체하기 때문에 늦잠을 잘 수 있다. 게다가 주방장님께서 내일은 점심과 저녁 모두 출근하지 말라고 하셨다. 내일모레 휴가를 가니까 그동안 밀린 잠을 자고 좋은 컨디션으로 휴가를 가라고 배려해 주셨다. 출근을 하고 안 하고를 떠나서 그 마음이 무엇인지 알기에 너무나 감사했다. 그런 어른이 되고 싶다.

하늘이 매번 새로운 아버지를 보내주시는 것 같다.

열아홉 살, 처음 음식을 만들면서 만났던 주방장님, 스무 살 때 내게 음식이라는 문화를 어떻게 즐겨야 하는지, 가치 있게 돈을 쓰는 것은 어떤 것인지 알려준 압구정의 성렬 형님, 대사관에서 만난 나의 의인이자 나를 믿고 기회를 주신 대사님, 그리고 지금 북극과 남극을 향해 하는 이 순간 나를 온전히 존중해주고 요리사로서 내 가치를 믿어주는 우리 주방장님까지. 내겐 여러 명의 아버지가 존재하고 앞으로도 더 생기게 될 것을 이미 알고 있다.

이분들 덕분에 난 다 이루고 말 거다. 안 될 이유가 없음을, 나를 바라봐주시는 그분들의 눈을 보면 알게 된다. 난 축복받은 삶을 살고 있다.

지금도 주방장님이 내 앞에 의자를 빼고 커피를 내리신다. 분명 내 것을 타주고 계신 것이겠지. 난 이만 배 아버지랑 시간을 보내러 가야겠다.

모두 이 순간 사랑받고 사랑하길 바란다.

2부

배와 사람들

　9월 25일부터 약 일주일 정도 승선 일기를 쓰지 않았다. 휴가를 나와서 사람들을 만나 술도 마시고 즐거운 시간을 보내다 보니 글 쓸 시간을 만들기 쉽지 않았다.

　9월 27일 월요일 오후 3시에 하선해 기차를 타고 집에 도착하니 8시 반이 넘어 있었다. 캐리어를 끌고 가게로 갔다. 부모님을 만났다. 가게 문 앞에 서 있는데 어찌나 떨렸는지 모른다. 오랜만에 진심으로 반가워해 주는 사람을 만나니까 마음 한구석이 저릿저릿했다. 긴장의 끈이 확 풀리면서 따뜻한 물로 반신욕 하는 기분이었다. 한순간에 무장해제가 됐다. 정말 너무 기뻤다.

　집에 가서 누나가 시켜준 피자를 먹고 앞집 아저씨랑 맥주를 한 잔 마셨다. 역시 익숙한 곳에서 익숙한 사람들과 함께 익숙한 온도 속에서 익숙한 감정을 주고받으니, 불편한 긴장감 없이 편안했다. 딱히 뭐가 특별하게 좋은 게 아니고 그 시간 자체가 소중했다.

　창섭이도 정호도 만났다. 각자의 스케줄 때문에 같이 보지 못하고 따로따로 만나서 시간을 보냈지만 친구들을 만나서 시간을 보내는 것 자체로 기쁘고 감사했다. 나를 믿어주고 사랑해 주는 사람들을 만나니까 내 안에 뭔가가 채워지고 건강해지는 느낌이었다.

　주어진 시간 동안 열심히 채우고 남극에 가야지! 그리고 '탁구', '트럼펫'도 모두 배우고 있다. 트럼펫은 오늘 구매했다.

　두 가지 다 전문적으로 배우다 보니 어렵다. 생각과 다른 부분들도 많다. 그렇지만 앞으로의 7개월을 값지게 해줄 걸 알기에 좋은 마음으로 연습 중이다.

오전 9시에서 10시 사이, 탁구를 치러 가서 레슨 날에는 레슨을 받고 레슨이 없으면 체육관 구석의 기계 앞에서 혼자 연습을 한다. 보통 한 시간 반 정도 연습을 한다. 오늘도 그랬다.

트럼펫은 소리는 나지만 정확한 음을 어떻게 만드는 건지 도무지 모르겠다. 감이 안 온다. 그래서 더 매력적인 악기 같다. 오늘 야마하에서 입문용으로 나온 악기를 구입했는데 60만 원 후반의 가격이었다. 적지 않은 가격에 망설이다가 훗날 내게 줄 기쁨을 알기에 즐거운 마음으로 구매했다.

누군가의 도움을 받지 않고 내가 꿈꿨던 것들을 하나씩 채울 수 있다는 사실 자체가 너무 기쁘다.

☺ 2021년 10월 4일 月曜日 승선 162일 차

휴가를 나온 지 일주일이 지났다.

동네에서 친구들을 만나고 탁구도 배웠고 트럼펫도 배우고 있다. 혼자 산책하기도 하고 가족들과 식사도 했다. 저녁엔 아버지랑 편의점 도시락을 데워서 와인과 함께 식사를 했다. 정신없이 하고 싶었던 혹은 해야 했던 스케줄을 소화했다.

마음이 여유롭지 않았다. 컨디션도 좋지 않고 아침에 개운함을 느끼지 못했다. 바쁘게 시간을 채우고, 중간 중간 혼자서 시간을 만끽하기도 했지만, 과연 잘 쉬고 있나, 에 대한 물음이 끊이질 않았다.

누군가 만나자고 했을 땐 반갑기보단 버겁게 느껴진다. 트럼펫을 배우는 것도, 탁구를 연습하는 것도 다 내 마음 같지 않았다. 배운다고 끝이 아니다. 여유를 가지고 연습해야 하는데 그런 시간과 마음의 여유가 생기질 않았다. 그러니까 마음이 복잡해졌다.

온전히 편했던 시간은 정호를 만나서 커피를 한잔 마신 시간과 창섭이와 맥주 한 캔을 들고 아파트 단지를 산책하던 시간이었다. 가족들과 함께 와인을 한잔 마시거나 차를 마시는 시간이 너무 소중하고 귀하게 느껴졌다.

그 시간이 왜 평안했는지 생각해 보니 부담이 없어서인 것 같다. 잘하지 않아도 되고, 욕심을 내지 않아도 되고 그저 온전히 존중받고 존중할 수 있는 시간이어서 편하고 귀하게 느껴진 것 같다. 탁구도, 트럼펫도 그냥 할 수 있는 건 아니니까 자주 시간을 만들어야 하고, 신경을 써야 한다. 그러다 보니 그 시간이 쉬는 시간으로 느껴지지 않았다. 물론 어느 정도 실력이 늘고 나서 느낄 자유로움과 기쁨에 대한 세금 같은 것이겠지만 지금은 벅차다고 느낄 때가 있다.

밖에서 사람들을 만나서 식사를 하게 되면 양껏 시키게 되고 식사량도 는다. 소화하는 데까지 너무 많은 시간이 소요된다. 배부른 상태로 자니 그다음 날 컨디션도 좋지 않다. 이런 날이 반복되다 보니 자연스럽게 '잘 선택한 걸까?', '나를 잘 살피고 있는 걸까?' 이런 생각을 하게 된다. 시간이 한정되어 있다 보니 질문을 던지는 날이 늘어나게 된다.

내일도, 모레도 나가야 하는 약속들이 그리 반갑게 느껴지지 않는다. 하루 종일 커피랑 와인 마시고 트럼펫을 불다가 친구들이랑 원 없이 걷고 싶은 게 내 마음이다.

지금도 배가 불러서 앉아 있는 게 편하지 않다.

내일부터는 나를 살피는 데 많은 시간과 마음을 써야 할 것 같다.

☺ 2021년 10월 12일 火曜日 승선 170일 차

남극 짐 정리

1. 전자기기(핸드폰, 태블릿 피시, 충전기, 외장 메모리, 헤드폰)

2. 지갑, 현금(30만 원)

3. 옷(맨투맨 티셔츠 2, 긴팔 티셔츠 1, 바람막이 점퍼 1, 경량 패딩 1, 후드 티셔츠 1, 속옷 8~10, 양말 20, 반팔 티셔츠 5, 운동용 반바지 3, 운동용 긴팔 티셔츠 2, 러닝화, 모자 1, 비니 1, 안경 3, 선글라스 1)

4. 트럼펫, 약음기, 아르방 교본 1권

5. 비타민, 소화제, 효소

6. 운동 장비(고무 마사지볼, 고무밴드, 트레이닝 마스크, 보호대, 히프 밴드, 싯업 보드)

7. 공책, 필기구, 수정 테이프, 책갈피

☺ 2021년 10월 13일 水曜日 승선 171일 차

승선 일기를 기록하지 않은 지 오래돼서 어떻게 시작을 했는지 생각하는데 잠깐 멍했다.

오후 1시에 승선했다. 5시 30분에 일어나 준비하고 화장실도 여유 있게 사용하고 광양까지 지하철, 기차, 택시를 이용해서 도착했다.

이번 휴가를 보내면서, 떠나고 싶지 않다고 느꼈다. 비겁한 핑계를 둘러대고 싶었다. 내 고향, 가족, 친구들을 뒤로하고 다시 승선하고 싶지 않았다. 쉬다가도 계속 '곧 돌아가야 한다'라는 생각이 스멀스멀 올라오면 마음의 평화가 산산조각이 나고 굉장히 불쾌했다.

사람들이 군대 가는 느낌이냐고 묻는데 그것과는 다르다. 대사관에서 일하기 위해 파푸아뉴기니로 가는 것 같냐고 물으면 그것과도 느낌이 다르다. 군대에 입대하는 것처럼 두려움이 큰 건 아니고 대사관에 가는 것처럼, 두려움과 설렘이 공존하는 것도 아니다.

그저 안정되고 싶다. 더 자고 싶고, 친구들이 지겨워질 만큼, 엄마에게 투정을 부리고 싶어질 만큼 물리적인 시간을 가지고 싶다. '내가 결정적으로 필요한 부분을 반도 채우지 못하고 떠나는 게 괜찮을까? 금방 무너지지 않을까? 다시 마음을 다해서 일할 수 있을까?'라는 생각을 하게 됐다.

그런 마음이었다. 사실 외로운 줄 몰랐다. 반겨주는 사람들을 만나니까 '아… 이게 정말 중요한 거였는데, 이게 사는 건데' 하고 감정이 북받쳤다.

일이 하기 싫은 것도 동료들이 싫은 것도 아니다. 정말 멋진 동료들과 내가 선택한 일을, 꿈꾼 시간을 보내고 있다. 이것이 축복이라는 걸 절대 부정할 수 없다. 근데 지금 상태는 항아리에 물이 가득 찬 것 같다. 비워야 하는데, 다시 물을 길어야 하는 상황이라서 겁이 난다. 마음의 항아리에 물이 차서 넘쳤다면 멈추고 비우는 게 우선이라고 생각한다. 그래야 그 과정도 건강하게 오래 할 수 있는 것 같다.

그럼에도 불구하고 다시 오게 된 건 더 멋진 일이 기다리고 있다는 뜻이겠지?

우선 해보자! 운동을 하고, 일찍 자고, 불필요한 음주를 없애볼 것이다. 그리고 매일 나를 살피고 기록할 것이다.

200일 가까이 되는 남극 여정을 일기와 함께 해야지.

☺ 2021년 10월 14일 木曜日 승선 172일 차

점심을 마치고 글을 쓰러 올라왔다. 평상시 같으면 저녁 운동을 하고 씻은 후 마지막으로 글을 적었을 거다. 오늘은 저녁에 탁구를 치기로 했고 트럼펫도 연습하고 싶어서 시간이 촉박할까 봐 오후 쉬는 시간에 글을 쓴다. 피로가 쌓였다는 느낌은 들지 않아서 낮잠을 자지 않아도 괜찮은 것 같다.

오늘, 3주 만에 새벽 5시 알람 소리에 눈을 떠 출근하고 식당을 쓸고 닦으면서 이런저런 생각들이 머릿속을 지나갔다. 뭐, 좋은 생각은 아니었다.

지금 내 소속에 대한 사랑과 존중이 부족한 것 같다. 조직이 잘못된 건 하나도 없는데 스스로 이곳에서 불만족스러운 걸 찾고 트집 잡고 싶어 하는 상태이다. 전에 말했던 불평불만만 하고 감사함을 잃어버린 멋없는 사람들과 똑같은 마음으로 일하려는 듯하다. 어쩌면 지금의 내가 더 멋이 없는 건지도 모르겠다.

이런 생각이 계속 드는 이유는 '편안함에 대한 그리움 또는 미련'일 것이다. 내가 살고 있는 곳, 가족, 친구가 너무 편하고 좋았으니까.

그 가치를 잊어버렸다면 모를까, 한 점의 긴장감도 없는 평안함을 느끼고 떠나려니까 나를 떠나게 만드는 이 조직이 미웠다. 전부 내 선택이었는데도 그걸 건방지게도 까먹었다.

화장실도 들어갈 때와 나올 때가 다르다는데, 북극과 남극은 어떻겠는가? 한국을 떠나 아무것도 없는 바다로 가면 생각도 마음도 명료해질 것이다. 지금 이 마음은 미련이다. 나를 정말 편안하게 해주는 사람들과 공간에 대한 '미련'.

늘 그랬듯 괜찮아질 것이다. 건강하게 좋은 마음으로 일할 수 있게 될 거다. 그런 의미에서 오늘도 더 일찍 출근해서 여유를 가지고 준비해야겠다.

오늘의 감사한 점은 다시 감사일기와 승선 일기를 기록하고 있고, 기록하고 싶다는 거다.

이렇게 하나씩 기쁘게 해주는 것들을 찾아서 나를 살펴야겠다.

☺ 2021년 10월 15일 金曜日 승선 173일 차

정말 지치고 힘들었다.

남극에 가기 위한 190일 동안의 부식을 싣는 날이었다. 모두가 새벽부터 밤늦게까지 무거운 것을 쉬지 않고 나르고 창고와 냉장고에 분류해서 쌓고, 밀어 넣고 치우기를 반복했다.

북극에 갈 때 해봤기 때문에 괜찮다고 생각했지만 오산이었다. 음식 양이 두 배 가까이 되어서 힘들었다. 그래도 주방 식구들과 농담을 주고받으면서 냉동 창고에서 땀이 나게 일하다 보니 시간도 빨리 가고 복잡했던 머릿속이 정돈되는 느낌이었다.

일을 하면서 이곳저곳이 저리기 시작하고 지치는 것을 느끼니까 '아, 배로 돌아왔구나. 남극 바다로 떠나는구나. 다시 한 번 정신 차리고 집중해야겠다'라는 생각이 확 박혔다.

그래서 오히려 좋다. 물론 집이 더 좋고, 익숙한 공간이 더 반갑고, 가족, 고마운 친구들이 많이 귀하지만, 지금 내가 하고 있는 이 일도 내가 그토록 바라고 꿈꿨던 감사한 일이다.

다시 정신을 차리고 집중할 수 있게 해줘서 고맙다. 입을 다물고 할 수 있는 것을 찾아 마음을 다할 수 있게 해줘서 고맙다. 마지막으로 내 친구들과 다시 멋진 작업을 이어나갈 기회를 줘서 고맙다.

내일도 많은 양의 부식과 물, 물품들을 싣고 정리해야 한다. 그래서 일찍 컨디션 관리를 하고 내일도 똑같이 새벽 5시에 일어나서, 다시 사랑하게 될 이 자랑스러운 뱃일을 해야겠다. 아주 기쁘게 말이다.

☺ 2021년 10월 16일 土曜日 승선 174일 차

하루 종일 남은 부식과 용품 등을 옮기는 일을 했다. 몸이 지치는 건 어쩔 수 없지만, 어제 일하면서 내 현실을 마주하고 지금 잘할 수 있고 최선을 다할 수 있는 일이 이 일임을 깨달았다. '열심히 해야지… 마음을 다해서 일해야지'라는 생각을 하다 보니 정신이 말짱해졌다.

일하는 내내 기뻤다. 몸이 지치고 끝없이 내려오는 물건들을 보며 생각이 바뀌다가도 다시 감사를 하고 기분이 좋아졌다. 내가 지금 일을 잘하든, 못하든 여기서 인정을 받든, 못 받든, 더 좋은 대안을 제시해주든, 아니든 최선을 다하고 있다는 만족감이 이러한 망상을 배 밖으로 던져 주었다. 중요한 가치를 다시 깨달았다.

출항까지 4일 정도 남았다. 4일 뒤면 계속해서 멈추지 않고 남극으로 향할 거고 그곳에 도착하면 쉬지 않고 남극의 해빙을 쇄빙하며 연구할 것이다. 190일이 지나고, 내 삶의 많은 것이 바뀌면 좋겠다.

딱히 어떤 부분이 싫어서 바꾸고 싶거나 그런 건 없다. 더 구체적이고 나이스해졌으면 좋겠다. 지금까지 그랬듯이 말이다. 지금도 충분하다고 느끼지만, 더 많은 돈을 벌고 싶다는 생각도 한다. 물론 대가가 따르겠지만 내게 맞는 결 속에서 길을 보고 싶다는 생각을 한다.

돈도 돈이지만 사소한 요소보다 더 구체적으로 원하는 건, 나를 대표할 구체적 기술이 생겼으면 좋겠다. 기술을 배우고 익힐 수 있는 환경이 외국이었으면 좋겠다. 다른 나라의 언어를 사용해보고 싶다. 그 나라의 말로 지금처럼 글을 적고 꿈을 꾸고 싶다. 지금까지의 6개월이 그럴 수 있도록 배에서 적응을 하고 일을 익히는 시간이었다면 앞으로 남극에서의 6개월은 다음 단계를 꿈꾸고 도전하는 시간이 되길 소망한다.

역시 부식을 싣고, 창고와 냉장 컨테이너에 공간을 만들어 채우고 버리기를 반복하면서 식사를 준비하다 보니 시간이 흘러 벌써 밤이 됐다.

다행이라고 느끼는 건 그저께보다 어제가 컨디션이 더 좋고 어제보다 오늘의 컨디션이 더 좋다. 몸도 서서히 적응을 하는 것 같다. 일을 하면서 육지에 있는 나의 미련도 하나씩 치우고 다시 기분 좋게, 감사하게 일을 하려 노력하고 있다.

일을 하면서 굳이 눈치를 볼 때가 있다. '잘 못하면 어떡하지?', '어설퍼 보일까?' 등 다른 동료들의 평가에 대한 망상을 이어 나갈 때가 많다. 그래서 혼자 상상을 하고 그 때문에 긴장하는 게 일반적이다. 매번 느끼지만 '이건 아닌 것 같다'.

남을 의식하지 않을 수 없다. 그래도 이건 일에 도움도 전혀 되지 않고 그저 혼자서 괴로운 시간을 보내겠다고 자처한 것과 다름없다. 그런 마음이 들 때마다, 눈치를 살피기 전에 이건 혼자 만들어낸 망상일 뿐이란 걸 깨달아야 한다.

늦지 않게 내 상태를 알아차리기 위해 노력하면, 언제 그랬냐는 듯 다 괜찮아질 거라는 것 역시 알고 있다.

오늘도 마찬가지로 부식을 나르고 술과 음료를 싣고 식사 준비를 했다. 부식을 실을 땐 모두가 지그재그 모양으로 두 줄로 엇갈려 서서 물건을 내려놓아야 하는 지점까지 옮긴다. 일을 하면서 그 모습을 쳐다보면 꽤나 웃기지만 멋있다.

나를 포함한 모두가 거친 숨소리를 내고 작업복은 땀에 젖어 있다. 거기서 오는 감정은 명료하다. 잘살고 있다는 느낌이다. 나도 그들과 섞여 땀내고 핏줄을 세우며 잘살고 있다는 느낌을 받는다.

내일이면 연구원들이 승선한다. 연구원들의 교대가 총 네 번 있을 예정이다. 1항차와 2항차에 연구원들이 정원을 꽉꽉 채워 타질 않아서 우리 승조원 30명, 연구원 30명 총 60여 명밖에 타지 않는다.

저번보다 20명 정도 줄었다. 밥을 만드는 주방 사람들에게는 오히려 좋다! 하지만 190일간의 항해 기간 동안 네 번의 교대를 하면 연구원들의 침구류를 수거하고 세팅하는 등, 이 작업을 네 번 반복해야 해서 잔업이 많아진다. 그 부분은 북극 항차와 다르게 번거로워졌지만, 금방 적응을 하고 늘 그랬듯 별일 아닌 듯 기쁘게 하루를 보낼 수 있을 거라 생각한다.

영어 공부를 할 영상을 찾아보면서 '윌 스미스'의 인터뷰 영상을 보게 됐고 이런 말을 들었다. 벽을 세울 땐 얼마나 굉장한 벽을 세울지 도안을 그리고 계획하기보다는 그저 오늘 벽돌 하나를 쌓는 것에 의미를 부여한다고.

'오늘 굉장한 벽돌을 얹었다. 정확한 각도와 환상적인 모양으로…'

이런 식으로 말이다. 내가 그리는 꿈에 비해서 오늘의 일상은 어제와 다를 것 없고 특별하지 않기 때문에 벽을 완성하기 어렵다고, 혹은 벽이 아닌 전혀 다른 걸 만들고 있는 게 아닐까라는 생각을 하게 된다. 그렇게 느끼는 날이 참 많다. 하지만 어떤 특별함도 없어 보이는 오늘도 내가 꿈꿨던 벽을 위해 벽돌 하나를 쌓고 있는 거다. 그러니 오늘 할 수 있는 것을 할 수 있는 만큼 해내고 그것을 스스로 자랑스러워해야 한다. 그래야 비로소 가장 알맞은 때, 꿈꿔왔던 벽이 완성이 된다.

이걸 들으면서 지금 내가 하고 있는, 앞으로 하게 될 이 뱃일에 대한 마음을 고쳐 잡을 수 있었다.

할 수 있는 만큼 마음을 다해서 멋지게 일하고 운동을 하고, 소리가 나지 않는 트럼펫을 오늘 할 수 있는 만큼 분다. 그리고 내 하루의 마지막을 승선 일기로 멋지게 마무리하는 것까지가 내가 그린 꿈의 벽을 세우는 빠르고 정확한 길이라고 믿으며 이불을 내 쪽으로 당긴다.

☺ 2021년 10월 19일 火曜日 승선 177일 차

내일이면 남극으로 출항이다.

북극 출항과 느낌이 사뭇 다르다. 첫 항해 때처럼 두려움이 있거나 어떤 일이 벌어질지 몰라서 느끼는 불편한 마음도 없다. 그저 잘할 수 있는 일을 한 번 더 하러 가는 것 같다. 그래서일까? 벌써 지루함을 느끼거나 이 일이 별다른 감흥을 주지 못할 거라는 생각을 하기도 한다. 그런 생각이 머릿속에 가득 찰 때는 도저히 감사할 수가 없다.

하지만 금방 괜찮아진다. 이 시간이 최선이란 걸 알고 있기 때문이다. 진짜로 알고 있다. 근데 또 모르겠다. 되뇌고 되뇌고 되뇌어서 나조차 착각을 하고 있는 걸 수도 있다. 이 시간이 끝나면 그저 바다 항로가 아니라 인생의 항로에 새로운 영감이 올 것 같다는 확신이 든다.

물론 그러지 않을 수도 있다. 하지만 지금까지의 왔던 기회, 새로운 걸 꿈꿀 수 있는 영감이 내게 어떤 식으로 접근했을까 생각해 보면 답을 찾을 수 있다.

모든 영감은 내가 힘을 뺐을 때 다가왔다.

'충분히 쉬고 있을 때 그래서 지루함을 느낄 때', '일을 꾸준히 반복해 기술에 대한 욕심이 줄어들고 아쉬움이 사라져 이를 대하는 나의 태도에 힘이 빠질 때'였다. 긴장감을 내려놓고 힘이 빠졌을 때 새롭게 힘을 줄 수 있는 영감과 기회가 찾아왔었다.

다른 말로 표현하면 '순수해졌을 때'라고 말하는 게 아름다운 표현일 수도 있겠다. 지금 다시, 생각해 보니 늘 그랬다.

이것을 통해서 뭘 해내고, 무엇을 이룰 거고, 꽤나 빽빽한 스케줄을 짜고 그것을 수행하기 위해서 열심히만 할 땐 몸에 힘이 안 들어간 곳이 없었다. 물론 그 시간 덕분에 그것에 대한 결핍도 사라지고 비로소 힘을 빼야겠구나 하고 느꼈을 것이다.

이 과정이 없었다면 힘을 뺄 수도 없었다. 그렇게 잔뜩 긴장하고 일하며 하루를 살았던 시간이 앞서 배를 탔던 5개월이 넘는 시간이 아니었을까 싶다. 열심히 했다. 일도 관계도 컨디션 관리도, 그 외의 시간들까지도. 때로는 너무 힘을 주어서 응급실에 실려 간 적도 있었고, 지쳤던 적도 있었다.

그 과정이 있었고 다시 배에 탔다. 그 시간보다 더 긴 항해를 위해서. 이젠 내가 힘을 주려고 해도 이전 같지 않을 거다. 열심히 하지 않는다는 것이 아니라, 불필요한 곳에서는 힘을 뺄 거다.

탁구도, 트럼펫도 승선 일기도, 감사일기도 이 모든 것을 통해서 나를 챙길 거다. 이마저도 버겁다고 느끼면 내려놓을 거다. 아무런 죄의식 없이. 그렇게 시간을 보낸 뒤 새로운 영감을 얻게 될 거다.

할 수 있는 만큼, 할 수 있는 일을 하게 된 시점이 지금이라고 생각한다. 그렇기에 이 항해에서 새로운 무언가를 찾고 다시 힘주어 떠날 수 있을 것 같다.

지금부터 이 조직과 상황을 최선이라 온전히 믿고 사랑하고 떳떳해질 거다.

☺ 2021년 10월 20일 水曜日 승선 178일 차

우리 연구선은 오늘 11시에서 12시 사이, 드디어 출항했다.

첫 번째 목적지는 뉴질랜드의 리틀턴이라는 항구도시이다. 그곳에서 남극을 가기 전에, 2일간 급유도 하고 부식도 실으면서 재정비하는 시간을 갖는다.

한 번의 연구 항차가 끝날 때마다 연구원분들이 교대를 한다. 그때마다 뉴질랜드 리틀턴에서 교대를 하게 된다.

코로나 이전에는 배가 제3국에 정박하면 근처 카지노에서 시간을 보내기도 하고, 회식도 하고, 마을을 산책하면서 자유 시간을 보냈다고 하는데 아직까지 뉴질랜드의 입장은 모든 인원 하선 불가능이라고 한다. 새로 승선하는 연구원들은 뉴질랜드 방역 규칙에 따라 시설에 미리 가 자가격리를 하고 승선을 한다.

보통 일이 아니다. 비용도 만만치 않다. 만약 내릴 수 있게 된다면, 난 자유로이 산책을 하다가 가까운 카페 혹은 바 테라스에서 시가를 한 개비 여유롭게 태우고 싶다. 노래도 들으면서, 자유를 만끽하고 싶다. 물론 내리지 못한다고 하더라도 배에서 멋들어지게 한 개비 태울 거다.

배가 바다를 가로지른다. 조금씩 움직임이 느껴지는데 그럴 때면 '아… 이제 진짜 시작이구나…' 하고 느낀다. 휴가 때 집으로 정호와 창섭이를 초대해서 같이 와인을 마시면서 이야기도 하고 웃으면서 편안한 시간을 보냈다. 그 자리를 기억하기 위해서 어색했지만, 사진도 몇 장 남겼다. 시간이 또 지나, 어떤 얘깃거리를 만들어올지 생각하면 설렌다.

☺ 2021년 10월 21일 木曜日 승선 179일 차

승선 일기를 적는 하늘색 로이텀 공책의 마지막 페이지다. 오늘 승선 일기를 적고 나면 이 공책을 다 쓰게 된다. 4월 26일 배를 탔던 첫날부터 정호가 만들어준 공책에 승선 일기를 적기 시작하면서 오늘로 두 번째 공책이 끝이 났다. 시간이 더 지나면 이 공책의 가치를 더 느끼며 살 것이다. 공책 마지막 장에 이렇게 적혀 있다.

"북극과 남극을 오고 가면서 느끼고 깨달은 것들을 기록한 '송영석의
승선 일기'가 삶에서 느끼는 갈증을 채워줄 거라고 분명히 믿는다."

-2021년 7월 18일

세 달 전에 적어 놓은 글을 보았다. 지금 글을 적는 것을 멈추고 7월
18일, 승선 85일 차 일기를 읽어봤다. 글에는 내가 이곳에서 오래 있
을 수 없는 이유에 대해서 적었고 그 이유는 '더 잘살아 보고 싶어서'
였다. 그날 누군가 내게 이 배는 다른 어떤 배보다 대우가 좋으니, 오
래 타는 것이 이득이라는 말을 해주신 것부터 생각이 이어져 적었던
글 같다.

3개월이 지난 지금, 어떤 생각을 하고 있을까. 3개월 동안 이렇다
할 사건이 있진 않았지만, 북극을 무사히 다녀왔고, 보름이라는 시간
동안 내가 사랑하는 사람들을 만났고 원했던 시간을 보냈다.

이제 남극을 향해 바다를 가르고 있는 이 시점에, 생각은 복잡하다.
뚜렷해지고 명료해지길 바랐는데 그러지 못했다. 오히려 그때가 이
끝에 무언가 있을 거라는 확신에 차 있었던 것 같다.

남극을 끝으로 배를 그만 타려고 한다. 기한이 정해져 있는 것만 같
아서 이다음의 방향성이 또렷하지 않은 지금이 불안하다. 이곳에서
더 생활하게 된다면 익숙한 공간, 변수가 적은 익숙한 일, 자상하고 재
밌는 동료에게 취해 새로운 도전을 하기가 어려워질 거라고 느낀다.
그렇게 주방 사람들도 새로운 걸 도전해보라는 말과 함께 내가 이번

남극 항차를 마지막으로 떠난다는 것에 암묵적으로 동의하고 있다.

가끔 형들이 묻는다. 항해가 끝나고 무얼 할지 생각해봤냐고. '진짜 떠나야만 하는 걸까?' 하는 괜한 서운함이 들기도 하고 '다음에 이곳에 갈 거예요'라고 말하지 못하는 상황이 떳떳하지 않게 느껴질 때도 많다. 이런 감정이 무수히 반복된다.

중요한 건 조급함을 버려야지만 비로소 뭔가가 보일 거라는 거다. 아니, 어쩌면 누군가 내게 계속해서 말해주고 있는 데 나의 시선이 한정되어 있어서 못 보고 있는 걸지도 모른다. 그때마다 머릿속에 되뇌는 말은 '오늘 할 수 있는 걸 최선을 다해서 하자, 밝게 웃자, 6개월, 마음을 다하자' 이런 말들이다. '알아서 잘 되겠지, 내가 수 쓰고 계획해서 된 적이 있나?' 이 시간의 끝엔 밝은 무언가가 나를 기다리고 있을 거라고 확신한다.

꾸준하게 하자. 꾸준히 글을 적고, 일하고, 운동할 것이다.

새로운 공책에 더 많은 마음을 담아 전할 것이다.

"북극과 남극을 오고 가면서 느끼고 깨달은 것을 기록한 '송영석의 승선 일기'가 삶에서 느끼는 갈증을 채워줄 거라고 분명히 믿는다."

2021년 7월 18일 Asi_An_ Drew
(공책을 구매하며, 마지막 장에 적어 두었던 글)

☺ 2021년 10월 22일 金曜日 승선 180일 차

승선 일기가 날 다음 단계로 데려갈 수밖에 없는 이유.

매일 밤 일기를 적을 때마다, 매일의 감정을 적는 이 반복된 행동이 옳은 행동임을 느낀다. '도움이 될까?' 이런 게 아니라 이건 옳은 일이다. 이것을 통해서 얻는 모든 감정과 돈이 내 인생에 보너스가 될 거다. 이건 사실이다. 날 바꿔줄 거다. 내 가치를 한계 없이 올려줄 거다.

어떤 날에는 셀 수 없는 돈을 가져다줄 거다. 그걸 나눌 거다. 옳은 방법으로.

승선 일기가 다음 단계로 건강하게 날 데려다줄 거다.

☺ 2021년 10월 23일 土曜日 승선 181일 차

겉표지가 닳지 않은 새로운 일기장을 옆구리에 끼고 하루를 마무리하러 계단을 올라오는데, 기분이 좋았다.

한국은 많이 추워졌겠지? 한국을 떠날 때까지만 해도 아침에는 쌀쌀해서 뜨거운 물을 틀어 놓고 일하기 전에 손을 녹인 후 하루를 시작했다. 그런데 4일째 남쪽으로 내려오니 더워졌다.

일하면서 점심, 저녁으로 씻어야 하고 옷도 자주 갈아입지 않으면 냄새가 난다. 예전에는 머리를 밀고서 일하는 경우가 많았다. 북극에서도 머리가 그리 길지 않았으니깐 잘 못 느꼈는데, 요즘은 머리가 길어서 일을 하다 보면 앞머리가 몇 뭉텅이가 되어 땀에 젖어 뭉쳐 있다. 거기에 파마까지 한 상태라 거울을 보면 엄청 웃기고 볼만하다.

주방 사람들은 항상 땀에 젖어 있다. 다른 말끔한 사람들과 달리 우리만 동 떨어져 있는 것 같다. 오히려 좋다. 주방 사람들이 이 배에서 가장 동료애가 깊은 것 같다. 연구원들도 항상 주방만 늘 분위기가 좋고 활기차서 부럽다고 말씀하신다.

남극 항해가 북극 항해보다 분위기가 더 좋고 안정되어 있다. 개인적으로 내 역할도 조금 늘었다. 인상을 쓰면서 일하는 분위기가 아니라서 더 편한 것 같다.

일과는 다음과 같다. 사실 북극과 별 다를 게 없지만 그래도 더 구체적이다. 아침 5시 10분에 기상, 잠을 깨고 5시 30분까지 아침밥을 하러 첫 번째 출근을 한다. 그리고 점심 때 사용할 채소 및 전처리를 마무리하고 방에 올라가면 보통 7시 30분 정도다.

그때부터 뒤척이다가 8시 즈음 잠들어서 9시 10분에는 일어나서 점심 식사를 위한 두 번째 출근을 한다. 점심 정리가 마무리되고 우리도 식사를 마치면 1시 30분쯤 방에 올라간다. 저녁 식사 준비를 위해서 3시 반까지 세 번째 출근을 해야 하기 때문에 그 사이에 자는 경우도 있고, 컨디션이 좋을 땐 책을 읽거나 공부를 한다. 운동을 하는 경우도 있다. 일반적으로는 부족한 잠을 그때그때 채운다. 저녁 준비까지 마치고 그날의 주방 일을 마무리하면 7시 반, 늦으면 8시가 된다. 고기를 구워 먹은 날에는 술도 하기 때문에 자리가 길어져 8시 30분에 끝나기도 한다. 오늘이 그랬다.

주방에서 하루가 끝나면 탁구 및 유산소를 40분에서 한 시간 정도 하고 씻은 후 지하 엔진 룸 옆 조그마한 식료품 창고에서 트럼펫을

20~25분을 연습한다. 입술에 힘이 없어서 그 이상 할 수 없다. 그 후에 3층 회의실에 올라가 감사일기와 승선 일기를 적고 방에 가서 눕는다. 그럼 10시에서 10시 20분 정도가 된다.

'뭘 하면서 살게 될까?', '이 항해의 끝엔 어떤 새로운 게 기다리고 있을까?' 등 습관처럼 드는 머리 아픈 생각들을 하다가 12시 이전엔 늘 잠든다.

다시 5시 10분 알람으로 새로운 하루가 시작된다. 일상적인, 안정된 공간에서 틀에 박힌 일을 하면서도 꽤나 많은 것을 하면서 지낸다. 뭔가 많이 하고 있지만 한 번에 오랜 에너지를 쏟는 건 음식을 만드는 내 일 빼곤 거의 없다.

그냥 하는 거다. 안 하는 것 보단 나으니까. 꾸준함에 초점을 맞추다 보니 굳이 당장의 성과에 목을 매지 않게 된다. 나처럼 욕심이 가득한 사람도 말이다. 이 승선 일기도 진전이 없는 것처럼 느껴질 때가 있지만 181번째 승선 일기를 적고 있는 중이다.

트럼펫 역시 명확한 소리도 안 나지만 180일을 연습하면 얘기가 다를 것이다.

☺ 2021년 10월 24일 日曜日 승선 182일 차

〈받은 것의 100배를 돌려줬어〉- 끌어당김의 법칙

스물세 살 때는 학교에 적응을 못하고 늘 주변을 걸었다. 돈이 부족한 탓에 정말로 지친 날에만 커피를 사 마실 수 있었다. 어느 날 엄마가 커피를 넉넉히 사 마시고 충분히 걷고 생각하라며 100만 원을 주셨다. 그 돈을 아끼지 않았고 원 없이 마시고 즐겼다. 그 가치를 기억한다.

내가 스물여섯 살이 된 이후, 우리 엄마는 커피 값을 낼 일이 없었다. 내가 스물일곱 살이 된 해에는 엄마에게 받은 100만 원의 100배를 돌려드렸다.

28살에는 집을 사드렸다. 엄마가 살고 싶었던.

어떻게 이뤄진 건가 기억을 더듬어본다. 엄마가 준 돈으로 커피를 사 마시러 걸어가는 길에 했던 나의 상상이 이뤄진 건지도 모르겠다.

이때까지 살면서 부모님 덕분에 궁핍해 본 적이 없었다. 지금부터 내 가족은 송영석의 가족이란 이유로 부유할 것이다.

"엄마, 돈이 필요하다면 얼마든지 가져가세요. 제 방 서랍에 있는 돈 뭉치를 집히는 대로 가져가세요. 차가 필요하다면 세워져 있는 것 중 아무거나 타고 가세요. 다시 가져다 놓지 않으셔도 돼요. 제 마음이 필요하다면 그건 걱정 마세요. 내 삶의 모든 방향은 항상 당신들을 향해 있어요."

☺ 2021년 10월 25일 月曜日 승선 183일 차

휴가 기간 중 책을 읽지 않았다. 요즘 다시 읽고 있다. 우리 배의 도서관에 신작이 많이 들어와 있다. 내가 처음으로 꺼내 읽은 책은 장기하의 『상관없는 거 아닌가?』라는 에세이다. 장기하 씨의 일상생활에 묻어 있는 생각들이 담긴 일기장 같기도 하다. 신경을 쓰지 않아도 기분 좋게 편하게 읽힌다.

책에 흥미를 갖게 해주는 책이다! 그 책을 읽으면서 느낀 것은 장기하 씨는 본인을 잘 살필 줄 알고, 본인이 기쁨을 느끼는 상태를 삶의 최우선 순위로 두는 사람이라는 것이다. 그러기 위해서 오랜 기간 무수한 노력을 한 것 같다. 내가 기쁘기 위해서 라면을 먹는 방법부터 술 고르는 것, 쉬는 것, 사는 것, 정리하는 것까지 모든 기준에 '이것을 할 때 기쁜가'가 중점이었다.

나 역시 비슷한 기준으로 하루를 살아보려고 노력하는데 그 분은 사소한 것까지 구체적으로 그렇게 한다는 게 대단하고 멋지게 다가왔다. 나는 당장 쓸모없는 물건이라도 그저 내 주머니 속에 있다는 것 하나만으로 기쁘다면 주저 없이 구매를 한다. 트럼펫도 마찬가지다. 하루 15분에서 20분 정도 지하 엔진룸 옆 식료품 창고 안 간장 박스에 앉아서 연습을 한다. 여전히 소리가 제멋대로다. 제대로 진행되질 않는다. 소리가 안 나다가 좀 나는 것 같으면 입술이 풀려서 더 이상 불 수 없다. 그래도 그냥 좋다.

내가 일해서 번 돈으로 산 은빛 트럼펫을 잡고 있는 것만으로도 기쁘다. 우연히 원했던 음이 나올 때면 그렇게 기분이 좋을 수가 없다. 연습이 하기 싫을 때는 쳇 베이커의 음악을 재생시켜 놓고 부는 시늉을 한다. 누군가가 문을 열고 들어와서 더운 창고에서 땀을 흘리면서 흉내를 내고 있는 나를 보면 제정신이 아니라고 말할지도 모른다.

하지만, 기분이 좋다. 그 이유 하나만으로도 앞으로 계속 땀을 흘리면서 창고에서 연습을 할 거다. 그게 온전히 쉬는 시간이고 내일을 열심히 살게 해주는 원동력이다.

그렇게 하나씩 늘려가다 보면 나중엔 내 하루의 반 혹은 그 이상이 나를 기쁘게 해주는 시간이 되지 않을까? 그게 천국이 아닐까 생각하며 머쓱하게 웃고 있다. 이 글을 적는 지금도 기쁘다!

☺ 2021년 10월 26일 火曜日 승선 184일 차

적도에 더 가까워지고 있다. 내일이면 내가 1년간 일했던 파푸아뉴기니를 지나게 된다. 지도를 봤는데 우리 배와 멀지 않은 위치에 파푸아뉴기니가 있고 내일이면 그 근처를 지나가게 될 것 같다.

참 이상한 게 반갑거나 웃길 줄 알았는데 기분이 살짝 묘했다. 세상에서 제일 필요 없는 말 중 하나가 '만약에'라고 생각하지만 그래도 만약에 대사관과의 계약을 종료하지 않고 남아 있었다면 어땠을까?

'배를 타서 최선을 다하는 것보다 더 좋은 기회가 왔을까?'라는 쓸데없는 생각을 하게 된다. 그러지 말아야지 하다가도 문득 그런 생각에 한번 빠지면 한참을 몰두해서 생각에 잠긴다.

지금이 최선이라고 믿는다. 하지만, 이 일에는 끝이 보이기 때문에, 그걸 알고도 막연하게 있을 수 없다. 하지만 다음 행보에 대한 영감이 없어서 정확하게 여기까지만 하고 내리겠다는 말을 꺼내지 못하고 있다. 마음이 뒤숭숭하다.

연애를 하면서 더 이상 애틋한 마음이 없고 이 사람과는 끝이 분명하게 보이는데 혼자 있기 싫어서 놓지 못하는 것 같다. 이기적이라고 표현할 수는 없지만, 참 안타까운 선택이다. 이 상황에 놓여 있다 보니 차마 어리석다는 표현을 못 하겠다. 항차가 끝나기 이전에 마음 정리가 된다면 사람들에게 이야기를 해야겠다. 대부분 알고 계신 것 같고, 내게도 몇 번이나 젊을 때 새로운 곳을 다녀보라고 말씀해 주셨지만 내가 결정해서 말하는 건 다른 거다.

그때 즈음이면 내가 하고 싶은 다음 행보가 떠오르질 않을까? 라고 생각하는 것부터가 내 마음에 상처를 입히는 행동 같다. 그때라고 뭐가 다를까. 늘 다 내려놓은 듯 결정을 하고 난 뒤야 전혀 생각지 못한 새로운 무언가가 보이지 않을까?

돌이켜 보면 늘 그랬음에도 불구하고 이 불안과 막연함을 느끼는 과정은 빠질 수 없나 보다. 어쩌면 새로운 영감이 이런 것에서 시작이 되는 게 아닐까. 아니면 세금 같은 걸까? 익숙함을 인정하지 않고 새로운 것을 주는 대가 같은 걸지도 모르겠다.

파푸아뉴기니에 다가오니 말이 길어졌다. 이 지구 적도 어딘가에 내 역사의 한 페이지가 있다는 사실이 뿌듯하기도 하다.

☺ 2021년 10월 27일 水曜日 승선 185일 차

창문 밖에 새들이 날아다니는 게 보인다! 육지와 가까워졌다는 뜻이다. 그곳은 '파푸아뉴기니'이다. 나에게 많은 걸 주었던, 또 새로운 도전을 할 수 있게 해주었던 나라, 파푸아뉴기니!

어제까지만 해도 꽤나 복잡했던 머릿속 고민들이 적도의 뜨거운 태양에 눈 녹듯 녹았는지 깨끗하다! 파푸아뉴기니가 반갑고, 다른 선원들이 "야! 너가 일했던 나라다! 여기 온 거 후회 안 하지?" 등의 말을 해주는 것도 굉장히 즐겁다.

이 배에서 파푸아뉴기니의 의미는 남극으로 내려가는 중 지나가는 하나의 섬이 아니라, '우리 배의 막내가 있었던 나라!'가 된 것 같다. 살면서 적도의 어느 나라에 내 삶의 몇 페이지가 담겨 있을 거라고는 생각을 못 했었다.

그런데 그렇게 됐다. 북극과 남극에서도 나의 마음은 얼지 않고 누군가는 알아볼 수 있는 연기를 내며 남아 있을 것이다. 이 배에서 내리고 새로운 도전을 하고 있을 때 북극과 남극에 대한 이야기를 무심결에 듣게 된다면, 지금 파푸아뉴기니를 보고 있는 것처럼 반가울까?

아마 그렇겠지. 북극과 남극이란 단어를 통해서 다시 한 번 이 배와 함께 일했던 선원들, 내가 보낸 시간과 생각, 승선 일기가 떠오르겠지?

감사하다고 느끼는 건 하루도 빠지질 않고(물론, 휴가 때는 게을러져서 쓰질 않았지만) 기록으로 남아 있다는 거다. 이 두껍고 멋진 공책 안에.

오랜만에 내 마음 깊숙한 곳, 꺼내기 만만치 않았던 감사함이 곳곳에 퍼져 있는 듯하다. 이 상태가 오래가길 기도하지만, 그것보다 더 현명한 행동은 영원하지 않을 지금을 누리고 즐기는 것이다.

이제 쉬어야겠다. 내게 와준 값진 평화를 만끽하며!

☺ 2021년 10월 28일 木曜日 승선 186일 차

"정말 굉장한 무언가가 될 것 같은데."

굉장한 무언가가 될 것 같다고 느낄 때가 있다.

가만히 있을 수 없을 만큼 몸 안에서 무언가가 진동을 한다. 하지만 내 눈에는 지금 어떤 것도 보이질 않고 떠오르질 않는다.

다행인건, 열심히 할 수 있는 일이 있다는 것이다. 최선을 다해야겠다. 생각을 미루려고 하는 것 따위의 뒷걸음질이 아니다.

이게 방법이다. 나머지는 알아서 될 것이다. 늘 그랬듯이.

☺ 2021년 10월 29일 金曜日 승선 187일 차

오늘은 바쁠 거 같다. 아직 두시 반이다.

우리 배는 지구의 정중앙에 멈춰서 있다. 딱 적도에 있다!

오후 4시에 적도제를 지낸다. 대부분의 배들이 적도를 지날 땐 배를 멈추고, 배와 선원들의 안전 항해를 위해서 제사를 지내는데 그걸 '적도제'라고 부른다. 나 역시 여기 와서 알았다.

한 시간 뒤인 5시에는 비비큐 파티를 하기로 했다.

저번 북극 항차에는 연구를 마치고 돌아오는 길에 했는데, 이번에는 연구를 시작하기 전에 한다. 날씨가 살인적으로 덥기 때문에 사람들은 안에서 드시고 주방 사람들은 밖에서 고기를 굽기로 했다. 엄청 더울 것 같다.

파푸아뉴기니에서 일할 때도 이렇게 더웠나? 실내에 있거나, 에어컨이 있는 곳에서 근무를 했기 때문에 더위를 실감하지 못했을 수도 있다. 요즘 느끼는 거지만 적도는 정말 덥다!

하루에 두 번 이상 갈아입어야 할 정도로 옷이 젖는 것 같다. 정말 덥다. 그래도 동료들과 같이 있는 시간이 즐겁기 때문에 좋다. 벌써 시간이 됐다. 일하러 가야겠다.

☺ 2021년 10월 30일 土曜日 승선 188일 차

비비큐 파티가 끝이 나고 주방장님까지 다섯 명, 우리 주방 식구들끼리 맥주를 한잔 마시면서 얘기를 나눴고 술자리가 끝나가기 직전에 형님들이 내게 물어봤다.

"영석아, 이번 항해가 끝나면 어쩔 거냐? 아직 얘기를 듣지 못했다."

그 질문을 딱 듣는데 '아, 드디어 때가 온 건가?' 라는 생각이 들었다. 아직 이다음에 무엇을 해야 할지 떠오르질 않아 대답하기가 어려웠다. 솔직하게 얘기했다.

"늦지 않게 생각을 정리해서 회사 측에 이야기를 할 생각이었고 당연히 형님들에게 먼저 얘기를 하고 싶었어요. 아직 그만 하겠다고도, 다른 걸 하기 위해 떠난다고도 못 하겠어요."

그랬더니 주방장님과 형님들이 "생각이 정리된 게 아니었구나, 우린 너가 이미 다음 계획이 있는 거 같아서 물었다. 천천히 생각하고 얘기를 전달해 달라"고 말씀해 주셨다.

답은 정해져 있는 듯하지만 그래도 신중하고 솔직하게 생각하고 얘기를 전해야겠다. 무언가가 번쩍 떠올라서 그걸 하겠다고 짐을 싸기는 힘들지 않을까. 다 내려놓고 다시 내게 어울리는 걸 하려고 할 때, 막막함 속으로 내 몸을 던질 때 비로소 새로운 게 보일 수도 있다. 늘 삶이 그래왔다.

사실 대사관에서 이 배를 보고 과감하게 한국에 와서 바로 배를 탄 것도 아니다. 대사관에서 이 배에 대한 얘기를 들었었다. 하지만 그게 다였다. 코로나의 여파로 외교 행사가 중단되고 한국에 왔고, 일을 하지 않는 시간이 길어져 막막함과 막연함이 가득 할 때 이 배가 생각이 났다.

사실 배를 타기 전에 아는 형님에게 부탁해서 디저트 가게에서 일을 배울까 하고 진지하게 고민했었다. 이번에도 그렇게 될 거다. 막연한 불안감이 반복되는 것이 싫어서, 사실은 두렵다. 이번에, 평생 쉬게 되는 게 아닐까 하는 망상도 있다. 이곳에서 일하면서 영감까지 받을 수 있겠지, 하며 꿈을 꾼다. 나도 안다.

간절하게 바라고 있었다. 지금까지도. 그렇지만 이제 선택을 해야 하는 시간이 찾아왔으니 미루지 말아야 한다. 다시 한 번 용기를 내야 한다. 내게 어울리는 것을 위해서.

어젠 이런 일 때문에 머리가 아팠다. 사실 그렇게 감정이입을 할 문제는 아니다. 쉬어야겠다. 오늘 밤 술에 젖은 꿈에서 작은 힌트를 얻고 싶다. 이런 욕심을 내면서 글을 마친다.

☺ 2021년 11월 1일 月曜日 승선 190일 차

무엇 때문에 지치고 의욕이 사라지는가?

1. 실력에 대한 회의감

음식을 만드는 능력, 취미이지만 탁구, 트럼펫에 대해서 모든 게 정리된 느낌이 든다. 꾸준함이 모든 걸 해결해주고 결국은 날 원하는 곳에 데려가 줄 거라고 분명히 믿지만, 자꾸만 거슬리는 요즘이다. 누군가 나에 대해 쉽게 얘기하거나 태도가 별로라고 느껴질 땐 불쾌하다. 문제는 그 감정에서 빠져나오는 시간이 많이 걸린다. 정말 지친다.

2. 이곳에 필요한 사람이 아닐 수도 있다는 생각이 든다.

자주 듣는 "야, 잠깐 비켜 봐"란 말이나, 요리사로서 어떤 역할이 없다고 느껴질 때, '이게 뭐지?'라는 생각이 들고 스스로 작아진다. 그냥 그런가 보다 하고 내 일을 하면 되는데 설거지를 할 때 만족도가 떨어진다. 글을 쓰면서도 이런 마음을 품고 있는 내가 부끄럽다.

3. 미래에 대한 불안

남극을 마지막으로 항해를 멈출 생각이다.

내게 어울리는 걸 구체적으로 정하고 싶다. 퇴사를 결정하고 말해야 하는 시기가 오니까 '이 다음에 무얼 해야 하는 거지? 그냥 하고 싶은 게 생길 때까지 걸으면서 쉬어야 하나? 다른 일자리라도 알아봐야하나? 그것도 아니라면 결정될 때까지 항해를 계속 하는 게 좋을까?'

이런 생각이 계속해서 내 머릿속 저울 위로 올라온다. 아침에 일어났을 만약 할 일이 없다면, '오늘은 무얼 하면서 보내야 할까?'란 생각이 꽤 아프게 다가오기 때문이다.

내게 어울리는 걸 찾을 수 있을까. 대사관과 배에서 벌은 돈이 있어서 다행이지만 경제적으로 조급해지는 것 또한 어쩔 수 없다. 이런 생각 때문에 다운되기도 하고 나를 잘 살펴주다가도 이런 막연함이 찾아오면 괴롭다. 쉽지 않은 것 같다.

정리를 하니 원래 없던 것처럼 싹 잊고 괜찮아지는 것은 아니지만, 그래도 '이것이 지금 이 순간에만 고민했던 것이 아니라는 생각이 든다. 고등학생 때도, 군대에서도, 대사관을 떠날 때도 늘 했던 생각이다. 결국, 잘 되질 않았는가? 두려워하지 말고 오늘 할 수 있는 것을 하자'고 변하는 중이다.

처음 해본 고민이 아니라는 것. 결국 잘된 쪽으로 흘러왔고 지금도 그 과정이라는 것. 그리고 그 과정이 기록으로 공책에 담겨 있다는 것. 그러니 세상에 불만을 품거나, '왜 내게만 이런 일이 있을까?' 하는 피해의식에 잠길 필요가 없다. 이것이 내가 얻은 지혜다. 그래서 어떻게 할까, 결론은 아직 이렇게 할 뿐이다.

"저녁을 만들러 가야 하니, 최선을 다하고 이왕이면 기쁘게, 감사하게 만들고 나누자."

하루하루가 어떻게 지나가는지도 모르게 빠르게 간다. 그러나 앞으로 남은 날에 비교하면 아직 한참 남았다. 남은 날들 따위를 세며 시간을 보내고 싶지 않지만 일을 하면서 이곳저곳에서 말해주기 때문에 나도 지나온 날과 앞으로 남은 날을 괜히 저울질하기도 한다.

물론, 늘 기분이 별로인 상태만 남아서 더 의미가 없는 일임을 깨닫는다. 신기한 건 매주 일요일에 일주일짜리 비타민 알약 통에 영양제를 넣는데, 그 일주일은 잘 간다는 거다. 며칠 안 된 거 같은데, 다시 채워야 한다. 이틀 치씩 먹는 것도 아닐 텐데.

어제는 승선 일기를 쓰면서, 지금 고민들을 차분하게 살펴봤다. 무엇을 겁내는 줄 알게 됐다. 물론 반갑지는 않지만. 이곳에서 일을 더 해야 한다는 마음이 없다. 더 구체적이고 더 어울리는 것을 쫓아야 한다는 생각이 머릿속에 지배적이다. 이 글을 누가 읽는다면 "왜 그만두고 싶을까? 원했던 직장이고, 동료들이고, 급여일 텐데…"라고 묻고 싶을 거다. 어느 정도 생각이 정리가 되고 있으니 오늘, 천천히 얘기를 해 보려고 한다.

우선 지금 직장이 굉장히 좋다. 100퍼센트 만족하냐고 묻는다면 그 이상이라고 말하고 싶다. 동료들이 회사의 결정에 불만을 나눌 때도, 회사에서 온 단체 티셔츠, 작업복이 불편하다고 불평을 할 때도 그 자리에서 표현할 수는 없었지만, 난 오히려 좋았다. 안 예쁜 작업복이라도 입을 수 있는 기회가 있다면 꼭 입고 싶었다. 이 배의 소속이라는 것에 늘 자긍심이 있었다. 그건 지금도 변하지 않는 마음이다.

동료들 또한 감사한 분들이다. 내가 다른 사람들과 일할 수 있다는 걸 알게 해주신 분들이고 주방장님은 본받고 싶은 어른이다. 시간이 많이 지나서 이 배를 떠올린다면 주방장님이 먼저 떠오를 것 같다. 어떤 요리사가 되고 싶은가? 어떤 음식을 잘 만들고 싶은가? 라는 질문만 던져왔는데 정말 그 질문 이상의 가치를 가진 요리사를 만났다. 그건 바로, '마음 다해서 음식을 꾸준히 만드는 좋은 사람'이다. 주방장님은 내게 그런 분이다. 나 역시 앞으로 그 가치를 쫓을 것이다. 내 인생의 귀인을 망망대해 속에서 만났다는 그 사실 하나만으로 그저 감사하다.

마지막으로 급여는? 한국에서 요리를 하고 받을 수 있는 일반적 급여의 두 배 이상을 받고 있다. 이런 급여를 받아왔기 때문에 앞으로는 이 이상의 급여 역시 내 가치에 부합한다고 생각할 거다. 돈을 위해서 이 배에 온 건 아닌데, 그저 감사하다.

이 좋은 곳을 왜 떠나고 싶은 걸까? 우선, 나만의 기술을 가진 기술자가 되고 싶다. 그 기술을 세상에 다시 돌려주고 싶다. 그뿐이다. 음식을 만드는 것도 기술이라 할 수 있겠지만, 나는 여러 가지를 종합적으로 잘할 수 있는 사람이 아니다. 약한 소리가 아니다. 나를 알고 하는 얘기이다. 여러 가지를 두루 잘하고, 요리를 잘하는 사람들 속에 섞여 있을 땐 행복하지가 않다.

나를 대표하는 한 가지를 잘하고 싶다. 내 스타일대로, 내 생각대로, 탄탄한 기본기와 수백만 번의 반복을 기반으로. 그렇기 때문에 이곳에서 사람들과 일하면서 생각을 분명히 하게 됐다.

"구체적이어야 한다", "내가 사람들과 일할 수 있는 사람일까?", "열심히 한다고 애썼지만 다른 요리사들과 비교해도 잘한다고 할 수 있을까?"

지금까지는 이 질문의 답을 듣는 과정이었다. 답은 "방식이 많이 달랐지만, 난 틀리지 않았다. 사람들과 일할 수 있고, 내 음식은 맛있다!"

그 답을 찾고 나니, 여기서 몇 가지를 더 배우고 일하는 속도를 늘리는 것보다 다시 내려놓고 내 것이 무엇인가에 대한 답을 찾는 여정을 떠나야 한다는 생각이 들었다. 이렇게 일을 하면서 찾게 된다면 천운일 것이다. 세상 일이 늘 퍼즐을 맞추듯 딱딱 순서를 짜주지 않는다는 것을 알고 있으면서도 그것만 바라고 있었던 것 같다.

어쩌면 겁이 나서 그럴 수도 있겠다. 다시 일을 하지 않고, 누군가가 나를 찾아주지 않는, 그런 막연함으로 들어가는 게 무서웠는지 모른다. 매일 아침 눈을 뜨면, '오늘은 무얼 해야 하지?'라는 질문으로 시작해 불안을 지우려 걷고 또 걷고. 이 과정 덕에 대사관도, 이 배와의 인연도 있었던 거겠지. 그 과정이 절대 쉽지 않다는 것을 알기에 이번만큼은 바로 찾을 수 있게 빌었나 보다. 어쩌면 정답을 알면서 요행을 바란 것일 수 있다.

글을 쓰니 생각이 가벼워진다! 이런 생각 때문에 여기서 이번 남극 항차를 마무리하고 새롭게 내게 어울리는, 내가 꿈꾸는 것에 더 가까워질 수 있는 걸 준비해 봐야겠다.

☺ 2021년 11월 3일 水曜日 승선 192일 차

　세상에서 꿈꾸고, 상상해서 간신히 만든 말랑한 믿음을, 주위에서 공격하는 의심에서 지켜내는 것까지 신은 노력으로 인정해준다.

☺ 2021년 11월 4일 木曜日 승선 193일 차

　한국 날씨는 어떨까? 패딩을 입기 시작했을까? 아니면 가벼운 맨투맨에 재킷을 하나 들고 다니려나? 그렇다면 멋 내기 가장 좋은 시기일 거다. 옷을 많이 조합할 수 있고 겨울옷에 비해서 액세서리도 돋보일 수 있고 더 자유롭달까? 10월에서 11월이 내겐, 옷을 열심히 입게 되는 시기이다.

　여기선 자유롭게 옷을 입기 힘들다. 그래도 내 만족을 위해 안경을 네 개나 가지고 승선했다. 그날그날 기분에 따라, 나타내고 싶은 느낌에 따라, 전날 본 어떤 영상에서 받은 느낌에 따라 안경을 골라서 쓰고 있다. 사람들은 내게 왜 이리 유난 떠냐는 식으로 묻기도 한다. '상관없는 것 아닌가?' 장기하 씨의 말처럼 말이다.

　그 순간 기분이 좋아지고, 그걸로 일을 기쁘게 하고 여유가 생기면 다른 사람을 돕게 된다. 별것 아닌 안경을 통해서 나비효과가 나타난다.

　오늘은 아니 어제부터 유독 잠이 잘 깨지 않는다. 3일 연속 수면시간이 네 시간 미만이라 문제가 있겠지만 그래도 이상하게 체력이 회복되질 않는다. 반복되면 큰일이다.

　오후에 이런저런 일정이 있어서, 일찍 가서 저녁 식사 준비하기 전에 잠깐이라도 눈을 붙여야겠다.

별것 아닌 내용이지만 오늘도 일기를 썼다.

꾸준함이 답이겠지, 역시!

☺ 2021년 11월 5일 金曜日 승선 194일 차

어제도 그제도 일주일 전 오늘도 똑같은 바다 위에 떠 있다. 같은 바다를 보면서도 어떤 이들은 달라진 점을 발견하고 '감동' 받지만 내 눈엔 그저 바다다.

바다를 보든 물고기를 보든 내 인생부터 빗대어 보게 된다. 오늘은 이상하게 바다도 물고기도 어딘가에 쓰일 갑판의 초록색 그물도 모두 아름답다.

좋은 일이 있으려나 보다!

☺ 2021년 11월 6일 土曜日 승선 195일 차

쓰고 싶은 이야기가 없다. 날씨도 적당하고 흔들림도 별로 없다.
'시가'를 한 대 태우고 자야겠다. '별'이 보이면 좋겠다.

핸드폰 용량이 모자라서 사진첩을 정리하다가 대사관을 떠나는 날 남긴 편지를 발견했다.

안녕하세요, 대사님.

요리사 송영석입니다.

대사관을 떠나기 전, 꼭 한 번 진심을 전하고 싶은데 대사님을 뵙고 말을 하면 사내가 울 것 같아 글로 적어봅니다.

이곳에서 지낸 지난 10개월은 항상 빠르게, 많이 움직여야 한다는 저의 강박 뒤로 미뤄둔 고민을 정리하고 저를 살필 수 있는 시간이었습니다. 저를 돌아보는 꽤나 아팠던 시간이 지나니, 다시 사물을 사물로, 사람을 사람으로 볼 수 있게 되었습니다.

그러기에 이곳에서 무엇이 좋았냐고 물어보면 모든 시간이 좋았다고 할 수 있습니다.

이곳에서 어느 하나 후회되는 것이 없지만, 단 한 가지 아쉬운 점이 있어요. 대사님과 거실에서 영화를 다시 한 번 보고 싶어서 매달 한국에서 USB를 받았는데 그 말 한마디 용기내보지 못한 것이 아쉽습니다.

왜 이리 대사님 앞에선 입을 열기 어려운가 고민해보니, 대사님께서 제게 말없이 보여주신 존중과 배려에 저도 입을 다물 수밖에 없었던 것 같습니다.

이곳에서 지내는 동안 저는 대사님의 보호 아래서 몸도 마음도 어느 한 곳도 다친 곳이 없습니다.

그러니 갑작스레 제가 떠나게 되는 것에 대해 혹시 마음이 불편하시다면, 그러지 않으셨으면 좋겠습니다. 대사님께서 건방진 요리사에게 보여주신 사랑을 기억하고, 이제 제 나름대로 움직여보겠습니다.

최고의 요리사는 생각해본 적이 없지만 성의 있고 따뜻한 요리사가 될 수 있을 것 같습니다.

대사님, 많은 것을 배우고 느끼고, 다시 꿈을 꿈답게 꿀 수 있는 시간을 주셔서 정말 감사합니다. 잊지 않겠습니다.

그리고 사랑합니다.

관저 요리사 송영석 올림

2020년 05월 20일, 대사관을 떠나기 하루 전
대사님께 남긴 편지

☺ 2021년 11월 8일 日曜日 승선 198일 차

오늘 새벽, 뉴질랜드 크라이스트처치의 리틀턴 항구도시에 입항했다. 아쉽게도 코로나 때문에 내릴 수 없지만 산도 다르고 바다도 한국 바다에 비해 더 옅고 푸르른 것 같다. 산과 바다, 두 가지 색깔이 섞이니까 굉장히 이국적인 느낌이 든다. 새로운 것이 아니라, 익숙하면서도 낯설어서 더 그렇게 느껴진다.

앞으로 뉴질랜드 리틀턴 항구에는 세 번 이상의 입항과 출항을 반복하게 될 것이다. 연구원들이 교대를 해야 하기 때문이다. 그 시간을 이용해 배는 급유도 하고 부식도 올린다. 오늘도 그랬다. 내일은 급유를 하고 내일 모레 아침 일찍 연구 가능 해역으로 이동한다.

연구 시작과 동시에 다시 야식 작업을 해야 해서, 컨디션 관리가 굉장히 중요하다. 1항차는 북극에 비해서 20명 이상 식수 인원이 줄었지만, 차곡차곡 쌓인 피로가 무서운 법이다. 쌓인 피로는 하루 푹 잔 걸로는 쉽게 풀리질 않으니 평상시에 비타민을 챙겨먹고 잘 쉬는 게 중요하다.

오랜만에 일기 형식으로 글을 써 내려가는 것 같다. 최근에 장기하의 산문을 읽고, '아! 매일 매일이 꼭 이야기의 형태일 필요는 없겠구나. 노랫말, 시, 편지, 그림 등으로 그날의 이야기를 재밌게 써야겠다'는 생각이 짙어졌다. 매일매일 서너 쪽이 넘는 양을 이야기로 채우려면 지칠 때가 있다.

오늘은 생각의 흐름대로 글을 써 내려가니 일기를 적는 느낌이 들어서 기분이 편하고 좋다. 벌써 출항한 지 19일이 지났다. 시간이 빠르다. 벌써 남극 항차의 1/10이 지났다. 굉장하다!

쉬어야겠다. 눈으로라도 뉴질랜드의 풍경을 구경해야겠다.

☺ 2021년 11월 9일 火曜日 승선 199일 차

"꿈이 현실로 정확히 보였던 특별한 날이었다."

"우린 더 올바르게 빛날 수 있어."

☺ 2021년 11월 10일 水曜日 승선 200일 차

승선한 지 200일째이다.

내 기억으로, 4월 26일에 집을 떠나 승선했으니까 벌써 7개월 가까이 지났다.

그때와 지금, 무엇이 바뀌었을까? 우선 북극을 갔다 왔다. 일도 손에 붙었다. 물론 실수를 할 때도 많지만.

돈도 받았다. 그 돈을 부모님께 선물하기도 했다. 6개월을 항해하면서 모은 달러를 돌돌 말아 고무줄로 묶은 뒤 아버지께 따로 드리기도 했다. 아버지가 좋아하시던 게 기억이 난다. 아마 아버지 성격에 환전하시진 않으셨을 거다. 내가 선물한 모양 그대로 보관하시다가 코로나가 안정되고 여행가실 때 꺼내서 쓰실 것 같다. 안 봐도 훤하다.

또 뭐가 변했을까?

승선했을 때부터 했던 고민은 변하지 않는 것 같다. 이다음에 무엇을 하면 좋을지 늘 생각했고, 여전히 생각 중이고 기도하고 있다. 다만, 조금 다른 점이 있다면 데드라인이 얼마 남지 않은 것 같아서 이전보단 마음이 뜨고, 조급함을 느낀다. '알아서 잘 되겠지. 그냥 조용히 오늘 할 수 있는 것만 좋은 마음으로 해보자'란 주문을 하루에 200번은 쓰고 되뇌고 있는 것 같다.

그러던 와중 오늘처럼 재밌는 상상에 빠지는 날엔 신이 난다.

오늘 했던 상상은, '바티칸 교황청에 가게 된다면?'이었다. 그곳에 요리사로 가게 되면 어떨까 생각해 봤다. 그곳은 어떤 분위기이고 어떤 느낌일까 생각하면서 일을 하다 보니 벌써 점심 준비가 끝나고 청소까지 마무리 되었다. 몰두가 되는 꿈을 꾸어서 참 기뻤다.

아침 8시 경에 뉴질랜드에서 연구해역으로 출항했다. 4일간의 이동항해가 있고 4일 뒤부터 13일간 1항차의 연구가 시작된다. 그때부터는 하루 네 번 출근해서 야식까지 해야 하는 힘든 일정을 보내야 하기 때문에 지금 잘 쉬고 컨디션 관리를 잘 해놓아야 한다.

☺ 2021년 11월 11일 木曜日 승선 201일 차

아라온호에서 만나게 된 전기장님과 주방장님을 비롯한 어른들을 만날 수 있게 해주셔서 고맙습니다.

제가 할 수 있는 것이 늘어나서, 더 많은 것들을 해볼 기회를 주셔서 고맙습니다. 나눌 수 있게 해주셔서 감사합니다. 꾸준하게 할 수 있게 해주셔서 고맙습니다.

비어 있다고 생각한 부분들이 채워지고 있음을 느끼고 있습니다. 고맙습니다.

훌륭한 기술자가 되어 세상에 나눌 수 있게 해주셔서 감사합니다.

내일 아침 휴무자가 정해지지 않아서 화투 패를 돌려 비번자를 뽑았는데 내가 돼버렸다. 내기 운이 없는 편인데 오늘 그 운이 내게도 찾아왔다. 내색하진 않았지만 기분이 끝내줬다.

생각지 못했던 휴무가 생겨서 오늘은 여유를 가지고 글도 쓰고 트럼펫도 불었다. 아 맞다! 트럼펫에서 정확한 음이 나기 시작했다! 입술 모양이 조금은 자리를 잡은 건지 리드에서 입술을 뗐다가 다시 붙여도 원하는 음이 날 때가 많다. 역시 꾸준함이 갈증을 해결해 주는 것 같다.

탁구는 슬럼프가 왔는지 마음이 붕 뜨기 시작했다. 매일 게임에서 지고 또 지적해주셨던 것들이 고쳐지지 않고 안 좋은 버릇만 계속 느는 것 같아서 속상하다. 그래도 트럼펫과 동시에 그 시기가 겹치질 않아서 다행이다. 탁구를 매일 기회가 될 때 연습하고 그 다음에 트럼펫을 불면 마음이 편한 요즘이다.

하기 싫어진 탁구 먼저 연습해버리고, 할 때마다 신기하고 행복한 트럼펫을 불면 더 뿌듯하달까? 그래서 더 잘 불어지는 건가? 마음이 편해서? 그럴 수 있겠다.

여기 시간으로 밤 10시 30분이다. 방금 전까지 탁구, 트럼펫, 샤워를 하고 칼을 갈았다. 내 칼을 조리원 형님과 같이 사용하는데 우리 둘이 동시에 칼을 사용해야 하는 경우에는 내가 칼을 갈았다는 이유로 형이 양보한다. 그리고 다른 사람의 칼을 빌려 쓰신다. 그 형님은 원래 요리를 하던 분이 아니고 배에서 처음 요리를 시작한 분이라 칼을 갈

줄 모른다. 그래서 내가 먼저 같이 쓰자고, 꾸준하게 갈아 놓겠다고 말했는데 그런 상황이 올 때마다 난처하고 미안하고, 떳떳치 못한 느낌이었다.

주방장님한테 주인 없는 칼 한 자루를 받아서 새 것과 함께 갈아 놓았다. 이곳에 오기 전까지만 해도 칼 가는 내 방법은 따로 없고 학교에서 배운 대로, 유튜브에서 찾아본 대로 그냥 대충 갈았다. 어느 날은 잘 갈렸고, 또 다른 날은 더 많은 시간을 투자해서 갈았는데도 날이 서질 않고 무뎠다. 칼을 잘 갈고 싶다는 생각이 늘 컸는데, 이곳에서 주방장님께 그 방법을 직접 배우게 되었다.

칼을 가는 것 자체가 좋아서 매주 휴무가 전날이면 칼을 갈고 있다. 어느 날은 잘 갈리고 다른 날은 안 갈리기도 했다. 연속으로 두 자루를 갈다 보니 요령을 알겠다. 형님께 사랑도 표현하고, 성장할 기회가 생겨서 좋다. 내 칼을 갈 때마다 형님 것도 같이 갈아야지. 내가 할 수 있는 사랑의 표현을 할 거다.

☺ 2021년 11월 14일 日曜日 승선 204일 차

휴가를 마치고 배에 승선한 지 한 달이 되는 날이다. 시간이 엄청나게 빠르다. 금방 서른 살이 되고 마흔 살이 될 것 같다. 사실 싫진 않다. 오히려 좋다!

지금 하고 있는 미래에 대한 불안과 내가 찾고 있는 것들에 대한 답을 찾은 사십 대라면 당장 내일이라도 반갑게 시간 이동을 할 수 있을 것 같다.

날씨가 아주 맑다. 구름을 누군가가 무심히 툭툭 뭉쳐놓은 듯한 하늘을 보고 있는데 '어쩌려고 이곳에서 이걸 보게 된 걸까?' 하는 생각이 들었다. 지금은 '와, 아름답다. 한국과 참 다르다' 정도이지만 이런 하늘을 본 나와 보지 않은 나는 분명 차이가 있을 것이다.

북극을 다녀왔고 남극에 가고 있는 나는 어떤 기술을 가지게 될까? 뭘 만들고, 어떻게 세상에 나누면서 살게 될까? 나와 비슷한 나이, 혹은 나보다 나이가 많은 사람들도 비슷한 고민을 하면서 살고 있을까?

하고 싶은 걸 하고 있는데도 더 구체적이고 싶어서 계속해서 파헤치는 게 과연 맞을까? '이 기술을 나누면서 살면 행복하겠다' 싶은 것이 내 안에 존재할까?

오늘은 질문이 많다. 지금의 나도 많은 걸 나누며 살고 있는 것 같다. 그게 최선이라 믿는다. 지금은 내가 할 수 있는 것과 나에게 주어진 시간을 이용해 바다 위에 떠 있지만, 그럴 때마다 드는 생각은 나만이 할 수 있는 일로 다른 사람과 나누며 살 수 있으면 좋겠다는 거다.

내 가치가 올라가면 더 행복할까? 행복은 현재에 있으니 돈은 더 받지 않아도 되고 유명해져도 소용없다고 말하는 사람도 있다. 하지만 그렇게 말하는 사람들 중 현재에 만족하고 나누는 사람을 보지 못했다. 그렇게 되고 싶은데, 그 또한 어떻게 해야 할 수 있는 건지 모르겠다.

11월 중순이지만 한국은 완전 겨울 날씨겠지?

늘 그랬던 것 같다. 기온은 12월, 1월이 가장 낮아도 추위는 11월이 가장 사나운 느낌이다.

남극의 유빙이 보이지 않는 해역에서 연구 활동을 하고 있다. 현재 저기압이라서 바다가 굉장히 거칠다. 야외 연구 활동에 많은 지장을 주고 있다. 어제, 이대로는 연구가 어렵다고 판단되어, 이틀간 유빙이 있는 지역으로 피항(배를 피신하는 것)한다고 했는데, 하룻밤 사이에 바다가 안정되어서 연구를 재개하기로 했다. 어떤 게 더 좋은지 우린 모르지만, 그 누구도 다치지 않는 것이 최선이겠지?

여전히 바쁘게 지내고 있다. 일하는 시간 외엔 내가 해보고 싶었던 탁구, 트럼펫 등을 연습하고 그 사이에 전기장님께 일주일에 두 번, 간단한 영어 회화도 알려드린다. 매일 점심이 마무리되는 대로 도서관에 올라와 승선 일기, 감사일기를 쓰다 보니 하루가 빠르다. 내 시간만 누군가 훔쳐가는 것 같다.

트럼펫과 탁구를 매일 꾸준히 연습하고 있다. 하루하루에 의미를 두면 실력이 전혀 늘지 않는 것만 같고 어제는 되던 게 오늘은 되지 않아 혹시 퇴보하는 건 아닐까 생각도 든다. 그렇지만 그냥 하면 된다. 정해 놓은 시간만큼, 마음 쓰지 말고 책상에 앉아서 글을 쓰고, 식료품 창고에 앉아서 트럼펫을 불고, 체육관 구석 거울 앞에서 사람들의 눈치를 살피며 탁구 자세를 연습하다 보면 어느새 는다. 나도 모르는 사이에. 승선 일기 공책을 또 한 권 다 채워서 새로운 공책의 비닐 포장을 뜯

게 될 때, 아무리 힘을 주어도 나지 않던 소리가 자연스레 나올 때, 수백 번 연습해도 경기만 하면 나오지 않던 기술들이 경기 중에 무심코 나올 때 그럴 때 다시 한 번 '꾸준함'에 대한 가치를 느끼고 깨닫는다.

이런 감동이 오래 가야 좋겠지만, 반복은 지루하게 느껴질 때가 많고 다른 사람과 나를 비교하게 만드는 아리송한 과정이기도 하다. 내 삶에서 '꾸준함과 반복' 그 이상의 가치는 '사랑' 말고 없다. 그만큼 크고 내려놓을 수 없는 귀중한 가치이다.

☺ 2021년 11월 17일 水曜日 승선 207일 차

주방에서는 나를 포함해서 다섯 명의 요리사가 아침, 점심, 저녁, 하루 세 번 같은 공간에서 같이 땀을 흘린다.

주방장님은 바싹 구운 생선을 좋아하신다. 삼치, 고등어, 가자미, 적어, 임연수…. 하지만 우리는 뜨거운 생선을 먹어본 적이 없다. 요리를 하면 입맛이 없어지기도 하고 사람들 식사가 다 끝나면 청소를 마치고 식사를 한다. 남은 음식을 한 곳에 모아 나눠 먹는다. 뜨거운 생선을 먹어본 적이 없다. 그래도 슬프지 않다. 불쌍하지도 않다. 오히려 멋지다.

열심히 삼치를 굽고 있는데 주방장님이 소주 한 병을 들고 와 하던 일 멈추고 전부 모이라고 했다. 주방장님의 마음은 달랐나 보다. 주방장님께서 너희도 뜨거운 삼치를 먹어봐야지 않겠냐며, 소주를 한 잔씩 따라 주셨다. 우린 갓 구운 삼치를 맨손으로 먹었다. 소주를 가득

따른 잔을 부딪치고 한 잔 마셨다.

갓 구운 삼치는 '진짜' 맛있었다. 소주 한 잔에 얼굴이 빨개져서 각자 노래를 흥얼거리며 일을 마무리했다.

그땐 기분이 좋았는데 글로 적어 보니 눈물이 난다. 주방장님은 술을 못 하신다. 이곳에서 느낀 모든 불안이 의미가 없어진다.

이 바다에서 고작 난 스물여섯 살이다.

☺ 2021년 11월 18일 木曜日 승선 208일 차

어제 밤부터 마음이 괴롭다.

엄마가 아침마다 대공원 산책을 가시는데, 새벽에 다리를 접질리셔서 왼쪽 발목 두 군데가 골절이 되었다고 전해 들었다. 지금은 한림대병원에 입원 중이고 내일(금요일) 붓기가 빠지는 대로 수술을 하신다.

보름 뒤면 가게 계약이 끝나는데 사고로 가게 마감이 앞당겨졌다. 다친 엄마의 말씀대로 이번 기회에 넉넉히 자고 쉬라는 하늘의 뜻이 아닐까 생각한다. 다친 엄마를 도와주고 싶어도, 웃겨주고 싶어도 망망대해에 떠 있는 나는 아무것도 할 수 없다. 진심으로 기도가 필요한 순간이다.

계속 불길한 생각만 나고 이유 모를 죄책감에 혼자 흔들리는 바다에 누워 잠을 못 자고 있었다. 내가 이러고 있을 걸 아셨는지, 아버지께 문자가 왔다.

"엄마는, 어제 아침에 대공원에 산책 갔다가 약간 어둡고, 지면이 살짝 얼어 있었던 곳에 오른발이 미끄러지면서 뒤에 있던 왼쪽 발목 두 군데가 골절됐다. 어제 입원했고, 금요일 오전에 수술하기로 했다. 머리나 팔 등 다른 곳은 다친 곳이 없다.
한림대병원에 있고 잘 치료하고 퇴원할 거다. 다시 연락할게. 걱정하지 말고 잘 지내도록 해라.
세상일은 너무 슬퍼하거나 기뻐하지 않아도 되는 것 같다. 당당하게 너의 하루에 충실하면 될 것 같다. 엄마는 지금 병동 복도에서 휠체어 타고 테레비 본다."

-아버지, 한국 시간 오전 9시 17분

아버지의 문자 한 통에 요동치던 마음이 한결 편안해졌다. 이번 기회로 우리 가족이 이다음을 위해, 각자를 위해 쉼표를 찍는 꼭 필요한 시간을 보낼 수 있기를 기도한다.

☺ 2021년 11월 19일 金曜日 승선 209일 차

오전에 어머니 발목 수술이 무사히 잘 되었다고 아버지께 연락이 왔다. 너무 감사하다. 이번 기회에 우리 가족도 막연하게 쉬면서 멋진 미래를 꿈꿀 수 있기를 희망한다.
엄마가 잘 회복하시길 기도한다.

☺ 2021년 11월 20일 土曜日 승선 210일 차

　주방 사람들과 야식 준비를 끝내놓고 다 같이 조그마한 방에 둥글게 모여 맥주 파티를 하기로 했다. 다섯 명이서 맥주 여덟 캔을 나눠 먹어야 하지만 기쁘고 떨린다.

　"맥주 파티, 맥주 파티, 맥주 파티, 워!!"

☺ 2021년 11월 21일 日曜日 승선 211일 차

　어제의 맥주 파티 때문일까?
　다섯 명이서 나눠 마신 여덟 캔의 작은 맥주 때문일까?
　우리끼리 나눈 대화의 따뜻함 때문이었을까?
　'숙취'인지 '몸살'인지 모를 것에 시달리고 있다.
　어젠 참 좋았는데 오늘은 꽤 힘들다.
　"맥주 파티, 맥주 파티, 맥주 파티, 워ㅠㅠ"

☺ 2021년 11월 22일 月曜日 승선 212일 차

　우리 배는 저기압 지역을 피해서 잔잔한 바다로 피항을 가는 중인데 현재는 배가 앞뒤 좌우로 바람과 함께 춤을 추고 있다. 음식을 하려고 재료를 도마에 올려두면 바닥으로 떨어진다. 계속 잡고 있어야 한다.

　다른 선원 분들이 말씀하시길 북극 바다보다 남극 바다가 더 험하다고 그랬는데, 실감이 된다. 1항차와 2항차는 비교적 안전한 해역인데도 이 정도니 3항차에서 연구하게 될 해역은 어떨지 두렵고 기대도 된다.

하루도 빠지지 않고 승선 일기를 쓴다. 쓰기 힘든 날엔 어제처럼 짧은 글로 마음을 적기도 하고 그림을 그리기도 하고 노랫말을 적기도 하면서 매일 같은 자리에 앉아 승선 일기를 쓴다.

내 삶에서 200일이 넘는 기간 동안 무언가를 꾸준하게 했던 적이 있었을까. 특별한 일이 생기지 않더라도, 이 시간 덕분에 꾸준함을 연습할 기회를 스스로에게 준 게 아닐까 생각한다.

매일 매일, 정말 매일 적고 있다.

빛나고 싶다. 누군가에 의해서 쉽게 켜지고, 꺼지는 전등 같은 불빛이 아닌, 해와 달 그리고 별처럼 당연하게 빛나고 싶다.

☺ 2021년 11월 24일 水曜日 승선 214일 차

일주일이 빠르게 지나가는 것 같다.

남은 항해 일수를 생각하면 멀었지만, 남극 항해를 시작한 지 벌써 한 달이 넘었다. 일주일 뒤면 1항차의 연구 작업이 모두 끝나고 뉴질랜드에 입항, 연구원들은 모두 내린다. 정박기간 5일간 부식도 받고 기름도 넣고 다음 연구원들이 탈 수 있도록 청소도 하고 이런 저런 준비를 한다.

2항차까지 연구 일수도 길지 않고, 사람들도 많이 타지 않기 때문에 비교적 안정적이고 여유롭다. 3, 4항차는 85명 꽉 채워서 승선, 연구

일수도 30일 이상이기 때문에 야식을 만들면 꽤 벅찰 것 같다. 물론 시간이 지나면 적응이 되겠지.

오늘도 탁구를 치고 트럼펫을 연습하고 승선 일기를 쓰고 있다. 그리고 이틀에 한 번은 전기장님과 함께 영어회화 공부를 하고 있다. 나 또한 할 줄 하는 말이 몇 가지 안 되고 발음도 형편없지만 그것조차 전기장님에겐 도움이 된다고 말씀해 주셔서 그저 내가 할 수 있는 만큼 도움을 드리고자 시작했다.

전기장님 실력이 느는 게 보일 때마다 많은 걸 느낀다. 꾸준함이 최고라는 말을 늘 하면서 노력하지만, 결과가 금방 보이지 않고 손에 만져지지 않아 내가 올바르게 하고 있는 건지, 도태되고 있는 건지 모를 때가 많다. 근데 조금씩, 조금씩 꾸준하게 실력이 늘고 있는 사람이 옆에 있으니, 그걸 보며 나 역시 용기를 얻고 있다.

언젠가는 나도 나만의 기술을 찾아서 그걸 연습하고 익히고 나누겠지. 그날이 멀지 않았으면 좋겠다는 생각도 하지만, 그 과정에도 지금처럼 새로운 공간에서 배우고 느끼는 게 있으니 괜찮을 거라고 믿는다.

☺ 2021년 11월 25일 木曜日 승선 215일 차

오늘 내가 당장 할 수 있는 것
아침 출근, 점심 출근, 점심 운동(15~20분), 저녁 출근
저녁 탁구 연습 및 시합, 트럼펫 연습(20~30분)
야식 출근

승선 일기(215일차), 감사일기

빨래 정리

☺ 2021년 11월 26일 金曜日 승선 216일 차

　새로운 선택을 위해서, 이 뒤엔 더 멋진 것이 기다리고 있다는 작은 믿음 때문에, 다시 막연함 앞에 설 생각을 하니까, 하루 스물네 시간을 견딜 생각을 하니까 '지금'이 좋아진다. '좋은 게 좋은 거겠지', '이렇게 살아도 훌륭한 거겠지'란 생각들이 날 따뜻하게 데워준다.

　돈, 동료, 공간, 모든 게 아름다워 보인다.

☺ 2021년 11월 27일 土曜日 승선 217일 차

　고기 불판이 나가고, 야식과 내일 아침 간편식까지 준비를 하고 나니 너무 피곤하다.

　맥주 한 잔 마시고 일찍 자야겠다.

☺ 2021년 12월 1일 水曜日 승선 221일 차

　이틀 동안 승선 일기를 쓰지 않았다.

　이틀 전에는 1항차 마지막 연구 날이어서 파티를 열었기 때문에 바빴다. 파티가 무사히 끝나고 주방 사람들도 네 번의 항차 중 첫 번째 항차가 무사히 끝났다는 안도감에 다 같이 모여서 마른 오징어와 맥주를 마셨다. 술에 취해 얼굴이 붉어진 채로 노래도 부르고, 기타도 치고 춤도 추고 같이 웃으며 시간을 보냈다.

어제는 이곳에서 친해진 연구원 세 분과 작별했다. 도서관에 모여서 맥주를 마시고 그날도 각자의 얘기를 하면서 웃고 떠들었다. 그래서 승선 일기를 쓰고 싶지 않았다. '오늘은 쓰지 말고 푹 쉬어야지'라고 생각하니 오히려 편하고 참 좋았다.

그저께와 어제는 바다가 험해서 주방의 모든 기물이 날아가고 깨지기도 하고, 만들어 놓았던 음식이 엎어지기도 했다. 쉽지 않았다. 지금은 뉴질랜드에 들어가는 중이라서 바다가 비교적 잔잔하다. 1항차 동안 그 누구도 다치지 않고 무사히 마무리 할 수 있어서 정말 다행이다. 그저 감사하다.

어제는 우리 가족의 가게가 폐업했다.

마음이 이상했다. 같은 자리에서 부모님은 6년간 장사를 했다. 그 사이에 난 대학도 가고 군대도 가고, 파푸아뉴기니의 대사관에도 가고 북극에도 가고, 이젠 남극에 있다. 이 모든 일이 6년 사이에 그 가게에서 연습을 하면서 꿈꿨던 것들이 순서와 상관없이 이뤄진 거라 생각한다.

부모님은 쉬는 시간을 가질 거다. 지금은 그래야 하는 시기이다. 우리 가족 모두에게 새로운 무언가를 하기 위한 준비 시간이 될 거다. 그리고 멋지게 돌아오겠지. 우리 부모님은 솔직하고 뛰어난 사람이니깐 분명 그러실 거다. 부모님은 자영업자라서 퇴직금이 없다. 내가 드리고 싶다. 마침 3일 뒤면 뉴질랜드에 4일간 정박을 하니까 그때 로밍을 해서 전달해야겠다.

모든 부모님들이 그러시겠지만, 너무 수고하셨다.

덕분에 지금의 내가 있는 거라고 진심으로 믿는다.

☺ 2021년 12월 4일 土曜日 승선 224일 차

퇴근을 하고 뉴질랜드 하늘 아래서 산을 올려다보고 그 안의 나무를 세고 있는데 기분이 좋았다. 평상시엔 셀카를 찍는 편이 아닌데 오늘은 몇 장 찍고 인스타그램에도 올렸다.

오늘 1항차 연구원들이 모두 하선했다. 내일 2항차 연구원들이 승선하고 다시 남극으로 향한다. 그 사이사이 교대 기간마다 뉴질랜드에 도착해서 부식도 받고 기름도 넣고 재정비할 시간을 갖는다.

코로나 때문에 배에서 내려 시간을 보낼 수 없지만, 그래도 육지에서 로밍을 신청할 수 있으니 좋다. 가족들과 통화를 하고 창섭이 정호와도 밀린 이야기를 나누고 또 서로의 생각과 감정을 공유할 수 있다.

어머니, 아버지, 누나한테 오늘 퇴직금을 전달했다. 약 7년간 같은 자리에서 고생해 준 우리 가족을 위해 내가 번 돈을 나눌 수 있다는 것이 축복이다. 정말 축복이다. 이번 남극 항해를 마지막으로 이 배와 작별할 생각이지만 또 멋진 걸 해낼 수 있을 거라는 기분이 가득하다. 그러니 용기를 내봐야겠다.

내가 하고 싶고 원하는 것은 누군가를 다치게 하거나, 악의를 품은 게 없다. 내 것을 나누고 싶을 뿐이다. 지금과 같이 나누되 구체적인 뭔가를 세상에 선물하고 누리며 지내고 싶다.

☺ 2021년 12월 5일 日曜日 승선 225일 차

2021.11.27

오랜 친구 영석에게

친구 재형이가 휴가를 나와서 오랜만에 술 한잔했다.

집에 돌아오는 길에 너 생각이 나더라.

근황 이야기를 하던 도중에 친구들이 너는 어떻게 지내는지 문기에, 지금 남극에 가 있다고 했지. 다들 멋지다고 하는데 내가 뿌듯하더라?

이상한 감정이지? 진짜 괜히 내가 우쭐하더라니까.

너의 행보에 편승하는 것 같아서 염치없기도 하네. 그래도 뿌듯했어.

네 이야기가 나와서 그럴 수도 있고 아마 그냥 친구를 만나서 생각났던 것 같아. 오랜 친구를 만나서 좋다. 이런 마음이 들면서 자연스럽게 너 생각이 나. 그냥 별말하지 않고 와인이든 소주든 양주든 마시면서 떠들고 싶다.

너가 파도를 타며 요리를 하고 뭔가를 느끼고, 아프기도 하고 기쁘기도 한 이야기를 듣고 싶다.

나는 파도를 타고 잘 견디고 있다고 생각하는데 가끔 불안이 찾아와.

그때마다 너가 곁에 있으면 좋겠다는 생각을 한다.

'영석이가 하는 이야기가 나한테 닿으면 위로가 될 텐데…' 하고 말이야.

저번에 카톡으로 이런 얘기를 했었잖아.

정말 무엇을 해야 할지 모르겠다고, 남들이 물어볼 때 그저 그냥 아무것도 모르겠다고 말한다고 했었는데, 지금은 어렴풋이 알 것 같다는 생각이 들어.

맨날 했던 말일 수도 있는데, 뭔가를 도울 수 있는 창의적이고 독창적인 집단을 만들고 싶어.

아직은 이 정도에 그치지만 진짜 내가 뭔가를 시도해 볼 때는 더 구체적으로 되지 않을까 싶어.

오랜만에 내 얘기를 하는 것 같다.

오늘 너의 상태가 어떨지 모르겠다.

어떨 때는 일상적인 누군가의 이야기가 귀찮을 때도 있잖아.

그런 상태라면 그냥 흘려들어 줘.

그리움을 느끼는 중이다, 라는 것만 알아주면 좋겠다.

11월 27일에 서서 12월 2일에 마무리하네.

우리가 늘 뿌듯한 삶을 살았으면 좋겠다.

PS. 감기 조심해. 몸살 때문에 무기력증이 도져서 힘들다. 몸이 건강해야 마음도 건강하잖아.

2021.12.02.

정호에게 온 편지

☺ 2021년 12월 6일 月曜日 승선 226일 차

내일이면 뉴질랜드를 떠나 남극 장보고기지로 향한다. 코로나 때문에 기지에 방문하기는 어렵겠지만, 남극 대륙에 정박을 해보고 거기서 생활하는 걸 볼 수 있다는 것 자체로 설레고 좋다.

지금은 출항을 앞두고 기름을 넣는 중이라 복도에 기름 냄새가 진동을 한다.

☺ 2021년 12월 11일 土曜日 승선 231일 차

오늘은 주방장님과 동료들과 함께 3층 회의실, 큰 티브이에 플레이스테이션을 연결해 <위닝 2021>을 하기로 했다. 일기는 쉬려고 한다.

온전히 쉬고 즐겁게 시간을 보내야겠다.

☺ 2021년 12월 12일 日曜日 승선 232일 차

이번 항해 후, 다음을 위해, 한국에서 쉬는 시간을 갖게 될 것 같다. 그런 시간을 피해갈 수 없을 것 같다. 이번 항차를 마지막으로 배에서 내리면 또 무엇을 해야 할지, 어떤 것을 배우게 될지 정한 게 없다.

구체적인 그림이 그려질 때까지 배를 탈 수도 있겠지만, 그렇게 해서 답이 안 나올 것 같은 느낌이다. 다시금 안락함과 익숙함에서 벗어나 새로운 걸 받아들일 준비를 하는 게 맞을 것 같다.

1년간 배우고 싶었던 것들을 배우며 쉴 수 있는 돈을 벌게 되었고,

구체적으로 내게 어울리는 기술을 가져야 한다는 방향도 확실해졌다. 이번 항차가 끝나고 내년 봄이 되면 한국에서 다시 시간을 보내게 될 것이다.

같은 형태의 시간을 보내겠지만, 막연함이란 단어 안으로 들어가겠지만 이전과 다를 것 같다. 그 순간조차도 기쁘게 보내려고 많은 노력을 할 거다. 이전에도 그랬지만, 많은 시간을 불안에 떨고 움츠려 있었던 것이 사실이다. 그 순간에도 늘 일기장에 그날의 감정을 적었으니깐 그걸 읽어보면 이런 생각이 든다.

'결국 꿈꾸고 상상한 대로 이루어졌는데 왜 그 시간을 괴로워하며 보냈을까?'

그 불안함이 더 좋은 결과를 만들어 준 건 아닐 테고 그저 꾸었던 꿈들엔 알맞은 시간이 필요했던 거다. '과일로 치면 익을 시간이 필요했던 것일 텐데 난 왜 믿음이 부족했을까? 왜 가족들에게 상냥하지 못했을까? 그 시간에 채우고 연습할 수 있는 것을 미뤘을까?'란 생각을 몇 번 했었다. 이번에는 다를 거다. 아니, 다를 수 있게 노력할 거다.

운동을 꾸준히 할 거고, 트럼펫을 꾸준히 불 것이다. 그리고 올해 10월부터 깨닫게 된 중요한 것 중 하나가 꾸준함이니까. 그 가치를 몰랐을 때와는 전혀 다른 시간을 보내게 될 거라고 믿는다. 그러다 보면 또다시 언젠가 꿈꾸고 적어왔던 일들이 나를 어디론가 데려가겠지. 그렇게 살아왔고 기억하고 있으니까. 그 순간이 정말 온전히 나를 위해서 꼭 필요한 시간이었던 걸지도 모른다.

다시 그런 시간이 찾아온다면 상냥하고 젠틀하고 사랑스럽게 나를,

나의 시간을, 나의 환경을 대하며 하루를 보낼 것이다.

그리고 꾸준히 기록할 것이다.

☺ 2021년 12월 13일 月曜日 승선 233일 차

점심을 마치고 세수만 하고 옷을 갈아입었다. 글을 쓸 수 있는 3층 회의실에 와 앉았다. 벌써 남극 대륙에 가까워져 해빙을 쇄빙하면서 전진하는 중이라 배가 엄청 흔들리고 진동이 멈추지 않는다.

바다가 험할 때는 기울기가 심하더라도 놀이기구 바이킹처럼 좌우로 규칙적인 패턴을 가지고 흔들린다. 그런데 얼음을 깨면서 나갈 때는 꼭 자갈밭을 자전거로 달리는 느낌이다. 흔들림에 규칙도 없고 온몸이 사방팔방으로 떨린다. 이런 날은 글을 쓰기도 힘들고 글씨도 삐뚤빼뚤 각자 춤을 춘다. 오늘은 하고 싶은 얘기가 있어서 점심이 끝나자마자 글을 쓰려고 앉았다.

"난 왜 이렇게 욕심이 지나칠까?"

"자연스레 물어보지 못하고 견제하는 걸까?"

궁금한 것이 있을 때 편하게 질문을 할 수 있는 사람과 절대로 하기 싫은 사람이 있다. 우선 음식을 잘 만들고 싶고 더 좋은 요리사, 더 훌륭한 요리사가 되고 싶다. 그런데 모르는 것을 해야 하는 상황이거나, 나보다 잘하는 사람이 있을 때 당연히 모르는 것을 물어봐야 하는데 그렇게 하지 않을 때가 많은 것 같다.

정말 멍청하다. 돌아가는 길인 걸 알고 있지만, 가끔은 상대방의 표정이 싫다. 나를 쉽게 대하거나, 질문을 했을 때 그것도 모르냐며 비아냥거리는 사람에게, 질문을 하고 싶지도, 도움을 구하고 싶지도 않다. 그런 말투와 표정에 마음에 날이 서서 그 사람을 미워하게 되기도 하는 것 같다. 단순하게 생각을 해보면 어차피 알려주긴 할 거니까 그냥 흘려듣고 챙길 것만 챙기면 되는 게 아닐까란 생각도 한다. 하지만 그런 얘기를 듣고 있으면 의욕도 확 사라지고 그 사람이 얼마큼 잘하는가와 관계없이 그걸 받아들이고 싶지 않다. 의미 없는 고집이다.

성격이 무던하고 둥글둥글해서 그냥 허허 웃고 넘기고 싶은데 잘 안 된다. 특히 잘하고 싶어서 나도 모르게 긴장하고 있는 것에 대해서 누군가가 쉽게 대하고 떠들면 괴롭다.

왜 이렇게 돌아가는 걸까? 그냥 할 수는 없는 걸까? 그런 사람들이 바뀌기보단 그걸 받아들이는 내 마음이 바뀌면 앞으로 사는 게 더 수월해질 텐데.

☺ 2021년 12월 16일 木曜日 승선 236일 차

우리 배는 남극에 위치한 대한민국 장보고 기지 앞에 정박해 있다. 기지 앞에 항구가 있는 것도 아닌데 어떻게 정박할 수 있을까. 해빙에 배를 박아놓았다. 북극과는 다르게 남극의 얼음 두께는 상상을 초월한다. 쉽게 뚫으면서 나갈 수 있는 게 아니었다. 이번에 처음 봤는데 쇄빙을 하면서 전진하다가 못 뚫고 배가 얼음에 박혔을 땐 배가 후진을 한다. 세상에 후진이 가능한 배는 쇄빙선뿐이지 않을까?

후진을 한 뒤, 다시 속도를 내 전진해서 얼음 위로 올라탄 다음 배의 무게로 찍어 누른다. 그럴 때면 전쟁이 난 것 같은 굉음과 포탄을 맞은 것 같은 진동이 있다. 진짜 신기한 광경을 매일 매순간 목격하며 지낸다. 지금은 보급과 연구원 교대를 목적으로 3일간 기지에 정박해 있다.

10월 20일에 출항하여 50일을 넘게 항해했다. 189일간의 항해 일정이니까 거의 1/3을 왔다. 하루하루가 빨리 지나가서 일주일 단위로 시간을 기억하고 지난주엔 무슨 일이 있었는지 생각하게 되는 것 같다. 사실 하루가 다르지 않고 매번 같은 일상 속에서 같은 동료들과 같은 것만 만지고 있으니 생각이 유연하지 못하고 굳는 것 같다.

오늘도 그랬다. 머릿속에 재밌는 상상이나 이다음에 무엇을 해야 할지에 대한 생각이나 청사진이 그려지지 않았다. 이건 노력한다고 그려지는 게 아니다 보니 매번 인스턴트 같은 유희거리를 떠올리며 일을 하거나 시간을 보낸다.

이 순간순간에 의미를 부여하지 않고 그저 내가 할 수 있는 것들을 하며 꾸준히 하자, 라는 생각을 매일 아침 되뇌며 하루를 보내지만, '이래도 되는 걸까?'란 생각이 머릿속에서 떠나지 않는다. 이다음에는 어디를 가고 또 어느 바람과 파도에 휩쓸려서 어떤 동료들과 일을 하게 될지 생각하고 설레고 싶다.

교복을 입었던 때로 돌아간 것 같다. 그땐 삶의 어떤 목표나 꿈을 꾸지 못한 채로 살았던 것 같다. 막연하게 '돈을 벌어서 우리 가족한테 주고 싶다', '친구들보다 더 멋지게 살고 싶다', '주목을 받고 싶다'라고 생각했고 내가 뭘 만져야 하고 무슨 상상을 해야 할지 전혀 몰랐다. 그러다가 간신히 요리를 하기로 결정했지만, 그 역시 대학교를 가야만 할 수 있을 거라 생각했던 터라 과정이 설레지 않았다.

쓰면서 생각해 보니 학생 때와 지금을 비교할 필요가 없다. 지금은 그때처럼 방법을 모르는 것이 아니고 잠깐 브레이크가 걸려 있는 것뿐이다. 이젠 내가 음식을 해서 만든 돈으로 나를 더 챙겨주고 기분을 살펴주고, 가족에게 해줄 수 있는 사랑의 표현이 늘었다. 이렇게 생각을 해보니 많이 다르다. 같을 수 없다.

이 시간이 끝나고 또 몇 번의 파도를 타고, 실패하고, 다시 '이 파도인가?' 하고 올라타 보기를 반복하다 지쳐 떠밀려 갈 땐, 저 멀리서 아름답고 높은 파도가 알아서 다가왔다. 그땐 이전처럼 팔을 휘저어 올라타려 애쓰지 않아도 파도 앞에 똑바로 서기를 결심하면 알아서 흘러가졌다. 그러다 보니 남극도 북극도 적도에도 서 있을 수 있게 되었다.

저건 내가 감히 할 수 없을 거라는 두려움을 동반해서 기회가 다가왔다. 한번도 '옳거니!' 하면서 와준 적은 없었다. 파도를 잘 타는 방법을 나도 잘 모르지만, 과연 저게 나를 향해 오는 것인지 알 수 있는 확실한 방법이 있다. '순수'하면 된다. '나만 떳떳하고 누군가를 거슬려 하지 않는 상태', 즉 '평안하고 릴렉스'하면 된다. 그제야 뭔가가 보이는 건 분명하다.

역시 오늘을 살아야겠다. 웃으면서.

우리 배는 기지에 관련된 일을 마치고 연구원들을 태워 다시 출항했다. 오늘부터 5일간 기지 인근 해역에서 연구 활동을 하고 12월 31일에 뉴질랜드에 입항해서 2항차를 마무리한다. 이번 신년을 뉴질랜드 남부의 조그마한 항구에서 보낼 수 있을 것 같다

스물두 살과 스물세 살의 시작은 화악산에서 군복무, 스물다섯 살은 파푸아뉴기니에서, 스물일곱 살은 뉴질랜드에서 보내게 되었다. 돌이켜보니 그렇게 흘러왔다.

시간이 빠르다. 과연 내가 시간을 잘 쓰고 있는 건가 싶은 생각도 들고, 나를 나타내는 단어들은 '대사관 요리사', '남극', '북극' 등 더 커져가고 자극적으로 변하고 있다. 실속 있게 잘 하고 있는지, 듣기 좋은 소리에 취해 거품목욕을 하고 있는 건 아닌지 생각해 본다.

무게가 있고 싶다. 더 단단해지고 싶다. 떳떳해지고 싶다.

오늘 창섭이가 우리 관계는 등 뒤에 바늘 한 개도 숨겨 놓지 않은 사이, 다시 말해 서로의 앞에 서면 어떤 긴장감이 없이 무장 해제되는 사이라고 했다. 평화에 가까운 그 기분을 선물해 주는 관계가 지금 우리의 관계가 아닐까 하고 생각한다.

내 친구들은 꽃이 되고, 별이 될 것 같다. 그런데 그런 친구들이 나 역시 꽃이 될 것 같다 말해주니 나의 지랄 같은 마음 속 불안이 싹 사라진다. 뭔가가 될 것 같다고 믿게 된다. 나중에 누군가 내게 "당신의 확고한 믿음은 어디서 나오는 거냐"고 묻는다면 난 "진심으로 내가

사랑하는 사람들이 나를 온전히 믿어주는 걸 알기에 이 믿음을 지키지 못할 이유가 없다"고 말할 수 있다.

내 노력으로 얻었다고 할 수 없는 천운이다.

☺ 2021년 12월 20일 月曜日 승선 240일 차

〈회사에서 지원해준 오피스텔〉 - 끌어당김의 법칙

이번에 일하게 된 회사에서 나를 영입하기 위한 조건 중 하나로 공원이 보이는 오피스텔을 잡아줬다. 방이 두 개, 아일랜드 테이블이 있는 ㄱ자 주방이 있는 오피스텔이다. 방 한 개를 옷방으로 쓰고, 다른 방 하나는 침실로 쓴다. 공원이 보이는 거실 창가 앞에 짙은 갈색의 원목으로 된 2미터 직사각형의 테이블이 있고 그 위에 깔끔한 하얀색 스탠드 조명이 있다. 햇빛이 창문을 넘어 갈색 테이블을 비추면 꼭 우아한 버건디 색으로 보이기도 한다.

그 테이블에 앉아 글을 쓰고 책을 읽는 시간을 좋아한다. 거기 앉아 있으면 차분해지는 느낌이고 새로운 꿈이 꿔질 때가 많다. 물론 원목 테이블 맞은편 2인용 갈색 가죽 소파에 앉아 뒹굴고 유튜브를 보며 공상에 젖는 시간도 사랑한다. 하루 종일 그곳에 달라붙어 있을 수 있을 정도이다.

ㄱ자 주방의 냉장고 좌측에는 와인셀러가 있다. 와인 여덟 병 정도를 보관할 수 있는 크기이다. 쉬는 날에는 애인 혹은 친구를 초대해서 와인도 마시고 음식도 나눠먹으며 즐거운 시간을 보내다가 밤이 늦으면 같이 자기도 한다. 그들은 익숙한 듯 이 공간에서 편하게 쉬고 돌아간다.

다음 날 그들이 떠난 자리를 청소하면서, 나의 가치와 나의 상상으로 멋진 공간이 생긴 것에 대해 매번 감사함을 서로 느낀다.

그 기분을 공책에 남기며, 새로운 꿈을 꾸려고 노력한다.

☺ 2021년 12월 21일 火曜日 승선 241일 차

〈아버지에게 지갑을 선물했다〉- 끌어당김의 법칙

오늘, 아버지에게 지갑을 선물했다.

아버지의 낡은 지갑과 질감이 크게 다르지 않은 지갑이다. 자연스럽고 부드러워서 아버지가 익숙한 듯 부담 없이 쓰실 수 있는 지갑이다. 저녁에 함께 모여 식사를 하고, 식사가 거의 끝나갈 즈음 다 먹은 그릇을 우측으로 밀어놓고 내 안주머니에서 지갑을 꺼내 아버지께 드렸다. 비싸 보이지 않는 지갑이라서 그런지, 부담 없이 잘 쓰겠다며 받으셨다. 아버지가 지갑을 열어보지 않으시고 식탁 위에 올려놓으셔서, 내가 입을 열었다.

"아버지, 아버지가 지갑을 선물할 땐 '빈 지갑만 주는 거 아니라고 하셔서 용돈을 넣었어요."

지갑 안에는 1천만 원짜리 수표 10장이 들어 있다. 그건 나의 이번 광고 계약금이다. 아버지는 말없이 바라만 보시고 어머니는 놀라셨다가 이내 눈물을 글썽거리셨다. 누나는 깜짝 놀라서 신이 난 듯 목소리가 높아지고 아버지는 다시 땅을 보셨다. 우린 각자의 생각에 젖었다.

같은 자리에서 각각 다른 입장이었지만 우리 감동에 젖었다. 나를 믿어준, 꿈을 꾸고 이룰 수 있게 항상 기도해준 대가라고 말씀드렸다. 나는 마음으로 눈물을 흘렸고 식사를 하지 않았다.

아버지는 그 돈을 다음 날 아침, 은행의 첫 번째 고객이 되어 번호표를 뽑고 본인 계좌에 안전하게 입금하셨다. 아버지는 그 돈을 필요한 곳에 잘 쓰셨다. 난 그 모습에 다시 뭔가를 느끼고 다음 선물을 준비했다.

☺ 2021년 12월 22일 水曜日 승선 242일 차

〈봉사〉 - 끌어당김의 법칙

누군가 나를 보고 영감을 얻는다. 사람들의 마음을 위로하고 충만함을 온전히 느낄 수 있도록 돕는다.

봉사라는 이름 뒤에 정해진 것들이 아닌, 나만의 가치로 나만이 할 수 있는 나눔을 한다. 살면서 만난 고마운 동료들과 어른들에게 옳은 방식을 배운다. 그 안에서 그저 내가 할 수 있는 만큼 나눈다. 내 안의 충만함은 줄어들지 않는다. 나를 포함한 모두가 같이 충만해질 수 있을 때까지….

내가 결정한 건 '희생' 따위가 아니다. 기쁨의 '나눔'이다.

〈새로운 언어를 쓰며 일한다〉 - 끌어당김의 법칙

대학교를 다닐 때 요리를 하는 친구들을 만나면서 부럽다고 느낀 한 가지가 있었다. 바로 외국에서 보낸 경험이었다. 여행 경험, 어린 시절의 유학경험, 어학연수 등 내가 겪지 못한 경험이었기에 부러웠다. 그런 대화가 오가며 서로가 공감할 땐 위축되기도 했었다. 반대로 내 스스로 외국에 나가려고 해보니 그건 겁이 났다. 시간이 지나면서 머릿속에 든 생각은 '아… 난 외국이랑 인연이 없나 보다…'였다. 슬프지 않았다. 왜냐면 나 같은 사람이 더 많으니까. 외국에 나가는 건 특별한 경험이니까.

그러던 중에 대학을 졸업하고 바로 파푸아뉴기니라는 생소한 나라에서 일하게 되었다. 처음으로 새로운 언어를 쓰며 일할 수 있었다. 말하기를 좋아하는 내게 장애물이 생긴 기분이었지만 나쁘지 않았다. 그때는 내 입에서 외국어가 나온다는 것에 희열을 느꼈던 것 같다.

그 다음 해에는 북극을 가게 됐고 그 다음 해에는 남극에서 일을 하고 했다. 새로운 언어를 쓰지는 않았지만, 외국인과 함께하는 시간도 종종 있었다. 어찌됐건 한국을 떠나온 시간이었으니까.

그 덕분에 내 머릿속에는 '어떤 기술을 배울지, 배우고 싶은지 모르겠지만 다양한 언어를 쓰면서 살고 싶다'는 생각이 짙어졌다.

남극의 도전이 끝나고 새로운 환경에서 낯선 언어를 배워가며 일하고 평안한 시간을 보내고 있다. 상황이 닥치면 받아들이고 몰두하는 성격 덕에 이제는 제법 그럴싸하게 말을 하고 친구들과도 편안하게 시간을 보내고 있다. 오늘도 그렇고!

새로운 기술을 배우는 것에서 끝나지 않고 새로운 환경과 언어를 배우는 중이다. 훌륭한 기술자에서 멋진 사람으로 가고 있다. 신은 알맞은 시기에 내게 가장 어울리는 과정을 선물해준다는 걸 느낀다. 남극에서 망망대해를 항해하며 불안이 섞인 기도로 꿈꾸던 오늘의 기술과 언어는 이젠 일상이 되었지만, 남극 바다에서 크리스마스를 앞두고 혼자 기도하던 그때를 떠올리니 감사함이 다시 자리 잡는다.

-가까운 미래에 낯선 도시에서 낯선 언어를 쓰는 송영석이-

☺ 2021년 12월 24일 金曜日 승선 244일 차

메리 크리스마스!

☺ 2021년 12월 25일 土曜日 승선 245일 차

오늘의 일상은 모두, 조금 다르지 않았을까? 애인이 있는 사람들은 데이트를, 가족이 있는 사람들은 가족들과 혹은 친구들과 함께 좋은 시간을 보냈을 거다.

인스타그램을 보니 크리스마스를 기념해서 파티를 열고 시간을 보내는 사진이 올라온다. 나도 새로운 환경에서 크리스마스를 보내는 거라 이색적이었다. 오늘은 크리스마스 파티 음식 준비로 평상시보다 정신이 없었던 탓에 이제야 글을 쓴다.

특별하고 기쁜 날을 각자의 자리에서 즐겁게 보내기를 기도한다. 오늘도 특별했다. 아직은 마음이 정리되지 않아 안정적이지 못하지만 시간이 지나 오늘을 돌이켜 봤을 때 이 결정이 크리스마스 선물이었기를 진심으로 바란다. 파티가 끝나고 정리하기 전, 주방장님과 동료들이 한자리에 모여 식사를 할 때, 내 결정을 얘기했다.

"저는, 남극 항해를 마지막으로 새로운 걸 해보려고 합니다."

주방장님은 웃으며 고개를 끄덕이셨고 형님들은 별말이 없으셨다. 그동안 어떤 결정을 해야 할지 고민하기도 했지만, 결국엔 내가 다시 새로운 걸 하게 될 거라는 것을 알았기에 어느 순간부터는 나의 결정을 언제, 어떻게 전달해야 할지 고민했었다. 그러면서 자연스럽게 수만 가지의 상황을 머릿속으로 그려보기도 했다. 주방장님이 웃어주실까? 아쉬워하실까? 형님들은? 내 결정을 믿어주실까? 철이 없다고 생각하실까? 이 일정이 끝나고 무얼 할 거냐고 물어보시려나? 그럼 뭐라고 해야 하지? 준비한 건 없고 더 멋진 걸 하게 될 것 같아 떠난다고 사실대로 말해야 할까?

이 생각을 며칠간 하면서 느낀 한 가지는 '끝이 없다'는 것이다. 좋은 변명을 찾게 되고, 그들을 납득시킬 만한 그럴싸한 이유만 찾고 있었다. 그러다가 오늘은, 파티가 끝이 나면 다 같이 맥주 한잔 마실 기회가 있을 것 같아 용기를 냈다. 내가 생각했던 반응하고 많이 달랐다.

내가 무엇을 하고 싶은지 아무도 물어보지 않았다. 뭔가 '자연스럽다'는 생각과 동시에 '아쉽다'는 생각이 들었다. 계속해서 나의 결정에 대한 생각을 이어가게 된다. 내가 고민하고 선택한 것이지만, 정말 이 다음이 있는 걸까?

'왜 더 배우고 싶은 걸까? 왜 돈을 벌고 싶은 걸까? 왜 남들과 다르길 원하고 멋있어지고 싶은 거지? 그러기 위해서 이 선택이 맞는 걸까?' 같은 생각이 끊이지 않았다. 그러다가도 '오늘의 용기는 누군가 주신 크리스마스 선물이다', '이제 내가 할 수 있는 최선을 다하며 남은 날을 잘 마무리하자'고 생각했다.

오늘 용기를 낸 선택을 했다. 좋든 싫든 변화가 생길 것이다. 그럼 또 적응하고 배우고, 때가 왔을 땐 그 다음 선택을 할 것이다.

☺ 2021년 12월 27일 月曜日 승선 247일 차

2항차를 마무리하고 3항차 시작 전 연구원들의 교대를 위해서 뉴질랜드로 열심히 달려가고 있다. 오늘도 어김없이 일을 하고 지하 식료품 창고에서 트럼펫을 불고, 탁구를 치고 운동을 했다. 최근 한 달 넘게 탁구만 연습하고 따로 근력 운동을 하지 않았다. 탁구가 재밌기도 했고 근력 운동을 하고 싶은 생각이 들지도 않았다. 그러다가 최근에 '프론트레버'라는 철봉 위에서 하는 맨몸 운동기술을 봤는데 정말 멋졌다. 배에서 천장에 달린 수도배관을 잡고 연습을 해봤는데 어림도 없었다. 기분 좋은 목표가 생긴 것 같다. 얼마큼 시간이 걸릴지 모르지만 꾸준히 매달려 보고 그에 필요한 운동을 해보려고 한다. 다시 즐겁게 운동할 때가 온 것 같아서 참 좋다.

오늘로 나흘 째 연습을 하고 있는데 조급한 마음은 전혀 없고 운동을 할 때마다 기분이 좋고 기쁘다. 꾸준함이 없었을 때와는 차원이 다른 안정감이 있다. 뭔가 하고 싶은 게 생기면 '이게 안 되면 어떡하지?'라는 생각은 없고 '오늘 할 수 있는 만큼만 하고 내일 또 하자'라는 생각으로 하니 운동을 넘어서 꾸준함이란 가치를 채워주는 느낌이다. 그래서 그 시간이 기쁘다.

트럼펫도 연습하다 보면 언젠가 재즈클럽 같은 곳에서 연주할 기회가 생기지 않을까? 그럼 좋겠다. 친구들을 다 모은 뒤, 각기 다른 연주자들과 함께 호흡을 맞춰 연주하는 모습을 보여주면 느낌이 어떨까. 하늘을 나는 기분이겠지? 그러기 위해서는 내일도 일 끝나고 창고에 내려가서 트럼펫을 천천히 불어야지. 취미를 포함해 하나씩 채워지는 느낌이다. 그러다 보면 뭔가 되어 있겠지?

그러면 '나답게 살자'에서 '나답게'라는 말의 의미를 알게 될까?

☺ 2021년 12월 28일 火曜日 승선 248일 차

3일 뒤면 2021년이 끝나고 2022년이 다가온다.

한국 나이로 스물여섯 살에서 스물일곱 살이 된다. 입버릇처럼 시간이 빠르다고 말해왔지만 올해는 그리 빨리 지나갔다는 생각이 들지 않는다. 지루했다는 게 아니다. 시간이 내 앞으로 어떻게 지나가는지 모를 만큼 정신이 없이, 시간 옆에서 같이 달린 느낌이다. 딱 알맞게 지나간 것 같다.

지금 하는 일이 매 끼니를 챙기는 일이다 보니 하루가 단조롭고 365일이 변함이 없다. 게다가 한국에서처럼 퇴근 후 생활의 폭이 넓지도 않고, 친구들과 전화를 하거나 산책을 할 수 있는 환경도 아니다. 이 안에서 그동안 충분히 생각하고 그걸 적고 가끔씩 하고 싶은 게 생길 때면 그걸, 많은 시간은 아니지만 꾸준히 했다.

그러다 보니 하루 대부분의 시간을 무언가에 몰두할 수 있었다. '꾸준함'이라는 가치는 내 삶을 바꿔줄 것 같다. 좋은 방향으로 말이다.

꿈을 꾸고, 상상을 하는 몽상가인 나는 기분 좋은, 멋진 미래, 혹은 모습을 상상하고 그것에서 힘을 얻어 하루를 산다. 그게 신이 나고 좋지만 어떤 때는 내가 그리는 모습과 현재 상황이 동떨어져 있다고 느낄 때도 있다. 이 간격이 좁혀지지 않아 따분하고 지칠 때가 많다. 전에도 비슷한 마음을 적은 글이 많았다. '꾸준함'은 나의 단점을 보완해주는 힘이다. 이젠 매일매일 꾸준히 하는 그 자체로 꿈에 더 가까워지는 만족을 느낀다. 꿈을 구체적으로 꾸게 된다.

지금처럼 꿈을 꾸고 그걸 이루기 위해서 얼마큼 연습했는지, 잘했는지, 빨리 했는지 생각하는 마음을 내려놓고, 오늘도 같은 시간에 자리에 앉아 노력하며 시간을 보냈는지 집중한다. 그러다 보면 상상으로 그려왔던 내 모습이 그림이 되어 있고 내 주머니 안에 담겨 있을 것 같다.

나의 가치를 분명히 믿고 상상의 날개를 등 뒤에 달고 매일 같은 시간 꾸준하게 날갯짓을 할 것이다. 이걸 할 수 있는 궁극적인 이유는 방향성이 분명하기 때문이다. 어디로 가고 싶은지, 그리고 어떤 마음으로 가고 싶은지 오랜 시간 생각해왔기 때문이다. 2021년에는 '꾸준함'의 힘을 완전히 내 몸으로 깨달았으니 2022년은 해볼 만할 것이다.

어젯밤에 이곳에서 만난 연구원 두 분과 늦게까지 도서관에서 같이 이야기를 하며 즐거운 시간을 보냈다. 이 분들과 함께한 시간이 60일이 넘었다는 게 아쉽다. 떠나기 3일 전에 쫑파티를 하자고 했는데, 바로 어제였다. 좋은 친구들을 알게 된 것 같아 좋다. 그분들의 앞날과 어젯밤 말해줬던 빛이 번쩍이는 그들의 꿈들이 모두 이뤄지기를 기도한다.

오늘은 박사님이라는 분과 밤늦게까지 둘이서 차를 마시며 얘기를 나누었다. 그분은 북극에서부터 같이 탁구를 치면서 친분을 쌓았던 분이다. 서로의 역할은 다르지만 둘 다 배를 처음 타기도 했고 탁구도 이곳에서 처음 배운 거라 느는 속도도, 실력도 비슷해서 가장 많이 주고받았던 것 같다.

매너 있고 나이스 한 분이란 건 알았지만, 박사님과 따로 이야기할 기회는 그리 많지 않았다. 그리고 그분은 북극이 마지막이 아니고 남극 2항차에 다시 승선해서 30일간 연구를 한다기에 북극에서 연구가 끝나고 이별할 때도 아쉽지 않았다. 그냥 '남극에서는 얘기를 할 기회가 있었으면 좋겠다'는 생각을 했다. 이제 남극을 마지막으로 이 배와 작별하기로 했으니 더 미루면 기회가 없을 것 같아서 박사님을 마주쳤을 때 "이번 항해를 마지막으로 배에서 내립니다. 박사님 내리시기 전에 커피를 한잔 마셨으면 좋겠어요"라고 말씀을 드렸다. 그래서 오늘 서로 시간을 맞추었다. 연구실에 앉아 이런 저런 얘기를 나누었다.

안정되고 마음이 따뜻한 분 같았다. 이런 저런 얘기들을 주고받다가 내게 본인의 꿈을 설명해주셨다. 해양소음측정 같은 해양 연구 분야에 대한 본인의 목표와 꿈이었는데 어려운 얘기라 정확하게 내용을 이해하기는 어려웠다. 그저 듣기만 했다.

그분이 꿈을 설명하고 전달할 때의 눈빛은 정말 빛이 났다. 오랜만에 보는 뜨거운 진심에 얘기를 들으면서도 느껴지는 것이 많았다. 이제 마지막이라고 생각을 하니까 아쉽다. 하지만 그분과 나의 인연은 어디서든 다시 시작될 것 같다. 이런 느낌은 틀리지 않더라.

이곳에서 멋진 어른들과 친구가 될 수 있는 게 너무나 행운이다. 그분이 수첩 맨 뒷장에서 종이를 꺼내서 메일 주소와 연락처를 적어달라고 하셨는데, 그 종이를 보고 놀랐다. 지난번 북극에서 스콘을 드리고 싶어 직접 반죽을 하고 박사님 것을 포장해 주황색 테이프로 'An-drew Song'이라고 적은 뒤 선물했는데 그 종이를 보관하고 계셨다. 그리고 이번엔 그 종이 위에 다시 내 연락처와 이메일을 받아가셨다.

'아, 나 역시 내가 할 수 있는 것들로 마음을 다 했구나' 생각이 들면서 역시 진심은 통한다는 느낌, '우린 정말 좋은 친구가 될 것 같다'란 느낌이 강하게 들었다. 항해가 100일 넘게 남았지만 조금씩 이별을 준비하고 있다.

하루에 최선을 다해야지! 오늘은 '운수 좋은 날'이다.

☺ 2021년 12월 30일 木曜日 승선 250일 차

뉴질랜드에 무사히 입항했다.

핸드폰 로밍을 하니 인터넷, 전화도 잘 돼서 그 속에 빠져 정신을 못 차리겠다. 아! 전화 왔다.

☺ 2021년 12월 31일 金曜日 승선 251일 차

해피 뉴이어!

모두 건강하고 기쁜 한 해가 되길.

내년엔 더 정확하고 멋진 걸 꾸준히 해야겠다.

☺ 2021년 1월 1일 土曜日 승선 252일 차

어제는 환상적으로 한 해를 마무리했다. 뉴질랜드에 정박해도 내리지 못하는 여건이었지만, 밤 11시에 2층 헬리콥터 갑판에 나가서 바람을 피하기 위해 벽에 등을 지고 내가 가져온 마지막 시가를 태우며 완벽한 시간을 보냈다. 후드 티셔츠 한 벌 입고 나갔는데도 바람이 적당히 간질여서 좋았고 쿠바 시가와 벨기에 호가든 맥주의 궁합도 더할 나위 없이 좋았다.

어쩌면 마음이 평안하고 안정되었기 때문에 그 모든 것이 좋았을 수도 있다. 한 시간 넘게 벽에 기대앉아 시가를 태웠는데 올해 잘 보냈고 '꾸준함'이란 가치를 이 배에서 진심으로 받아들이게 되어 행운이라는 생각을 했다.

그 덕분이었을까? 전에는 날이 뾰족뾰족하게 서 있는 목표들이 가득한 마음으로 새해를 맞았는데, 이번에는 기대가 되었다.

'지금 그렇게 하고 싶었던 언어를 공부하며 지치지 않고 할 수 있겠다. 어쩌면 더 나은 사람이 될 수 있겠다'는 생각으로 몸이 들뜨고 뜨거워졌다. 새롭게 무언가를 용기 내 배우면서도 의미를 많이 부여하지 않고 그저 천천히, 매일 익히고 결국은 잘될 나를 상상했다. 쪼그려 있던 다리가 나도 모르게 펴지면서 죄 없는 맥주 캔만 몇 번을 엎었는지 모른다.

이런 생각이 겸손하지 못한 건 아닐까. 살아가는 와중에 얻게 되는 한 가지일 수도 있지만, 더 잘 살아갈 수 있는 방법 중 하나를 알게 된 것 같다. 꾸준함 덕분에. 십 대에는 꿈을 꾸는 방법을 익히고 끝없이 상상하려고 애썼다. 지금도 그것으로 버티는 중이다. 꾸준함이 더해지니 무서울 게 없다. 오늘만 펜을 꺾고, 뒤에 기대서 얘기해본다.

"뭔가가 될 것 같아."

시간이 지나 슬럼프가 찾아오고 지루함이 날 괴롭히고 의심이 눈앞을 가리겠지만, 그런 날일지라도 내가 믿어왔던, 상상한 모습에 어울리는 일을 할 것이다.

'할 수 있는 만큼' 이젠 그렇게 할 거라는 나에 대한 '신뢰'가 생겼다. 남극과 북극을 오가며 완벽한 선물을 받았다.

2022년, 동료들과 함께, 더 멋진 걸 꾸준하게 보여줘야지.

☺ 2022년 1월 2일 日曜日 승선 253일 차

〈2022년에 해내게 될 것〉 - 끌어당김의 법칙

1. 언어에 대한 갈증을 채우게 될 것이다. 그래서 기분이 좋다. 시작을 앞두고, 힘이 빠져 가벼워진 느낌이다. 오래 그리고 오히려 더 빠르고 안전하게 달릴 수 있을 거다.

2. 트럼펫을 연습해서 멋진 재즈 반주를 틀어놓고 거기에 합주를 하듯 내 차례를 기다렸다가 멋진 솔로 연주를 하게 될 것이다.

3. 맨몸 운동을 하고 있다. 단단한 코어로 몸의 균형을 찾을 수 있을 것이다.

4. 훌륭한 기술자가 되는 상상을 멈추지 않을 것이다.

☺ 2022년 1월 3일 月曜日 승선 254일 차

　3항차 연구를 위해서 44명의 연구원들이 승선했다. 우리 선원들을 포함해서 총 75인분의 밥을 준비해야 한다. 이전에 비해서 식수 인원이 늘어난 만큼, 많은 시간을 준비해야 한다. 당연하게 트럼펫을 연습하는 시간도, 운동을 하는 시간도, 승선 일기를 쓰고 공부하는 시간도, 주어진 시간 안에 퍼즐 맞추기처럼 구석구석 빈틈이 없이 잘 짜 맞춰야 한다.

　다시 남극의 거친 바다로 나가고 연구가 시작되면 이전과 다르게 피곤하고 지칠 거다. 점심이 끝나고 짬이 나는 대로 잠을 보충해야겠다. 승선 일기야 하루를 마치고, 9시에서 10시 사이에 쓴다지만 영어 공부와 트럼펫, 운동은 어느 시간에 넣어야 할지 생각을 해봐야겠다.

그래도 걱정은 안 한다. '10분이라도 꾸준하게 하자'는 생각이라서 크게 많이 할 필요도, 대단한 걸 해내야 한다는 생각도 없다. 2022년이 설레고 기대가 된다.

언젠간 재즈 반주를 틀어놓고 트럼펫 연주하는 시간이 자연스럽게 찾아오겠지? 인터넷이 잘돼서 유튜브로 트럼펫 부는 사람들을 찾아보는데, 어찌나 멋지던지. 나도 그렇게 될 것만 같다.

음식, 요리사로서의 기술에 대해선 강박적인 생각이 덜어진 것 같다. 자유롭고 기쁘다. 음식은 평생 만들어서 나눌 수단이고, 그 마음만 잘 지키고 해내면 알맞은 때에 가장 잘 어울리는 기술과 사람을 하늘에서 보내줄 거라 믿는다.

'그럼, 지금의 최선은 뭘까?' 미래의 내 모습을 상상하며 그려왔던 여러 가지 요소들을 채우면 되겠지. 여러 가지 언어를 유창하게 하는 걸 상상했다. 그런 미래의 모습이 소름이 돋을 정도로 떨리고 설렜으니 천천히 또 꾸준하게 채우면 된다. 쉬는 시간에 버번위스키를 글라스에 가득 따라놓고 재즈 반주에 맞춰 짙은 녹색 카펫 위에서 트럼펫 부는 걸 그려본다. 의미를 부여하지 않고 매일 하면 된다.

또 뭐가 있을까? 아, 몸! 타잔처럼 내 몸에 가장 잘 어울리는, 몸을 잘 움직일 수 있는 기능적인 근육을 가진 나를 꿈꾼다. 오늘처럼 점심 먹고 저녁 먹고 팔굽혀펴기를 하고 흔들리는 배 안에서 철봉을 잡고 프론트레버 연습을 하는 거다. 이 바다에서 오늘의 내가 할 수 있는 노력이란 이런 거다.

　변함없이 하루 세 끼 밥을 만들고 점심 일을 끝내고 운동을 간단하게 하고, 영어 공부를 했다. 얼마 하지 않았지만 내일도 그만큼 할 거다. 부담 없는 정도다. 그저 앞으로 할 것을 시작했다는 기쁨이 있다.

　이제 세 번째 남극 연구를 하게 되는데 이번에 들어가는 해역은 이전에 비해 많이 거칠다고 한다. 2년 전에 연구 작업을 했을 땐 배의 기울기가 30도를 넘었다고 들었다. 북극에서 가장 심하게 기울었을 때가 20도 정도였던 걸로 기억한다. 그때 주방에 있던 모든 식기들이 떨어지고 바닥에서 이쪽저쪽으로 파도의 흐름에 맞춰 열심히 춤을 췄다. 냉장고에 있는 내용물이 전부 나와서 나를 반겼었다. 30도까지 기우는 바다는 어떨지 상상한다. 이렇게 앉아서 글을 쓸 수 있으려나? 그럴 수 있으면 좋겠다.

　이번에 그 험한 바다에서 약 60일간 연구를 하는데, 그곳은 인터넷이 되지 않는다. 저번 연구 때도 두 달 가까이 안 되었다고 한다. 그래서 무리해서 비싼 금액의 데이터 로밍을 끊어놓았다. 영어 공부할 자료들과 영상물, 듣고 싶은 노래와 보고 싶은 영상들을 다운 받고 있다. 많이 받아서 이젠 뭘 받아야 할지 모를 정도이다. 자면서 들을 라디오도 받았고, 혼자 술 한잔할 때 보려고 영상도 저장했다.

　오늘은 이렇다 할 생각을 하지 않았다. 그저 글씨를 적고 싶었다. 가끔 책상에 앉아서 에어팟을 끼고 노이즈캔슬링을 하고 글을 쓰고 있으면, 다음 작품을 집필 중인 작가가 된 착각에 빠지기도 한다. 그 느낌이 좋아서 분위기에 맞춰 사소한, 매번 똑같은 글을 적기도 한다. 오늘처럼.

별다를 것 없이 음식을 만들고 정박 시에 해야 할 잔업을 하고 모든 일이 끝난 후 탁구를 쳤다. 지금은 씻고 일기를 쓰기 위해 회의실로 올라왔다. 이틀 연속 트럼펫을 불지 못해서 아쉽다. 어제는 통화가 길어지고 쉬고 싶어서 하루를 쉬었는데 오늘은 연습하는 창고에 살충제를 뿌려놔서 내일 오전에 들어갈 수 있을 것 같다.

신기한 건, 연습을 안 하니까 좀 불안하다. 실력이 줄어들까 봐 불안한 게 아니고 꾸준하지 못한 것 같아서 불안하다. 마음 같아서는 10분이라도 불고 오고 싶다. 좋은 변화라고 생각한다. 내가 할 수 없는 양의 훈련을 하고 공부를 하면 부담이겠지만, 지금 내려가서 충분히 수행할 수 있는 정도의 양이니까 그저 매일 한다는 가치에 초점을 맞추고 힘을 쏟게 된다. 좋은 변화인 것 같다. 죄의식은 내가 하고 싶은 일에 전혀 도움이 되지 않는 찌꺼기일 뿐이다. 후딱 쓰레기통에 버리고 다시 그 가치를 높여야지!

어제부터 하는 일이 조금 바뀌었다. 음식을 만들지만, 내 메뉴가 없을 때는 세팅을 해놓고 설거지나 주방 청소를 했는데 어제부터 어류, 육류 손질과 전처리 업무를 하게 됐다.

우리 배는 1인당 식비가 25불로 산정되어 있어서 질 좋은 식재료가 많이 들어온다. 매주 수요일마다 나오는 육류 스테이크용으로 티본, 안심, 등심, 양갈비 등 여러 가지가 들어온다. 생선 역시 마찬가지이다. 그리고 85인분의 재료를 한 번만 손질해도 그 양이 엄청나다. 그만큼 힘이 든다.

그런데 그 작업이 너무 하고 싶었다. 혼자서 음식만 만들어냈지, 전처리 작업은 연습해 본 적이 없었다. 전처리가 되어 있는 육류, 어류를 구매해서 내 스타일대로 음식을 만들어 내기만 했다. 마음 한편에 전처리 작업에 대한 결핍이 있었고, 스스로 기본기가 부족하다는 자격지심도 있었다.

여기서 전처리 작업을 위주로 하는 요리사 형님이 있다. 누구도 그 일을 하고 싶어 하지 않는다. 비린내 나는 생선을 흔들리는 배 안에서 반복된 동작으로 두세 시간을 전처리하는 건 어렵기도, 지루하기도 하니 말이다. 그래서 내가 하고 싶다고 말하고 싶었다. 하지만, 내 일을 형님들에게 맡기고 그걸 하겠다고 할 수 없었다. 주어진 시간 안에 나의 업무와 전처리 업무를 동시에 할 수 있는 것도 아니고…. 그렇게 9개월 넘게 지금의 일을 해왔다.

그사이 조금씩 내 메뉴를 만들게 되고 사람들이 맛있다고 해주면서 요즘엔 메인 메뉴까지 하게 되었다. 충분히 기쁜 일이지만, 그래도 전처리 업무를 맡아 식재료를 안정적이고 빠르게 손질하고 싶었다. 그걸 연습하기에 이만한 조건은 또 없으니.

어제 맥주 한잔 마시면서 다 같이 식사를 하다가 그만두기 전에 뭘 하고 싶냐는 질문을 받았다. 그분들의 예상 답변에 없는 육류, 어류 손질을 반복해서 익히고 싶다고 말했다. 주방장님도 당황하셨지만 이제부터 내 메뉴가 없을 때는 세팅과 청소를 모두가 나눠서 하고, 내가 전처리 공간으로 가 작업에 몰두하라고 해주셨다.

오늘은 동태를 40마리 가까이 손질한 것 같다. 확실히 처음이라 오래 걸리고, 요령이 없어서 어디에 힘을 주어야 하는지도 몰라 손도 아프고 허리도 아팠다. 그래도 내게 결정적으로 부족했던 걸 채우고 있다는 느낌이 피로를 싹 날려주었다. 매번 느끼지만, 다른 요리사 형님들의 배려 덕분에 기회가 온 것 같다.

이 감사함을 잊지 않고 기쁘게 일해야겠다.

☺ 2021년 1월 6일 木曜日 승선 257일 차

순간순간 많은 의미를 부여하지 말자. 오늘 할 수 있게, 정해놓은 양을 한다면 뭐라도 바뀌겠지? 빠르게 나타나지 않는 만큼 어떤 꽃이 피어날지 몰라 더 기대가 되는 밤이다.

☺ 2022년 1월 9일 日曜日 승선 260일 차

뉴질랜드 남섬의 작은 항구도시 리틀턴에서 잘 지내고 있다. 물론 내리지는 못하지만, 흔들리지 않는 곳에서 음식을 만들고 취미 생활을 하는 건 훨씬 좋다.

벌써 1월 중순이다. 내일, 월급 들어오는 날이다! 월급 들어오는 날을 앞두고 매번 이런 생각이 든다. '또 어떤 핑계를 대면서 부모님께 용돈을 드리지?' 밖에서 돈을 벌기 시작한 3년 전부터 부모님께 용돈을 드리거나, 필요한 걸 사드리기 시작했다. 처음엔 고마워하며 받으시다가, 내가 돈을 많이 벌게 되고 빈도도, 돈을 드리는 크기도 커지니, 괜찮다며 거절하시기도 하고 내 걱정을 하시기도 한다. 그럴 때마다, '사치도 안 하고 내 것은 충분히 잘 사고 있다, 부모님께 필요한 걸 드리면서 내가 돈을 더 벌 수 있게 마음가짐이 바뀌는 것 같아서 좋다'고 말씀드린다. 실제로 원하는 것을 사고 있고 누리면서 산다.

부모님에게, 내가 사랑하는 사람들에게 선물을 할 때면 내가 벌고 있는 돈의 가치에 대해 한 번 더 생각을 하게 된다. 돈을 많이 벌고 싶다. 그렇게 될 것만 같다. 그렇다고 돈만을 위해 내가 모르는 걸 할 이유는 없다. 지금처럼 내 가치로 돈을 벌 거다. '돈'을 떠올리면 그냥 기분이 좋다. 이게 굉장히 중요하다고 생각한다.

'돈'을 떠올렸을 때 궁핍함이나, 아쉬움이나 죄책감이 든다면 안 된다. 각자 살아온 환경과 배경이 다르지만 돈이 나를 기쁘게 해주는 여러 요소 중 하나로 작용할 때, 돈과 겨루며 시간을 보내지 않을 때, 비로소 꿈꿔왔던 만큼의 돈을 벌 수 있을 거라 생각한다. 내 경우 돈이 주는 긍정적인 느낌을 지키는 방법 중 효과가 가장 좋은 것이 사랑하는 사람들과 나누는 것이었다. 그 후 신기하게도 돈을 미워하지도, 돈 때문에 궁핍하지도 않게 되었다. 늘 이유를 따지지 않고 나눈 만큼 혹은 그 이상으로 새로운 기회를 얻거나 전혀 생각지 못한 이유로 큰돈을 벌게 됐다.

'이래도 되는 걸까? 순식간에 사라지면 어쩌지? 저축하고 지내는 게 남는 거 아닌가?'라는 생각이 들면, '아, 지금 돈으로 할 수 있는 뭔가를 억지로 참고 있구나' 하고 깨닫는다. 그럴 때면 사진첩 혹은 장바구니에 담아뒀던 물건을 결제하지 못하고 참는 나, 그걸 가진 사람을 부러워하거나, 아쉬워하는 나를 발견할 수 있었다. 백이면 백, 다 그랬다.

물론 감당할 수 있는 선에서 소비를 한다. 가지고 싶은 게 쉽게 바뀌지 않고 명확하기 때문에, 사서 충분히 누려야 끝나는 것 같다. 참고 아쉬워하고 누굴 판단하기보다 빠르게 사서 입고, 걷고, 누리고, 충족된 마음, 즉 돈에 대해 결핍이 없는 마음으로 다시 돈을 벌고 기쁘게 나눠 왔다. 앞으로도 그럴 거다. 그 파이는 커질 거다.

돈에 대한 나만의 철학이다.

☺ 2022년 1월 12일 水曜日 승선 263일 차

우리 배는 오후 4시쯤에 뉴질랜드 작은 항구를 떠나 남극 아문젠 연구해역으로 출항했다. 생각보다 정박 기간이 길어서, 떠나는 느낌이 꼭 처음 배를 타고 출항하는 느낌과 비슷했다.

설레기도 한다. 이번 항차가 사람이 많고, 연구기간이 길고, 바다도 험해서인지 약간의 두려움도 있었다. 선원들끼리는 이번 항해가 남극 연구의 하이라이트라고 생각을 한다. 이번 연구가 끝나면 남은 4항차는 여유를 가지고 항해할 수 있다고 한다.

그래서일까? 출항을 앞두고 마음이 뒤숭숭했는데, 엄마와 친구랑 통화를 하고 나니, 마음이 한결 가벼워지고 이 기간 역시 내가 빛나기 위한 과정임이 틀림없다는 믿음이 확고해져서 감사하는 마음으로 항해를 할 수 있게 됐다. 친구의 말처럼, 나를 온전히 믿어주고 무조건 잘될 거라고 말해주는 사람이 많지 않다. 그럼에도 불구하고 그 사람들 덕분에 좋은 마음으로, 앞으로 나아갈 수 있는 것 같다.

꾸준함이 나를 안정적으로, 불규칙하지 않게, 끊임없이 상상하고 순식간에 비상하고 추락하기를 반복했던 내 삶에 균형을 맞춰줄 것이다. 상상을 하면 한계 없이 떠오를 수 있다. 그 과정에 꾸준함이 동력이 된다면 오래도록 비행할 수 있을 거다. 그리고 감사하게도 내 친구들과 같은 시기에, 같은 가치를 채우고 있다. '아… 이것이 때가 있다는 말이겠구나' 하고 생각했다.

각자의 삶은 분명 각자가 사는 거다.

삶을 누군가가 나눠서 살아줄 수 없다. 그만큼 불행한 것도 없다고 생각한다. 그렇지만 나를 온전히 존중해 주고 믿어주는 가족들과 친구 창섭, 정호 덕에 이 공책에 적은 다짐이 이뤄지고 난 후, 혼자서 이뤄냈다고 떠들고 다닐 수 없을 것 같다. 나처럼 예민하고 거만한 사람이, 이 마음이 진심인 것이 그저 감사하다. 내가 목표한 것들을 매일매일 얼음 위에서 해내며 기쁘게 또 안전하게 이번 항해도 마쳐야겠다.

☺ 2022년 1월 13일 木曜日 승선 264일 차

아문젠 연구해역으로 출항한 지 이틀째이다. 바다가 험해 몸을 가누지 못할 정도이다. 아문젠으로 가는 해역 초입인데도 이 정도이니 해역의 중심부는 어떨지 상상도 안 간다.

오늘, 불판 위에 올려두었던 무거운 냄비와 프라이팬들이 배의 움직임에 맞춰 미끄러져 내려가 정말 위험했다. 불판 양쪽 기둥에 냄비와 프라이팬을 케이블 타이로 묶고 요리했다. 신기한 경험이다.

탁구를 연습하고, 씻고 일기를 쓰러 올라왔다. 점심, 저녁으로 목표한 만큼의 운동을 했다. 일기를 다 쓰고 나면 영어 공부를 하겠지. 하루 루틴이다. 이 사이에 트럼펫도 불었지만, 입 모양을 올바르게 잡기 위해 연습하다가 안쪽 입술 여러 곳이 이빨에 긁혀 염증이 났다. 나흘 정도 트럼펫을 불지 못하고 밥 먹을 때도 조심조심 먹는다. 그래도 내일은 연습할 수 있을 것 같다.

하루에 많은 걸 하는 것 같지만, 많은 시간을 투자하는 건 아니기에 가능한 것 같다. 그래도 이중엔 하기 전에 마음이 무거운 것들도 있고, 하면서 버겁다고 느끼는 것도 있다. 반면에 '이만큼만 하고 과연 괜찮은 걸까? 더 해야 느는 게 아닐까?'라고 생각이 드는 것도 있다.

참 웃기다. 처음엔 연습 하는 분량이 부담스럽고, 반갑지 않고 버거웠을 텐데 꾸준히 해서 루틴이 되니 건방진 생각을 하면서 나를 괴롭히고 있다. 그래도 늘릴 생각은 없다. 배에서 내리기 전까지 꾸준하게 해야지 하는 마음으로 잡은 목표이고 지금은 이만큼도 괜찮다고 생각한다. 만약 늘리게 되더라도 갑자기 많은 양을 늘리지 않을 것이다. 루틴 안에 스며들 수 있도록 늘려나갈 거다.

무작정 속도를 내고 달리다가 내 속도에 내가 지쳐 멈추기를 반복했던 이전과 다른 과정을 밟고 있다. 가끔은 너무 지루하고 쓰리다고 생각할 때도 있지만 그래도 괜찮다. 2022년은 뭐가 됐든 이렇게 해보려고 한다.

무얼 적을까. 미래에 대한 상상도, 노래 가사를 적자니, 그마저도 귀찮은 오늘이다.

배는 앞뒤 좌우로 누가 밀고 당기듯 흔들린다. 균형을 잡으며 일하기 때문에, 같은 일을 해도 지친다. 많이 피곤하다. 저녁을 급하게 먹은 탓인지 체기가 있어서 서둘러 게워냈다. 내일 아침에 일찍 일어나야 하는데 두통까지 동반하면 더 지칠 것 같다.

낮 시간을 쪼개서 탁구를 치고 운동을 하고 지금도 트럼펫을 불고 글을 쓴다. 가끔은 뭔가를 꾸준히 하는 것에 대해 누군가가 우스워할까 봐 방어하기 위한 상황별 대응을 준비해 놨다. 바보 같은 짓이다. 가끔은 스스로 그런 것들을 빌미로 싸우고 싶고, 누군가에게 상처주고 싶은 게 아닐까.

사람들은 내게 관심이 없다. 이 문장은 진실이다. 아픈 진실인 것 같기도 하다. 내게 관심을 가지지 않으니 눈치 볼 것 없이 지금처럼 매일 해내면 된다. 그런데, 주목을 받고 관심받기 위해서 이걸 해내고 있는 걸지도 모르겠다. '아픈 진실'이다.

글을 쓰기 귀찮아서 이렇게 고뇌하는 작가처럼 글을 썼다. 이 또한 누가 봐줬으면 좋겠다.

우리 배는 연구해역을 향해서 열심히 달려가는 중이고 앞으로 7일 이상 더 항해해야 '아문젠'이라는 무시무시한 바다로 갈 수 있다고 한다. 출항한 뒤로 이번 항차 이전까지 약 90일간 북극에서와 똑같은 일을 해왔다. 일이 다르거나 없던 게 생긴 건 아니다.

하지만 엄청 지친다. 무의식적으로 에너지의 절반 이상을 흔들리는 배 안에서 균형을 잡는 데 쏟고 있나 보다. 음식을 하면서 뭐가 날아가지 않을까 살펴야 하고, 물건을 양손 가득 들고 내려오던 계단도 지금은 한 손으로 간신히 쥘 수 있을 정도만 들고 다른 한 손은 안전 바를 잡고 조심조심 내려와야 한다. 그걸 수차례 반복한다.

그래서 그런지 아침, 점심, 저녁으로 출근을 해도 잠이 안 깬다. 눈이 반쯤 감긴 채 다치진 않을까 조심하면서도 머릿속은 몽롱하다. '나만 그런 건가?' 하고 동료들을 쳐다보면 그들도 반쯤 수면 상태이다. 쉬는 날이 없다 보니 누적된 피로를 견뎌낼 방법이 없는 것 같다. 쉽지 않다.

그렇다고 지금 하는 일에 만족도가 낮은 건 아니다. 여전히 내가 남극에 있다는 사실 자체에 신이 나고, 동료들과 함께하고 있다는 것이 감사하다. 이곳에서 꾸준함이라는 가치를 진심으로 받아들이고 여러 군데 적용하면서 연습할 수 있다는 사실이 기쁘다!!

연구를 위해서 배에서 자체적으로 제한을 했는지 아니면 바다가 험해져서 더 연결이 안 되는 건지, 인터넷이 잘 안 된다. 몇 번 시도하면 카톡은 겨우 보내지지만, 사진은 보내지지 않는다.

오늘 생선을 손질하면서 오랜만에 바다 생활이 끝나면 무얼 하게 될지 상상을 했다. 뭘 배우게 될지 여전히 잘 모르겠지만 확실한 건 한국어가 아닌 다른 언어를 쓰면서 일하게 될 것 같고 지금보다는 훨씬 조용할 것 같다.

예를 들면, 일을 배우는 과정이 어느 정도 끝나고 일이 숙달되었을 때의 내 모습을 상상해본다. 자전거를 타고 출근해서 뒷문에 있는 자전거 거치대에 묶어놓는다. 반갑게 오전 인사를 주고받는데 그때 내가 쓰는 말이 한국어가 아니기를 바라고 있다.

그리고 내 자리로 가서 오늘의 내 일을 확인하고 정해진 양을 작업한다. 마치 정육 작업 혹은 어느 디저트 공장처럼. 그렇게 내 자리에서 일을 하면서 내가 배우고 싶었던 기술을 숙달하고 이런저런 상상의 날개를 펼치면서 작업하게 될 것 같다.

그 후 남들보다 먼저 퇴근한다. 양이 많지 않아서일 수도 있고 빨라서 일수도 있겠지만, 다시 가방에 짐을 싸고 자전거를 타고 이곳저곳 먹으러 다닌다. 요리에 감동을 받은 어느 조그마한 가게의 요리사와 친해져 일주일에 단 몇 번 그 가게에 아르바이트를 하러 간다. 어떤 걸 만드는 가게일지 몰라도 몇 번이나 방문한 가게라면, 그 가게만의 단품을 내놓는 시끄럽지 않은 공간일 것이다. 거기서 일을 돕고, 배우면서 시간을 보낸다. 잘 어울릴 것 같다.

오늘 저녁에 생선 비늘을 치고 머리를 치고 배를 갈라 내장을 제거하며 손질하는 두 시간 동안 이런 상상을 하면서 나만의 세계에 빠져 있었다. 얼마나 감사하던지. 꼭 날개를 달고 하늘 위로 날아서 미래를 내려다본 느낌이었다. 이런 직감은 절대 틀리지 않는다. 틀릴 이유도 없다. 때는 내가 정하는 것이 아니니 서두르지 않을 것이다.

상상할 수 있는 능력이 있다는 것, 그걸 기록으로 남겨놓은 것, 그것들을 스스로 분명히 믿는 것, 멈추지 않고 좋은 동료들과 함께 이것을 표현하는 것. 이것들이 퍼즐처럼 딱딱 맞는 중이다. 이후 완성된 그림은 얼마나 멋질지 기대가 된다.

☺ 2022년 1월 16일 日曜日 승선 268일 차
진정 무엇이 될 테야.
활짝 피기 전 바라보는 봉우리는
누구라도 설레게 한다.

그 안에는
무엇이 피어오를까,
누군가 와줄까,
나는 무엇으로 피어날 수 있을까

진정 나는 꽃이 될 거야.

북극 항해 중 정호에게 받은 이메일 中

연구 작업의 어떤 부분 때문에 외국 시간에 맞춰야 한다고 결정됐다. 저번 주에만 하루를 반복하고 네 시간을 전진했다. 며칠 전까지만 해도 뉴질랜드 시간에 맞췄기 때문에 한국보다 네 시간이 빨랐는데 이제는 한국과 여덟 시간의 시차가 생겼다. 갑자기 결정된 거라 연구 해역 도착 전에 맞춰야 한다. 급하게 시간을 전진하고 하루를 반복하게 됐다.

저번 주는 잠자는 시간도 줄었고 일주일도 8일이었기 때문에 피로가 덕지덕지 붙어서 떼어내는 데 한참 걸렸다. 그저께와 어제는 컨디션 조절을 하려고 신경을 써서 그날 해야 할 것들만 짬 내서 하고 일찍 잤더니, 지금은 컨디션이 괜찮다.

하루를 쉬거나 늦잠조차 잘 수 없는 작업 환경이라 이 이상의 컨디션을 바랄 수 없을 것 같다. 그래도 주방 식구들은 다 웃으면서 일한다. 유독 누군가 더 지쳐 있는 날에는 서로가 말을 따로 하지 않아도 조용히 그 사람이 해야 하는 일을 각자 하나씩 맡아서 해준다. 누군가 일을 쉽게 하려고 눈치 보는 분위기가 아니라, 모두 똑같이 지치고 힘들게 일하다 보니 계산 없이 가능한 것 같다. 앞으로 일정에 변동이 없다면, 약 100일 뒤에는 집채만 한 얼음 덩어리가 가득한 바다와 그것과 용감하게 부딪히는 이 배와 작별하게 될 거다.

그 뒤에 무엇이 있을지 모르겠지만, 매일 꾸준하게 하고 있는 것들이 100일 뒤에는 단단하게 뭉쳐서 이다음의 선택지로 만들어주지 않을까. 다행히 불행하지 않다. 많은 양을 매일 해내는 건 아닌데도 확실히 '루틴'이 주는 힘이 굉장한 것 같다.

뉴질랜드에서 정박하면서 저장해둔 동영상 중 좋아하는 영어 강의 유튜버가 있는데, 그 사람이 다른 곳에 나와서 인터뷰하는 영상도 있었다.

"뭔가를 배우고 잘하게 되는 과정이 마냥 즐거울 순 없다. 하지만 수많은 학생들을 가르치면서 배운 것은, 즐겁게 공부하는 소수의 사람들은 전부 꾸준하게 노력하고, 시간이 흘러 실력이 늘고 있는 자신을 좋아한다는 것이다. 남들과 다르게 대단한 공부 방법을 알아서도 아니고, 머리가 좋아서도 아니다. 그 동력은 꾸준하게 해내다 한참 후 실력이 늘어 있는 자신을 발견한 것, 그 즐거움이었다"라는 말을 했는데 그 말이 마음에 꽂혔다.

맞는 말이다. 대부분 내가 하고 싶은 것만 해왔다. 하기 싫은 것, 그때그때 해야 할 것들을 하지 않았다. 그러다 보니 놓친 것도 많다. 그런데 내가 하고 싶은 것들로만 했음에도 불구하고 매일 하지 않았던 것들이 대부분이다. 왜냐하면, 처음에는 재밌고 신선했는데 반복하는 단계에 들어서면서 재미도 없고 귀찮아졌기 때문이다. 사실 누구나 그런 거겠지만, 나 역시 그랬다.

하지만 음식을 배우고 익히면서 반복의 힘이 얼마나 대단한지 알았다. 몸으로 익히는 모든 것에는 반복이 빠질 수 없다는 걸 깨달았다. 이건 먹고살아갈 내 기술이고 그 외 다른 것에는 이 괴로운 과정을 반복하고 싶지 않았다. 이제는 다른 것들도 반복하고 매일매일 꾸준히 하고 있다는 사실 자체가 굉장히 행복하게 만들어준다.

비로소 내게 필요한 것을 채울 수 있는 때라고 느낀다. 그동안 난 뭘 하고 싶은지, 뭘 가지고 싶은지, 무엇을 어떻게 어떤 태도로 말하고 싶은지 구체적으로 생각하고 적어왔다면 이제는 그걸 내 삶에 하나씩 넣어갈 준비가 된 것 같다.

망망대해에서 얻은 꾸준함이란 가치 덕분에 내 안의 수많은 거품이 가라앉았고 마땅히 겪어야 할 대가도 기쁘게 받아들일 준비가 되어 있다. 그리고 그 과정을 여러 가지에 적용하고 있다. 작년 항해를 하면서 루틴의 가치를 받아들일 수 있게 해줘서, 정말 잘하고 싶었던 것에 그 가치를 적용하고 연습할 수 있게 해줘서, 그럴 수 있는 시간과 공간을 주어서, 결핍 없이 돈을 벌 수 있게 되어서, 신께 감사하다. 올해는 정말 멋질 거다.

☺ 2022년 1월 18일 火曜日 승선 270일 차

[사실 의심뿐이었던 우리 사이에]

이제야 내가 가벼워진 듯하다.
너는 내 짐이 아니었는데.

네가 말했듯 사람은 정말 변한다.
나를 봐. 이젠 나도 변했다.

잔을 채우고 축배를 들자.

사실 의심뿐이었던 우리 사이에.

축배를 들자.

의심뿐이었던 우리 사이에.

☺ 2022년 1월 20일 木曜日 승선 272일 차

배는 내일모레면 연구해역에 도착한다. 이제 연구를 시작한다. 연구 작업 기간 한 달 동안 야식을 하게 된다. 야식을 하면 확실히 체력적으로 지칠 것이다. 지금도 며칠에 한 번씩은 누가 몸에 빨대를 꽂고 남아 있는 에너지를 쫙 빨아간 것 같은 느낌이 들 때가 있다. '방전'되었다는 뜻이겠지.

하기 직전에는 말이 길어도, 또 막상 시작하면 그것에 맞춰서 몸이 움직여진다. 결국은 하게 되더라. 마땅히 해야 할 일인 거고 상황이 닥치면 또 하게 된다. 내가 선택할 수 있는 건 오직 '어떤 마음으로 하느냐'인 것 같다. 좋은 마음으로 해야지, 끝이 있는 일이고 과정이니 감사하는 마음으로 해야지. 이왕이면 웃어야지. 인상 쓰고 다른 사람들을 미묘하게 긴장시키지 말아야지. 날짜가 길어지고 체력이 바닥나면 어려울 수 있지만, 이 마음으로 한번 또 잘해봐야지.

[알아차린 후, 태풍 같은 불안함은 실바람과 같고]

남극으로 향하고 있을 때 매일 밤 9시에서 10시 반 사이면 3층 화장실에 올라가서 글을 적었다. 파도가 7미터를 넘어 갑판을 덮쳐도, 배가 파도에 심하게 놀아나 양팔로 공책 모서리를 잡지 않으면 안 되는 날에도 늘 같은 자리에 앉아 글을 적었다.

그 이유는 이다음에 무엇을 하게 될지 모른다는 두려움 때문이었다. 바다 생활이 끝나면 어떤 '근사한' 걸 해야 하는 거지? 대사관-북극-남극 그다음엔 무엇으로 날 채워야 하지?

'더 집중해서 들여다보자. 기술자가 되고 싶었잖아. 그건 확실하잖아. 그걸 알기 때문에 지금의 애매모호한 것이 아쉬워 용기 내서 떠나는 거잖아.'

'그런데 왜, 안 떠오르지? 뭔가가 될 것만 같고, 지금 받는 돈의 열 배는 더 받게 될 것만 같고, 기술을 가지고 누구도 흉내 낼 수 없는 걸 나눌 것 같고, 사람들에게 주목을 받고, 나를 향한 박수 소리도, 사람들의 눈빛도 선한데 이 느낌은 거짓이 아닌데 왜 안 떠오르는 거지? 뭘 해야 하는 거지? 배를 더 타야 하는 걸까?'

누워 있으면 이 생각 때문에 잠이 오지 않아서 늘 죄 없는 공책에 화풀이를 했던 걸지도 모른다. 그런데 어느 순간 알아버렸다. 난 꾸준함을 배우고 있었다. 매일 세 끼를 만들고, 매일 같은 구역을 청소하고, 고민을 매일 적었다.

'이게 필요했던 거다. 내가 이다음에 뭘 하게 될지 고민하는 게 아니었다.'

눈을 감고 미래의 모습을 그리며 수천 번 상상해왔던, 자연스럽게 다루는 아름다운 악기, 막힘없이 나오는 여러 나라의 언어들, 지금의 나를 대변할 공책들. 이것들을 이룰 수 있게 해주는 중이었다.

간절히 바랐던 미래는 한순간에 이룰 수 있는 것이 아니어서, 꾸준함이 없다면 절대 이룰 수 없고 흉내만 내야 하는 것이라서, 절대 흉내만 내는 내 모습을 바랐던 게 아니어서 누군가가 이걸 연습시켜주고 있었던 거였다. 이 순간이 내가 상상하고 적어온 글 그대로 이루어지는 과정이었구나 하고 '알아차려' 버렸다.

어떻게 큰돈을 벌게 될지, 어떻게 주목을 받게 될지, 어떻게 훌륭한 스승을 만나 기술을 익히게 될지, 어떻게 다른 누군가가 흉내도 못 낼 기술을 가지고 어떤 아쉬움도 없이 세상에 나누게 될지, 지금의 꾸준함을 익히는 과정이 있었기에 가능할 것이다.

알아차린 이후, 폭풍 같던 두려움은 실바람과 같고, 앞이 보이지 않던 막연함은 가벼운 이야깃거리 그 이상도 아닌 것이 되었다. 내 의지로 절대 할 수 없었던 것이다.

친구들과의 대화가 쌓이고, 부모님의 믿음이 넘쳤기 때문에 '알아차려진 거'다. 역시 입을 다물고 일찍 출근해 내 구역을 청소할 수밖에 없다.

오늘 저녁, 삼겹살에 소주를 마셨다. 많이 마신 건 아닌데 쉬고 싶다!

한편으로는 오늘 영어 공부를 하지 않은 게 계속 걸리는 걸 보니, 하루의 루틴이 자기합리화보다 커져 있나 보다. 기분이 좋다.

잘 쉬고 내일 분명히 돌아와 하루의 먼지가 앉은 책상 위에 내 미래를 펼쳐야지.

이번 연구해역은 인터넷이 되지 않는 지역이라서 오늘로 5일째 정호와 창섭이에게 안부를 전하지 못했다. 앞으로 연구기간인 한 달에서 한 달 반 정도 연락을 주고받는 것이 불가능하지 않을까 싶다.

누군가가 "왜 이리 연락이 안 되냐"고 물어봤을 때 "남극에서 가장 험한 바다에 있다 보니 인터넷이 안 되더라" 하고 대답하면 어떤 표정일지 궁금하다. 아마 웃지 않을까.

원래 어제부터 연구 작업을 시작했어야 하는데 오늘까지도 못하고 있다. 우선 연구해역에 도착했지만, 연구를 진행해야 할 정확한 포인트의 얼음 두께가 두꺼워서 이동하지 못하고 멈춰 있는 중이라고 한다. 쇄빙선이 쇄빙을 할 수 없는 정도의 얼음 두께와 양이라고 한다. 시도조차 함부로 할 수 없는 게, 쇄빙을 하다가 배가 갇힌 상태에서 양옆으로 얼음이 붙어서 갇히면 그땐 구조만 기다려야 한다. 여긴 남극에서도 험한 바다라, 다른 나라의 연구선도 근처에 없다고 한다. 그래서 어제부터 얼음이 많은 곳을 찾아 빙 돌아가면서 연구지역으로 가는 중인데 그조차도 쉽지 않은 모양이다.

들기만 하면 굉장히 엽기적이라고 생각할 수도 있겠지만, 사실 심각한 문제이다. 이것만을 위해 1년 넘게 기다려온 연구원들이 타고 있기 때문이다. 그래서 배 안의 공기는 무겁고 텁텁하다. 하루하루 나가는 비용도 어마어마하다고 한다.

☺ 2022년 1월 24일 月曜日 승선 276일 차

오늘이라 다르겠나, 역시 나태하다.
하루를 감상할 줄 아는 밤엔 무지 감사하다.

거울을 보면 웃음만 나온다.
거울만 보면 진짜로 웃음만 나온다.

오늘 그렸던 꿈이 너무 내 것 같아서
자려고 한 종이까지 깨웠나 보다, 눈 풀린 볼펜 찾아서.

거울을 보면 진짜로 웃음만 나온다.
거울을 보면 진짜야, 웃음만 나온다.

그리웠던 꿈들이 너무 내 것만 같아서

시간을 이겼나 보다, 이 밤을 자꾸 깨워서.

☺ 2022년 1월 26일 水曜日 승선 278일 차

　여전히 남극에서 하루에 세 번 혹은 네 번을 출근하며 식사와 야식을 만들고 지친 몸으로도 동료들과 웃고 떠들며 하루를 보내고 있다. 시간은 잘 간다. 하루 단위로도 빠르지만, 일주일 단위로 계산을 해도, 분명 화요일이었는데 정신을 차려보면 토요일이 되어 있다.

　우리 배는 어제부터 연구를 시작했다. 원래 예상한 연구 지역은 얼음이 얼어서 가지 못하고 연구 위치를 바꿔서 우선 연구를 진행하기로 했다.

　연구와 동시에 우리 주방은 야식도 시작했다. 우선은 다른 형님 두 분이서 먼저 팀을 이루어 하고 내일모레부터 나랑 다른 형님이 하게 될 것 같다. 북극 때부터 야식을 나흘씩 번갈아 가면서 하고 있는데 신기한 건 야식을 만들 때, 컨디션이 가장 좋다. 하지만 몸이 풀리고 열이 오르면 일이 끝나다 보니 야식을 마무리하고 방에 들어와 누우면 잠을 자기가 힘들다. 몸이 일할 수 있는 상태가 되었다고 해야 할까?

　야식을 시작했으니 앞으로 한 달은 야식 당번 스케줄로 날짜를 기억하며 지내게 될 거고 그러다 보면 언제 시작했냐는 듯이 끝이 나겠지. 그럼 남극에서의 연구 항차는 한 번 남는다. 이번 배 스케줄에서도, 내 인생에서도….

　그렇지만 또 모른다. 생각했던 대로(계획한 대로) 무조건 됐던 건 없었으니까. 꿈꾸고 상상하고, 내가 할 수 있는 걸 하면 그걸로 되는 것 같다.

오늘 하루가 최근 며칠 중 가장 편안했던 것 같다.

☺ 2022년 1월 27일 木曜日 승선 279일 차

동료들과 대화를 하면서 웃고 떠들다 보니 벌써 하루가 지나갔다. 그래도 자투리 시간 사이사이에 내가 하기로 했던 것들을 모두 해냈다.

점심, 저녁으로 목표한 양의 팔굽혀펴기를 하고, 탁구 연습을 하고, 트럼펫을 불고, 같은 장소에서 영어 인터뷰 영상을 기록하고, 지금은 씻고 회의실에 올라와서 일기를 쓰며 하루를 마무리하고 있다. 이게 끝나면 내일 일하면서 중얼중얼 떠들어댈 영어 인터뷰의 작은 한 부분을 적고 외울 거다. 적어 보면 굉장히 부지런한 것 같다.

시간을 쪼개고 나눠서 채우고, 하고 싶었던 것들을 연습하는 중이다. 이런 생각이 들기도 한다. '제대로 하고 있는 게 맞을까? 괜히 흉내만 내면서 자기만족을 하고 있는 게 아닐까?'라고.

'스스로 마음을 다하고 있나? 최선을 다하고 있나?' 하는 질문을 자주 던지는데, '최선을 다하고 있나?'라는 질문엔 사실 자신이 없다. 가끔은 꾸준하게 같은 시간, 같은 자리에 앉아서 하는 것에 만족하는 것 같기도 하고 할 수 있는 만큼만 해내는 것 같기도 하다. 이것도 쉽지 않다.

솔직히 어렵다. 다 쏟아내면 일에 지장이 갈까 봐, 내일 다시 이 자리에 앉지 않게 될까 봐 무의식중에 조절하는 것 같다. 어쩌면 낯선 방법으로 훈련을 하며 애쓰고 있는 날 스스로 가여워하고 살피는 것 같다는 느낌도 든다.

'마음을 다하고 있나?'라는 질문에 대한 나의 대답은 '그렇다'이다. 사실 이건 대답하기가 어려운 질문인데 이렇게 확실하게 대답할 수 있는 이유는 내가 이곳에서 꾸준하게 노력을 했던 모든 부분에 대해서 내 감정의 변동이 굉장히 크기 때문이다.

탁구와 트럼펫 실력이 늘지 않으면 우울하고, 가끔 안 되던 게 되는 날에는 등 뒤에 날개를 단 것처럼 기뻐서 펄쩍 뛰고 내 미래의 모습을 상상하며 잠까지 미룬다.

영어도 마찬가지다. 운동도, 일기도 마찬가지다. 과연 지금 내가 하고 있는 방법이 맞는지 생각하면서도 그 다음 날, 같은 시간, 같은 자리서 결국은 그날의 것을 해낸다. 그 다음 날도 그 다음 다음 날도 어떻게든 약속을 지키고 '꾸준함'이라는 가치를 믿고 연습한다는 생각으로 그저 계속한다.

오늘도 이런저런 생각이 들고, 제자리걸음을 하고 있다는 생각이 들기도 하지만 결국 이런 내 마음을 또 일기에 적는다. 공책은 점점 두꺼워지고 한 권 한 권 쌓여가고 있다. 이게 사실이다. 트럼펫 역시 소리조차 내지 못해 한 번 불면 입에 혓바늘이 여러 군데 생겨 며칠을 연습하지 못하고 밥을 먹을 때도 입에 수저를 조심히 집어넣던 날에 비해서는 확실히 늘었다. 분명한 사실이다. 탁구조차 마찬가지다. 비교적 늦게 결심한 영어도 그렇게 될 거다. 이것도 사실이다.

글로 적으니까 속이 후련하다. 내일, 그리고 오늘 내가 선택한 과정을 감사한 마음으로 해낼 수 있을 것 같다. 글을 적는 건 정말 좋은 수단인 것 같다. 그저 펜하고 종이만 있으면 다시 걸어 나갈 수 있으니.

☺ 2022년 1월 28일 金曜日 승선 280일 차

인터넷이 되지 않으니까 핸드폰은 노래를 들을 때 이외에는 볼 일이 없다. 꼭 확인해야 하는 건 없으니까 괜찮다. 하지만 우리 선원들 중에서 주식을 하지 않는 사람이 나 말고는 없을 정도로 모두가 투자를 하고 있다. 그런데 인터넷이 터지지 않으니, 다들 답답하신가 보다.

한국은 아직 1월 말이니 여전히 추울 것이다. 이곳에서 일하면서 가족들을 상상하고 친구들을 머릿속으로 그리고 있으면 시간이 후딱 지나가 있다. 오늘의 얘기를 해보자면 이곳에서 '꾸준함'이라는 부족했던 부분을 깨닫고 이번만큼은 한 번 잡아보려고 지금까지 많이 노력해 온 것 같다.

하루하루 시간을 쪼개고 쪼개서 그 사이사이에 연습하고 익히기를 반복하면서 지내왔다. 오늘 느낀 게 있다. 지금 너무 '무리'하고 있다는 것이다. 사실 피곤한 것, 몸이 뻐근하고 불편한 것은 그저 과정이라고 생각하고 이번만큼은 참고 계속해왔다.

근데 이제 몸에서 여러 가지 이상 신호를 보내고 있다. 오히려 잠을 못 자고, 몸이 내 의지와는 다르게 너무 느리다. 오늘 심해졌다. 매일 매일 꾸준하게 하는 내 모습에 위안을 얻으며 애써 무시해 오던 것들이 이젠 터졌나 보다.

매일 모든 걸 다 할 수 없는 것 같다. 다시 하게 되더라도 지금은 아닌 것 같다. 오늘 말을 하면서 숨이 차는 나를 발견하고 이건 아니라는 걸 알았다. 하지만 내 루틴을 줄여야 하는 결정을 하는 데까지 시간이 많이 걸렸다. '서운하기도 하고 컨디션이 돌아와도 다시 하지 않게 될까 봐 두렵기도 하고' 그랬다.

한편으로 드는 생각은 쉬어야 할 때 쉬는 걸 선택하지 못하면 앞으로 더욱 내게 쉬는 걸 허락하지 못할 거라는 사실이다. 쉼을 허락하지 못하는 결정적인 이유는 이 모든 것들에 다시 지금과 같은 노력을 할 수 있을 거라는 신뢰가 없어서다. 나를 신뢰하지 않았다. 물론 모든 것에 쉽게 시들해졌던 나의 오랜 역사 때문일 것이다.

그런데 내가 나를 못 믿고 이렇게 두면 이젠 괴롭히는 것이 될 것 같다. 꾸준함이란 건 '매일매일 했다'가 아니라 '포기하지 않고 계속 마음을 쓰고 시간을 쓰고 있나'일 것이다. 그런 의미에서 계속할 것이다. 일에 지장이 생기지 않는 컨디션으로 돌려놓고 다친 부분들을 회복하고 더 노력할 것이다. 아무것도 안 하고 누워 있겠다는 게 아니다.

늦은 밤까지 하지 말아야지. 저녁에는 일찍 잘 거다. 서너 시간 자던 걸 다섯 시간 넘게 자려고 한다. 공부를 하고 운동을 하고 싶으면 낮에 일 끝나고 낮잠을 자는 대신 그때 하려 한다. 대략 한 시간 30분에서 두 시간 정도 되는 시간이다. 그때 할 수 있는 만큼만 하면서 지내려고 한다. 그게 더 건강하고 알맞은 일이다. 그 시간에 할 수 있는 한두 가지만 최선을 다해서 하고 빨리 회복할 거다. 몸이 내가 생각한 만큼 자유롭게 움직여질 때까지.

처음 해보는 것들이라 고집을 부렸나 보다. 이렇게 시소를 타며 균형을 맞추게 되는 걸 보니, 이젠 뭔가를 꾸준하게 해내는 사람이 되려나 보다.

☺ 2022년 1월 29일 土曜日 승선 281일 차

낮에도 회의실로 가지 않고 몸이 회복할 때까지 쉬는 것에 집중하고 있다. 매번 새벽 2시 가까이에 잠들어서 5시쯤 일어났는데 어제는 1시쯤 잠들었다. 오늘은 12시에 자는 걸 목표로 일찍 누우려고 한다. 잠드는 것도 쉽지가 않았다. 낮에 자면 안 될 것 같다. 그래야 밤에 일찍 잠이 들 수 있을 것 같다.

오늘 처음으로 아무것도 하지 않으면서 쉬어봤는데, 참 '어색'했다. 쉬는 방법도 까먹었는지, 마음이 편하지 않았다. 이것도 연습해야지. 좋은 균형을 찾아서 전력 질주와 온전한 릴렉스 상태를 만들어 갈 것이다. 그 과정에 있다. 좋은 방향으로 흘러가고 있을 것이다.

9시 50분이니까, 일찍 들어가서 자려고 노력해야겠다.

☺ 2022년 1월 30일 日曜日 승선 282일 차

오늘도 밤잠을 늘리기 위해서 낮에 점심 일과가 끝이 나고 한 시간에서 한 시간 반 정도 낮잠을 안 자기 위해 글을 쓰면서 버티고 있다.

그래, 버티고 있다는 표현이 알맞은 것 같다. 밤에도 지금처럼 졸음이 쏟아졌으면 좋겠다. 어제도 10시 20분에 불을 껐는데 1시 넘어서 잠이 들었다. 잠들기 위해 뒤척거리던 시간이 얼마나 괴로웠는지….

요즘은 휴식 및 회복과 노력에 균형을 맞추려고 애쓰고 있다. 정말 원하는 대로 밤 10시에 잠들어서 평상시에도 여섯 일곱 시간 밤잠을 자고, 아침과 점심 일과를 마치면 그사이 두 시간을 이용해 내가 원했던 것들을 훈련해야지. 다시 저녁에 출근해 한두 시간 운동 및 일기를 쓰고 잠들 수 있으면 좋겠다.

가장 우선적으로 중요한 건 밤잠을 늘리고 질적으로도 향상시키는 것이다. 이런 시간이 지나서 균형이 완벽하게 맞춰지고, 여러 가지 연습도 더 몰입감 있게 집중할 수 있으면 좋겠다.

☺ 2022년 2월 1일 月曜日 승선 283일 차

어젯밤 10시 30분쯤 잠에 들어서 오늘 5시 30분에 출근했다. 평상시보다 세 시간 정도 더 숙면해서 새벽일과를 하는데 굉장히 개운하고 기분이 좋았다.

평상시에 아침 청소를 하면서 피곤하고 잠이 깨지 않아서 어제 공부했던 영어 문장을 외우려고 하면 귀찮고 잘 외워지지도 않았는데 오늘은 기분이 좋아서 술술 나왔다. 분명 공부한 시간은 적은 데도 평상시보다 몰입을 했다. 이렇게 하는 게 맞는 것 같다.

오늘도 적어도 6시간 이상 숙면하려면 11시 전에 자야 하는데 그러려면 점심을 끝내고도 낮잠을 자면 안 될 것 같다는 생각에 회의실로 올라와서 글을 쓰고 있다. 이 시간이 원래 자던 시간이어서 그런지, 눈 꺼풀이 무겁다.

이 사이의 두 시간을 잘 써보고 싶다. 매일 하던 팔굽혀펴기도 이번 주부터는 쿨하게, 평일 점심, 저녁에만 100개씩 하고 주말에는 온전 하게 회복하려고 한다.

낮에는 보통 한 시간 반에서 많으면 두 시간 정도 시간이 있고, 저녁 이 끝난 뒤, 야식하기 전까지 약 한 시간 정도 시간이 있다. 그 시간만 잘 쓰면 이전보다 효율적이고 건강하게 나아갈 수 있을 것 같다. 꼭 수 험생이 된 것 같다. 이렇게까지 시간을 잘 쓰고 싶었던 적이 없었는데 요즘은 이런 시기인 것 같다. 계속될 수는 없지만, 이런 욕심이 생겼다 는 것에 감사해보려 한다.

악기를, 언어를, 운동을 왜 이렇게까지 하냐고 다른 선원 분이 물어 본 적이 있었다. '되고 싶은 모습이 확실해서, 꾸준히 생각해왔던 모습 에 가까워질 수 있는 방법과 시기인 것 같아서'라고 대답했다.

그 사람은 그런 대답을 기대하고 질문을 던진 건 아니겠지만, 만날 때마다 비슷한 질문을 받으며 슬쩍 웃어넘기는 게 이젠 귀찮아져서 그 순간 있는 그대로 얘기했다.

'이제야 알맞은 노력을 하고 있는 것 같다'는 느낌이 든다. 익숙한 곳을 떠나 낯선 바다로 향하길 잘했고 이 배에 올라타길 정말 잘했다. 자야 할 시간에 자지 않고 알맞은 균형을 꿈꾸며, 이 과정 끝엔 더 나 은 미래가 있기를 바라며. 아끼는 컵에 커피를 따라 마시면서 글을 쓰고 있는 이 시간이 축복이라고 생각한다.

☺ 2022년 2월 1일 火曜日 승선 284일 차

우린 각자의 자리에서 할 일을 해
아님 말고,

그래도 뭐 괜찮다는 믿음을 '턱'하고
올려놓은 내 친구들은 열정을 털어

아, 오늘은 괜찮대도, 우선 잠부터 자고
꾸준함과 겸손함을 좀 챙겨보려고

우린 된다니까,
내 말이 맞다니까.

2019년 8월 31일 글

☺ 2022년 2월 2일 水曜日 승선 285일 차

점심을 끝내고 3층 회의실에 올라와서 오늘 할 수 있는 것들을 하
면서 보내는 중이다.

매일 점심, 저녁으로 팔굽혀펴기를 100개씩 했다. 저번 주부터 주말에는 휴식을 취했지만, 맨몸 운동을 한 지가 한 달이 넘어가니까 어제부터 오른쪽 어깨가 찌릿찌릿 아팠다. 오늘부터는 저녁에만 팔굽혀펴기를 하고 낮에는 코어 운동을 하기로 해서 방금 하고 왔다. 오랜만에 하는 코어 운동이라 괴로웠다. 전부터 코어 운동은 내게 꼭 필요한 운동이라서 해야지, 해야지, 했는데 지금까지 미뤘다. 오늘 시작했으니 다시 꾸준함을 가지고 매일 훈련해야겠다. 괴로우면서도 기쁘다.

하기 싫었던 것들도 마음먹고 시작만 하면 꾸준하게 할 수 있다는 사실 자체가 큰 만족을 준다. 여러 가지 의미로 2022년은 많은 것을 단단하게 고쳐가는 시간이 될 것 같다. 그래서 기대가 된다!

또 무얼 선택하고 꾸준한 훈련을 통해서 익혀나갈지….

☺ 2022년 2월 3일 木曜日 승선 286일 차

벌써 목요일이다. 일주일에 수요일 아침, 딱 한 번 쉰다. 꿀맛 같은 수요일 아침 비번이 끝나면 속으로 '아… 다음 주 수요일까지 어떻게 기다려야 하나?' 생각하는데 정신 차려보면 주말이 지나고 벌써 월요일이다.

하루하루 주어진 상황 속에서 내가 선택한 것들을 루틴대로 노력하다 보면 하루가 빠르게 간다. 가끔은 '스물네 시간이 아니라 서른 시간이었다면 넉넉했을 텐데'라는 생각을 하다가도 '언제부터 시간을 이리 귀하게 생각하고 썼던 걸까' 생각하면서 괜히 피식 웃게 된다.

뭔가 기특하기도 하고 가끔은 이런 과정에 취해서 오버를 하고 있는 건 아닌가 하고 생각하기도 한다. 말이 남극과 북극에 있는 거지, 정작 하루 5분도 이 엄청난 대자연을 쳐다보지 않으니까 말이다.

한국에 가면 꼭 하고 싶은 일을 정했다. 어떻게 해도 변하지 않을 것 같다. 내가 잘하고 싶었던 것들을 연습하는 시간을 오전에 끝낸다. 물론 가짓수가 늘어나면 오전에 끝낼 수 없겠지만 운동과 영어는 오전에 끝내려고 한다. 사실 많이 하고 싶은 것도 아니라서 오전에 정해진 양을 하면 그 이후의 시간은 뿌듯하게 보낼 수 있을 것 같다.

운동은 두 가지. 하나는 전에 다녔던 동네의 조그만 헬스장에서 근력 운동을 하고, 다른 하나는 '테니스'를 시작해보려 한다. 탁구를 치면서 테니스 생각이 났다. 요새는 테니스를 치는 상상이 멈춰지지 않아서 시작을 안 할 수 없을 것 같다. 매일매일 이 운동을 하루하루 번갈아가며 하면 재밌을 것 같다.

그 후 영어를 익힐 거다. 많이도 아니다. 40분에서 한 시간 정도 매일 꾸준하게 하면 좋지 않을까 싶다. 지금보다 쉬울 것 같다. 내가 좋아하는 책상에서 좋아하는 컵에 향이 좋은 차를 따라 마시면서 한다면 이미 영어는 공부가 아니라 힐링하는 시간에 가깝지 않을까 꿈꿔본다.

물론 꿈같은 상상이다. 뭔가를 잘하게 되는 과정이 이렇게 평안할 수만은 없을 거다. 물론, 욕심이 생기면 조급해지고 의심도 들고 답답하기도 할 거다. 그래도 뭔가를 연습하는 생각을 하면서 즐거운 이유는 정말로 내가 하고 싶은 것들이라 가능한 것 같다.

트럼펫도 꾸준히 배울 거다. 배를 타며 번 돈을 전부 배우는 데 쓰더라도 상관이 없다. 정말 잘하고 싶은 것들이다. 일기도 꾸준히 적을 거다. 이걸로 더 멋진 걸 하게 될 거란 확신이 있다.

☺ 2022년 2월 4일 金曜日 승선 287일 차

점심이 끝난 뒤, 체육관에 가서 코어 운동을 하고 짐을 챙겨 3층 회의실로 왔다. 취침시간이던 이 시간에 무언가를 하는 게 아직 적응이 덜 되었는지 많이 졸려서 차 혹은 커피를 한 잔 내려서 올라온다. 오랜만에 따뜻한 커피에 우유를 섞어 마시는 중인데 온도도 적당하고 부드럽다.

인스턴트 커피 한 잔에 요동치던 불편한 감정들이 부드럽게 녹아내려간다. 요즘은 주변 동료들의 여러 가지 불평, 불만들에 귀를 기울이게 되고 듣고 나면 기분이 안 좋아진다. 귀를 닫고 무시하면 좋은데 그게 잘 안 되어서 너무 괴롭다. 사실 누군가가 나를 붙잡고 회사에 대해서 혹은 다른 동료들에 대해 불평, 불만을 하는 건 아니다. 그런데도 내가 자꾸만 들으려고 애쓰는 것 같아서 가끔은 '불행해지고 싶어서 난리를 치는 구나' 하는 생각도 한다. 마음이 괴롭다. 그 불평, 불만을 늘어놓는 사람에 대해서 내 스스로 오히려 더 많은 불평, 불만을 갖게 되고 그걸로 또 누군가를 평가하게 된다. 사실 미워하는 것에 가깝다. 참 우습다.

이런 마음을 진정시키는 버튼이 있었으면 좋겠다. 그들과 똑같이 불평, 불만을 늘어놓는 사람이 되기는 싫다. 더 나은 미래를 꿈꾸는, 하나의 과정이라 믿는다. 그들의 말에 내 마음이 동요하지 않았으면 좋겠다.

불평을 늘어놓지도 못하고, 그렇다고 스스로를 믿고 온전히 자신에게 집중하지도 못하는 내가 오히려 잘못된 게 아닐까. 마치, 속은 시커먼데 주워들은 건 있어서 속내를 감추며 그냥저냥 흉내를 내는 사람처럼 말이다.

이 과정은 배를 타면서 반복됐다. 그때마다 오늘과 같은 비슷한 글을 적은 것 같은데 이 순간은 힘이 탁 풀린다. 그럼에도 불구하고 오늘도 마음을 쓰며 할 수 있는 것들이 있어 다행이라고 느낀다. 이마저도 없이 그저 누워 있어야 했다면, 나와의 큰 싸움으로 번졌을지도 모른다.

☺ 2022년 2월 5일 土曜日 승선 288일 차

같은 시간에, 같은 자리에 앉아서 시간을 보내고 있다. 바뀐 거라고는 어제는 라테, 오늘은 홍차라는 것 정도다. 딱 그 정도만 바뀌고 모든 게 똑같다. 시간도 공간도 마음까지도.

여전히 넘쳐나는 불평, 불만이 섞인 소음 속에서 집중을 못한 채 마음을 빼앗기고 있다. 어쩌면 나 역시 같은 불만을 가지고 있거나 혹은 그 이상을 가지고 있는데 말하지 않아서 더 괴로운 게 아닐까.

그런 불평, 불만을 말하면 과연 속이 후련할까? 그렇게 보내온 지난 십수 년을 아까워하고 안타까워하고 있는 나지만 아닌 척 흉내를 내고 있는 지금이라고 해도 다시 돌아가기 싫다. 그래서 어렵다. 내가 선택한 것들을 잘하고 싶을 뿐이고, 온전한 평화가 지속될 수 있도록 잘 살고 싶을 뿐인데 늘어가는 건 한숨뿐이다.

친구들은 어떻게 지내고 있을까? 정도의 차이는 있어도 살아가고자 하는 방향과 결이 같아서 비슷한 시기에 비슷한 고민에 잠겨 있을 때가 많았다. 그래서 나누고 싶은 말이 많았다.

이런 생각을 하는 지금, 인터넷이 되지 않아 연락을 주고받을 수 없는 것이 다행이다. 오늘은 가족들도 보고 싶고 친구들도 보고 싶다. 이 과정을 겪고 이겨낸 내 주변 사람들의 따뜻함이 그리운 날이다.

☺ 2022년 2월 6일 日曜日 승선 289일 차

[2023년 2월 6일에는] - 끌어당김의 법칙

2023년 2월 6일에는 새로운 언어를 사용하며 구체적인 기술을 익히고 있을 거다. 낯선 환경에 적응하는 데 있어서 언어는 장애물이 아닐 거다.

꾸준히 적어온 글이 세상에 소개될 거다.
내가 굳이 떠들지 않아도, 지금보다 만 배 이상의 사람들이 우리의 방식을 공감해주고 찾아줄 거다.

그 모습은 눈물에 가려 뿌옇게 보일지라도 그 소리만큼은 한여름 지붕을 두들기는

강한 소나기처럼 울려 퍼지게 될 거다.

2023년 2월 6일에는 그렇게 되어 있을 거다.

☺ 2022년 2월 7일 月曜日 승선 290일 차

지금보다 밝게 빛나고 싶다.

내 것을 정말 잘하고 싶다.

그것을 나누면서 살면 행복할 것 같다.

수십 억을 벌지 않아도 된다.

그래도 수십 억을 벌 수 있는 가치를 가진 사내가 되고 싶다.

수없이 적어온 것들이 눈으로 보이면 좋겠다.

사람들이 왜 이걸 하느냐 묻지 않고 나 그대로 그들에게 납득이 되었으면 좋겠다.

내 스스로 시간을 쏟고 있는 것들을 놀이터에서 흙장난 치고 있는 어린 아이를 대하듯 귀여워하거나, 기특해하지 않고 그저 놀라워했으면 좋겠다.

굳이 내 입을 통해 설명하고 납득시키지 않아도 그저 놀라워하고 납득되면 좋겠다.

2021. 08. 07 LOVE YOU (to. 정호, 창섭)- 남극에서 정호와 창섭에게 보낸 이메일

인스타를 막아둬서 연락을 주고받을 방법이 더 이상 없네….

난 너무 잘 지내고 있다.

마음을 다해서 일하려고 열심이다.

몸이 많이 지치고, 아파 오는데, 지금은 이렇게 몸을 쓰는 시기라고 생각하고 이전과 지금의 밸런스가 맞는 다음을 꿈꾼다.

너희들의 익숙함에 표현을 못 해왔지만, 바다 위에서 너희들의 소중함을 많이 느낀다!

너희들이랑 무언가를 할 수 있는 그 자체가 큰 행운이다!

이 글을 읽고 마음이 따뜻해지면 좋겠다. 그 온도를 다른 누군가와 나눌 수 있다면 더 기쁠 것 같다.

사랑한다.

2021. 08. 07. 여름 (reply from. 창섭)

덕분에 이메일도 쓰게 되네

제목을 어떻게 붙일지 생각하는 것도 재미가 있어.

지금은 토요일 18시 19분이야. 막 퇴근을 하고 대야미역에서 지

하철을 기다리고 있다.

지난주엔 37도를 오가면서 무지막지하게 더웠는데, 이번 주는 32~33도를 왔다 갔다 했다. 신기하게도 이번 주 날씨는 괜찮다고 느껴지더라.

내일이면 진송이도 미국에 가는 비행기를 탄다!

저녁에 잠깐 만나서 산책을 하기로 했다.

매일 보던 너랑 진송이 모두 과천을 잠시 떠나니, 심심하겠지만 내 할 일 하면서 바쁘게 지내다 보면 시간이 딱 지나고 늘 그랬듯 알아서 옆에서 웃고 떠들며 즐거운 시간을 보내겠지.

당분간은 메일로 연락을 주고받자.

오늘 하루도 기분 좋은 마무리하고 잘 쉬어라!

2021. 08. 08 LOVE YOU (reply from. 정호)

인스타도 막혔구먼…. 시간이 지날수록 소통할 수 있는 것들이 막히는 구나.

하루도 쉬는 날이 없으니 진짜 힘들 것 같다. 늘… 파이팅이다.

"건전한 정신은 건전한 신체에 깃든다(Anima sana in corpore sano)" 우선 몸이 건강해야 마음도 건강할 수 있어.

늘 조심하고 아프지 않기를 바란다.

요즘 창섭이가 많이 바쁜가 봐. 작업할 시간이 없는 것 같다.

나도 최근 일주일은 그림을 그리지 못했네….

저번 주 일요일부터 새로운 일터에 나가기 시작했다. '룰루레몬'이라고 스포츠 의류 브랜드야. 마케팅팀에 들어갔는데 팀원들을 서포트하는 직무야.

금요일에는 전임자에게 인수인계도 받았는데 한 시간 반 만에 모든 걸 배우려고 하니 하나도 모르겠더라고….

그래서 주말에 마음이 자꾸만 무거워져.

씻으면서 "내가 이 일을 왜 한다고 했지? 왜 사서 고생이지? 팀원들도 무섭고 새로운 환경이 너무나도 무섭다"라는 생각까지 이르더라…. 이 생각을 하면서 나에 대해 더 배웠어…. 두려움도 많고 앞서 걱정하고 도전하기 꺼려하는 성격이구나 하고….

지금도 마음이 무거워! 하지만 그 순간을 지나고 보면 난 누구보다 그 자리에 어울릴 거고 잘 해내리라는 마음이 있어! 이런 생각을 하면서 내가 '너처럼 그렇게 도전할 수 있을까' 하고 생각을 해보았는데 아니…. 못 할 것 같아….

하지만 다른 방식으로 멋지게 도전하고 깨지고 실패하며 울고 화내고 짜증내다 결국 마음을 다해 도전하고 또 도전하고 끊임없이 나아가리라는 걸 안다.

마음만 간직하다 보면 두근대는 마음도 점차 가라앉고 나 자신을 되찾으리라 믿는다.

아프지 말자. 영석아…. 건강하게 보자. 마음이든 몸이든.

가끔 우리가 걱정되기도 해. 다치진 않을까 하고.

이런 마음도 필요하다고 생각해.

우리를 염려하는 마음도 나는 필요하다고 생각해.

나는 '앞으로'를 걱정으로 채우지 말고, 영석이는 자신을 '의심'
하지 말고 멋지게 걸어가 보자.

보는 날을 고대한다. 곧 보자.

겁이 많은 정호가.

☺ 2022년 2월 9일 水曜日 승선 292일 차

애리 장, 잘 지내고 있나요?

전 잘 지내고 있어요.

이젠 회사와 주방 동료들에게 다음 북극 항차에 참여할지 아니
면 여기서 그만할지에 대해 대답을 해야 하는 시간이 와서 차분
하게 생각하고 기도하는 중이에요. 사실 더 구체적으로 뭔가를
해보고 싶어요.

간신히 익숙해진 무언가를 다시 내려놓고 막연함 속에 들어갈
생각을 하니 벌써 지치기도 해요.

익숙한 사람들과 멀리 떨어져서 마음 다해서 일을 하다 보면, 드
라마처럼 번쩍 하고 생각이 나거나 누군가의 도움으로 다음 행
복이 정해질 거라고 꿈을 꾸고 있었나 봐요.

내려놓고 마음을 비워야 뭔가가 보이겠지만 대사관부터 북극, 남극까지 잘해온 것 같아서 이다음엔 뭐가 있긴 할까 싶은 걱정이 들기도 합니다.

근데, 매번 일을 하면서 사람들과 얘기를 나누면서도 느끼게 되는 한 가지는… 난 기술자가 되고 싶어요.

그런 과정 중에 더 큰 곳에서 더 좋은 조건으로 일하게 된다면 기꺼이 하겠지만 그걸 스스로 찾아 나서고, 다음 행보로 정하고 싶은 생각은 없네요….

훌륭한 기술자가 되고 싶어요.

그리고 그걸 가지고 나누고 싶어요.

동료들에게는 이런 얘기를 하기가 부끄러워서 엄마한테 이렇게 마음을 정리해서 보내요.

기도해주세요. 더 올바르게 빛날 수 있게.

2021년 11월 1일
엄마에게 보낸 카톡

☺ 2022년 2월 10일 木曜日 승선 293일 차

점심에 예상치 못한 안전 교육이 생겨서 일 끝나고 연습할 것들을 하지 못했다. 사실 교육은 변명이다. 한 시간도 안됐는데 지루한 교육을 앉아서 들으니까 맥이 풀려서 아무것도 하기 싫어졌다.

들어가서 잘까? 하다가 항상 일과에 처음으로 시작했던 점심 코어 운동을 하지 않으면 저녁 시간에 운동도, 공부도 더 하기 싫어질 것만 같았다. 그래서 이를 악물고 점심 운동을 했다. 참 신기한 건 여러 개 중 한 개를 한 것뿐인데 그것 때문에 저녁 시간을 이용해서 다른 것들도 하게 되었다.

악기도 운동도 탁구도 일기도 공부도 말이다. 오늘은 탁구를 치면서 땀이 너무 났다. 체육관에 사람도 없어서 웃통을 벗고 연습했는데 탁구를 가르쳐 주시는 전기장님께서 내 몸이 좋아졌다고 말씀해 주셨다. 사실 차이를 잘 모르겠다.

그 얘기를 들으니 기분이 좋아져서 더 열심히 훈련했다. 꾸준하게 한 것들이 조금이라도 티가 나는 순간은 정말 짜릿하다.

트럼펫도 여기서 꾸준하게 연습하고 있지만 아무래도 혼자서 하는 거다 보니 호흡도 불안정하고 오늘은 됐던 게 내일은 안 되기도 한다. 그럼에도 불구하고 나가서 트럼펫을 배울 땐 이 시간이 확실히 의미가 있었다고 인정받으면 좋겠다.

꾸준히 쓰는 글을 많은 사람에게 전달할 시간이 왔으면 좋겠다. 그럴 수 있기를 기도한다.

☺ 2022년 2월 11일 金曜日 승선 294일 차

3층 회의실에 앉아서 할 수 있는 것들을 하고 있다. 식사를 할 때 지금 먹는 양의 3분의1 정도는 줄여도 좋을 것 같은데 식사를 하면서는 그게 잘 안 된다.

운동하는 만큼 몸은 점점 굵어지는데 살이 빠지는 느낌은 들지 않았다. 오늘 배가 멈춰 있어서 몸무게를 재봤더니 뉴질랜드 정박 때보다 2킬로그램 이상 불어 있었다. 식사를 하고 난 뒤라 조금의 차이는 있겠지만, 살이 쪘을 거라는 생각은 못 했다. 항상 운동하고 밤에는 아무것도 먹지 않았는데.

우선 유산소 운동을 하면 가장 좋을 것 같은데 지금은 흥미가 없어서 우선은 먹는 것을 조절해야겠다. 점심, 저녁 식사량을 조금씩 줄이고 저녁에는 밥의 양을 줄여보려 한다. 유산소는 하기 싫어도 식사량 조절 정도는 하고 싶은 열정이 있다. 오늘부터 꾸준하게 해봐야겠다. 분명 좋은 결과가 있을 거다.

오늘은 쓰고 싶은 말이 있었다. 많은 사람들이 현실에 대해 불만을 가지고 있는 것 같다. 아니, 어쩌면 불만을 가지고 싶어서 내가 피해자일 수 있는 모든 문을 열어놓는 것 같다. 그런 사람도 있다는 것은 알고 있었지만, 정말 많은 사람들이 그런 생각을 공유하며 살 거라고는 생각하지 못했다.

난 선천적으로 긍정적인 사람이 아니다. 어떨 때는 모든 것들이 거슬리고 짜증나고 상대하기가 싫어지고, 그냥 들리는 소리도 소음처럼 들릴 때가 있다. 어쩌면 다른 사람들보다 더 예민할 수도 있다. 하지만 그런 기분으로는 절대 좋은 것, 건강한 걸 할 수 없다는 사실을 안다. 내 상태를 환기시킨 후 다시 좋은 마음으로 하려고 시도한다. 그러기 위해서 걷기도 하고, 글을 쓰기도 하고, 친구들을 만나 와인을 마시기도 한다. 그러면 확실히 내 상태가 환기되었음을 느낀다.

이곳에서 다양한 사람들을 만나 보니, 많은 사람들이 그런 기분에 속아서 하루 일과를 진행하고, 비슷하게 마음이 구겨져 있는 사람을 찾아서 불만을 쏟아내면서 지낸다. 지난주에도 그랬고 어제도 오늘도 그랬다. 내일도 그럴 거다.

난 어떤 말도 보태지 않는다. 괴롭다고 느낄 때도 많고, 뭔가를 찾아서 꾸준하게 하고 있는 내가 웃음거리가 될 땐 진짜 참기 힘들다. 도대체 왜 저렇게 살고 있을까 싶다가도 '아… 내가 모르는 뭔가가 있겠지, 내 할 일을 하자' 하고 마음을 돌리지만 마음속 응어리는 남는다.

그들이 열심히 살기를 바라는 게 아니다. 그런 마음이 든다면 내 주제 파악을 하지 못하고 건방을 떨고 있는 것이겠지. 그저 그 에너지로 하루를 지내지 않았으면 하고 바란다. 그중 누군가는 본인의 목표를 이뤘을 거고 또 누군가는 내가 모르는 방식으로 치열하게 노력하며 쫓아가고 있겠지. 그래도 그건 아닌 것 같다. 정말 아닌 것 같다.

이름밖에 못 들어본 농구 선수가 활약한다는 얘기에 한국 농구 선수는 별거 아니라며 모두가 웃고 떠든다. 그중 한 사람만 자리를 비워도 그에 대해 얘기를 시작하고, 그 얘기에 말을 보태며 웃고 떠드는 사람들을 많이 봐왔다. 그런 에너지로 사는 사람들이 많다는 것이 아쉽고 놀랍다. 그러지 말아야지, 저런 얘기에 동참하지 말아야지 하면서도 그 얘기에 귀를 기울이고 속으로 웃고 있는 나에게 실망을 한다.

그저 그렇지 않은 상황 속에서 각자의 얘기를 나눌 수 있는 때가 오기를 기도한다.

오늘부터 4일간 야식을 하면, 3항차의 길고 길었던 한 달간의 야식이 끝난다. 19일에 파티를 하고 뉴질랜드로 이동을 하면 길었던 3항차가 끝이 난다.

4항차는 기간도 길지 않고 보급이 주된 항차이기 때문에 사람들이 많이 타지 않는다. 그래서 우리끼리는 3항차가 끝나면 슬슬 한국으로 돌아갈 날을 세어도 좋다고 말한다.

인터넷이 되지 않아서 아무런 소식도 듣지 못하고 있는데 한국의, 코로나는 어떤 상황일까? 여전히 수천 명씩 확진자가 나오고, 영업시간과 인원도 제한이 걸려 있을까? 그런 게 좋은 건지, 아닌지 알 수가 없지만 확진자가 많이 줄고 코로나가 지구 뒤편으로 숨기를 기도한다.

무엇보다 가족과 친구들의 소식이 많이 궁금하다. 할머니도 몸이 편찮으시고, 우리 집 강아지 신비도 벌써 같이 산 지 19년이 되어서 많이 늙고 기력이 없다. 연락이 두절된 지금 그들의 안부를 생각하면 자연스럽게 죽음에 대해 여러 가지 망상이 이어진다. 물론, 너무나 자연스러운 것이라 되뇌며 망상을 억누르고 진정시키지만, 인터넷이 되어서 핸드폰을 켰을 때 안타까운 소식이 있을까 봐 겁이 날 때도 있다.

자기 전에 우리 가족이 건강하고, 오래 살게 해달라는 기도를 습관적으로 했다. 몇 년 전부터 오래 사는 것이 무조건 좋은 건지는 또 모르겠어서 그저 하루하루 기쁘고 건강할 수 있도록 해달라는 기도로 바꿨다. 외할머니가 돌아가신 시점부터였던 것 같다. 외할머니가 보여주신 죽음을 대하는 태도에 나도 변한 것 같다.

죽음에 대해서 의연한 척하면서 깨달은 건, 그게 우리 가족의 일이 되면 그 자체가 공포로 다가와, 고개를 흔들며 이 생각을 떨쳐버리려는 바보짓을 한다. 그만큼 사는 것과 죽는 것은 쉽게 정의할 수도, 받아들일 수도 없다.

요즘, 내게도 시간이 그리 많지 않은 것 같다는 느낌이 들 때가 있다. 곧 '죽을 것 같다'라든지 부정적인 느낌이 아니고 시간에 대한 가치가 예전에 비해서 커졌다. 오늘 할 수 있는 걸 하지 않으면 상상해왔던 것들과 궁극적으로 되고 싶은 모습에 가까워질 수 없을 것 같다.

매일 부지런히 해야 가능할 것 같다는 느낌을 받는다. 누구나 알고 있는 당연한 사실이겠지만, 지금까지는 잘 믿지 않았다.

사실 잘 모르겠다. 오늘 적었던 내용 중 내가 아는 것이 하나도 없어서 끝맺음을 못한 느낌이다.

☺ 2022년 2월 14일 月曜日 승선 297일 차

오늘로 승선한 지 297일이 되었고 승선 일기를 적은 세 번째 공책이 마무리 되었다. 북극에 가기 전 정호가 선물해 준 공책에 '승선 일기'라는 이름의 그날그날의 솔직한 감정과 생각을 적었는데 벌써 세 권이 끝났다는 게 참 신기하다.

적어온 결과물이 차곡차곡 쌓이고 있어서 좋다. 이것들이 나중에 어떤 기회로 어떻게 빛을 발할지 생각하면 괜히 흐뭇하고 좋다. 남극에 오기 전, 공책을 네 권이나 사 와서 다행히 부족할 일은 없겠지만,

다른 한 권도 한국에 입항하기 전에 다 쓰고 싶다는 욕심도 생긴다.

친구들과 연락을 못 한 지 한 달이 넘어가는데 다들 어떻게 지내고 있을까? 창섭이는 미국 여행을 마치고 한국에 돌아왔을 테고 정호는 원래 계획했던 대로 독립했을까? 짧은 기간이지만, 내가 느끼기에 그들은 늘 변하고 있다. 친구들의 소식이 궁금하다.

☺ 2022년 2월 15일 火曜日 승선 298일 차

평소와 똑같이 하루 네 번 출근해 일을 하고 그 사이사이 운동하고 영어 인터뷰도 외우고 탁구와 트럼펫을 연습했다. 이렇게 하면 하루가 짧은 것을 넘어서 모자라다.

지금은 2월 14일 밤 11시 반이다.

낮에 승선 일기를 적었지만 자려고 책을 펼치니 자꾸만 생각이 떠돌아다녀서 자기 어려울 것 같다. 그래서 내일의 승선 일기를 미리 쓰러 나왔다. 30분 뒤면 하루가 지나는 것이니 뭐. 정작 내일 아침에 일어나면 기분이 지금과 같지 않겠지만 그래도 찌꺼기는 남아 있을 테니, 내가 할 수 있는 표현을 해야 할 것 같다.

난 결핍이 많은 것 같다.

엄마는 나를 보고, 자신의 어린 시절과는 다르게 본인을 믿는 마음도 분명하고 필요한 것을 거침없이 하고, 어디서든 자신의 얘기를 할 줄 안다고 하셨다. 그래서 결핍이 없는 것 같다고, 부럽다는 말을 자주 하셨다.

그런데 아니다. 물론 내가 갖지 못한 물건을 누군가가 가졌다고 해도 역정을 내지 않는다. 나의 하루는 망가지지는 않는다. 사실 어떤 지장도 주지 않는다. 그런데 내가 하고 싶은 것, 되고 싶은 것에 대해서 누군가가 가볍게 얘기를 할 땐 내가 쉽게 망가지는 것만 같다.

　왜 그렇게 느끼냐면, 미치도록 화가 나서 그렇다. 이젠 어른의 가면을 쓰고 있다 믿어서인지 화를 내거나 표현을 하지 않지만, 마음은 분노로 들끓을 때가 많다. 왜, 내가 하는 것은 정답이 아니라고 확정 짓는 거지? 넌 불평불만만 하며 하루를 태울 뿐 뭘 하고 있는 건데? 네가 뭔데 나를 판단하는 거지? 분노에서 비롯된 수많은 말들이 머리를 가득 채우고 그렇게 그 순간 그 사람을 함부로 판단하고 미워한다. 어쩌면 그들이 나를 판단하는 것 이상으로 난 더 지나치고 지독하게 판단하고 미워하고 있는지 모른다. 그런 나를 바라보는 게 너무 괴롭다.

　그저 욕심이 과한 거였다면 이렇게 생각이 들까? 어쩌면 나의 방향성을 떳떳하게 생각하지 못하고 신뢰 못 하는 걸지도 모르겠다. 나름 잘 살고 싶고 할 수 있는 기술과 표현으로 나누며 살고 싶다고 말하지만, 뜻대로 되지도 않고 어떻게 해야 하는지 정확히 알 수 없는 지금을 온전히 믿지 못하는 걸지도 모르겠다.

　누군가가 나를 판단해서 화가 난 것이 아니라 사실은 나를 온전히 믿지 못하는 자신을 들킨 것 같아서 화가 난다. 초등학생 때 학교 앞 문방구 자리에서 반찬가게를 하던 어머니가 창피했다. 소풍 때 친구들이 싸온 우리 집 도시락을 보면 이유를 알 수 없는 분노가 생겼었다. 그 친구에게 시비를 걸고 미워했던 것처럼. 15년이 흘렀는데도 이유

모를 분노는 내 안의 어떤 멍 자국 때문인 것 같다. 나는 그 멍을 결핍이라고 부른다.

어렵다. 그 사람들은 잘못이 없었다. 원래 그들의 성격과 습관이었다. 몰랐던 것도 아니었다. 그리 신뢰하는 사람들도 아니면서 누군가 스위치를 눌러주길 바랐던 사람처럼 그렇게 된다. 정말 어렵다. 흉내만 내는 것 같아서 더 부끄럽다.

마음으로 수없이 그 사람을 미워하고 괴롭혔지만 그 순간 '침묵'을 지킬 수 있었던 건 아마도 좋은 변화겠지.

☺ 2022년 2월 16일 水曜日 승선 299일 차

엊그제 승선 일기를 적었던 두꺼운 공책이 또 끝났다. 다시 읽어보니 매일 기분이 변하는 걸 느낀다. 하룻밤 사이에 감정이 극과 극으로 바뀌니 '내게 문제가 있는 게 아닐까?'라는 생각이 들 정도였다. 평소에는 이런 감정 변화를 누군가에게 말로 표현하거나, 일에 묻어나오지 않도록 주의를 기울인다. 그렇지만 이 공책에는 따로 해명을 하지 않아도 되서 그런지 의심부터 평화까지, 사소한 마음의 움직임까지 적게 된다.

감정에 예민한 내가 오늘도 내일도 앞으로도 무너지지 않고 하루를 살아가려는 발버둥일 수도 있겠다. 흔히 말하는 '예민한 사람'이란 어떤 사람일까? 내 감정과 다른 사람의 감정에 대해 예민한 사람을 말하는 걸까? 아니면 주위 환경, 예를 들면 몸이 지치거나 배가 고프거나 인터넷이 안 되는 상황 등의 불편함이 생기면 마음이 날카로워지는 사람을 말하는 걸까?

나는 전자에 해당한다. 그 순간의 감정과 동시에 사랑하는 사람들의 감정이 중요하고 그곳에 신경이 쏠리는 만큼 외부적인 불편에 대해서는 무던한 편이다. 파푸아뉴기니에 있을 때도 그리고 북극, 남극에 있을 때도 인터넷이 안 되는 것에 큰 불편함이 없었다. 많이 걸어야 하는 상황이면 그저 재밌는 상상을 하면서 걷고, 굶어야 하는 상황이 오면 어떤 음식과 와인을 마실지 상상하며 그 순간을 보낸다. 그다지 어려운 일이 아니다. 사실 참는 것도 아니다. 그냥 별것 아닌 일이다. 그래서 외부 상황에 대해 불평불만을 가져본 적은 많이 없었다.

하지만 그것과 관계없이 따뜻한 공간에서도, 넉넉한 음식과 와인 앞에서도, 내 마음이 굶주릴 때가 있다.

☺ 2022년 2월 17일 木曜日 승선 300일 차

집을 떠나 배를 탄 지 300일이 되었다. 배를 탄 지 50일이 되었을 땐 놀라웠고 100일이 되었을 땐 시간이 정말 빨라 신기했다. 그때의 감정과 비교해 보면 승선 300일이 된 지금은 들뜨거나 감정의 변화가 있지 않다. '시간이 정말 빠르다…' 정도?

300일 동안 네 가지 변화가 있었다.

가장 큰 변화는 '꾸준함'을 진심으로 받아들였고 삶에 적용하며 살고 있다는 것이다. 승선 일기를 적었고 탁구와 트럼펫과 영어를 훈련했고 이제는 점심에 코어 운동으로 훈련의 일과를 시작한다. 물론, 탁구에 슬럼프가 왔을 때는 자연스럽게 트럼펫의 비중이 커지고, 요즘처럼 트럼펫에 한계를 느낄 때는 탁구가 재밌어진다. 자연스럽게 균형을 맞추는 중이다.

요즘 트럼펫을 연습하면서 일정 음 이상 소리가 나지 않는다. 호흡도 잘 안 된다. 그래서 새로운 호흡과 주법에 주의를 기울이면 기존의 입 모양과 달라져 낮은 음에서도 문제가 생긴다. 확실히 악기는 제대로 배우는 것이 좋을 것 같다. 육지에 도착하면 원 없이 배워야지.

이곳에서 외국인들과 함께 생활을 하면서 영어뿐만 아니라, 다양한 언어를 사용하면서 살고 싶다는 생각을 했다. 서른에는 어떤 일을 하면서 살게 될지 모르겠지만 적어도 세 개 국어를 사용하면서 일하게 될 거라는 확신이 생겼다.

한국어, 영어 그리고 무엇이 될지는 모르겠지만, 별로 두렵지 않은 이유는, 이제는 어떤 특별한 방법이 있을 거라는 환상이 없고, 그냥 오늘 할 수 있는 만큼 매일 하면 될 거라는 확신이 생겨서다. 언어는 몇 년간 내 삶의 확실한 목표다. 정말 멋진 일이다.

또 하나 변한 점이 있다면, 다음에 무엇을 하게 될까, 하는 두려움이 사라졌다. 궁금함과 호기심만 있을 뿐이다. 적어도 최근 몇 주는 그렇게 느끼고 있다. 내 예민함이 이다음 행보에 초점을 맞추고 있지 않다.

배에서 번 돈을 계속 쓰고 휴식 시간이 길어지면 마음이 왔다 갔다 할 수 있겠지만, 그건 그때 일이다. 적어도 지금은 평화롭다.

며칠 전부터 시작된 약간의 우울감이 꺾일 줄 모르고 이어진다. 깊어지는 것일 수도 있다. 불안하거나, 앞으로가 걱정되거나 그런 건 아닌데, 이 순간의 의미를 더 이상 찾지 못하는 것 같다.

다른 사람들과의 대화 때문에 불평불만과 의심, 부정과 한탄에 잡아먹힌 것 같다. 그 사람들의 탓으로 돌릴 생각은 전혀 없다. 그들은 출항 첫날부터 늘 똑같았고 단지 내 안의 불평불만이 더 이상 참지 못하고 터져 나온 거다.

내 문제라는 것을 분명히 알고 있다. 하지만, 이런 상황 속에서도 의식적으로 '내가 이 순간을 보내고 있는 건 분명 이유가 있다. 시간이 지난 뒤 후회하지 말고 믿고 할 수 있는 걸 하자'란 생각을 수도 없이 되뇌며 하루를 보내지만, 어제보다 오늘 더 날카로워지고 있는 것을 매 순간 발견한다.

반복되는 업무에 무심해지기도 하고, 감사함을 잃어버릴 때도 많다. 뭘 하고 있는 건가? 여기선 어떤 꿈을 꿀 수 있는 걸까? 어떤 얘기를 이곳에서 그 순간 즐겁게 나눠도 시간이 지나 전혀 다른 얘기로 와전되어 다른 누군가를 통해서 들을 때면 내가 살고 싶던 세상과 다름을 많이 느낀다.

평화의 시간을 나눌 수 있게 해줬던 가족과 친구들의 소중함을 뼈저리게 느끼곤 한다. 진심으로 버겁다고 느낄 때가 많다. 정말 저 대화가 편하다고 느끼는 걸까? 오히려 내가 어린애처럼 유난을 떠는 건 아닐까. 좋은 것이 떠오르지 않고 밝은 주파수도 상상이 되지 않는다.

시간이 한참 지난 뒤에야 이 시간의 소중한 가치를 알게 되는 게 싫어서 열심히 지금을 살아보려고 애쓰는 요즘이다.

☺ 2022년 2월 20일 日曜日 승선 303일 차

우리 배는 남극 연구해역의 모든 연구를 마치고 뉴질랜드로 돌아가고 있다. 가는 길에 세 곳 정도 들려 추가 연구를 한다고 하지만 모두 참여하는 건 아니기 때문에 대부분의 연구원들은 어제로 연구가 끝난 것 같다.

그래서 어제 저녁에 3항차 연구 쫑파티를 했다. 음식을 만들고, 고기를 굽고, 부족하지 않게 술도 준비했기 때문에 다들 늦은 시간까지 즐겁게 시간을 보내신 것 같다. 길고 길었던 3항차가 끝이 났다. 연구 기간도 길었고, 일하는 기간도, 시간도 길었고 내 마음도 오락가락했던 시간이었다.

예상외로 파도가 잔잔해서 다행이라 생각했는데 예상치 못한 곳에서 비가 내리고 파도가 쳤지만, 모든 일정이 끝났다. 3~4일 정도가 지나면 인터넷이 안 되는 지역을 벗어나기 때문에 이전처럼 카톡이나 메일을 주고받을 수 있다. 오랜 시간 인터넷이 안 되다 보니 카톡도 로그아웃 되어 있을 거다. 안타깝게도 로그아웃된 상태에서 며칠이 지난 카톡은 읽을 수 없다. 지난번 북극에서도 읽지 못했던 게 기억이 난다.

두 달 가까이 연락이 되지 않을 때면, 혹시 그사이 '내가 바라는 일들이 이루어지는 연락이 와 있지 않을까?' 하고 기대를 한다.

연락을 기다리고 있는 사람들 혹은 회사에서 반가운 연락을 해준다든지 그런 기적을 꿈꾸기도 한다. 물론 이렇게 예상을 하고 기대를 하면 일어나지 않는다. 꿈을 꾸는 것들은 분명 이루어질 거지만, 시기를 정해 놓으면 그 시기에 이루어지기를 기대하는 마음이 커지고 이는 실망으로 이어진다.

자기 전에 휴대폰을 보면서 내 이름이 적혀 있는 문장으로 시작되는 반가운 메시지가 와 있기를 희망하며 잠들 때가 많다. 체력도 소진하고, 마음도 오락가락 정신없는 나날이지만 좋은 일을 바라는 마음이 남아 있다는 사실이 감사하다. 같은 날의 반복이지만, 조금만 떨어져서 보면 계속 앞으로 나아가고 있으리라 믿는다.

☺ 2022년 2월 22일 火曜日 승선 304일 차 (1일 전진!)

지난번 뉴질랜드에서 남극으로 내려오면서 하루 하고 네 시간을 전진한 만큼 다시 뉴질랜드로 올라가면서 반대로 시간을 후진하고 있다. 그래서 2월 20일에서 21일이 삭제되고 바로 22일 화요일로 이동했다.

매번 하는 경험이지만 시간 이동은 신기하다. 한 시간 후진하는 날이면 평상시보다 한 시간 여유가 더 생긴다. 한 시간이 별거 아니라고 생각할 수 있겠지만, 그 한 시간이 주는 심적 여유가 굉장히 크다. 물론 전진을 하면서 한 시간의 여유 시간을 잃어버렸기 때문에 그것을 다시 돌려받는 것이지만, 선물을 받는 것 같아서 기분이 좋다. 마음도 느긋해지고 그렇다.

요즘은 글을 쓰기 전에 '한국에 가서 무엇부터 하게 될까?'에 대해서 생각한다. 목표와 계획을 세우면 그것을 숙제로 느끼는지라 잘 세우지 않지만, 어떤 것들을 하며 시간을 보내고 싶은지 기록으로 남겨 놓으려 한다.

'꾸준함'을 연습하고 있는 시기에는 목표를 세우더라도 이전과 다른 결과가 있지 않을까? 기대도 하게 된다. 결과는 어떨지 모르겠다. 늘 이렇게 저렇게 해오면서 결과는 나왔으니까. 수정하자면 과정이 달라질 것 같다. 크게 다르지 않더라도 꾸준함 덕분에 더 안정적일 거라고 확신한다.

우선 한국에서 일상을 보낼 때, 오전에 깨어 있고 싶다. 가장 활동적이고 집중하는 시간이 이전처럼 새벽이나 늦은 밤이 아니고 새소리를 들을 수 있는 아침 시간이길 바란다. 언어 공부도, 운동도 전부 오전에 끝내고 싶다. 그 이후에 하게 된다면 오전에 한 내용에 대한 반복일 것이다. 떳떳하고 기분 좋게 하루를 시작하고 싶고, 하고 싶었던 것들을 구체화시켜 볼 생각이다. 언어도, 악기도, 운동도.

또 하고 싶은 것이 있다. 어머니랑 데이트를 하고 싶다. 서른 번 정도. 왜 서른 번이냐면, 그 횟수가 다 채워지기 전에 혹은 채우고 머지않아 다시 새로운 걸 도전하러 떠나게 될 것 같기 때문이다.

한국에 있을 때는 그 시간이 굉장히 길 것 같아서 가족들과의 시간을 미루기도 하고 게을리 하며 기회를 놓쳤던 것 같다. 한번은 마음을 먹고 엄마랑 이곳저곳의 레스토랑을 다녀본 적이 있는데, 그때는 시간이 충분하다고 느꼈는데 시간이 지나 돌이켜보니 손에 꼽을 만큼 몇 번 되지 않았다.

그때 엄마가 했던 말이 생각이 난다. "영석아, 이 시간이 영원할 것 같아도 내가 죽고 나서 돌이켜보면 그때 그 시간이 전부였음을 느끼게 될 거야. 우리가 함께하게 된 몇 번 안 되는 이 시간에 충실하자." 그 말은 절대적으로 사실이었다. 그 후로 2년 넘게 밖에 나와서 시간을 보냈으니까. 그사이 더 맛있는 걸 사드릴 수 있는 돈을 벌었는데 그럴 시간이 허락되지 않았다.

그래서 이번에 충실하고 기쁘게 시간을 보내볼 계획이다. 일주일에 한두 번이면 반년의 시간이 필요하겠다. 다음에 무엇이 될지 전혀 모르지만, 하늘이 그 정도의 시간은 허락해줬으면 좋겠다.

내 글은 계속해서 이어지겠지만, 짧으면서 길었고, 강렬하면서 평온했던 바다에서의 생활은 끝이 난다.

이번에 한국에서 보내는 시간은 질적으로 많이 다를 것이다. 그 준비를 이곳 망망대해에서 천천히 또 꾸준하게 했다.

준비가 됐다.

☺ 2022년 2월 23일 水曜日 승선 305일 차

지금, 뉴질랜드를 향해 이동하는 중인데, 빙하 해역을 빠져나오니 태풍이 가까운 곳으로 내려오고 있어서 온 바다가 들끓는 용암처럼 움직인다. 선내의 모든 것들이 엎어지고, 끝에서 끝으로 굴러다닌다. 지금도 글을 쓰면서 펜과 노트를 잡고 있으면 필통과 컵이 날아간다.

주우러 가면 책상 위에 있던 물건들은 또 어딘가로 사라져 있다.

　오늘은 글을 쓰기가 어려울 것 같다.

　파도가 잔잔해지길 바라며.

☺ 2022년 2월 24일 木曜日 승선 306일 차

　뉴질랜드에 가까워지고 있어서 다시 위성 와이파이가 잡힌다. 가족과 친구들과 안부를 주고받을 수 있었다. 지금도 배가 심하게 롤링하면서 인터넷이 되었다가 안 되었다가를 반복하지만, 하루에 몇 번이라도 내가 사랑하는 사람들의 안부를 들을 수 있다는 건 안정을 주는 일이다.

　친구들과 연락을 하게 되자, 몇몇 친구들이 기사를 보내줬다. 기사 내용은 어떤 요리사분이 저지른 사건 사고에 관련된 것, 그에 마땅한 벌을 받게 될 거라는 내용이었다. 친구들이 내 눈치를 살폈다. 그 이유는 그분은 내가 지구에서 가장 존경하는 기술자였기 때문이다.

　연예인을 한 번도 좋아해 본 적이 없고 직접 대화를 나누고 시간을 보내본 적 없는 사람을 마음에 품어본 적이 없었다. 그분이 처음이었다. 그분의 말투와 표현 그리고 조리도구까지 멋져 보였다. 그런 기술자가 되면 '자유로워질 수 있지 않을까?'라고 생각한 적도 있었다. 그래서 그분의 식당에 수없이 방문했고 매번 얼굴을 뵌 건 아니지만 그분의 음식을 먹으며 감동했었다. 그 소식은 충격이었다. 배신감이나 실망 따위의 감정은 아니고, 마음이 찢어지게 아프고 슬펐다. 이렇게 살면 행복해질 수 있지 않을까란 내 안의 지도 한 장이 찢겨나가는 기분이었다. 그분은 본인이 하신 일에 마땅한 벌을 받겠지. 그것에 대해서 특별히 말을 보태고 싶지 않다.

슬픔에 젖어 있으면서도 동시에 들었던 생각은, '정신 차리고 살자!'는 것이었다. 늘 빛나고 싶다는 생각을 했지만, 그저 밝게만 빛나고 싶었지 어떻게 빛나고 싶은지 잘 몰랐는데, 해와 달 그리고 별처럼 빛나고 싶다. 누군가에 의해 켜지고 꺼지는 15와트짜리 전구처럼 빛을 내다 과열되어 터지고 싶지 않다. 해와 달, 별처럼 빛이 나기 전까진 입을 다물고 주어진 것들을 해내며 기다리기로 결정했다. 잠깐 빛을 낼 기회를 준다고 해도 내 빛을 발견하기 전까지 섣불리 나서지 않으려 한다.

해와 달 그리고 별처럼 빛을 내고 싶다. 지금 나처럼 이름 모르는 바다와 바다 사이를 한 고비, 한 고비 넘어가고 있는 사람에게도 빛을 밝힐 수 있게.

☺ 2022년 2월 25일 金曜日 승선 307일 차

누군가에 의해 켜지고 꺼지는 15와트짜리 전구 따위가 아니라 스스로 빛날 수 있게 해주세요.

☺ 2022년 2월 26일 土曜日 승선 308일 차

[내 침대 위 천장에는 절대 사라지지 않는 희망이 박혀 있다]

내가 누울 수 있는 공간은 배 안 2인실 숙소의 화장실 옆 침대뿐이지만, 배가 파도에 흔들려도 내 몸은 꽉 낀 채로 얌전할 수밖에 없는 작은 침대와 베개 두 개뿐이지만, 매일이 서너 번의 출근과 퇴근, 세 번의 기상과 취침뿐이지만, 이곳에 몸을 기대어 천장을 보고 있으면 왜, 눈치 없는 희망이 슬며시 고개를 내미는 걸까?

어떤 사람들은 잘만 잊고 사는 것 같은데, 희망이란 건 왜 사라지지도 않는 걸까?

무엇을 하고 있는지도 도저히 모르겠고 앞으로 나아가기 위해서 어떻게 해야 하는지도 잊어버린 것만 같은데, 자꾸만 더 나아질 것만 같은 이 빌어먹을 희망은 잠들어야 하는 날 왜 다시 깨우는 걸까.

☺ 2022년 3월 1일 火曜日 승선 311일 차

오늘 뉴질랜드 남섬 리틀턴 항구에 무사히 입항했다. 가족, 친구들과 통화를 하면서 그간의 스트레스와 마음의 찌꺼기가 많이 치워졌다. 지금, 정호와 통화를 하려고 기다리고 있다. 적고 싶은 글이 많고, 여러 가지 생각이 많이 들지만 오늘은 반가운 사람들과 얘기를 나누며 쉬고 싶다.

이 생각과 영감은 멀지 않은 시기에 고스란히 옮겨 놓아야겠다.

☺ 2022년 3월 2일 水曜日 승선 312일 차

가족, 친구들과 전화를 하러 가야겠다. 이 시간이 귀하다. 한정적이기도 하고. 하고 싶은 말이 쌓여가지만, 모두 기록할 것이다.

☺ 2022년 3월 3일 木曜日 승선 313일 차

이틀 전에 뉴질랜드 남섬에 위치한 조그마한 항구에 도착해서 정비를 하고 있다. 이번에 시간이 촉박해서 내일 다시 남극으로 출발해야 한다. 이번 항차가 남극 항해의 마지막 일정이기도 하고, 기간도 한 달 정도에, 인원도 저번 항차에 비하면 많지 않다.

심적으로도 체력적으로도, 부담이 되지 않는다. 하지만 꼭 이럴 때 사고가 생긴다. 각별히 주의하면서 일해야겠다.

지난 3항차는 몸도 마음도 많이 지쳤던 것이 분명하다. 3항차에 쓴 일기를 다시 보니 희망찬 글보다는 의심과 분노, 두려움을 발판 삼아 쓴 글이 대부분이었다. 그래도 감사한 게 있다면 그마저도 기록으로 남겨놓았다는 것. 그것이 고맙다.

3항차에 쌓인 피로와 스트레스는 지금 회복하고 있다. 친구들, 가족들과 통화하면서 나를 진심으로 아껴주는 사람들의 반가운 목소리를 들으니, 아무렇지 않았다는 듯이 그간의 피로와 고민들이 싹 씻겨 내려갔다.

정박하고 이틀간 글도 간단하게 쓰고, 사랑하는 사람들과 대화하며 들었던 생각을 종이에 옮기지 않았다. 그 시간에 가족들, 친구들의 목소리를 더 듣고 싶었기 때문이다. 더 대화를 나누고 싶고, 그간의 생각을 전하고, 상대방의 하루를 듣고 싶었다.

이틀 동안 그 갈증을 채우고, 이제야 미뤄뒀던 생각들을 종이에 옮긴다. 우선, 3항차 한 달 반에서 두 달 동안 연락이 안 되어 고민들과 싸우며 시간을 보내던 그 시기에, 정호도 창섭이도 나만큼 혹은 나보다 힘겨운 시간을 보냈다고 한다. 그 얘기를 들으면서 '아… 이 기간이 우리에게 필요했던 시간이었구나' 하고 느꼈다. 이 모든 시간을 이겨낸, 그리고 이겨낼 창섭이와 정호를 위해서 진심으로 기도한다.

별문제 없다면, 4월 말에서 5월 초에 한국에 입항하게 될 것이다. 회사에는 퇴사를 고지한 상태이고 별 탈 없이 얘기도 잘 됐다. 근데, 같이 일하는 동료의 휴가 스케줄이 꼬여서 누군가 한 명이 휴가를 가지 못하고 다시 긴 항해를 해야 하는 상황이 생겼다. 이런 상황에서 도움이 될 수 있는 게 뭔가 하니, 그 형님이 휴가를 가시는 동안 내가 배에 남는다면 주방 휴가의 균형이 맞겠다는 생각을 했다. 그래서 주방장님과 상의 후, 회사에 퇴사를 고지하면서 현재 주방이 이런 상황이니 항해 이전 정비 기간과 시범 항해 기간 동안에 일할 수 있다면, 마음 편하고 기분 좋게 떠날 수 있을 것 같다는 말도 보탰다.

회사에서 고려해 보겠다고 한다. 한국에 입항하더라도 한두 달 정도는 더 일을 할 수도 있다. 확실하게 결정된 것은 없다. 지금까지 미뤄뒀던 생각을 옮겨놓으니 숙제를 다 하고 학교에 가는 학생처럼 떳떳하다!

　뉴질랜드 시간으로 오전 11시, 마지막 연구를 위해서 남극으로 출항했다. 아직은 배가 많이 흔들리지 않는데 시간이 지남에 따라 바다가 험할 거라고 말씀하셨다. 마지막 항차인 만큼, 몸조심해서 사고 없이 마무리하고 돌아와야지.

　앞으로 한 달 뒤면 남극에서의 마지막 일정을 마치고 한국으로 돌아간다. 뉴질랜드에서 한국까지 20일 정도가 소요되니까, 4월 말이면 한국에 도착한다. 사실 그럴 예정이었다. 그런데 얼마 전 적도 인근의 통가라는 나라에서 화산이 분출, 지진이 발생해서 남극 항차를 마치고 올라가는 길에 들려 7~10일 정도 추가로 지진 연구를 할 수 있다고 한다.

　올라가는 길에, 우리 선원만 타는 것이 아니라 연구원까지도 태워 가야 하는 상황이 됐다. 지진 연구까지 하게 되면 한국에는 5월 초순에 도착할 것 같다. 한국에 도착해도 바로 집으로 돌아가지 못한다.

　주방 동료들의 휴가가 많이 꼬여 있어서 누군가가 휴가를 짧게 다녀온 후 다시 북극과 남극을 다녀와야 하는 상황이다. 내가 생각해도 그건 힘들고 지치는 일이라서 도움을 주고 싶었다. 그래서 그 형님이 휴가를 넉넉히 다녀오실 수 있도록 그 기간 동안 내가 남아서 일을 하기로 했다. 정비 기간과 시범 항해 기간까지 일을 하게 되면, 7월 중순에 계약을 마무리하게 될 것 같다.

　한국에서 만나기로 한 약속을 두 달 정도 더 미뤄야 하는 것은 서운한 일이지만 그래도 도움을 주고 싶다. 충분히 고민하고 이야기를 꺼낸 것이니 좋게 받아들여야겠다. 분명히 도움을 주고 싶은 마음으로 결정한 것이니까. 한국에 다 와 가고 그리움이 커질수록 이전의 좋은 마음이 색을 잃은 것은 사실이지만 그래도 내 선택이다.

공부할 수 있는 시간이 더 생길 것 같아서 좋다. 상황이 바뀌어도 지금처럼 꾸준히 할 수 있을까?

오늘까지 일주일 정도, 정해둔 스케줄을 하지 않고 쉬었다. 충분히 쉬고 나니 이젠 다시 힘을 내서 꾸준하게 하고 싶어졌다. 언어도, 운동도, 악기도.

다시 꾸준함을 채우며 힘을 내야겠다.

☺ 2022년 3월 6일 日曜日 승선 316일 차

지금 남극 바다는 너무 힘해서 몸을 가누기 어려울 정도다. 일하는 건 지난 어느 항차보다도 더 수월하다. 아무래도 식수 인원이 몇 명 되지 않는 만큼 준비 시간도 줄고 식사 시간도 짧아져서 쉬는 시간이 더 생겼다.

열흘 정도 꾸준히 연습하던 모든 것들을 내려놓고 충분히 쉬었는데 다시 하려고 앉으니 집중하기까지 오래 걸렸다. 충분하게 잘 쉬고, 다시 목표를 가지고 꾸준하게 하고 싶다는 동기가 생겨 잠을 줄이고, 연습을 하고 있는데 지난 시간처럼 몰두가 되지 않는다. 물론 다시 습관이 되고 시간이 지나면 해결이 될 문제이지만, 쉬었던 시간에 대한 대가가 크다.

생각했던 것보다 바다가 많이 험해서 불편한 점이 생겼다. 4항차는 정말 모든 게 편할 것이라, 내 시간을 잘 쓰기만 하면 된다고 생각했는데 역시 그런 게 없나 보다.

그나마 다행인 건 배가 좌우로 크게 기울 뿐 앞뒤로 흔들리지 않아서 글을 쓸 때 안정감이 있다. 좌우로 기우는 타이밍에 맞춰서 몸을 움직이며 글을 쓰는 데 적응이 됐다. 앞으로 남은 기간 동안 시간을 귀하게 써봐야겠다.

오늘은 머릿속을 채우는 특별한 '고민'도 별로 없다. 솔직히 어느 한 곳 아프지도 않고 몸이 편하고 좋다.

☺ 2022년 3월 18일 火曜日 승선 318일 차

다행히 어제보다 파도가 심하지 않아서 배가 놀아나지 않고 있다. 멀미를 하는 선원 혹은 연구원들은 이 정도의 흔들림에도 힘들다고 말씀하시는데, 나는 타고난 뱃사람인 건지 이 정도는 편안하게 느껴진다.

언어를, 악기를, 운동을 조금씩 해나가다 보니까, 패턴이 생겨서 집중도 잘 되고 그 시간에는 그것을 해야 한다고 생각하는 중이다.

일하면서 들은 이야기인데, 우리 배가 통가에 들러 화산 지진 연구를 하기로 결정이 났다고 한다. 연구소에서 일정표가 왔다. 그 얘기를 항해사가 전달해서 모두가 불평을 하거나 불만을 품는데, 나는 개의치 않았다.

지금까지는 어떤 변수가 생겼을 때 거기에 마음을 쓰지 않으려고 '별거 아니다, 별거 아니다' 이렇게 되뇌었지만 이번엔 진심으로 마음이 편안했다. 가족도 보고 싶고, 나를 진심으로 반가워해 주는 사람들을 만나고 싶고, 온전하게 쉴 수 있는 공간으로 가서 두 발을 쭉 뻗고 쉬고 싶은 마음이 가득한데도 마음이 흔들리지 않았다. 오히려 이렇게 아무렇지 않은 내 모습에 놀랐다. 신기했다. 그간의 노력 덕분인가. 아니면 그 순간 정말 별일이 아니라고 느껴졌던 건지 모르겠다.

요즘은 이런 생각을 많이 한다. '과연 어떤 게 좋은 걸까?'에 대해서 말이다. 물론 지금 마음으로는 추가 연구를 하지 않고 빨리 사랑하는 사람들과 편안한 시간을 보내고 싶다. 하지만 돌이켜보면 그것이 미뤄지고 보내게 될 연구기간 동안 어떤 일이 생길지, 어떤 생각이 들어오고 나갈지 모른다. 그리고 방법만 모를 뿐 되고 싶은 모습은 분명하니까 오히려 불편한 변수가 나를 더 올바른 곳으로 데려다주고 있는 게 아닐까 하고 생각한다.

물론 그런 시간을 받아들이면서 아무것도 하지 않고 날짜만 세고 있다면 소용없겠지만 순간순간 할 수 있는 것을 하면서 보내면 더 재밌어질 것 같다는 믿음이 있다. 그래서 시시각각 변하는 상황 속에서, 순간에 많은 의미를 부여하지 않고 중심을 잡을 수 있는 것 같다. 물론 이 선택이 최선이길 바라는 기도는 멈추지 않았다.

한국에 도착한다고 해도, 북극 출항 전까지 일을 계속할 수 있는 상황이다. 한국에 입항하는 게 늦어질 수도 있다. 아니면 모든 게 정상 스케줄대로 흘러갈 수도 있다. 그저 순리라는… 편하지만 불편한 단어에 나를 맡겨보려고 한다.

산이라면 넘자.
강이라면 건너자.
언젠간 끝이 보이겠지.

'밀라돈나(장명숙)의 인터뷰 中'

평상시랑 다를 것 없이 잘 먹고 잘 자고, 일하고 그사이에 할 수 있는 것을 하면서 시간을 채우고 있다. 사람이 많지 않으니까 체력적으로 여유가 생겼다. 항해를 하면서 너무 지치니까 '와… 체력만 더 좋으면, 쉬는 시간만 좀 더 생기면, 잠을 조금만 더 잘 수 있다면 더 많이 공부하고 더 몰두할 수 있을 텐데'라는 생각을 했고 아쉬워하기도 했다.

비교적 체력도 괜찮고, 잠도 더 자고, 쉬는 시간도 더 많아진 지금, 그렇게 힘들었던 이전 항차보다 자기 계발에 많은 시간을 쓰지 못하고 있다. 그땐 점심을 끝내고 그사이 시간뿐이니 몰두해서 그날의 것을 해냈는데, 지금은 저녁에도 시간이 있고 밤에도 조금 있어서 미루게 되거나 한 자리에서 끝내지 못하고 계속 나눠 하게 되는 경우가 많다.

예전에 누가 말했던 것처럼 '딱 이 순간 할 수 있는 만큼 하는 게 최선인 거야'라는 말이 맞다. 시간이 더 많다고 더 하는 것도, 공간이 더 좋아졌다고 더 하는 것도 아니다. 내 깜냥껏 하는 거고 내 그릇은 매일 꾸준함을 통해서 조금씩 늘려나갈 수 있다. 며칠 전부터 다시 하고자 했던 것들을 하면서 내 깜냥을 키우고 있다. 물론 이전 항해처럼 시간을 절실하게 쓰고 있지 않지만, 이번 항해는 유연하고 편한 분위기 속에서 훈련해 보려 한다.

한국에 돌아가도, 지금보다 더 나은 교육을 받는다고 해도, 무조건 나아질 거라는 괜한 기대도 내려놓아야 할 것 같다. 내 그릇 이상의 기대를 품고 있으면 부담감과 죄의식으로 돌아올 것 같다.

그냥, 오늘 할 수 있는 만큼 꾸준히 하면서 그릇을 키우는 게 최선일 거다. 가끔 난 스스로를 좋게 혹은 굉장히 높게 평가를 할 때가 많은 것 같다. 물론, 스스로를 믿는 마음이 지금의 나를 건강하게 지키는 큰 힘이라고 생각한다. 하지만, 가끔은 현실에서 괴리감을 느낄 때도 있다. 열심히 했는데 어떤 대답도 듣지 못할 때, 생각했던 것보다 현실의 내가 한없이 뒤에 있다고 느낄 땐, 나를 지탱하고 있던 코어가 와장창 깨지기도 한다.

가끔은 한 푼도 없는 거지가 왕을 흉내 내는 꼴 같다는 생각이 든다. 우습게 보이지 않을까 힘겨운 의심을 품기도 한다. 이게 나인데 어떻게 하겠는가. 이 순간도 소매를 올려붙이고 책상에 앉아 고뇌에 가득 찬 표정으로 글을 쓰고 있는데 말이다.

아직까진 내 안의 소리와 느낌을 믿는다. 앞으로도 그럴 것이다.

몸도 편하고 시간의 여유도 생기니 끝없이 게을러진다. 지금도 글 쓰러 올라와 앉는 데까지 꽤 걸렸다.

뚜렷한 목표도 생기지 않고, 기타 치는 것이 가장 즐겁고 탁구 경기를 하고 기다리는 동안 노래를 들으며 런닝머신 위에서 걷는 게 가장 좋다. '조금 내버려 둘까?'라는 생각을 하기도 한다. 다시 꾸준했던 일상으로 돌아오고 싶을 때 너무 오래 걸리지 않도록 최소한의 운동을 하고, 짧은 글일지라도 같은 시간에 회의실 책상에 앉아 쓰려고 한다.

어제는 크로아티아 대사관에서 일하는 친구와 통화로 이런저런 얘기를 나눌 수 있었다. 별다른 내색을 하지는 않았지만, 타지에서 꽤나 치열하게 지내왔던 것 같았다. '소속이 안정되어 있으니까 괜찮겠지' 싶다가도 오히려 '다른 부분에서 더 아플 수도 있겠구나'라는 생각도 들었다.

그 친구를 보고 싶어도 상황 때문에 못 본 지 4년이 다 되어간다. 살다가 문득 생각이 나고 보고 싶어지면 전화를 하는데 그것도 1년에 몇 번 안 된다. 그런 친구들이 꽤나 많다. 서 있는 곳과 상황이 많이 달라서 그저 생각날 때 목소리 한 번 듣는 거로도 쌓아둔 아쉬움을 충분히 달래주는 소중한 사람들이 많다. 매일 보던 창섭이도, 계속 시간을 맞춰서 만났던 정호도 그런 존재이다.

어떤 책에서 봤는데 '인생은 고해'라고 했다. '부정적인 시선이다'고 생각했는데 이어진 문장이 '인생은 고해다, 하지만 그 사실을 인정하고부터는 더 이상 고해가 아니다'였다. 누가 머리를 망치로 내려친 것만 같았다. 나만 힘든 게 아닌 거지, 원래 힘든 거다.

사람 사이의 관계를 맺고 지키는 것도, 하고 싶은 일을 찾는 것도, 나를 유심히 살펴야 하는 일이다. 하고 싶은 것을 찾는다 해도 그걸 잘하기까지의 과정도 힘들다. 건강을 지키는 것도, 사랑하는 사람들의 건강을 돌보는 것도, 모든 게 내 뜻처럼 되지 않고 힘든 데, 그건 원래 그런 거라고 한다.

그런 거라고 인정한 후로는 더 이상 힘든 것이 아니라는 뜻으로 이해했다. 쉽게 받아들여지지도 않고, 오늘은 괜찮은 것 같아도 내일은 다시 이것을 부정할 수도 있다. 근데 요즘은 '그게 사는 게 아니겠나' 이런 생각을 한다.

뭐든 되겠지. 뭐든 될 거라고 믿고 사랑해주는 사람들 덕분에.

☺ 2022년 3월 14일 月曜日 승선 324일 차

3월의 남극은 겨울이 시작되는 시기라 많이 춥고, 건조하다. 아침에 일어나면 코 안까지 뻣뻣해지는 느낌이라서 일어나고 몇 분은 피부를 문지르면서 마사지를 해줘야 한다. 앞으로 한국까지 가려면 약 50일 정도가 남았고, 확정이긴 하지만 정비와 시범 항해 기간까지 일을 하게 된다면 약 120일 정도 더 일해야 한다.

지나고 나면 짧은 기간이다. 오늘로 배를 탄 지 벌써 324일째라고 적혀 있는 것만 봐도 그렇다. 일을 하면서 어떻게 하면 후회와 아쉬움을 남기지 않고 순간에 기뻐하면서 보낼 수 있을까 생각하고 있다.

물론 지금 하고 있는 것만 계속하더라도 시간이 부족할 것 같다. 하지만 내가 말하고 싶은 건 마음의 측면이다. '주어진 일을 미루지 않고 해내고 시간이 남는다면 다른 동료들의 번거로운 일까지 해버리자'라는 생각으로 일을 한다. 사실 뭘 더 하고 싶고 잘하고 싶다는 생각은 안 든다. 그래서 시간이 지나고 이 시간을 돌이켜볼 때 이런 부분을 아쉬워하지 않을까 하는 생각을 하게 된다.

요즘 그런 생각을 하면서 지내고 있다. 다시, 더 하고 싶었던 것들에 많은 시간과 마음을 쓰기 위해 재정비하는 시간을 갖고 있다. 천천히 조금씩 시동을 걸면서 스스로 내 눈치를 살피며 하나씩 해나가고 있다.

☺ 2022년 3월 15일 火曜日 승선 325일 차

어제 일기에 너무 춥다고 얘기를 했는데 오늘의 남극은 더 춥고, 건조하다. 배를 둘러싼 바다가 일렁이다가 부딪히는 순간 창문에 물이 튀어 오르고, 그 바닷물이 불과 몇 초 만에 얼어 붙는 진귀한 광경도 보았다. 바다가 파도를 치며 일렁이는데 바닷물을 자세히 보면 공기와 접촉하고 있는 부분은 살짝 얼어 있어서 꼭 땅이 솟아올랐다가 푹 꺼지는 착시까지 생긴다. 정말 대단한 풍경이다.

여전히 일을 하고, 점심 운동을 하고 저녁 시간에 미래의 나를 상상하면서 함께 그렸던 것들을 연습하고 있다. 악기, 언어, 글쓰기, 운동 등인데 신기하다고 느끼는 건 이 모든 것들을 매일 같이 연습하지만, 시기마다 이중에서 유독 마음이 더 쓰이는 것이 있다. 반대로 연습을 하다가 실력이 늘지 않아 회의감이 들고 슬럼프가 와서 마음이 떠버리는 경우도 있다. 악기도 그랬고 탁구도 그랬다. 요즘은 언어와 글쓰기가 그런 상태다.

언어와 글쓰기에 게을러진 만큼 요즘은 기타를 치는 시간과 맨몸 운동을 하는 것에 마음과 시간을 쓰고 있다. 그것을 훈련하는 시간이 쉬는 시간이고 굉장히 마음을 평안하게 해주는 수단이다.

그래서 오히려 좋다. 이 순간 몰두할 수 있는 것에 시간을 원 없이 써서 질리도록 기타치고, 노래 부르고, 운동을 하면 다시 내가 원하는 것에 눈길을 주고 마음을 쓸 수 있을 것 같다.

이 방식이 내게 어울리고 건강한 방법인 것 같다. 어떻게 됐든 계속 해서 건강한 에너지로 뭔가에 몰두할 수 있는 거니까 이 방법이 좋다. 하나씩 나를 인정하고 받아들이는 것 같아서 편안하다.

☺ 2022년 3월 16일 水曜日 승선 326일 차

'영석아, 허리를 다치고 나서 고민을 해봤는데 몸이 움직이지 못하면 마음도 같이 묶이게 되더라.
안 묶이려고 안간힘을 써야 그때서야 조금씩 쿵쾅거려….'
'몸과 마음은 결국 단어만 다르지 같은 거라는 걸 깨달았다.'

2022년 3월 16일 정호의 문자 中

☺ 2022년 3월 18일 金曜日 승선 328일 차

"모든 게 눈에 보였으면 좋겠다⋯."
"다시 신이 날 수 있게⋯."

☺ 2022년 3월 19일 土曜日 승선 329일 차

　내일 4항차의 모든 연구를 마치고 기지로 돌아간다. 한국으로 돌아가야 할 연구원들을 태우고 뉴질랜드로 향한다.

　월요일부터 뉴질랜드 도착까지 8일간은 85명이 배에 승선해 있다. 뉴질랜드 항구에 입항하기 전에는 검역을 받아야 하니 청소도 깔끔하게 해야 한다. 다음 주는 많이 바쁠 것 같다. 한 20일 정도 식당도 한 곳만 오픈해서 준비했는데 이젠 탑승자가 많으니, 연구원 식당, 선원 식당을 분리, 운영해야 해서 바빠질 거다.

　그래도 별걱정 없다. 안 해본 것도 아니고 바쁘면 바쁜 대로 시간이 정신없이 날 지나쳐서 언제 바빴냐는 듯 여유가 찾아올 걸 알고 있다. 여기서 같이 일하는 사람들도 그렇지만, 변수가 생겼을 때 불행한 쪽으로 감정을 이입하는 사람들이 있다. 그리고 그것을 그대로 받아들이지 않고 최대한 과장해서 받아들이고 표현해야 마음이 편한 사람들이 꽤 많은 것 같다.

　확정된 것이지만, 적도의 통가라는 나라에 들러 8일 정도 추가 연구를 하기로 했다. 결정되지 않은 상태로 소문으로만 우리에게 전해졌을 때, 사람들은 그걸 불행이라고 받아들인 뒤 그걸로 입을 피해에 대해 서로 열변을 토했다. 원래는 예정하지 않았던 시간이기에 길게 느껴질 수도 있지만, 그 때문에 불행해질 필요는 없다. 어차피 안 할 수 있는 것도 아니고, 혼자서 헤엄쳐서 내릴 수 있는 것도 아니고, 그 시간을 피해갈 방법이 있는 것도 아니다.

그 소문이 돌았을 땐 짜증도 났다. 한국에 돌아가서 반가운 사람들을 보면서 쉬고 싶은데 그것이 미뤄져야 하니까 기분이 별로였다. 근데 반대로 8일간의 예상치 못했던 급여가 더 들어오는 거라고 생각하니까 기뻤다. 좋은 쪽으로 생각의 초점을 맞춰보았다. 그 돈으로 엄마랑 좋은 레스토랑을 돌아다니는 데 써야겠다고 결정을 하고 난 뒤엔 어디를 갈지, 무엇을 먹을지 생각하면서 기뻤다. 예상치 못한 8일 덕분에 가능한 일이다.

추가 연구는 고작 8일뿐이고, 그때 번 돈을 가지고 엄마랑 음식점과 바 투어를 일주일에 한두 번씩, 약 한 달 정도 다닐 수 있다. 생각의 전환이 자연스럽다. 불행일 수 있는 것을 축복으로 바꿔주는 나만의 방정식이다. 때문에 8일간의 연구기간 역시 기쁘게 최선을 다해보려 한다. 그렇게 번 돈으로 내가 사랑하는 사람들과 소중한 시간을 보낼 것이다.

요 며칠 추가 연구에 대한 불행한 얘기만 듣다가 생각을 글로 적어 표현하니 좀 살 것 같다. 막힌 속이 뻥 뚫리는 기분이다.

☺ 2022년 3월 30일 日曜日 승선 330일 차

술을 너무 많이 마셨다.

와인을 많이 마시고 끝으로 맥주도 한두 캔 더 하니까 정신을 못 차리겠다.

내일이 겁난다.

☺ 2022년 3월 21일 月曜日 승선 331일 차

숙취 때문에 정신을 못 차리겠다.

점심 반찬인 콩나물을 무치면서도 헛구역질을 몇 번 했는지 모른다. 토하고 와야 할 것 같다.

☺ 2022년 3월 23일 水曜日 승선 333일 차

누군가 희망은 절망 안에서만 발견될 수 있다고 말하지만 그렇게 생각하지 않는다.

희망은 여길 벗어나기 위한 탈출구 따위가 아니다.

목적지로 가는 가장 빠르고 위험한 대중교통일 뿐이다.

☺ 2022년 3월 24일 木曜日 승선 334일 차

다들 교묘하게 말로 아프게 침을 놓는다.

한 곳, 한 곳 상대방이 어디가 불편한지 금방 알고 열심히도 놓는다.

☺ 2022년 3월 27일 日曜日 승선 337일 차

여전히 뉴질랜드로 가는 중이다.

7일 정도면 올라갈 것을 태풍 때문에 돌아가다 보니 예상 시간이 이틀 더 늘어났다. 근데 오늘은 바다가 좀 괜찮은지 하루만 늦어질 것 같다는 방송이 나왔다.

바다에서는 여러 변수를 고려해야 하고 인간은 자연 앞에서 작은 존재임을 매번 느낀다. 그게 육지와 다른 점이다. 각 분야의 전문가들이 모여 연구를 하는 이곳도 자연이 가져오는 변수 앞에서는 누구도 토를 달지 못하고 수긍하게 된다. 정말 문장 그대로 어쩔 수 없는 거니까 말이다.

요새는 운동을 많이 하는데, 앉아서 공부를 하거나 글을 쓰는 시간에 흥미를 느끼지 못해서 자주 밖으로 겉돈다. 책을 읽고, 기타를 치면서 하루를 마무리한다. 그럼에도 불구하고 시간은 정말 쏜살같이 지나간다.

이런저런 생각을 하다 보니 글을 쓰는 게 귀찮아진다.

아침에 뉴질랜드 항구에 입항해서 남극 4항차의 연구원분들께서 모두 내리셨다. 내 인생에서 남극과 뉴질랜드의 왕복 여정은 끝이 났다. 아니다, '내 인생에서'라는 거대한 표현은 하지 않으려 한다. 말을 할 때 '두 번 다시', '절대', '무조건' 같은 완강하게 표현을 하면, 내가 뱉은 말과 다른 방식으로 일이 진행될 때가 있다. 삶에서는 완강한 표현을 쓰지 않는 것이 안전할 것 같다.

'천운영' 작가님을 알게 됐다. 그분과 남극이라는 공통 주제를 가지고 만나게 되어 이별하기 직전인 어제 처음으로 얘기를 나눠봤는데 '또 만나게 될 것 같다'는 느낌을 받았다. 그런 느낌을 받을 땐 상대방도 나와 같은 생각일 때가 많다.

어제 네 시간 넘게 이야기를 나눴다. 긴장이 되지 않았다. 편안한 온도와 주파수로 대화를 나누고 시간을 보냈다. 웃기고 싶다는 욕심에 과장을 하지도 않았고, 듣기 불편한 다른 사람에 대한 불만도 오고 가지 않았다. 소중한 친구가 생긴 느낌이다.

정박을 했으니 글 쓸 시간이 사실 없다. 사랑하는 사람들의 목소리를 듣기에도 이 시간이 너무 귀하다. 그럼에도 시간을 내서 종이에 옮긴 이유는, 인연이 이어질 친구가 생겼다는 것을 기록하고 싶어서다. 그런 마음이 들었다.

이제 통화하러 가야겠다.

원했던 온도로 온전하게 하루를 보낼 수 있었다. 모든 연구원분들이 하선하셨기 때문에 방이 남아서 2인 1실을 쓰던 지금까지와 달리, 오늘부터 피지에서 연구원분들을 태우기 전까지 약 열흘간 혼자 방을 쓰기로 했다. 오랜만인 것 같다. 이 시간이 너무 귀하다.

처음 배를 탔을 때 느꼈던 마음처럼 여유가 있고 좋다. 옷을 원하는 곳에 넣어둘 수 있고, 모든 환경을 내게 맞춰서 쓸 수 있다. 정말 축복이다. 2인 1실을 쓰면서도 같이 방을 쓰는 형님이랑 서로 배려하면서 생활했기에 불편함을 느끼진 않았지만, 혼자서 쓰는 자유로움은 사람을 안정적으로 만들어준다.

혼자 방을 쓰면서 무엇이 가장 좋으냐고 묻는다면 책상을 쓸 수 있는 것이다. 2인실에서는 책상 위에 생필품을 두고 그 옆 공간에는 서로의 캐리어를 쌓아놔서 책상에 앉을 엄두를 내지 못했다. 그래서 늘 3층 회의실에 가서 공부를 하거나 글을 썼다. 그 덕분에 연구원분들과 인연이 생기기도 하고, 많은 얘기를 나누기도 했다. 돌이켜보면 정말 행운이었다.

언제 그런 다양한 사람들을 만나서 얘기를 나눠볼 수 있을까? 육지에 도착한 뒤 배에서 내리면 만나게 될 친구가 많이 생겼다. 특별한 장소에서 서로가 다른 일을 하다 보니 오히려 그 점이 서로에게 호감으로 작용한 게 아닐까 싶다. 많은 시간과 과정이 필요했을 관계가 이곳에선 장소와 시간의 특수성 때문에 많이 단축도 되고 수월했다.

아무튼 새로운 공간에서 잘 쉬고 있고 식사도 선원들만 해서 일도 수월하다. 점심시간을 이용해서 넉넉하게 운동하고 깨끗한 책상에 앉으니 핑계를 대며 덮어놨던 글을 쓰고 싶은 욕구가 폭발했다. 글을 적고 있는 이 순간, 너무 행복하다.

여긴 밤 10시, 한국은 6시가 되면 친구들과 가족들이 퇴근을 하니 그들의 목소리를 들으며 쉴 거다. 사랑하는 사람과의 통화가 한여름의 시원한 물과 기분 좋은 바람처럼 너무나 간절하고 특수한 것이라고 느꼈던 1년이었다.

☺ 2022년 4월 3일 日曜日 승선 344일 차

뉴질랜드를 떠나 적도를 향해 달린 지 이틀째인데 벌써 덥다. 움직이지 않아도 주방에 있으면 가슴부터 등까지 땀에 젖어서 일하면서도 신경이 쓰인다. 적도에 가까워질수록 더 더워질 일만 남았다. 혼자 방을 쓰니까 창문을 활짝 열어놓고 누워 기분 좋은 바닷바람과 배에 대들다가 부서지는 파도 소리를 느낄 수 있다. 그러면 더위가 진정되고 마음부터 피부까지 시원해진다. 생각을 해보니 적도에서 어떻게 1년이란 시간을 지냈을까 싶다.

양복도 가을 정장 한 벌이 있어서 그걸 입고 외부 행사에 참석하기도 했다. 그땐 더운지도 잘 몰랐다. 그저 정장을 입을 일이 생겼다는 사실만으로도 기뻤다.

드레스 코드가 정장인 행사에 참석했다는 사실이 뿌듯하고 좋아서 괜히 화장실을 들락날락하면서 정장 입은 내 모습을 계속 봤다. 그 모습을 구체적으로 상상하고 바라왔기 때문이었다.

'요리사인 내게 그런 일이 생길까?' 이런 질문을 하면서도 학교를 졸업하고 아버지와 코오롱 매장에 가서, 맞는 것을 찾아 산 정장 한 벌! 당시만 해도 정장을 입을 일이 없었기에 부모님이 가게에 저녁 장사를 하러 출근하시면 빈집에서 괜히 꺼내서 입어보며 눈을 감고 상상했었다. 상상을 하다가 그런 일이 꼭 이루어졌으면 좋겠다는 생각에 현관 앞 성모상 앞에서 무릎을 꿇고 기도한 적도 있다. '요리사라는 이름으로, 어색하지 않게 정장을 입고 다닐 수 있는 기회가 오게 해주세요' 하고. 갑자기 생각난다.

그 후 1년이 채 되지 않아서 대사님과 함께 외교 차량 뒷좌석에 앉아 말레이시아 국경일 행사에 참석했었다. 얼마 지나지 않아 벌어진 일이었다. 시간이 지나서 차분한 마음으로 그때를 돌이켜 보니 이제야 보인다. 늘 이런 식이다. 슬프기도 하고 어리석다고 느끼기도 한다. 그래서 '지금 이 순간에 집중해야지' 하고 생각한다.

이다음엔 뭐가 있을지 모르겠다. 겁이 나지 않는다. 알아차려 버린 순간, 두려움은 없다. 물론 시한부 판정을 받은 축복의 감정이란 것도 알고 있다. 그래도 이런 게 평화가 아닌가 생각한다.

이다음에도 난 요리사일 거다.

근데, 아니어도 괜찮다.

이다음에도 엄청나게 끝내주는 경험을 하게 될 거다.

근데, 그렇지 않아도 된다.

이다음엔 더 많은 사람들에게 주목을 받게 될 것 같다.

하지만, 그렇게 되지 않아도 좋다.

이다음엔 누군가에 의해 켜지고 꺼지는 전구의 빛이 아닌 별처럼 빛나게 될 것 같다.

근데, 그렇지 않아도 행복할 것 같다.

지금 참 안정적이고 평화롭다.

☺ 2022년 4월 4일 月曜日 승선 345일 차

하루를 통째로 휴가를 받아서 쉬고 있다.

연구원분들이 모두 하선하셨고 우리끼리만 한국으로 올라가는 중이라서 다섯 명이 모두 일을 하지 않아도 된다. 남극에서 연구를 마치고 한국으로 올라가는 이 시기에는 한 명씩 돌아가며 하루씩 휴식을 가졌다고 한다. 이 얘기를 지난 북극에서, 그러니까 약 7~8월쯤에 들었었는데 그때만 해도 너무 먼 얘기라서 한 귀로 듣고 흘렸던 게 기억이 난다. 일에 적응을 하느라 정신이 없기도 했었다. 벌써 이렇게 시간이 지나서, 휴가를 받아 하루를 통째로 쉬고 있다.

승선 1년 만에 받은 쉬는 날은 너무 빠르지도 그렇다고 느리지도 않은 기분 좋은 속도로 가고 있다. 쓸데없는 불안감에 시간을 앞으로 낚아채지도 않고 막연한 기대감으로 이 순간을 뒤로 당기고 있지도 않다. 지금을 온전하게 만끽하고 있다.

이런 마음을 얻기 전까지의 노력을 보면, 4월 26일 첫 순간부터 오늘까지 멈추지 않았던 노동이 있었다. 거기에 휴식 땐 온전하게 평화로워지고 싶다는 간절함이 더해져 지금의 상태가 이루어졌다. 이 또한 영원할 거라는 망상은 하지 않는다. 그저 이 순간을 기록으로 남기고 만끽하려 한다.

기회가 된다면 책을 내보고 싶다. 유튜브에 일기를 가공해서 올리고 있지만 내가 좋아하는, 가장 편하게 생각하는 종이의 형태로 작품을 내고 싶다. 멀지 않은 날, 가능할 거라고 믿는다. 방법은 모르지만, 그렇기 때문에 길도 많고 가능할 거라고 믿는다. 늘 그랬듯이 말이다.

어릴 때부터 안방 문을 열면 아버지의 책 읽는 모습을 늘 보고 자랐다. 성인이 되어서는 읽지 못하는 두께의 책이라도, 내 눈에는 그저 그림 같은 다른 언어의 책이라도 들고 다니며 아버지 모습을 흉내내왔다. 그 시간은 즐거운 시간이었다.

지금은 조금씩 책을 읽고 있지만, 독서와는 여전히 거리가 멀다. 하지만 책에 대한 편견도 없고 거리도 가깝기 때문에 책을 만들어보고 싶다.

☺ 2022년 4월 6일 水曜日 승선 347일 차

피지에 다 와 간다. 내일 오후면 스무 명의 연구원들이 승선해서 약 열흘간 연구를 한다. 요즘 또 느끼지만, 적도의 더위는 체력을 평상시보다 열 배는 더 빨리 소진하게 만든다. 점심에 출근하면 바지와 옷이 전부 젖어서 갈아입지 않으면 안 될 정도다. 앞으로 열흘간은 더위와의 싸움이지 않을까 싶다. 그래도 같은 방을 쓰는 요리사 형님이 피지에서 휴가 일정이 나왔기 때문에 생각했던 것보다 빠르게 한국으로 갈 수 있게 되었다. 덕분에 한국에 도착할 때까지 혼자서 방을 쓸 수 있게 됐다.

낮에 일을 끝내고 들어오면 출근 전 미리 열어놓은 창문을 통해 불어오는 꽤나 거친 바람과 부서지는 파도 소리에 땀에 젖어 찝찝했던 옷과 마음이 싹 씻겨나가는 느낌이다. 여기서 다시 한 번 알게 된 사실은 나는 혼자서 보내는 시간이 절대적으로 필요한 사람이라는 것이다. 그 시간이 많이 필요하다거나, 자주 필요한지는 잘 모르겠다. 상대적인 거니까.

하지만, 혼자서 생각하고 쉬어야 하는 순간이 찾아왔을 때 그런 시간을 가질 여건이 안 되면 굉장히 힘들고 불행해진다. 나에게는 누구보다 있는 그대로를 사랑해주고 존중해주는 가족과 친구가 있음에도 그 시간을 대체할 수 있는 건 이 세상에 존재하지 않는 것 같다고 느낀다.

누구나 그렇게 느끼는 걸까? 다른 사람들은 모른 척 지나가는 걸까? 알 수 없지만 적어도 내겐 혼자서 비워내는 시간이, 혹은 채워야만 하는 시간이 필요하다. 신이 그 훈련을 시켜주고 있던 건 아닐까. 자연에 별 감흥을 느끼지 못하는 내게, 가족과 친구가 삶의 전부였던 내게, 사람에게서 떨어져 자연을 가까이하게 했다. 가만히 있어 본 적 없는 내가 가만히 있어야 했던 모든 날이, 돌이켜 보니 선물 같다. 처음엔 성향에 맞지 않는 훈련이라고 생각했는데 어쩌면 가장 잘 어울리는 것을 알려준 게 아닌가 싶다.

이젠 사람들과 섞여 있는 게 편하지 않다. 이전에 사람들과 지내며 해왔던 행동과 표정이 나를 자유롭게 하고 있는 것이 아님을 알게 되었다. 물론 필요한 것이고 그런 시간을 적당히 보냈을 때 그것이 즐겁게 다가오는 것도 사실이다. 사람들을 웃기고 나를 주목하게 하는 건 큰 원동력이기도 하다.

하지만 그런 시간을 보내기 위해서 혹은 보내고 나서 혼자 중심을 잡는 시간을 가져야 한다. 몰두를 잘하는 거라고 얘기해야 될지 모르겠지만, 그렇지 않으면 헤매는 느낌이 들어서 괴롭다.

한국에 가는 날까지 한 달 남았다.

내일부터 딱 열흘만 바쁘면 정말 끝이다.

☺ 2022년 4월 7일 木曜日 승선 348일 차

우리 배는 오늘, 피지에 입항했다. 사실 피지 항구에 정박을 한 건 아니고 육지 가까이 떠 있는 상태에서 연구원들과 교대 선원들이 통선을 타고 배에 승선했다. 나와 방을 같이 썼던 요리사 형님이 휴가를 갔다. 주방은 교대 인원이 없기 때문에 네 명이서 일을 나눠하기로 했다. 연구기간도 짧고 인원도 많지 않기 때문에 한 열흘 정도 바쁘게 움직이면서 땀을 쭉 빼고 나면 배는 다시 한국을 향해 움직일 것이다.

그때가 되면 한 명씩 돌아가면서 하루 종일 비번도 가질 수 있다. 같이 방을 쓰던 형님이 가서서 배웅을 하러 갑판에 나갔었다. 형님이 통선을 타고 멀어지는 게 보이는데, 기분이 이상했다. 하고 싶은 말이 있는데 순간의 자존심 때문에 삼켰던 말이 아쉬워 형님께 죄송하기도 하고, 고집이 센 나와 사고 없이 1년을 지냈다는 것에 대한 감사함도 있었다. 그런 마음들이 뭉치니까 묘한 색깔의 감정이 만들어졌다. 이곳 특성상 하루 세 번, 많으면 네 번을 만나 주방에서 일을 하고, 퇴근하면 조그마한 방에서 둘이 각자 시간을 보내고 출근하는 일과를 1년간 했다. 그리고 감정이 겹겹이 쌓였다.

우정도 한 겹, 미움도 한 겹 쌓이고, 다시 요리사로서의 존경심이 한 겹 쌓이고, 실망이 한 겹 쌓이고. 사실 편하지 않았다. 그렇게 쌓인 감정의 탑이 위태롭다고 판단했고 아래로 무너지면 다툼으로 먼지가 날릴 것이라 생각했다. 그런데 다시 볼 일이 없을 것만 같은 형님과 작별하면서 1년간 쌓아 올린 탑을 다시 보니 그건 사랑이었다. 죄송하고 고마움을 느꼈다.

사과도 못 하고 고마움도 끝내 표현하지 못하는 날 보면서 '아직 멀었구나' 싶었다. 비겁하게 사람들 어깨와 어깨 사이에 서서 인사를 했는데, 감사함을 전하기에 옳은 방법은 아니었던 것 같다. 그래서 이번엔 더 비겁하고 촌스러운 방법을 사용해 형님 몰래 적어보고 있다. 시간이 많이 지나서 다른 곳에서 만나게 되더라도 편하지는 않겠지. 너무나 다른 사람이니까. 하지만 지금 느끼는 감사함을 평생 기억하고 살아가려 한다.

이다음에도 다른 사람과 비슷한 모양의 성을 쌓아야 한다면 이번 일을 기억하고 제때 용서를 구하고 고마움을 표현해야겠다.

성향이 다른 우린 같이 지내며 겹겹이 감정을 쌓았다.

우정으로 한 겹, 미움으로 한 겹, 다시 존경심으로 한 겹, 바로 이어서 실망으로 한 겹.

신뢰가 없었기 때문에 의미도 없다고 생각했다.

헤어질 때, 무너뜨리려고 보니 그 모양이 꼭 사랑이더라.

- 같은 방 요리사 형님께

☺ 2022년 4월 8일 金曜日 승선 349일 차

쉬어야겠다.

처음으로 전기장님과의 탁구 경기에서 이겼다. 기분이 좋았다.

다시 쉬러 가야겠다.

☺ 2022년 4월 9일 土曜日 승선 350일 차

오늘부터 화산 연구를 시작했는데 모두가 연구와 다투기 이전에 더위와 씨름 중이다. 적도의 습도와 더위는 내 안에 있는 영혼을 한 입 베어 먹고 도망치는 것 같다. 여기 있는 모두가 정확히 어떻다고 표현하기가 어렵다. 암튼 이상하다. 다들 반쯤 눈이 감겨서 일하고 있다. 똑같이 1년을 일했는데도 요즘처럼 하루가 길다고 느낀 적이 없다.

하루 종일 수족관 안에 갇혀 있는 것처럼 몸도 느리고 겉과 속이 모두 젖어 있는 기분이다. 진이 빠져 잠깐 밖에 나오면 바깥 풍경은 넋을 놓고 바라볼 수밖에 없다. 적도의 하늘은 10분마다 눈에 띄게 달라지는 것 같다.

특히 노을을 바라볼 땐 배의 좌측에서 사진을 한번 찍고, 우측을 다시 바라보면 순식간에 주황색이 되었다가 아예 다른 보라색의 하늘과 바다가 되어 있다. 놀랍다. 파푸아뉴기니기에서 1년 가까이 지내면서 적도의 하늘을 충분히 봤다고 생각했는데, 망망대해에서 바라보는 적도의 풍경은 완전히 다르다고 자신 있게 말할 수 있다.

지금까진 주어진 것을 하면서도 '이다음엔 다른 뭔가를 선택해야지' 혹은 '기회가 왔으면 좋겠다'라는 생각을 하면서 일을 했는데 이젠 더 명료해졌다. 그것의 시작은 내가 잘될 거란 믿음이다. 계획한 것 이상으로 하늘에서 내가 꿈꿔왔던 길로 속도를 내게 해주는 것 같다. 내 머리로 생각해서는 절대 낼 수 없는 속도를 말이다.

물론 그 과정이 때로는 혹독하다고 느끼기도 하고 부당하다고 느낄 때도 있고 외로움은 그림자처럼 늘 함께하지만, 이게 최선인 것 같다. 하고 싶고 되고 싶은 게 분명하다. 안 되어도 괜찮다는 생각은 아직 못 한다. 그럼 다른 방법이 있나? 그냥 해야지. 받아들여야지.

늘 아예 모르는 길과 색다른 경험을 가져오기 때문에 챙겨야 할 준비물도 별게 없다. 기술자로서의 기본적인 연장들, 아무리 힘이 들고 외로워도 바보가 되지 않게 막아주는 로이텀 공책과 제트스트림 펜, 그리고 일단 그 앞에 서겠다는 7초짜리 용기가 전부다. 아! 중요한 것이 있다. 어떤 경우에서든 이 상황을 불평하지 않을 '침묵' 그거면 다음 선택도 할 수 있다.

너무 덥다. 글을 쓰면서도 땀 때문에 종이가 젖는다.

☺ 2022년 4월 10일 日曜日 승선 351일 차

선풍기는 미풍으로 내 쪽으로 고정시킨다.

커튼을 치고 바람을 묶어 놓는다. 침대에 누워 눈을 감고 상상한다.

미래가 과거가 되었다가 눈을 뜨면 현재가 된다.

☺ 2022년 4월 11일 月曜日 승선 352일 차

여전히 적도에서 땀에 옷이 젖어가며 일을 하고 세 번 옷을 갈아입고 세 번 샤워를 한다. 하루 종일 수족관 안에서 생활하는 것 같다.

하루가 길게 느껴진다. 사람은 스무 명이 늘었는데 주방에선 한 명이 빠졌다. 그 차이가 이렇게 클 거라고는 우리 모두 몰랐다. 점심을 만들면서도 다섯 명 중 한 명은 다음 저녁 혹은 그다음 날 점심을 준비했었다. 근데 그게 안 되니까 네 명이 정신없이 달려들어서 간신히 점심을 끝내고, 또다시 막 달려들어서 저녁을 만들고, 지쳐서 청소하고 또 야식을 만든다. 시간이 느리게 간다.

몸의 피로도는 저녁까지 다 끝낸 것만 같은 피로인데 아직 점심도 끝나지 않았다. 이제 8일 남았다. 마지막까지 다 끌어 쓰고 편하게 올라간다고 생각하고 몰두해서 다치지 않고 끝내야겠다.

적도의 잔잔한 바다 위에 떠 있으면서 온몸이 땀으로 젖어가며 무언가 하나에는 꼭 몰두하며 하루를 보내고 있다. 그게 음식을 만드는 일이 될 때가 가장 많고 하루 일과가 끝난 후에는 탁구가 될 경우도, 글쓰기가 될 경우도 아님 소파에 등을 기대고 불편하게 누워서 하는 상상이 될 때도 있다. 이곳 적도에서는 더위를 잊으려면 무언가에 몰두해야 한다. 집중이 깨져 원래 상태로 다시 돌아오면 항상 가슴과 등, 심할 때는 허벅지와 엉덩이까지 젖어 있다.

적도에서의 일정은 딱 3일 남았다. 다음 월요일이면 모든 연구원들이 피지에서 하선할 거고 그러고 나면 드디어 7개월간의 남극의 모든 일정을 마치고 한국으로 향할 수 있다. 이제야 조금씩, 아주 조금씩 끝나간다는 것이 실감이 난다.

슬슬 끝이 보이니까 주방장님과 동료들의 입에서 작별의 말이 툭, 툭 나오곤 한다. 그럴 때면 '정말 끝이구나' 하고 깨닫는다. 오늘은 요리사 형님이 그러신다. "영석아, 돈을 지금보다 더 주고 진급을 시켜준다고 하면 배를 1년만 더 안 타볼래?" 얘기를 듣고 생각을 해봤다. 사실은 생각하는 척 시간을 끌었다. 결론은 이미 나 있지만, 고민도 안 하고 말하면 꼭 이곳에서의 시간이 싫었던 것처럼 비춰질 수도 있으니까 충분히 시간을 보내고 솔직하게 말했다.

"형님, 지난 1년은 최선을 다한 것 같아요. 다시 탄다고 해도 그 이상의 시간을 보낼 수도 없고 1년간 원했던 필요한 시간을 보냈으니 그걸 가지고 그다음 걸 해보려고요." 형님께선 웃으면서 그럴 줄 알았다고 말씀하셨다.

오늘을 포함한 지난 1년간 머릿속에선 늘 '최선'이란 단어를 놓지 않고 매일을 살았다. 덕분에 '꾸준함'을 삶에 새겼고 때로는 최선을 다해야 한다는 강박에 하루 혹은 그 순간을 돌아보며 죄의식을 쌓기도 했다. 아직도 최선이 뭔지 모르겠다. 얼마나 친절해야 하는 것인지, 얼마큼 더 땀을 흘리고 일을 찾아 해야 하는 건지, 또 얼마큼 기록하고 솔직해져야 하는 건지, 얼마큼 참고 견뎌야 하는 건지 여전히 모른다.

지난 1년, 정말 애썼다. 나를 나타내는 단어에는 북극과 남극이 덧붙는다. 그 단어를 생각했을 때 떳떳함을 느낄 수 있을지 모르지만 적어도 부끄럽지는 않을 것 같다.

한국에서 무얼 준비하고 꿈꿀지는 모르지만, 그 과정은 지난번과 많이 다를 거다. 똑같이 고민하고 같은 장소를 걸으며 새로운 것을 꿈꾸고 때론 불안감에 정신을 잃겠지만 '친절'할 거다. 가족과 주변 사람들에게. 어차피 이곳에서 일하면서, 식기세척기 앞에서 꿈꾼 것들이 눈앞에 이루어질 거라는 걸 잘 안다. 그 과정에서 내가 할 수 있는 최선을 불안감 때문에 놓치지 않도록. 정신을 차리려고 한다. 그게 나의 목표고 내가 이해한 최선이다.

☺ 2022년 4월 15일 金曜日 승선 356일 차

정신없이 일을 하고 나니 저녁 9시다. 오늘은 잠을 많이 못 자서, 일 끝나고 탁구를 치는데 집중도 안 되고 너무 피곤했다. 원래는 전기장님과 한 시간에서 한 시간 20분 정도 하던 운동을 오늘은 30분만 하고 방으로 돌아와서 씻고 쉬고 있다. 잠을 일찍 자려고 하면 잘 수 있는데 잠잘 시간을 억지로 미루고 있는 요즘이다. 굳이 그럴 필요가 없다는 걸 알면서도 자꾸만 그렇다.

저녁 식사 준비를 하고 있을 때 주방에 전화가 와서 달려가서 받았다. 선장님이셨다. 보통 선장님이 전화를 주신 경우에는 주방장님을 찾는 게 일반적이라서 주방장님을 바꿔드릴 준비를 하고 있는데 선장님께서 "마침, 네가 잘 받았다"라고 말씀하셨다. 무슨 일인가 하고 내용을 들어보니, 회사로부터 연락이 왔다고 한다. 내가 그만두면 나를 대신해서 승선하실 요리사 분께서 항해를 위한 교육을 받아야 하는데 그 일정이 내 퇴사 시기와 맞지 않아 5월 중순, 늦으면 5월 말까지 일을 해달라는 연락이 왔다고 전해주셨다.

이건 내가 회사에 퇴사 고지 메일과 함께 도와줄 수 있다고 한 것이기 때문에 듣자마자 그렇게 하겠다고 얘기했다. 하지만, 또 한편으로는 좀 서운하고 아쉬웠다. 내일모레면 길었던 모든 연구가 끝나고 한국으로 돌아간다고 생각하고 있었는데 말이다. 요즘은 일이 끝나고 방에 들어오면 한국에서 무얼 할지 생각을 하고 적으며 시간을 보냈다.

좋게 생각한다. 지금 이 배와 그 소속에 그 동안의 고마움을 표현하는 기회가 주어졌다고 생각하고 열심히 시간을 보내려 한다. 어쩌면 다시 한 번 건강한 습관을 만들 수 있는 기회가 생긴 것 같다. 한국에서의 휴식 시간 동안 건강한 하루 루틴을 만들고 꾸준함을 더해야지. 더 멋지고 구체적인 걸 꿈꿔야지!

이렇게 생각하고 글을 적으니까 서운하고 아쉬웠던 마음이 싹 녹아 내리는 것 같다.

일찍 불을 끄고 누워야겠다.

승리를 향해 꾸린 배낭에 패배감을 꾹꾹 눌러 채웠던 적도
패배로 여겨졌던 결정 뒤에 두 손 가득히 만족감을 들고 돌아온 적도 있었다.
혀에는 후회가 있지만 눈에는 간절함이 흐른 적도 있었다.
옳아도 틀릴 때가, 틀려도 옳았을 때가 있었던 것 같다.

- 2022.04.15 적도에서

☺ 2022년 4월 18일 月曜日 승선 359일 차

우리 배는 추가로 생긴 적도 화산 연구까지 마쳤다. 남극 항해의 모든 일정이 끝났다. 오늘 오전에 연구원들이 하선하고 이제 선원들만 배에 남아서 한국으로 향하고 있다. 앞으로 16일간은 식수 인원도 줄고 일도 많지 않기 때문에 남아 있는 주방 식구 네 명이 이틀씩 돌아가며 쉬기로 했다. 오늘부터 내일까지 쉬는 형님이 계신데 밀린 잠을 채워서 그런지, 하루 만에 얼굴이 좋아 보였다.

나는 수요일부터 쉴 수 있기 때문에 내 차례가 오길 기다리고 있다. 잠도 넉넉히 잘 수 있고 일도 많지 않으니 한국에 가는 보름의 기간 동안 다시 좋은 습관을 만들어보려고 한다. 우선 맨몸 운동은 기본, 점심

시간을 이용해 영어 공부를 하려고 한다.

저녁에는 탁구 치고, 씻고 글을 쓰면 딱 좋을 것 같다. 물론 추가로 무게를 드는 근력 운동도 하고 싶은데 적도는 날이 너무 더워서, 진이 빠져버릴까 봐 미뤄두려고 한다. 예전처럼 컨디션 조절에 초점을 맞춰서 술을 줄이고, 저녁 식사 이외에 군것질을 하지 말아야겠다. 그렇게만 해도 컨디션이 돌아온다.

내일부터 일이 여유로워진 것이 실감날 것 같다. 조금은 마음 편하게 갖고 일할 수 있다는 것에 정말 감사하다. 이 시간을 위해서 지난 1년간 흘렸던 땀들도 보석처럼 소중해진 것 같다.

☺ 2022년 4월 19일 火曜日 승선 360일 차

내일부터 모레까지 이틀간 휴가를 받았다. 드디어 내 차례가 왔다. 내일부터는 아침잠을 아끼지 않아도 되고 알람도 꺼놓으려 한다. 1년간 쉬지 않고 열심히 달려왔다. 그 시간 뒤에 쉬는 시간이 주어졌기 때문에 정말 원 없이 휴식을 만끽할 수 있을 것 같다.

그동안의 수고에 정당한 대가를 받은 것 같다. 나와 주방 동료들 모두에게 말이다. 온전히 만끽하려고 한다. 주어진 시간을 부담스러워하거나 아까워하지 않고, 이틀간의 휴식 기간을 부족하지도 남지도 않게 만끽할 거다.

영어 공부를 시작했다. 여유가 생겨서 습관을 잡아보려고 한다. 아무래도 공부를 안 한 시간이 길어질수록 괜한 두려움이 조금씩 쌓였다. '까먹은 게 아닌가? 다시 이전처럼 시간을 내서 공부할 수 있을까?' 하는 그런 두려움 말이다. 그래서 더 미뤘던 것일 수도 있다.

하지만 모든 일정을 다 마치고 한국을 올라가고 있는 지금은 백 번을 생각해도 변명의 여지가 없다. 이만한 시간이 더는 없을 테니 기회가 왔을 때 해야지. 이전에 했던 것들을 다시 해보는데 절반 이상이 기억이 났다. 생각이 잘 나지 않던 것들도 두세 번 반복하니 금방 입에 붙었다. 확실히 시간과 마음을 썼던 것들은 쉽게 도망가지 않나보다. 다시 재미있어진다. 잘하고 싶어서 나름대로 시간과 마음을 썼던 모든 것들이 말이다.

다시 꾸준히 해보려 한다. 하고 싶었던 악기도, 운동도, 언어도 한국에서 쉬는 기간 동안 마음을 다해 갈고 닦아서 그다음 무언가를 할 때 올바르게 선택을 할 수 있게 되길 기도한다.

© 2022년 4월 20일 水曜日 승선 361일 차

휴가 첫날이다! 내일이면 끝이 날 이틀간의 휴가지만 모자라지도 넘치지도 않은 딱 적당한 휴식 기간이라고 생각한다. 아직 하루를 다 마무리한 것은 아니지만. 오늘은 11시쯤 기상했다. 원래 기상했던 5시에도 한 번 눈이 떠져 화장실도 다녀왔고 점심 출근을 위한 기상 시간인 9시에도 눈이 떠졌지만 무시해버리고 잠을 이어서 잤다.

더 자려고 억지로 버티다 눈을 뜨니 그때가 11시였다. 배에서 수요일 점심은 항상 스테이크이기 때문에 고민도 하지 않고 주방 식구들

밥 먹을 시간에 맞춰서 내려갔다. 오늘 나온 등심 스테이크를 실컷 먹고, 아끼는 스탠리 잔에 커피를 한 잔 내려 방으로 올라왔다. 창문을 열어 환기를 시키고 1인용 소파에 걸터앉아 배의 앞머리가 파도에 부서지는 소리를 들으며 책을 읽었다.

평소 잘 읽지도 못하는 책이 오늘은 왜 술술 넘어가는지 그 재미에 책을 내려놓지 못하고 한참을 읽었다. 그리고 운동을 하러 갔다. 저녁을 먹기 전에 완벽하게 소화를 시키고 싶었다. 운동도 한 시간 넘게 충분히 하고 땀에 흠쩍 젖어 방으로 돌아와 찬물로 씻었다. 아직 적도 인근이기 때문에 샤워 밸브를 찬물로 돌려놔도 미지근한 물이 나온다.

기분 좋게 씻었다. 차분하게 글을 쓰고 공부를 해보려고 앉았다. 지금은 4시 20분이다. 온전히 휴식을 만끽하고 있고 시간은 생각보다 빠르게 흘러가지 않고 손을 잡고 같이 걷고 있는 느낌이 든다. 이게 완전한 휴식이고 내가 원하는 평안한 마음 상태가 아닐까 싶다. 1년에 몇 번이나 찾아와 줄지 모르는 반가운 손님이 방문한 거다.

마지막으로 언제 찾아왔는지 기억도 안 나지만, 이 손님이 내 마음에 방문해 주었을 때는 이 세상 모든 것이 의미 있게 느껴지는 것 같다. 평상시에 귀찮게 느껴졌던 사람들도, 무언가에 대한 불안감도, 결핍도 그리고 지난날의 죄의식들까지도 말이다.

아무튼, 지금 굉장히 안정적이고 평안하다.

9시가 조금 넘었다. 일기를 이어서 써보는 건 정말 오랜만이다. 저녁에 심심하면 이어서 써보려고 끝내지 않았는데 그러길 잘한 것 같다. 아까 이후로 저녁도 먹고, 다시 책상에 앉아서 노래도 듣고, 글도 쓰고 있는 중이다. 조금은 심심하다. 원래 심심할 땐 술을 한 잔 마시면 몸도 노곤해지고 잠도 잘 오는데, 한국에 도착하고 집에 가기 전까지는 자제하려고 한다. 술도 군것질도! 좋은 습관도 만들고 외형적인 모습도 가꿔서 집으로 돌아가야 부모님이 걱정을 안 하실 것 같다.

물론 한국에 도착해서 주방 식구들과 송별회를 하거나 하면 그럴 땐 술도 좀 해야지! 하지만 일이 끝나고 공허할 때 습관적으로 꺼내 마시던 습관을 지우려고 한다. 집으로 돌아가서 반가운 사람들을 만나면 대부분의 시간엔 술이 함께 있을 것 같다. 그땐 지금보다 조절하기가 더 어려울 테니까 지금이라도 습관을 만들어 놓으려 한다.

글을 쓰면서, 주절주절 떠들고 있는 것 같다. 온전한 휴식에 마음이 들떠서 그런가 보다. 오늘은 그런 날인가 보다.

☺ 2022년 4월 21일 木曜日 승선 362일 차

어제보다 일찍 자고 늦게 일어났다. 오전 10시에 일어났으니까, 10시간 좀 넘게 잔 것 같다. 1년간 배를 타면서 이렇게 잠을 잔 게 처음인 것 같다. 일어나서 바로 운동을 하러 갔다. 지금이 아니면 더 하기 싫어질 것 같았다.

러닝머신 위에서 걸으면서 잠이 좀 깨고 몸도 달아올라 운동이 하고 싶다는 생각이 들면 바로 할 수 있게끔 체육관으로 갔다. 처음에는 하기 싫다가도 러닝머신 위에서 30분 걸으면서 정신이 또렷해지니 생각이 바뀌었다. 근력 운동까지 다 마치고 방에서 씻은 후 식당에 내려가서 라면을 끓여 방으로 가지고 올라와 먹었다.

라면 두 개를 끓이는데 물을 많이 잡아서, 싱거웠다. 항상 라면이 한 개를 넘어가면 꼭 짜거나 싱겁게 끓이게 되는 것 같다. 나만 이런가? 아무튼, 그렇게 싱거운 라면도 다 먹고 책상을 정리하고 다시 내려가 설거지를 한 후에는 소파에 기대어 어제 읽다가 덮어놓은 책을 읽었다. 사실 재미있어서 읽은 건 아닌데, 그렇다고 재미가 없지도 않았다. 책을 읽는 내 모습이 좋다.

그런 부분이 누구에게나 존재하는 것 같다. 어떤 사람은 운동을 하는 것보다 운동복을 입고 거울 앞에 서는 걸 좋아하고, 또 어떤 사람은 음식을 만드는 건 귀찮아도 장을 보고 음식을 만들 수 있는 식재료를 냉장고에 채우는 것 자체를 좋아하는 사람도 있다. 그런 것과 비슷하게, 책을 들고 다니며 쉬는 시간을 채우는 내 모습이 좋다. 이런 걸 인정해야 비로소 자유로운 것 같다.

책을 통해 지식을 머리에 담고 싶다는 욕구는 하나도 없다. 예전에는 운동을 하지 않고 운동복에 집착하는 사람들을 보면 한심하다고 판단했던 적도 있었는데, 그렇게 생각하는 내가 완전히 틀린 거였다.

운동도 나를 기쁘게 하기 위한 것이라면 운동복을 입고 거울 앞에 서 있는 시간도 누군가에겐 온전하게 기쁜 시간을 보내고 있는 것일 수도 있다. 그 사람은 적어도 본인이 어떨 때 만족감을 느끼고 기쁜지 아는 건강한 사람이다.

세련된 방식이 아닐까. 오히려 사람들과 섞이며 오해와 오류를 더 할 필요가 없다. 그런 의미로 나도 책을 읽는, 아니 책을 들고 있는 시간이 기쁘다는 것을 포장해 보려고 글을 썼다.

　창문 밖에는 끝없는 바다가 누워 있고 최근 얌전히 있던 게으른 바다도 우리 배가 떠나는 게 아쉬운지 오늘은 파도를 시켜 자꾸만 붙잡는다. 흔들림이 있지만, 이 정도로 깨질 수 없는 두터운 평안함이니 남은 시간을 어떻게 즐기며 쉴지 생각을 해봐야겠다.

☺ 2022년 4월 22일 金曜日 승선 363일 차

　이틀간의 휴식을 마치고 점심부터 주방에 복귀했다. 고작 이틀을 쉰 것뿐인데도 일의 순서가 뒤죽박죽되어서 혼자서 꽤나 허둥댔다. 그래도 다행인 건 일이 손에 달라붙지 않았을 뿐 지금은 배 안에 선원들만 있기 때문에 일이 많지 않았고 바쁘거나 그러진 않았다.

　점심을 마무리하고 저녁에는 차근차근 일하고 싶어서 30분 일찍 출근했는데 다시 일의 순서가 머릿속에서 정리되고 안정감 있게 일할 수 있었다. 퇴근 후에는 늘 그렇듯 전기장님과 탁구를 쳤는데 재미가 없었다. 사실 요 며칠 계속 그렇게 느끼면서 운동을 하고 있다.

　왜 그렇게 느끼고 있냐면, 탁구 자체가 재미없는 것이 아니고 스스로 더 잘하고 싶은 욕심에 잡아 먹혀서 기쁨을 잃어버렸다. 내가 생각하는 위기는 바로 나의 태도이다.

　욕심 때문에 우울해지고 성질이 나는 모습을 탁구를 가르쳐 주시는 고마운 전기장님께 자꾸만 비치게 되는 것 같다. 좋은 마음으로 도와주는 귀인인데 그분의 배려와 친절을 왜 무례함으로 되돌리고 있는 건지. 내 스스로 내 상태가 너무나 한심하고 속이 상한다.

그때 왜 한숨을 쉬었는지, 도대체 왜 까칠함을 섞어 대답했는지 떠올리면 창피해서 탁구가 싫어진다. 감사한 분에게 무례한 모습을 비출 바에는 탁구를 그만 치는 게 낫지 않을까 매번 생각하게 된다. 그런데도 매일 같이 마음을 다잡고 운동하러 나가는 이유는 전기장님이 항상 "영석아, 오늘은 7시에 치자", "영석아, 오늘은 7시 반에 치자", "영석아, 오늘은 고기가 나와서 술을 좀 먹었더니 힘들다. 오늘은 쉬고 내일은 영상을 찍어서 뭐가 부족한지 같이 보자" 이렇게 말씀을 해주시기 때문이다.

내가 누군가를 가르쳐주는 입장이라면 돈을 받는 것도 아닌데 가르침 받는 사람이 흥미를 잃고 무례함을 비춘다면, 내 시간을 쓰지 않을 것 같다. 그런데 전기장님은 매순간 "잘하고 있다. 이 정도면 빨리 늘고 있는 거야. 그러니 조급해하지 마" 이렇게 말씀을 해주신다.

진심인 걸 안다. 그래서 전기장님이 말씀하신 시간에는 항상 먼저 나가 준비를 해놓으려고 한다. 최소한의 양심으로 말이다. 매순간 무례하지 않게 해달라고, 내 빌어먹을 욕심에 앞사람이 불쾌해지지 않게 해달라고 기도를 하지만 준비한 것이 한 번 안 되고 두 번 안 되고 열 번이 되지 않으면 표정이 더 굳어간다.

사실 과정이 좋은 건 아니지만 스스로의 높은 기준과 욕심 때문에 결과적으로는 내가 원하는 곳에 더 빨리 오게 된 적이 많다. 하지만 그건 전혀 기쁘지 않다. 더군다나 이건 쉬는 시간이고 취미인데 말이다.

요즘은 전기장님을 보면서, 젠틀함에 대해 생각하게 된다. 사실 전기장님이 혼자서 골머리를 썩고 있는 나를 보면 하고 싶은 말이 많으실 거다. 하지만 다 내 몫으로 맡겨두시고 다시 한 번 연습할 수 있는 시간을 정해 주신다. 그것도 매일 같이. 그런 어른이 되고 싶다. 시간이 지나서 나처럼 자기 욕심에 잡아먹혀서 번뇌와 싸우는 사람과 마주하게 된다면 그의 변명뿐일 얘기를 잠자코 들을 수 있는, 그런 어른이 되고 싶다.

내일도 탁구를 치겠지. 같은 걸 연습하겠지. 오늘보다 정신을 더 차리고 친절해야지. 그렇게 시간이 지나면 안 되던 게 되고, 못 하던 게 잘해져 있을 거다. 그렇게 한고비를 넘기고 다시 넘을 것이다. 또 일기를 적고 다시 정신 차리고 그렇게 간신히 고비를 넘자.

백 번이 아닌 천 번을 반복해서 나이스한 어른이 되자.

☺ 2022년 4월 24일 日曜日 승선 365일 차

집을 떠나 배에 승선을 한 지 1년이 되었다. 시간이 빠르게 간 것 같기도 하고 느린 것 같기도 하다. 똑같은 배에서 똑같은 일을 하는 것이지만 이 안에서도 시간이 빠르게 나를 지나치던 시기와 요즘같이 한참 뒤에서 시간이 쫓아오고 있는 시기가 있는 것 같다.

지난 1년의 배 생활을 돌이켜보면 알맞게 시간이 지나간 것 같다. 이 좁은 공간에서 두 명이 지내면서도 침대에 커튼을 쳐놓고 누워, 많은 생각을 하고 고민을 하고 꿈을 꿨다. 지난 1년간의 생각 중에서 버릴 것이 없다.

사람에 대한 생각도 내 기술에 대한 생각도 떨쳐지지 않은 외로움에 대한 생각도 모든 게 귀했다. 물론 지금 돌이켜 보니까 그렇게 느끼는 것일 수도 있다. 그 모든 과정 속에 묻어 있던 생각들이 기록으로 남아 있다는 것이 감사하다. 생각을 글로 옮기는 습관이 생긴 건 정말 축복 같다.

어느 것에도 뛰어나지 않은 내가 누군가에게 감히 무언가를 내세울 기회가 주어진다면 망설이지 않고 지난날의 공책들과 다 쓴 볼펜을 내놓을 거다. 글을 쓰면서, 감사일기를 쓰면서, 언어 훈련을 하면서 사용하고 다 쓴 볼펜을 버리지 않고 모으고 있다. 나중에 제트스트림 볼펜 회사와 로이텀 공책 회사에 가서 인터뷰를 해보고 싶다. 절대 빼놓을 수 없는 소품들이라 그런 마음이 생긴 것 같다.

이 생활이 끝나면 이다음에 무엇이 있을지 여전히 모르겠지만 분명하게 알게 된 건 다른 언어를 쓰면서 지내보고 싶다는 것이다. 그거면 됐다고 생각한다. 한국에서 쉬면서 무엇에 몰두를 해야 할지 알게 될 거다.

전기장님 덕분에 탁구라는 스포츠에 흥미를 갖게 되어서 밖에서 테니스를 치고 싶다는 욕망을 뒤집고 탁구를 온전히 내 스포츠로 만들고 싶다는 마음이 생겼다. 얼마나 있게 될지 알 수 없지만, 한국에서 지내는 동안 이다음을 위해서 무엇에 몰두해야 할지와 어떤 것을 통해서 스트레스를 풀고 땀을 흘릴지도 알게 되었다. 그럼 된 거다. 이것들을 하면서도 생각을 하고 글을 쓰고 걸으며 이다음을 받아들여야겠지. 늘 그랬듯 말이다. 쉬울 거란 생각은 하지 않지만, 어려울 거란 생각도 안 한다. 그럴 수 있는 마음이 생긴 것 같다.

사람들에게 친절하자. 그리고 나눌 거다. 무엇이든지. 할 수 있는 만큼 항상 할 거다.

승선한 지 1년이 된 오늘의 마음은 이렇다.

☺ 2022년 4월 25일 月曜日 승선 366일 차

한 주를 기쁜 마음으로 시작했다. 내일만 일하면 저번 주와 마찬가지로 이틀간의 휴가를 받는다. 금방 차례가 돌아왔다.

오늘 낮에도 주방장님이랑 얘기를 나눴는데 이 정도의 강도로 일을 한다면 북극과 남극을 한 번 더 돌고 올 수 있을 것 같다는 농담을 했다. 그 정도로 몸도 마음도 편한 요즘이다.

최근에 시간이 많아져 핸드폰으로 인스타그램에 자주 들어간다. 친구의 소식도 보고, 다른 것도 찾아본다. 인터넷이 안 되다가 연구원들이 모두 내리고 인터넷 사용이 가능하게 되어 오랜만에 SNS에 들어갔을 땐 모든 게 즐거웠다. 친구들이 남겨준 연락도 기뻤고, 자랑하고 싶은 사진을 올리는 것도 즐거웠고 반응을 보는 재미도 쏠쏠했다. 그런 것에 익숙해지고 시간이 많이 생긴 요즘, 습관적으로 SNS에 들락날락하게 된다.

그러다 보니까 더 볼 것이 없어서 나와 관련이 없는 사람들의 소식도 보게 되고 이름도 모르는 사람들을 괜히 내게 비춰보게 된다. SNS에서 간신히 빠져나와 핸드폰을 덮으면 기분이 좋지 않다. 즐겁지 않다.

그 사실을 며칠 전부터 느꼈는데 알면서도 내려놓기가 쉽지 않았다.

내 의도에 맞춰서 사람들이 보내주는 뻔한 관심조차 내려놓지 못하는 나를 발견하니 스스로 불행을 찾고 있는 것 같았다. 그래서 앱을 지웠다. 마음이 안정되고 조금은 의연해졌다. 손으로 만들어내고 있는 촌스럽고 귀한 나의 꿈들이 핸드폰 안에 있는 환상보다 더 몰두가 될 때, 다시 즐거운 취미로 즐겨봐야겠다.

SNS 때문에 상대적인 박탈감을 느낀다는 얘기를 들었을 땐 '그럴 필요가 있나?'라고 생각했는데 요즘 내가 딱 그렇다. 이름도 모르는 이 사람들- 다 멋있고 돈도 많더라. 생각도 단단해 보이고 다 갖춰진 슈퍼 히어로들이 백만 명은 있는 것 같다. 정신 차리고 벗어나야지.

다행이라고 생각되는 건 매일매일 출근해서 정해진 시간에 일할 수 있는 공간이 있고, 지금처럼 조그마한 책상에 앉아서 단순하게 몰두할 수 있다는 것이다. 그것이 축복이라고 생각한다. 상황이 이렇지 않았다면 이 불행을 긴 시간 짊어지고 검은 땀을 흘리며 걸어야 했을 거다.

☺ 2022년 4월 27일 水曜日 승선 368일 차

오늘, 내일이 쉬는 날이어서 늦잠도 자고 점심으로 스테이크도 먹었다. 가벼운 운동도 하고 탁구 치고 다시 씻고 저녁 먹고 책상에 간신히 앉았다.

하나에 집중이 되지가 않는다. 그래서 운동도 걷고 뛰기만 하고 책도 읽다 보니 지루해서 다시 내려놓았다. 늦게 잠들지 말고 조금 일찍 자서 내일은 에너지 있는 하루를 보내야겠다.

한국에 돌아가서 내가 원하는 것들에 몰두하고 정해진 시간을 꾸준하게 써보기 위해서 습관을 만들고 있긴 한데 쉽지 않다. 식사도 운동도 공부도 모든 게.

글도 짧게 마무리하고 쉬고 싶다.

☺ 2022년 4월 28일 木曜日 승선 369일 차

한국에서 몰두하고 싶은 것과 그것들을 위해서 해야만 하는 것

온전하게 몰두하고 싶은 것

1. 언어 - 영어와 다른 언어 한 가지

2. 악기 - 트럼펫

3. 엄마와 데이트 - 일주일에 두 번

위의 것들을 위해서 해야만 하는 것

1. 체력 관리 - 헬스, 맨몸 운동(철봉)

2. 하루의 감정을 기록하기, 감사일기 적기

3. 열여섯 시간 이상 공복 시간 유지

고민하고 있는 것

1. 탁구

휴식을 마치고 출근했는데 일에 집중하기까지 시간이 걸렸다. 빈속에 식초 물을 한 잔 마시고 일하니 금방 눈에 힘도 생기고 다시 집중이 됐다.

저녁 일과를 끝내고 어김없이 같은 시간에 전기장님과 탁구를 쳤는데 기술적인 부분이 마음에 들지 않았다. 자꾸 욕심을 내서 기분이 좋지 않다. 그런 모습이 전기장님께 비춰지는 것이 늘 죄송하다. 감정을 감추려고 시도를 하는데 머쓱하게 웃어보기도 하고 말을 걸어보기도 한다. 그럴 때마다 너무 오버를 하게 되는 것 같아서 그것도 싫다. 게다가 감정을 숨기는 데 에너지를 다 써서 탁구에 집중하지 못하고 더 실수를 한다. 그래서 이젠 감정을 숨기려고 하지 않는다. 욕심에 잡아먹히면 불안하고 조급한 얼굴로 탁구를 치며 땀을 흘린다.

그 와중에도 무례하지 않도록 늘 공을 줍고, 가르침을 받고 난 뒤에는 감사 인사를 잊지 않는다. 그리고 늦지 않게 체육관에 간다. 당연한 것이지만 욕심에 사로잡히면 이것조차 놓칠 만큼 정신이 오락가락한다.

뭘 하든지 이런 과정을 겪었던 것 같다. 이런 과정을 가장 많이 겪었던 건 당연히 음식을 만드는 일이었다. 치열하게 여러 고비를 넘기고 비로소 지금처럼 음식을 만드는 일에 의연해질 수 있었다.

어떻게 그럴 수 있었을까, 애정이 떨어진 건 절대 아니다. 욕심과 조급함, 경쟁이라는 허들을 넘으면서 하고 싶은 것을 구체적으로 그린 것 같다. 생각을 많이 했다. 난 늘 허들을 넘으면서 달릴 수 없다는 걸, 그걸 뛰어넘는 행위가 가져다주는 기쁨이 많지 않다는 걸 알았다. 그러면서 더 구체적으로 기술자가 되고 싶다는 생각을 했다. 혼자서 자유로이 이곳저곳에서 시간을 보내면서 나의 기술을 마주하고 싶다. 그걸 위해서는 언어가 필요하다는 답을 찾게 됐다.

취미로 시작한 다른 것들도, 요리를 잘 하고 싶었을 때와 같은 기질이 발휘된다. 욕심이 평정심의 선을 넘고 그 안을 헤집어 놓고 도망친다. 다시는 이걸 하고 싶지 않다는 생각이 들 만큼 말이다.

그럴 때마다 욕심이 헝클어놓은 평정심의 조각을 주섬주섬 끼워 맞추면서 하게 되는 생각이 있는데 '이것도 과정이다. 이 과정 없이는 앞으로 나가지 못했다. 필요한 거다. 맘껏 슬퍼하고 감정을 기록하고 추슬러, 내일도 같은 시간에 하자. 아니 해내자. 그러다 보면 나만의 온도를 찾아낼 수 있을 거다. 이건 취미이고, 돈을 벌어야 하는 수단도 아니니 더 빨리 안정감을 느끼는 온도가 맞춰질 거다. 아무 생각도 없이 내일도 나오자. 가능하다면 친절하자'이다. 운동이 끝나고 방에 들어와 젖은 옷을 빨래 바구니에 넣고 미지근한 물을 정수리에 쏟으며 되뇌는 말이다. 매일 말이다.

실수를 했을 때 허허 웃고 싶고 오늘 안 되면 그냥 일찍 끝내고 맥주를 한 잔 마시러 갈 수 있는 사람이면 좋겠다. 그게 잘 안 되는 사람이기도 하고 사실 그렇게 되고 싶지도 않아서 지금으로선 저 말이 최선이라고 믿고 있다.

내일은 돼지고기를 굽는 날이라서 전기장님이 술을 하실 거다. 내일은 쉬고 모레부터 다시 집중해서 전기장님이 만들어주신 훈련 일정에 성실히 임해야지. 내일 내 몫으로 나온 맥주를 전기장님 드려야겠다. 이렇게라도 할 수 있어서 다행이다.

☺ 2022년 4월 30일 土曜日 승선 371일 차

　저녁엔 바빴다. 본격적으로 입항 전 청소를 시작했다. 평상시 손이 닿지 않던 곳까지 끄집어내서 세척, 밀대로 밀고, 마른걸레로 닦기를 반복했다. 청소는 귀찮고 성가신 일이지만 땀에 젖어 청소를 하면서도 모두가 웃고 있다. '정말 집에 갈 때가 됐구나'라는 생각 때문에 미소를 잃지 않고 땀을 흘릴 수 있다.

　집에 갈 때가 다가오니 갑판부, 기관부 등 다른 부서 선원 분들이 좋은 말씀을 많이 해주신다. "성실하고, 열심히 하니까 나가서 잘될 거다" 이런 말을 해주신다. 들을 때마다 늘 좋다. 감사하고.

　한국에 가면 뭘 하고 살 거냐고 묻기도 하시는데 그때마다 "사랑하는 사람들과 넉넉하게 시간을 보내고, 더 공부하고 준비해서 이다음 걸 하고 싶다"고 얘기를 한다. 그 얘기를 들은 선원들은 대부분 "이다음 게 뭔데?", 대사관에 간다는 얘기야?" 이렇게 물어보시는데 "기회가 되면 그렇게 하려고요" 하고 대화를 마무리한다. 사실 습관적으로 구체적인 것, 선명한 것, 이다음 것이라는 말을 달고 살고 실제로도 그렇게 생각하고 있는데 정확히 잘 모르겠다. 이다음 것이 무엇인지.

　요즘은 이다음을 생각하며 불안을 느끼는 경우는 거의 없다. 적어도 다른 언어를 쓰며 하루를 살고 싶다는 것은 분명히 알았기 때문 아닐까? 잘 모르지만 더 구체적인 것을, 더 선명한 것을, 더 어울리는 것을 만들어낼 것만 같은 느낌, 아니 확신이 든다.

한국에서의 기간도 기대가 된다.

몰두하고 싶은 것을 정해놨지만 그중에서도 무조건 해야만 하는 것들이 있다. 언어와 운동 그리고 부모님과의 시간이다. 언어와 운동은 의지를 가지고 공부하면 가능하다. 이번 기회에 갈증을 채울 거다. 어머니, 아버지와의 시간은 어떤 기준을 가지고 보내야 할지 생각을 해봤다. 집에서 잠깐 마주하고 이야기를 하다 보면 새로운 기회가 생겨 떠나야 할 때가 올 거다. 그때 부모님과의 추억을 떠올리려 해봤자 머릿속에 남은 건 몇 가지 없다.

기준을 정했다. 4월 급여(약 500만 원)를 체크카드에 넣고 이 돈을 어머니, 아버지와 시간을 보내는 데에만 사용하려고 한다. 어떤 기회가 오더라도, 또 어떤 것들이 나를 설레게 하더라도 그 돈을 다 쓰기 전까지는 미뤄두려고 한다.

아버지는 외출, 외식을 번거로워하신다. 대부분의 시간을 어머니랑 보내게 되겠지만 아버지랑은 우리만의 교집합 안에서 시간을 보내는 방법이 있으니 괜찮다.

어머니랑 데이트를 해야지, 열 번 안에 끝날지 스무 번, 쉰 번이 걸릴지 모르겠지만 온전히 그 시간을 만끽할 수 있는 선 안에서 소비하며 시간을 보내야겠다.

한국의 유명한 레스토랑과 디저트 카페를 다녀보고, 와인 한 병을 사서 공원에 앉아 각자 가져온 책을 읽으며 시간을 보내기도 하고, 영화도 보고, 괜찮은 바에서 한 잔 걸치고 비틀비틀 걸어도 보고, 그렇게 새로운 추억을 만들고 지난날의 그리움을 채우려고 한다. 지금만이 그럴 수 있는 시간이다. 엄마는 주방에서 잠정 은퇴했고 내겐 쉬는 시간과 열심히 번 돈이 있다. 둘이 같은 공간에 있으니 의지를 갖고 시간만 만들면 가능한 일이다. 서로의 삶에서 필요한 순간이다.

언어와 운동 그리고 데이트. 이 세 가지는 해야만 한다. 여러 가지 감정을 느끼면서 겪어야 하고 보내야 하는 시간이다. 그래야 입에 달고 다니며 내뱉었던 더 선명하고 구체적인, 오류 없이 빛나는 이다음이 있을 거다.

하루일과를 간단히 쓰다 보면 하나의 키워드가 떠오른다. 그 키워드에 이끌려 생각을 옮겨 적다 보면 세 페이지 넘게 쓰게 된다. 30~40분이 훌쩍 지나가는 마법이 일어난다. 글을 적는다는 건, 재미있는 일이다.

☺ 2022년 5월 1일 日曜日 승선 372일 차

일본을 지나고 있다. 내일 밤 12시 정도면 영도 앞바다에 도착하고 잠시 대기하다가 5월 3일 1시에 부산에 입항한다. 내일모레면 한국에 도착한다! 5월 4일에는 50명이 넘는 손님을 모시고 행사를 치러야 하지만 그것과 관계없이 한국에 도착한다는 사실이 기쁘다. 남극 항해만 200일 가까이 되었는데, 끝나지 않을 것만 같던 시간이 끝나고 다시 한국에서 사랑하는 사람들과 시간을 보낼 수 있다는 사실이 너무나 기쁘다.

가족들과 시간을 보내고 정호와 창섭이를 만나서 얘기를 나누고 넉넉하게 마시고 취해서 서로의 어깨를 부딪치며 걷고 싶다. 늘 일이 끝나고 남극의 차가운 베개에 머리를 누이며 잠들기 전까지 했던 생각들이었는데 이제 그 시간이 왔다.

얼마 전 통보받은 나의 하선 일자는 5월 16일이다. 남은 보름의 기간을 마음을 다해서 일하고 꿈꾸고 그리던 시간과 사람들을 마땅히 누리고 즐겨야지. 아주 안정적이고 따뜻한 온도로!

내일 밤에는 한국 근처에 있으니 잘하면 전화도 될 거다. 그때가 되면 지금보다 더 실감이 날 것 같다.

너무 좋다.

☺ 2022년 5월 2일 月曜日 승선 373일 차

부산 영도 앞바다에 떠 있다.

잠시 떠 있다가 내일 오후 1시에 부산 영도 항구에 입항한다.

방에서는 신호가 터지지 않지만, 갑판으로 나가면 LTE 신호가 잡혀서 가족과 친구들의 목소리를 들을 수 있다.

옷을 더 걸치고 통화하러 나가야겠다.

☺ 2022년 5월 3일 火曜日 승선 374일 차

드디어 한국에 정박했다. 부산 영도에 있는 항구에 정박, 내일 점심 행사를 치르고 나면 광양으로 이동한다. 광양에서는 남극에서 사용했던 모든 연구 장비를 하역하고 최종 목적지인 여수 조선소로 들어간다. 다시 북극에 가기 전까지 정비를 받는다. 작년 그 시기에 여수 조선소에서 첫 승선을 했었다. 벌써 1년 전이라니….

매번 말이 바뀌지만… 오늘 느끼기에 지난 시간은 빨랐던 것 같다. 시간이란 놈이 변덕스럽게 다가온다.

오후 2시 즈음 육지에 정박해서 극지연구소와 회사 관계자들이 오셔서 간단하게 인사를 나누고 꽃다발 증정식을 하고 내려가셨다. 내가 이 배에 탈 수 있도록 뽑아주신 인사과 분들도 올라오셨다. 다행이라고 생각했다. 이곳에서 일을 할 수 있게 해주셔서, 좋은 동료들을 만날 수 있게 해주셔서 고맙다고 말할 기회가 생겼다. 면접을 봤던 분들을 찾아가 기회를 주셔서 고맙다는 말을 전했다. 좋은 대화를 나눴다. 더 구체적으로 이다음을 만들겠다는 얘기도 전하며 헤어졌다. 기분 좋게 주방으로 와서 일하고 있는데 갑자기 선내 안내방송이 울렸다.

"선내에 있는 모든 선원들은 브리지로 금일봉 받으러 오세요."

방송을 듣고 주방 사람들은 엄청 신이 났다. 예상치 못한 일이었기 때문이다. 주방장님과 다 같이 올라가면서도 우리끼리 "과연 얼마를 줄까?" 얘기를 나누며 신이 났다. 촌스럽게 "5만 원일까? 10만 원일까?" 하고 있었는데 30만 원이었다! 큰돈이었다.

각자의 이름이 적힌 봉투에서 금액을 확인하고 서류에 사인을 했다. 주방 사람들이 다 사인을 하고 나도 사인을 하기 위해 금액을 확인했는데 10만 원이 들어 있었다. 꺼내서 확인하니까 주방 사람들부터 선장님까지 전부 의아해하셨다. 몇 초 동안의 정적이 흐르고 모두의 머릿속에 하나의 생각이 스쳤다.

'아…. 임시 조리원이라서 그렇구나….'

예전에도 비슷한 일이 많았다는 얘기를 들었다. 그렇게 30만 원이라고 적힌 글자를 10만 원이라 고쳐 쓰고 사인을 하는데 안타깝게 쳐다보는 사람도 있었고 같이 고생한 주방장님과 동료들은 어이가 없고화가 났는지 씩씩거리며 5만 원을 주셨다. 그래서 "지금까지 잘했고, 집에 가기까지 보름이 남았는데 고작 20만 원 때문에 그동안의 감동을 잊을 수 없다"고 말하며 안 받겠다고 했다.

주방장님이, 회사에서 실수를 한 게 아니고 정말 네 몫이 그렇게 나온 거라면 나중에 돈을 줄 테니 받으라고 하셨다. 주방장님의 그 표정과 말씀이 진심인 걸 알기에 감사했지만 좋은 날 분위기가 차가워진것만 같아서 "저녁 회식 때 피자랑 치킨, 회 등 배달 오는 것들을 제가계산했다고 생각하시고 맛있게 드셔주세요. 잘 먹었다는 말 잊지 말고 해주세요!"라는 농담을 하고, 분위기를 풀고 다시 일을 했다.

일을 하면서 서서히 서운하고 속상한 감정이 올라왔다. 집중하지않으려고 해도 쉽사리 지워지지 않았다. 그 순간 대사관에서 일을 할때 도와준 그 나라 현지인들이 생각났다. 지금과 상황이 반대였지만이런 경우가 종종 있었다.

같이 한 공간에서 땀을 흘려 음식을 만들어내도 감사 인사는 늘 내가 받고 달콤한 것들은 늘 내 앞에 있었다. 당연히 그들과 나눴지만 그들의 기분이 어떨지 공감하지 못했다. 그 생각이 머릿속에 스치니까정신이 번쩍 들었다.

'나중에 누군가에게 그들의 지난 시간에 대한 감사를 전해야 할 때 이런 일을 만들지 말아야겠다', '물리적으로 대가가 같을 수 없어도 다른 방식으로라도 감사를 공평하게 표현해야 한다' 20만 원이 우스울 만큼 값진 수업을 받은 느낌이다.

오히려 좋다. 감사한 마음으로 글을 적을 수 있을 만큼.

한국에 도착하자마자 큰 귀국 선물을 받았다.

아주 좋은 날이다!

☺ 2022년 5월 4일 水曜日 승선 375일 차

아라온호의 모든 행사를 다 마쳤다.

50명이 넘는 손님을 모시고 점심 행사를 치렀다. 생각만큼 바쁘지 않았다. 모든 것이 순차적으로 진행되고 옷이 땀으로 젖고 나니 주방 청소까지 끝이 나 있었다. 이젠 모든 게 끝이 났구나.

부산에서 광양으로 이동을 하고 연구 장비를 하역할 거다. 전체 선원이 코로나 검사를 하고 광양-여수 내에서 외출이 가능하게 됐다. 형님들이랑 나가서 구경도 할 수 있고, 혼자서 하염없이 걷다 올 수도 있게 됐다. 무엇보다도 탁구를 가르쳐 주신 고마운 전기장님이랑 맥주를 한 잔 마시고, 맛있는 음식도 사드릴 수 있게 되었다. 그 사실이 좋다.

이 기회가 아니면 전기장님이랑 이런 시간을 자연스럽게 보낼 수 없을 것 같았다. 시간이 허락됐으니, 값지게 보내야. 그리고 어제 말한 상여금 중 남들에 비해 부족했던 금액을 모두 받았다. 선장님이 오후에 전달해주셨는데 회사의 단순 실수라고 했다.

그 일을 통해서 나를 돌아보면서 교훈을 얻었는데 돈까지 받았으니, 공돈이 생긴 것만 같다. 이 돈을 전기장님과 주방 동료들에게 감사함을 전달하는 데 써야지.

☺ 2022년 5월 5일 木曜日 승선 376일 차

아침에 배가 광양에 입항했고 오전에는 2조로 나눠서 임시 검역소에서 코로나 검사를 했다. 내일 오전에 결과가 나오면 저녁 일과가 끝난 후부터, 외출도 가능하다. 오랜 항해로 선원들이 외출을 못 했기 때문에 저녁에는 많은 선원들이 식사를 밖에서 하게 될 거다. 우리도 많은 양의 음식을 만들지 않아도 돼서 평상시보다 더 일찍 끝날 거다.

우리 주방도 내일 일과를 끝내고 같이 외출을 하려고 한다. 나가서 커피도 마시고 카페 소파에 기대서 책도 읽고, 무엇보다 원 없이 걷고 싶다.

내일은 혼자 에어팟을 끼고 지칠 때까지 걸어보려고 한다. 일을 끝내고 전기장님이랑 탁구를 쳤는데 평상시보다 게임을 많이 해서 그런가, 피곤하다. 일찍 쉬는 게 좋을 것 같다.

☺ 2022년 5월 6일 金曜日 승선 377일 차

오늘부터 외출이 가능하다.

아마 많은 인원이 저녁 식사를 하지 않고 밖으로 나가서 시간을 보내실 거다. 우리 주방 사람들도 밖에 나가서 커피와 디저트도 먹고 걸으며 시간을 보내기로 했다. 저녁에는 그 시간을 만끽하고 내일 밀린 감정을 기록해야겠다.

☺ 2022년 5월 7일 土曜日 승선 378일 차

어제 일 끝나고 형님들이랑 항구를 벗어나 광양 시내에 있는 카페에 갔다. 꽤 먼 거리였지만 모두가 육지에 발을 딛고 걷는다는 사실이 행복해서 구름 위를 걷듯이 방방 뛰면서 도착했다.

카페에서 냉동하지 않은 신선한 원두로 내린 커피와 치즈케이크를 먹으면서, 정말 다 끝내고 한국에 돌아왔음을 실감할 수 있었다. 군대 외출을 나온 것보다 더 기뻤다.

밖에서 저녁도 먹을 겸 맥주를 한 잔 마시고 싶어서 이곳저곳을 돌아다녀봤는데 혼자 가서 맥주를 마실 만한 공간이 없었다. 가게가 많이 닫혀 있었다. 걷는 것 자체가 좋아서 계속 돌아다니다 보면 나오겠지 싶어서 걸었는데 없었다. 두 시간은 돌아다녔을 거다. 돌아만 다니다가 9시가 넘으니, 식당들도 하나둘씩 문을 닫아서 편의점에서 맥주를 사서 배로 돌아와서 마셨다. 배고파서 맨밥에 김을 싸먹었다.

내일도 나가게 된다면 미리 찾아보고 가야 할 것 같다. 덕분에 다리가 뼈근해질 때까지 걸어볼 수 있었으니 만족한다. 이 느낌이 반갑다!

오늘 아는 분을 통해서 어떤 이야기를 전달받았는데, 그것에 대해 결정을 해서 답을 드려야 한다. 그 생각을 하면서 걸었다. 할 수 있을까 상상하면서 말이다. 지금의 갑작스러운 감정이 지나가고 난 뒤에 천천히 글로 적어봐야겠다.

육지에서의 좋은 하루다!

☺ 2022년 5월 8일 日曜日 승선 379일 차

항구에서 멀리 떨어진 곳의 스타벅스까지 걸어가려고 한다. 커피를 마시고 밀린 글을 적으며 뭉쳐 있던 생각을 풀어야지.

아무래도 한국에 도착해서 외출을 하다 보니 술도 한잔하게 되고, 걷고 싶은 만큼 걷게 되고 육지에서 낯선 시간을 보내다 보니 글을 쓰는 시간을 자주 미루게 된다.

스타벅스에서 차분하게 시간을 만끽하며 생각을 종이에 옮겨봐야겠다.

☺ 2022년 5월 9일 月曜日 승선 380일 차

오늘은 연구원 120분이 배에 방문하셔서 남극에서 연구하면서 사용했던 장비와 자료를 철수해가셨다. 하역 작업은 내일까지 이어진다고 하는데 오늘은 연구원 50분 정도가 배에서 점심 식사를 하게 되어서 준비 과정이 평상시보다 바빴다. 내일은 어떻게 될지 모르겠다.

음식을 만들 부식이 다 떨어졌다. 원래는 오늘 오전에 약 한 달간 사용할 부식을 받기로 했는데 업체 사정이 생겨 내일로 미뤄지는 바람에 점심은 단품 메뉴로 국수를 말아서 나갔다. 냉장고가 텅텅 비었기 때문에, 내일까지 부식이 들어오지 않는다면 내일은 라면을 끓여 먹어야 할지도 모른다.

내일은 일부라도 부식을 받게 되어 선원들에게 신선한 채소를 드리고 싶다. 다들 육지에 가자마자 외출해서 먹은 게 술도 고기도 아닌 신선한 채소다. 채소는 아무리 보관을 잘 해도 한 달 이상 넘기기가 어려워서 그 이후로는 냉동 채소, 혹은 단단한 채소밖에 먹지 못한다. 항해가 길어지니 단단한 채소들도 상태가 좋지 못해서 냉동 채소로 조리를 하게 되는 경우도 빈번하다. 다들 외출해서 고깃집에 가면 고기보다 상추와 깻잎을 더 많이 먹을 거다.

어제와 마찬가지로 배에서의 일과를 마치고 걸어서 한 시간 정도 거리에 있는 스타벅스에 왔다. 가운데 원목 테이블에 자리를 잡고 앉아 책을 읽고, 그동안 소홀했던 글을 쓰고 미뤄왔던 생각을 천천히 풀어내고 있다.

어떤 분이 우리 어머니를 통해 작은 부탁을 하셨다. 그 얘기를 어머니에게 전해 들으면서 이미 마음의 결정을 내렸다. 엄마는 생각해 보고 연락을 달라고 했지만 전화를 끊기 전에 그냥 하겠다고 전해달라고 했다. 말하고 나서야 뒤늦게 그 결정을 실감하고 어떻게 풀어가야 할지 생각하던 중이었다.

그 부탁은, 본인의 아들이 다니고 있는 대안학교에서 일일 특강을 해달라는 것이었다. 음식에 관해서, 요리사의 입장에서 해야 하는 건 줄 알고 하지 않겠다고 말했다. 내가 생각하기에 나는 기술자로서 아직 불안정하고 떳떳하지 않아서 누군가가 나를 통해서 틀린 방법과 과정을 전달받게 될까 봐 두려웠다. 죄책감을 느끼게 될 것 같았다.

그런데 어머니가 얘기를 이어서 하셨다. 요리사가 아닌 스물일곱 살의 청년 송영석으로서 꿈을 꾸는 방식과 이뤄내는 방식, 하루를 살아가는 방식에 대한 얘기를 해달라는 것이었다. 그 얘기를 듣고 '날 알지 못하는 분이 왜 이런 부탁을 하셨을까? 굉장한 것을 이룬 사람도 아닌데'라는 생각을 했다. 그분은 몇 년 전부터 나를 지켜보셨다고 했다. 어머니를 도와 가게 일을 돕는 모습, 대사관에서 일했던 모습, 남극과 북극을 갔던 모습을. 그것들을 이뤄내는 사이에 나를 마주쳤다고 어머니가 말씀해 주셨다.

특강을 하게 될 대안학교는 일반적인 인문계 학교와 다르게 학생들이 주도적으로 수업을 만들어가고 어떻게 살아갈지 많은 시간을 고민하는 곳이라고 했다. 그렇기 때문에 내가 그 친구들 나이 때부터 해왔던 생각과 지금이 있기까지 모든 과정들, 그 속에서의 생각을 전달해 줬으면 좋겠다는 의도라고 했다.

그 내용을 듣고 '내가 도움을 받으면서 살았던 것에 대한 최소한의 보답으로 해야지'라는 생각이 강하게 들었다.

그분에게 따로 연락이 와서 특강하기 전 준비해야 할 것들에 대해서 고지를 받았다. 그리고 그것을 전달해 주기로 했는데 사실은 막막

하다. 불특정 다수 앞에 서는 것도 낯설고 어린 친구들이 과연 나의 얘기를 이해해주고 공감해 줄까 하는 생각이 든다. 나 역시 학교에 다닐 때 특강이 있었다. 다양한 직업군의 사람이 말끔하게 차려입고 단상에 서 있을 때, 책상에 머리를 박고 자거나 핸드폰을 하기 바빴던 나.

그런데 내가 특강이라니…. 지금 상황에서 이게 맞는 걸까 생각하게 된다. 그런 생각을 하며 어제, 오늘 무작정 걷는데 생각해 보니 이 또한 꿈꿔왔고 적어왔던 것이었다. 난 내가 사랑하는 브랜드에서 인터뷰를 하는 상상을 구체적으로, 반복적으로 하고 적었다.

이 과정 역시 꿈에 가까워지는 것일 거다. 마음을 실어서 성의 있게 준비하고 다시 한 번 용기를 낼 수 있는 기회가 온 것에 감사해야겠다.

☺ 2022년 5월 10일 火曜日 승선 381일 차

어김없이 일이 끝나자마자 거리로 나와서 한참을 걸었다. 지금은 항구 근처로 돌아와 가까운 카페에 자리를 잡고 앉아 있다. 원래는 항구에서 한 시간 정도 거리에 있는 스타벅스에 갔는데 일을 끝내고 씻고 나오면 7시, 스타벅스에 도착하면 8시다. 여기 스타벅스는 9시에 닫는다. 어제도 시간에 쫓겨 글을 쓰다가 남은 커피를 급하게 비우고 배로 돌아와야 했다. 지금 있는 카페는 10시까지 한다고 해서 마음 편하게 글을 적고 생각을 하면서 시간을 보낼 수 있을 것 같다.

조금 바쁜 하루였다. 남극 항해 중 나온 쓰레기와 박스, 폐기물을 하역하는 날이었다. 그래도 다들 밥은 나가서 먹다 보니 식사를 준비하는 과정이 이전보다 수월했다. 작업을 하면서도 늦지 않고 식사 시간에 맞춰서 낼 수 있었다. 그렇게 하루를 보내고 카페에 앉아 있는 지금이 시간이 귀하고 소중하다. 천천히 시간을 보내다가 배로 돌아가서 내일을 준비해야겠다.

오늘이 광양에서의 마지막 밤이다. 내일부터 여수에 있는 조선소에 들어가서 정비를 시작한다. 이르면 내일부터, 적어도 내일모레부터는 외부 업체에서 도시락을 받아 식사를 하게 된다. 한마디로 지금보다 더 좋아질 거다!

☺ 2022년 5월 11일 水曜日 승선 382일 차

우리 배는 여수로 이동했다. 여수 조선소에서 하루 정도 대기하다가 내일 저녁에 배를 들어 올려서 2주간 수리를 시작할 거다.

그 기간 동안은 배 안에서 잠을 자도 되고, 밖에 나가서 숙소를 잡고 잠을 자도 된다. 회사에서 하루의 숙박과 저녁 식사 비용으로 8만 원씩 지급된다. 오늘 오전에 2주치의 돈을 현금으로 받았다. 난 5일 정도로 계산이 되어서 40만 원 가까이 받았다. 금일봉 그리고 이번 도크 비용까지, 현금이 넉넉하게 생겼다.

나도 형들 결정에 따라서 배에서 지낼 생각이라 그 돈을 그대로 들고 집으로 돌아갈 것 같다. 다음 주 목요일에 친구들을 만나기로 했는데 이 돈으로 그때 맥주 한 잔 사면 좋겠다! 이런 만남을 생각할 때마다 '아, 한국에 도착한 거구나' 싶다! 기분이 정말 좋다!

　하루 일과를 끝내고 전기장님과 함께 밖에 나갔다. 1년 전 탁구를 처음 배울 때 했던 약속을 지킬 수 있는 시간이 찾아왔다. 전기장님께 1년 가까이 탁구를 배우면서 감사함을 표현하고 싶었는데 떠나기 전에 외출이 허락되어서 식사 약속을 잡았다. 그게 오늘이었다.

　여수 조선소에서 멀지 않은 곳의 이자카야를 방문했다. 식사 대접을 해드리겠다고 미리 말씀을 드렸던 터라 이왕이면 처음이자 마지막 식사를 좋은 곳에서 대접하고 싶었다. 사람도 많지 않고 조용한 여수의 선술집이었는데 전기장님은 들어가서 자리에 앉자마자 "꼭 대마도에 온 것 같다"며 좋아하셨다.

　시원한 기린 생맥주와 여러 가지 음식을 시키고 이런저런 얘기를 나누며 그 시간을 즐겼다. 나이 차이가 스무 살이 넘게 나는데도 불구하고 서로를 온전하게 존중하면서 지난날을 쌓아왔다. 그러다 보니 처음으로 둘이 약속을 잡고 외출한 것임에도 불구하고 전혀 불편하지 않고 너무 편안하고 안정적이었다.

　전기장님께서는 늘 나를 믿어주시고, 내 장점을 입이 닳도록 알려 주셨다. 조급해하지 말라고, 기죽지 말라고 말씀해 주셨다. 그 얘기를 들으며 쑥스러워서 감사하단 말 외에는 별다른 표현을 못 했지만 일기장에라도 감사를 표현하고 싶다.

　어떤 계기로 기회가 닿아서 전기장님이 이 편지를 보게 될지 모른다.

To. 사랑하는 전기장님

전기장님. 낯선 배에 올라타고 이름도 모르는 바다를 지나 항해
하며, 새로운 주방과 사람들에게 적응을 할 때 늘 웃고 있었지만,
두려움과 의심이 가득했었습니다. 제게 먼저 다가와 주셔서 "배
에 적응하기 어렵거나 하면 나랑 탁구 치면서 스트레스를 풀자"
고 말씀해 주셨던 것을 기억하고 있습니다.
저는 자존심이 세고 욕심이 많아서 남들과 겨루는 게임을 할 때
너무 괴롭고 지친다는 것을 스스로 알고 있었기에 전기장님의
배려에도 몇 번을 웃음으로 넘겼던 것 같아요. 그러면서도 전기
장님과의 시간이 탐이 났는지 운동하실 시간에 맞춰서 근처를
괜히 어슬렁거리기도 했었지요.
그렇게 탁구채를 잡고 매일 저녁 함께 보냈던 시간은 운동하는
시간을 넘어서 제 안에 쌓였던 불편한 감정들과 망상을 치우는
시간이기도 했습니다.
가끔은 욕심에 제가 잡아 먹혀 무례했던 적도 있었는데 그때마
다 늘 사랑으로 진정시켜주셨던 것을 잊지 못할 것 같습니다.
가끔씩 전기장님을 생각하며 글을 쓰고 있으면 어쩌면 하늘이
전기장님 같은 친절한 어른을 보여주려고 저를 바다 위에 띄워
놓은 게 아닐까란 생각도 했습니다.
전기장님께서 베풀어주신 사랑을 기억하고 저 역시 나누며 살겠
습니다.

더 나은 가치를 알려주셔서, 이전보다 더 잘 살아 볼 수 있게 해주셔서 고맙습니다.
진심으로 사랑합니다.

☺ 2022년 5월 15일 日曜日 승선 386일 차

어제 전기장님과 한잔하면서 좋은 시간을 보내고 난 뒤 밤 9시부터 내가 사용했던 공간을 깨끗이 치우고 닦았다. 지금까지도 청소를 하고 있다. 내일이면 나를 대신해서 일해주실 요리사 분께서 내 방으로 들어오신다. 그분이 오시면 우선 배 시설을 소개해 드리고 짐 푸는 걸 도와드리고 선장님과 선원들에게 천천히 소개시켜드릴 거다. 내가 처음 배에 탄 날에, 다른 요리사님이 그렇게 해주셨다. 근데 이젠, 1년 넘게 시간이 지나서 내가 그렇게 해드려야 하는 상황이 왔다.

방긋 웃으며 반겨 드리자!

☺ 2022년 5월 16일 月曜日 승선 387일 차, 승선 종료일

항해를 하면서 꾸려왔던 짐을 챙겨 집으로 가는 기차 안에서 마지막 승선 일기를 적고 있다. 어젯밤 잠을 설쳤기 때문에 기차 안에서 잠을 자려고 애를 써도 눈만 감을 뿐, 감은 두 눈에 수많은 것들이 선명하게 보인다. 생각을 천천히 옮겨보려고 다시 공책을 펼치고 펜을 꺼내 들었다.

나를 대신해서 일해주실 새로 오신 요리사님은 나보다 경력도 많고 경험도 많은 베테랑이셨다. 더 뛰어나신 분이 나를 대신해 동료들과 어울린다고 하니 섭섭하면서도 오히려 고마운 마음이 컸다. 기차는 여수에서 출발해 이제 순천을 지나고 있으니, 두 시간 정도 뒤면 원래 생활했던 익숙한 곳으로 돌아간다.

다시 생각해 보면, 배도 바다도 더 이상 낯설고 불편한 공간이 아닌 것 같다. 1년을 떨어지지 않고 붙어 있었으니 익숙한 공간이었고, 스물여섯 살에서 스물일곱 살에 마음을 다할 수 있었던 공간이었다. 그런 시간을 보내고 떠날 때가 되니 굉장히 고마운 공간이었다는 생각이 같다. 오히려 집이, 가족이, 친구들이 낯설지는 않을까 싶을 정도로.

이 글이 마지막이다. 바다에서 느끼고 치열하게 보냈던 모든 날들을 승선 일기에 옮기는 것을 멈추려고 한다. 이젠 내 눈으로 직접 보고 만져보려고 한다. 때가 오면 다른 이름으로 새로운 로이텀 공책에 생각을 옮길 거다.

여전히 지구 끝, 때때로 맑음

ⓒ 송영석 2024

초판 1쇄 발행 2024년 3월 8일
초판 3쇄 발행 2024년 8월 14일

지은이 송영석
펴낸이 최아영

디자인 정나영
표지그림 박경민
교정 김선정 서남희
인쇄제본 넥스트프린팅

펴낸곳   느린서재
출판등록   제2021-000049호
전화   031-431-8390
팩스   031-696-6081
전자우편   calmdown.library@gmail.com
인스타   calmdown_library
뉴스레터   calmdownlibrary.stibee.com